# MON VIEUX

# Thierry Jonquet

# MON VIEUX

roman

ÉDITIONS DU SEUIL
27, rue Jacob, Paris VIe

# COLLECTION DIRIGÉE
## PAR ROBERT PÉPIN

ISBN 2-02-055790-8

© Éditions du Seuil, avril 2004

Le Code de la propriété intellectuelle interdit les copies ou reproductions destinées à une utilisation collective. Toute représentation ou reproduction intégrale ou partielle faite par quelque procédé que ce soit, sans le consentement de l'auteur ou de ses ayants cause, est illicite et constitue une contrefaçon sanctionnée par les articles L. 335-2 et suivants du Code de la propriété intellectuelle.

www.seuil.com

*À Marion et à son équipe du Recueil Social.*

« CHANCE : n.f. (du lat. *cadere*, tomber) 1. Sort favorable ; part d'imprévu heureux inhérente aux événements. *Elle a toujours eu beaucoup de chance. – Porter chance à qqn*, lui permettre involontairement de réussir. *– Donner sa chance à qqn*, lui donner la possibilité de réussir. *– Tenter sa chance*, essayer de réussir. *– Souhaiter bonne chance à qqn*, lui souhaiter de réussir. 2. (surtout pl.) Probabilité que qqch se produise. *Il a toutes les chances de s'en tirer.* »

À divers titres, les protagonistes de cette histoire eurent à méditer sur cette définition donnée par le *Petit Larousse*. Chacun d'entre eux vit en effet ce qu'il est convenu d'appeler « la chance » l'abandonner à un moment ou à un autre de sa vie, pour les uns de façon irrémédiable, pour les autres avec l'espoir, parfois mince, que s'inverse la courbe de la fatalité. Chacun eut l'occasion d'échapper au sort qui lui était réservé. Au moment fatidique, tous prirent la mauvaise décision.

Certains l'ont douloureusement regretté, d'autres non. Certains ont payé ce choix au prix fort – celui de leur vie –, d'autres sont désormais condamnés à ressasser leur culpabilité, seuls face à leur conscience, rongés par l'angoisse d'un châtiment à venir. Encore que rien ne soit joué et qu'ils puissent raisonnablement espérer terminer leur existence sans que jamais personne ne vienne leur demander de comptes.

\*

Il serait tentant de situer le moment exact où tout allait basculer pour les uns et les autres. De cerner de façon précise l'enchaînement des circonstances qui allaient enchevêtrer leur destin respectif contre toute attente, puisque la plupart d'entre eux ne se connaissaient pas. Dans deux cas au moins, rien de plus facile.

\*

**Cécile Colmont** tout d'abord. La date est incontournable, établie, tout comme le lieu. Le 26 août 2000 à cinq heures du matin, sur une petite route de Corse-du-Sud. À la sortie d'une boîte de nuit – *Le Ras l'Bol* – où elle s'était épuisée à danser jusqu'à plus d'heure, la jeune fille aurait dû coiffer son casque intégral avant de prendre place sur son scooter. Il faisait doux, l'aube commençait à poindre ; à quelques kilomètres de Propriano, la départementale était déserte. La fatigue, plus quelques nids-de-poule que les employés de la voirie avaient négligé de combler, il n'en fallut pas plus...

\*

Pour **Mathieu Colmont**, ce fut le 14 avril 2000, vers vingt-trois heures, à en croire le rapport de police. Une patrouille de la Brigade anti-criminalité courait aux trousses d'une bande de dealers vers les Quatre-Routes à La Courneuve lorsqu'elle se retrouva nez à nez avec un homme d'environ soixante-dix ans qui marchait en zigzaguant au beau milieu de la chaussée, sans même se rendre compte que les voitures qui filaient autour de lui représentaient une menace mortelle. Ce fut un pur miracle qu'il ne soit pas percuté par l'une d'entre elles. Lancé à plus de quatre-vingts kilomètres-heure, toutes sirènes hurlantes, le véhicule de patrouille de la BAC pila juste devant lui dans un grand crissement de pneus. Furieux de devoir abandonner leur proie, les policiers interrogèrent le vieil homme sans parvenir à en tirer une seule parole cohérente. Habillé d'un pantalon de toile légère, d'une chemise bariolée ornée d'un motif représentant une tête de lion, et chaussé de sandalettes, il n'avait aucun papier d'identité sur lui et fut incapable de dire comment il s'appelait. Il ne semblait pas blessé bien qu'il se tînt le bas-ventre en grimaçant de douleur. Les policiers le confièrent à une équipe de pompiers qui revenait d'éteindre un incendie de poubelles dans une des riantes cités voisines où ils avaient essuyé quelques jets de pierres et de boules de pétanque au passage. Après avoir examiné l'inconnu d'un œil un peu plus professionnel, ils constatèrent qu'effectivement, à part une légère contusion aux testicules, l'inconnu ne souffrait d'aucune blessure sérieuse. Ils le conduisirent au service des urgences de l'hôpital le plus proche où il patienta jusqu'au petit matin avant qu'enfin un interne s'occupe de lui...

\*

Le cas de **Mathurin Debion** est plus banal. La chance – mais en eut-il jamais ? – le quitta dès ses plus jeunes années. On pourrait dater le début de sa lente dérive le jour anniversaire de ses cinq ans, à savoir le 26 juin 1962, lorsque son père, ivre mort après avoir sifflé un demi-litre de rhum, lui cingla pour la première fois le dos à coups de ceinture devant ses frères et sœurs épouvantés. La mère avait foutu le camp avec un amant de passage, ceci expliquant cela. La scène se déroula dans le séjour d'un F4 dans une cité-HLM de Sarcelles tout juste jaillie de la boue des chantiers. Curieuse époque que celle où le président de la République apparaissait à la télé noir et blanc en uniforme de général pour pester contre certains de ses confrères qu'il qualifiait de « factieux ».

\*

La violence paternelle marqua de façon tout aussi indélébile la vie de Gégé, alias **Gérard Dancourt**, qui interviendra dans cette histoire de manière annexe. Mais aux échecs, le moindre petit pion est à même de jouer un rôle crucial, surtout en fin de partie quand, les tours étant tombées et les cavaliers s'étant effondrés, il ne subsiste plus qu'un misérable fou pour résister aux assauts de l'adversaire. Le roi ne fait plus le fier, il pétoche, scrute les cases et rassemble les maigres forces qui lui restent en réserve. Le père de Gégé était un beau salopard. Bien qu'il n'ait jamais ouvert un dictionnaire de sa vie, Gégé aurait pu rédiger, et de façon détaillée, la définition du mot « inceste ». Et y ajouter quelques formules et métaphores tirées de son vécu.

*

**Bernard Signot**, c'est une autre affaire. Connu parmi ses pairs les clodos sous le sobriquet de Nanard, il avait fait la connaissance de la poisse, de la déveine, de la guigne – inutile d'aligner d'autres synonymes – très tôt dans l'existence. La valeur n'attend pas le nombre des années. C'est comme la musique ou les langues étrangères, on apprend beaucoup mieux très jeune. Sa mère l'avait tout bonnement abandonné, petit bébé frissonnant, dans les toilettes d'une gare de province où elle avait trouvé refuge pour accoucher en catastrophe, le 25 janvier 1954. Un coup de canif pour trancher le cordon et basta. Le futur Nanard fut sauvé de justesse par un médecin qui passait par là pour soulager sa vessie.

*

**Michel Fergol** ? RAS. La crapule banale. Quotient intellectuel frisant le néant. Lors de son procès – dont il ne sera pas question dans les pages qui vont suivre tant le sujet est dépourvu d'intérêt –, son avocat ne parvint pas à amadouer les magistrats. Fergol écopa de la peine maximale prévue par le code de procédure pénale, à savoir les dix années de détention requises par le représentant du Parquet pour proxénétisme aggravé. Fergol ? Un personnage totalement secondaire, comme Gérard Dancourt. Mais alors qu'un Dancourt mérite toute notre compassion, Fergol restera à jamais haïssable. Un jour peut-être, à sa sortie de prison, reprendra-t-il le volant de son taxi. En 2014, à sa libération, il fêtera tout juste ses quarante ans. Il y a fort à parier qu'il continuera d'empoisonner la vie de ses contemporains – à moins que d'ici là, un de ses compagnons de cellule ne lui règle son compte. La justice des hommes emprunte parfois de curieux raccourcis.

*

Jacques Brévart, dit Jacquot. À bien y regarder, il n'avait pas trop à se plaindre. Dans sa généalogie, point de père alcoolique ou tabasseur ni de mère infanticide. Rien d'autre qu'une vie morne, sans drame majeur, suintant l'ennui, la lassitude. Un échec scolaire précoce et ses conséquences inéluctables : la condamnation à végéter tout en bas de l'échelle sociale. Avec dans la tête, ritournelle obsédante, la rancœur, la jalousie. Plus douloureux encore, le mépris de soi.

*

Le portrait d'Alain Colmont est tout autre. Les ennuis lui tombèrent sur le dos dès son plus jeune âge, mais tout au long de sa vie il sut faire preuve d'une véritable rage pour surmonter les difficultés, les chagrins. La détresse qui marqua son enfance et son adolescence, l'accident de sa fille, la mort de sa femme et, *in fine*, le cataclysme qui constitue le socle de ce récit ne parvinrent jamais à entamer sa détermination à combattre, quitte à user de moyens peu recommandables. Mais bien malin, bien présomptueux qui pourrait oser le juger, prétendre dresser le réquisitoire et lui refuser le bénéfice de circonstances plus qu'atténuantes.

Reste Daniel Tessandier...

# CHAPITRE 1

Pour Daniel Tessandier, les ennuis – les vrais – commencèrent le lundi 19 mai 2003.

Ce matin-là, Mme Letillois, la propriétaire de la chambre de bonne où il avait trouvé refuge depuis plus d'un an, l'attendait pour lui annoncer la triste nouvelle. La dame était tout à fait délicieuse, petite créature souriante au visage fripé de rides, qu'il entendait souvent chantonner quand elle arrosait les jardinières de fleurs qui ornaient son balcon. Assez coquette, elle portait des robes aux couleurs vives, contrairement aux personnes de son âge qui se réfugient fréquemment dans le gris.

Daniel quittait toujours sa chambre vers les neuf heures, une sorte de discipline qu'il s'était imposée alors que, pourtant, il n'avait rien de bien précis à faire de ses journées. Connaissant ce rituel – les personnes âgées, réduites à l'oisiveté, sont très observatrices –, Mme Letillois avait entrouvert la porte de son appartement et pointa le bout de son nez dès qu'elle entendit les pas de Daniel qui faisaient craquer les marches du parquet, deux étages plus haut. Il n'empruntait jamais le vieil ascenseur à la cabine brinquebalante et muni d'une grille coulissante depuis qu'il s'y était fait piéger plusieurs heures durant à la suite d'une panne nocturne, six mois auparavant. Le système d'alarme n'avait pas fonctionné et ce n'est qu'au matin que le concierge s'était rendu compte du problème...

— Monsieur Tessandier, il faut que je vous parle ! lui lança Mme Letillois d'un ton grave.

Elle le fit entrer chez elle. L'appartement était vaste et Daniel n'en connaissait que le salon dont il avait vu l'équivalent dans des films à la télé. Il aurait été bien en peine de préciser à quel style (Louis XIV ? XV ? XVI ? ou l'autre, là, comment il s'appelait déjà ? Napoléon ?) appartenaient les meubles qui y figuraient.

Ce qui l'impressionnait le plus dans ce salon, c'était le piano, un piano à queue, de l'ancien à coup sûr, avait-il noté lors d'une de ses précédentes visites. De l'authentique, pas un de ces trucs japonais en toc qu'il avait vus à la devanture de Paul Beuscher quand il allait vadrouiller du côté de la Bastille.

Sans parler des vases. Les vases aussi, c'était quelque chose, les vases chez Mme Letillois. Dans le genre chinois, avec des tas de dessins compliqués et des incrustations de pierres complètement dingues, c'en était à se demander comment les types qui avaient fait ça s'y étaient pris ! Du vrai boulot d'artiste ! Et des siècles plus tôt, attention, Moyen Âge au moins, ça ne pouvait que rendre encore plus admiratif, que vous amener à respecter d'autant plus leur travail. Et sans parler des tapis. Alors là, les tapis à la Letillois, ça valait le coup d'œil. Rien à voir avec les carpettes du BHV !

Daniel adorait le BHV. Il y passait des heures à déambuler de rayon en rayon, surtout au sous-sol, dans le capharnaüm labyrinthique qui ravissait les fanas de bricolage. Daniel, lui, ne bricolait pas. Mais il aimait bien voir, traîner, regarder. Les accessoires de plomberie, d'électricité, les outils de jardinage, les pièges à souris, les pièces détachées d'automobile, peu importe, il se contentait d'errer sans but précis, au gré des rayons. Il aimait aussi le baratin des bonimenteurs de produits miracle qui promettaient de restaurer une moquette dévastée par la pisse de chat en deux coups de cuillère à pot, ou de décalaminer un moteur de mobylette d'un simple jet de bombe aérosol. Au rez-de-chaussée, changement de registre, il filait vers le rayon parfumerie. Les vendeuses étaient bandantes, ça sentait bon avec tous les échantillons qu'elles distribuaient par poignées. Les clientes se pressaient pour tester les sprays des différentes marques. Daniel ne faisait qu'y passer furtivement pour ne pas trop attirer l'attention, mais il appréciait ces petits instants de rêve volés incognito, comme un rappel de souvenirs lointains quand il était gosse et que sa mère l'embrassait avant qu'il ne s'endorme et qu'elle sentait bon l'eau de Cologne. Il y avait aussi, un peu plus loin, le rayon lingerie, avec les culottes en dentelle, les soutiens-gorge pigeonnants, les porte-jarretelles coquins, les guêpières de soie, les nuisettes en satin et les bas à motifs. Daniel, la tête farcie de fantasmes inavouables, observait les clientes qui effectuaient leur choix avant de se diriger vers les cabines d'essayage. Mais bon, il fallait bien déguerpir, s'éclipser et se retrouver dehors.

Faire quelques pas et s'accouder au comptoir d'un troquet devant un verre, histoire de se réjouir les papilles, faute de mieux.

\*

Ce matin du lundi 19 mai, peu après neuf heures, Daniel prit donc place dans un des fauteuils que Mme Letillois lui désignait de sa petite main nerveuse, couverte de taches de son et déformée par l'arthrite. Le fauteuil se trouvait tout près du piano à queue. Les doigts tordus par les rhumatismes, Mme Letillois ne pouvait plus jouer et se contentait d'effleurer le clavier, la gorge serrée par la nostalgie. À plusieurs reprises, elle avait convié son locataire à prendre un thé, sans se rendre compte que Daniel n'appréciait que très très peu le Earl-Grey. Il s'était forcé à avaler le breuvage pour ne pas la peiner. Elle lui avait un peu raconté sa vie, une existence d'oisiveté aux côtés de son mari, Guillaume Letillois, décédé neuf ans plus tôt, un magistrat qui avait connu une brillante carrière, jusqu'à sa nomination à la Cour de cassation. Ils avaient eu deux enfants, Anne et Philippe, âgés d'une cinquantaine d'années déjà, comme le temps passe. Leurs portraits respectifs ornaient le linteau de la cheminée, au milieu d'une foule d'autres clichés évocateurs de souvenirs de vacances, de voyages, de baptêmes et de premières communions.

– Voyez-vous, monsieur Tessandier, lui expliqua-t-elle posément, ma fille, Anne, a elle-même deux enfants, Richard et Viviane. Viviane, c'est la petite blonde, là, sur la balançoire...

Daniel hocha la tête, inquiet. Il fallait en convenir, Viviane, avec ses tresses et sa robe à froufrous, était une bien jolie petite fille.

— Elle a vingt-deux ans, ma Viviane, reprit Mme Letillois. Jusqu'à présent, elle vivait chez sa mère, Anne, dans le Midi, mais voilà, elle compte poursuivre ses études à Paris, c'est une scientifique. Pour sa thèse de biologie, il faut absolument qu'elle vienne étudier ici, vous me suivez, monsieur Tessandier ?

Daniel ne comprenait pas où était le problème. Il n'en avait rien à secouer des études de la petite-fille. Tant mieux pour elle si elle pouvait en faire, si elle en avait les capacités, lui, Daniel, avait interrompu sa scolarité très tôt, en seconde de LEP. Il avait préféré aller bosser tout de suite plutôt que de continuer à supporter les sarcasmes du prof de l'atelier chaudronnerie. Un sale type qui prenait un malin plaisir à l'humilier, à le rabaisser, et à qui il avait fini par balancer un marteau en pleine figure... esquivé de justesse. Le proviseur avait décidé d'écraser le coup pourvu que Daniel disparaisse dans la nature.

— Je vais l'héberger, conclut Mme Letillois.

— C'est très bien, ça vous fera de la compagnie ! dit Daniel.

Il faillit ajouter « vous vous sentirez moins seule », mais s'arrêta juste à temps.

— Viviane va occuper une chambre dans mon appartement, reprit Mme Letillois. Mais pour ses études, elle a besoin d'un bureau très calme.

— Et... alors ? demanda Daniel.

— Elle compte s'installer là-haut, ce sera beaucoup mieux pour elle, répondit Mme Letillois après avoir toussoté. C'est plus calme. Elle a beaucoup de livres, de documents.

— Là-haut, ça veut dire chez moi ?

— Dans la chambre que je vous loue, oui, effectivement.

Daniel resta silencieux durant de longues secondes. Il savait qu'il était inutile de protester. Un an plus tôt, il avait rencontré Mme Letillois à la paroisse Saint-Joseph, rue Saint-Maur, une adresse qu'on lui avait donnée au centre d'action sociale, à la mairie. Mme Letillois proposait ce qu'on appelle une chambre de bonne pour un loyer dérisoire – 800 francs par mois, à peine 125 euros, une aubaine rarissime. Cela dit, 125 euros, ça faisait quand même plus du quart du RMI, mais au regard des tarifs pratiqués dans les hôtels les plus modestes, ça restait totalement inespéré.

Les foyers, Daniel voulait les éviter. Il en avait fréquenté une bonne quantité, ah ça oui, mais à chaque fois, ç'avait mal tourné. Des altercations répétées avec les autres pensionnaires – de la racaille, la plupart du temps, des types qui venaient d'on ne sait où, des bronzés, évidemment – lui avaient valu d'être expulsé à maintes reprises. Parfois avec des menaces de poursuites. Daniel ne savait pas bien se contrôler. Quand il était en colère, mieux valait ne pas le titiller. Il tenait à ce qu'on le respecte et, pour ce faire, n'hésitait pas à jouer des poings. Sans remords ni regrets. Il avait encore une certaine estime de lui-même et ne tolérait pas de se laisser emmerder par toute cette engeance, ces intrus à la peau basanée qui venaient en France pour profiter de tout un tas d'avantages dont ils n'auraient certainement pas pu bénéficier chez eux. Ah, c'était vraiment trop facile !

Chaque fois qu'il se rendait chez l'assistante sociale pour faire le point sur son RMI et prouver qu'il se situait bien dans une « démarche d'insertion » en cherchant du boulot, il pestait dans la salle d'attente au milieu d'une faune de Mamadou et de Mustapha qui débarquaient avec leur progéniture, histoire de faire pleurnicher le bon populo crédule, des Français qui, comme lui, n'en finissaient plus de se faire assommer par les impôts, les taxes et les contraventions, tous les moyens étaient bons pour ramasser le pognon. Et l'assistante sociale laissait faire, elle y allait même de sa petite larme devant cette marmaille aux visages couverts de morve et de boutons. Il l'avait vue plus d'une fois se démener pour dénicher des bons de nourriture à toute la smala, c'était à croire que tout leur était dû. Et quand venait son tour à lui, Daniel, eh bien c'est très simple : il ne restait plus rien. Que des miettes. Voilà, les Français n'avaient droit qu'aux miettes du gâteau dont se goinfrait la tribu innombrable des Mamadou et des Mustapha. Pour le boulot, c'était du pareil au même. Il suffisait d'être bronzé pour être embauché.

Au cours de l'année 2002, Daniel avait dégoté quelques emplois, pas grand-chose, des postes de magasinier, de veilleur de nuit, mais les petits chefs lui pourrissaient la vie à lui donner des ordres, toujours des ordres, et encore des ordres, il fallait courber la tête, dire « Oui, monsieur, bien, monsieur », et chaque fois, ça s'était terminé par des bagarres. À la loyale, d'homme à homme, mais comme c'était eux les chefs, il avait dû foutre le camp après leur avoir démontré à coups de savate qu'il n'était pas n'importe qui. Il voulait bien travailler, Daniel, mais pas comme ça. À subir, toujours subir. Elle n'y comprenait rien, l'assistante sociale. Toujours à lui adresser des reproches, à lui faire avaler ses sermons.

Lors de sa dernière embauche comme manutentionnaire dans un entrepôt du côté de Garonor, le chef – un certain Saïd, tiens donc, quel hasard ! – avait même porté plainte. Il n'avait pas digéré la raclée que Daniel lui avait administrée et s'était fait délivrer un certificat médical pour attester de ses blessures. Du baratin ! Deux gnons, un œil au beurre noir et une côte à peine fêlée. Daniel avait été convoqué au commissariat pour y être interrogé par une fliquette en civil d'à peine vingt-cinq ans, en minijupe, à part ça plutôt bien foutue, qui avait parcouru son dossier en poussant des soupirs. Elle se trémoussait sur son fauteuil, croisait les jambes l'une par-dessus l'autre, sans arrêt, en faisant crisser ses collants, et exigeait qu'il l'appelle « Capitaine ». Insupportable. L'affaire suivait son cours.

\*

– Monsieur Tessandier, je suis vraiment désolée, reprit Mme Letillois.

Inutile de protester. Elle lui avait loué cette chambre de bonne sans signer aucun bail, à l'amiable, après l'avoir prévenu qu'il ne s'agissait là que d'une solution provisoire.

– Il n'y a rien de vraiment urgent, vous avez quelques jours pour vous retourner, précisa-t-elle. Ma petite Viviane n'arrivera que dans deux semaines. Mais je voudrais faire repeindre la chambre, installer une porte blindée parce que vous voyez, elle travaille avec un ordinateur et il ne s'agirait pas qu'on le lui vole, n'est-ce pas ? Disons que si vous pouviez libérer les lieux vendredi dans la journée, ce serait vraiment gentil de votre part.

Daniel prit une profonde inspiration. L'espace d'un instant, l'idée lui traversa l'esprit d'agripper la Letillois par le col, de lui serrer sa petite gorge flétrie jusqu'à ce qu'elle en crève, et de rafler tout ce qui traînait dans l'appartement – il devait bien y avoir des bijoux planqués quelque part, un magot qui dormait sous une pile de draps –, avant de partir se mettre à l'abri au soleil. Mais non, Daniel se targuait d'être un type honnête. De toute sa vie, il n'avait jamais rien volé. Jamais. Ce n'était pas à trente-cinq ans qu'il allait commencer. Surtout qu'il était connu dans l'immeuble et que pour le coup, ç'aurait risqué de mal tourner. Autant ne pas se fâcher avec la vieille, elle pouvait avoir des copines du même pedigree, des veuves bourrées de pognon à ne savoir qu'en faire et qui possédaient peut-être des piaules comme la sienne. En allant poireauter, quémander à la paroisse, avec un peu de chance, qui sait ?

– Bien, madame, dit-il, vendredi, c'est entendu. Il n'y aura pas de soucis...

– À la bonne heure ! s'écria Mme Letillois. Vous êtes quelqu'un de raisonnable.

– Ce que je voudrais simplement vous demander, madame, c'est de garder mon nom sur la boîte aux lettres parce que pour toucher mon RMI, il faut une adresse, alors le temps que je trouve une autre solution, ça m'arrangerait vraiment, hein ?

– Si je peux continuer à vous rendre service, vous pensez bien ! répondit-elle. Gardez une clé, laissez votre nom sur la boîte, Viviane recevra son courrier chez moi, comme ça tout le monde sera content. Je serai toujours ravie de vous aider.

Daniel se cramponna aux accoudoirs du fauteuil jusqu'à en faire craquer ses phalanges, puis essuya ses paumes moites sur son pantalon avant de se lever. Il était livide et sentit ses jambes flageoler.

– Allez, monsieur Tessandier, du courage ! Je sais que vous n'en manquez pas ! Je suis certaine que les choses vont s'arranger pour vous. Et si vous ne me donniez pas de nouvelles, alors là, je serais fâchée !

MON VIEUX

Il hésita un instant à serrer la main qu'elle lui tendait, mais fit taire ses réticences en s'apercevant que la vieille tenait entre ses doigts vermoulus un billet de cinquante euros. Il inclina la tête, effleura à peine les phalanges de sa bienfaitrice et enfouit le billet dans sa poche avant de se retirer.

Il descendit les marches des trois derniers étages de l'immeuble en retenant ses larmes. Une nouvelle fois il s'était laissé humilier, et de la pire façon qui soit. Un petit billet glissé en douce, comme les pièces qu'elle devait refiler au curé, à la quête, le dimanche à la fin de la messe. Le coup de grâce. D'un autre côté, comment refuser cinquante euros ? Quasiment le huitième de son RMI ! Un petit bout de papier qui n'avait aucune importance pour la Letillois, pas plus de valeur qu'un Kleenex qu'elle aurait utilisé pour évacuer une chiure de mouche venue souiller un de ses foutus tapis.

*

C'est ainsi que Daniel Tessandier se retrouva sur le trottoir de l'avenue Parmentier, Paris XIᵉ, le matin du lundi 19 mai 2003, vers neuf heures quinze, pleinement conscient que cette date risquait fort d'inaugurer une funeste descente aux enfers dont il se refusait à imaginer les étapes. Il traversa l'avenue devant l'entrée de la station de métro Goncourt et se retourna pour contempler l'immeuble – une sombre bâtisse haussmannienne à la façade noircie par la pollution – où il avait, sans même s'en rendre compte, vécu dans une relative sécurité. Les yeux mouillés de larmes, il regarda de bas en haut, d'un balcon à l'autre, d'une fenêtre à la suivante, avant de s'arrêter sur les lucarnes du septième étage, et plus précisément sur la troisième en partant de la gauche, une vitre crasseuse à laquelle aucun passant ne s'intéressait jamais. Celle de sa chambre. Douze mètres carrés, un sol couvert d'un lino fatigué, un lavabo ébréché et encroûté de tartre, un lit « clic-clac » pliant, une armoire de toile plastique ornée de motifs fleuris dont la fermeture Éclair était plus que déglinguée. Du papier peint boursouflé par l'humidité qui s'effilochait en guirlandes poisseuses. Dans un coin, un sac de voyage

22

contenant quelques habits, dans un autre, un camping-gaz, deux casseroles en fer-blanc. Rien d'autre.

D'ici à vendredi, il restait encore trois jours entiers. Soixante-douze heures pleines, sans compter la journée du lundi, à peine entamée. Daniel enfonça les poings dans les poches de son blouson, tourna les talons et commença à remonter la rue du Faubourg-du-Temple, en direction de Belleville. Il s'efforçait de chasser de son esprit la vague de panique qui commençait à onduler quelque part au fond de son crâne et menaçait de se transformer en typhon. Pour l'instant, ce n'était qu'un léger friselis à la surface d'une vaste étendue d'eaux noirâtres, un soupçon d'écume à peine discernable, mais déjà, dans les abysses, les tourbillons se formaient, gagnaient en puissance, accumulaient leurs forces pour tout ravager sur leur passage.

Sur les trottoirs, les passants que Daniel croisait sans même les dévisager ignoraient tout du bulletin d'alerte météo mentale qui l'emplissait d'angoisse. Pour celui-ci, un quinquagénaire au teint blafard, le temps était gris depuis si longtemps, ou simplement morose, qu'il s'y était habitué. Pour la jeune fille au tee-shirt rouge qui le bouscula à la sortie du tabac et s'excusa en éclatant de rire, c'était au contraire l'embellie, un ciel vierge de nuages, une histoire d'amour qui commençait à peine. Pour cette autre femme à la chevelure filasse, aux yeux alourdis de cernes, qu'il dépassa alors qu'elle traînait son cabas à la sortie du Monoprix, l'orage conjugal pourrissait l'atmosphère depuis tant d'années qu'elle n'y prêtait plus aucune attention. Chacun s'avançait en solitaire sur les flots du destin et menait sa barque en zigzaguant au petit bonheur la chance. Deux denrées assez rares, au demeurant.

\*

S'efforcer de ne penser à rien est un exercice assez fatigant. Daniel en avait souvent fait l'expérience. Ce matin-là, il s'y consacra ardemment, jusqu'à s'en trouver exténué. Le meilleur moyen pour se vider la tête, c'est de boire un petit coup, puis un autre, et un autre, etc. De passer de bistrot en bistrot pour se donner l'illusion de progresser vers quelque chose, de ne pas rester statique. Il fallait lutter contre l'engourdissement. Au fur et à mesure de sa déambulation, il traversait la rue dans un sens, puis dans l'autre, avant de pousser la porte d'un nouveau troquet et de s'accouder au comptoir. À chacune de ces minuscules étapes, un verre de blanc sec et une Gitane. Daniel ne prenait jamais de petit déjeuner, si bien qu'au bout du quatrième verre il commença à se sentir un peu mieux, sans être ivre pour autant. L'habitude.

Il ne cessait de faire ses comptes. Sans effort particulier, il avait toujours été doué pour le calcul mental. Le RMI. 405 euros. Moins les 125 qu'il donnait à la Letillois pour son loyer. Soit 280. Divisé par les 31 jours du mois, 9 euros quotidiens. Moins le jean qu'il avait acheté 12 euros la semaine passée dans une solderie de la rue Saint-Maur. Il lui restait 97 euros pour terminer le mois, plus les 50 si généreusement octroyés par son ex-logeuse. 147. Divisé par 12, soit 12,25 euros par jour jusqu'à début juin. Pas un de plus. Ah si ! S'il devait déguerpir de l'avenue Parmentier avant la fin de la semaine, le compte n'y était plus. Il faudrait retrancher du loyer qu'il avait réglé les dix derniers jours du mois de mai, non mais sans blague ! 125 divisé par 31 = 4 euros, multiplié par 10 = 40. Pas question de se laisser gruger, il en toucherait deux mots à la Letillois. À moins que le billet de 50 dont la vieille carne lui avait fait l'aumône ne corresponde, précisément, à cette déduction ? Non, mieux valait envisager l'autre hypothèse, optimiste. Le billet glissé en douce était un plus, une sorte de prime de départ. Il fallait en rester là. 40 euros dus par la vieille + 147 = 187, divisé par 15 = 12,50 euros à dépenser avant le nouveau virement du RMI, début juin. Plus ce qu'il allait récolter dans le métro en montant de wagon en wagon sur la ligne Balard-Créteil ou Châtelet-Mairie des Lilas pour taper les voyageurs après leur avoir servi un baratin standard sollicitant leur générosité.

Comme tous ses congénères, il avait mis au point un petit couplet sur la nécessité de rester propre, la malchance qui lui avait fait perdre son emploi, etc. etc. Il s'était même inventé une famille imaginaire, un enfant auquel il tenait à verser une petite

MON VIEUX

pension malgré la faiblesse de ses revenus. La guigne n'interdisait pas d'être un bon père de famille. L'effet de sa tirade était plus que variable. La plupart du temps, il ramassait un bide, mais curieusement, il y avait des pics d'apitoiement, des instants de grâce, c'était selon les jours. Le samedi soir par exemple, vers vingt heures, s'avérait assez rentable. Le quidam encombré d'un bouquet de fleurs ou de gâteaux qui rendait visite à des amis se laissait plus facilement culpabiliser que le type qui filait au boulot le lundi matin. Celui-là, mieux valait ne pas s'y frotter. Au fil du temps, Daniel avait appris à étudier la clientèle, à décrypter sa psychologie.

Il pénétra dans un bar-tabac situé à l'extrémité de la rue du Faubourg-du-Temple, près du carrefour Belleville. La salle enfumée regorgeait de Chinois des deux sexes. Les patrons étaient eux aussi chinois. Des Chinois derrière le comptoir, des Chinois devant le comptoir ! Daniel ne put retenir un ricanement. Au même titre que les Mamadou ou les Mustapha, ces bronzés de diverses obédiences, les Jaunes s'en tiraient plutôt bien. Il s'installa à une table et commanda un blanc sec. Puis il fit le point, encore une fois. 13 euros par jour. En gros, le RMI lui permettait de se nourrir à peu près correctement, de s'acheter un vêtement de temps à autre, sans oublier les deux paquets de clopes quotidiens, tandis que la manche lui garantissait de pouvoir picoler sans trop faire de frasques. De carburer à l'ordinaire, jamais au super.

Autour de lui, les Chinois s'invectivaient d'une table à l'autre, le cou tendu en arrière, le regard rivé sur les résultats du Rapido qui s'affichaient sur les écrans de télévision pendant du plafond. Ils cochaient avec nervosité les cases des formulaires de jeu, allaient en acheter de nouveaux ou se précipitaient au guichet pour percevoir leurs gains. Daniel observait le ballet des billets de dix, vingt, cinquante euros qui passaient de main en main avec une rapidité stupéfiante. Le Rapido, le Loto, le Morpion, le Black-Jack, tous ces attrape-gogos, lui aussi y avait donné. C'était terminé. Il avait trop perdu, trop joué de malchance après avoir tant espéré un miracle, même modeste.

Il vida son verre et claqua la langue. Brusquement, il eut faim. Comme il passait des jours entiers sans rien avaler de solide, il lui arrivait de céder à des accès de boulimie irrépressible. Le soir, dans sa chambre, il pouvait ouvrir plusieurs boîtes de sardines à la suite, en engloutir le contenu sans même mâcher. Il restait ensuite de longues minutes immobile, le menton dégoulinant d'huile, la bouche entrouverte, à émettre de puissants rots. À d'autres moments, la fringale le prenait dans la rue et il était alors capable d'ingurgiter deux, trois baguettes de pain à la file. Il en avait l'estomac tout ballonné, serrait les dents pour combattre la nausée, puis reprenait sa marche, au hasard des trottoirs.

\*

Ce jour-là, quitte à saccager son budget, il décida de s'offrir un vrai repas. Entrée, plat, fromage, café. Un repas normal. Il y avait droit, après tout. Il quitta le bar-tabac, traversa le carrefour Belleville et pénétra dans la seule brasserie « normale » du quartier, *La Vielleuse*. Tout le reste, c'était du Chinois, du Mamadou ou du Mustapha, ou du Turc, ou encore du Pakistanais ! Canard laqué, chiche-kebab, mafé ou couscous, non merci. Daniel n'était pas trop exigeant, il ne désirait qu'un œuf mayonnaise, un steak-frites et une part de camembert. Un repas normal pour un client normal, qui n'était pas né on ne sait où, du côté de Ouagadougou, de Pékin ou de Tlemcen, mais ici, en France. Mine de rien, ça devenait difficile dans les parages.

La brasserie *La Vielleuse* portait ce nom en souvenir d'un tableau peint sur verre représentant précisément une joueuse de vielle. Il était à moitié fracassé à cause d'un bombardement de la Grosse Bertha durant la guerre de 14/18, mais les différents propriétaires de l'établissement l'avaient soigneusement préservé, telle une relique. Daniel prit place à la terrasse couverte d'une verrière, d'où l'on pouvait épier à loisir l'animation du carrefour. C'était jour de marché. Les trottoirs grouillaient de chalands. Tout près, un marchand à la sauvette vendait un cirage censé redonner l'éclat du neuf aux chaussures les plus avachies. Le type était assis sur un petit tabouret et s'esquintait la santé à démontrer l'efficacité de sa camelote en passant chiffon et brosse à reluire sur les godasses que les badauds lui présentaient après avoir retroussé le bas de leur pantalon par crainte des taches.

Un vrai boulot d'esclave, pensa Daniel, alors que le loufiat lui servait son entrée. La mayonnaise était onctueuse et le pain frais bien craquant. Un bonheur. Dehors, le marchand de cirage n'en pouvait plus de se souiller les mains avec ses pots de teintes différentes, du brun à l'ocre en passant par le noir ou le roux. Tout sourire devant la clientèle, le regard suppliant dans l'attente d'un achat ferme. Le temps que Daniel avale son entrée, il vendit trois pots de son cirage béni des dieux. Et une petite dizaine, avant que la dernière bouchée de steak, la dernière frite accompagnée d'une larme de moutarde ne soient englouties. Plus un petit bonus de trois pots supplémentaires accompagnant le fromage. Idem le temps de siroter un café. Au total, il n'y avait pas de quoi pavoiser. Daniel refit ses comptes encore une fois. La manipulation des chiffres l'apaisait. Le cas du marchand de cirage fut vite réglé. À ce rythme et à un euro de bénef par pot — à tout casser —, six jours par semaine, le roi du cirage devait se faire un petit SMIC, et encore... tout juste. Sans oublier les frais de transport, puisqu'il fallait trimbaler la marchandise d'un marché à l'autre, un jour à Belleville, le lendemain à Ménilmontant, et peut-être le surlendemain en banlieue, du côté d'Aubervilliers ou de Sarcelles, des contrées totalement annexées par les Mamadou ou les Mustapha ! Pourquoi se crever le cul pour un rendement aussi dérisoire ? Le SMIC était à 892,77 euros net mensuels, le RMI à 405, soit quasiment la moitié, à 41 euros près. Sans autre effort à fournir que celui d'aller palper le pognon au guichet de la Poste. Assez content de ses calculs, Daniel alluma une Gitane tandis que le camelot remballait son petit étal. Il rangea ses chiffons, ses brosses, ses pots de cirage dans un gros sac à dos, se défit de son tablier qui aboutit au fond d'une des sacoches de sa mobylette, et pédala en danseuse pour faire démarrer l'engin — une vieille Motobécane poussive, rafistolée, un modèle hors d'âge dont on avait d'ailleurs cessé la fabrication, une antiquité pareille à celle que Daniel avait pilotée durant son adolescence du côté d'Aulnay, Sevran et Bobigny lors des virées du samedi soir entre potes, du temps où les Mamadou et les

Mustapha ne la ramenaient pas trop et qu'on pouvait encore leur apprendre le respect. C'était bien fini, cette époque-là.

La silhouette pétaradante du vendeur de cirage s'éloigna sur le boulevard de la Villette. Pauvre mec, songea Daniel. Il ne s'imaginait décidément pas à sa place. Trop crevant. Le type se faisait couillonner de A à Z, c'était l'évidence. L'arnaque totale. Une combine de tocard.

Daniel resta de longues minutes à continuer d'observer l'agitation qui régnait sur le carrefour, à la fin du marché. Les commerçants enfournaient la marchandise invendue dans leur camionnette, les éboueurs commençaient à ramasser les détritus cependant que des escouades de petits vieux tremblotants se faufilaient dans la pagaille ambiante pour glaner fruits et légumes flétris, abandonnés sur les trottoirs, tantôt une pomme blette, tantôt une courgette moisie, une banane à la peau toute piquetée de brun, voire un oignon à moitié pourri qui pourrait encore faire bonne figure bouilli dans une soupe avec quelques rognures de chou-fleur. Confortablement installé sur son siège, protégé du monde extérieur par la vitre de la brasserie, bien à l'abri à l'intérieur de cette bulle, Daniel se laissa gagner par une douce somnolence. Il avait accompagné son repas de fête d'un pichet de 50 cl de côtes-du-rhône et en sirota les dernières gorgées en faisant durer le plaisir, soucieux de rentabiliser au maximum cette parenthèse destinée à interrompre une journée que, dans un obscur recoin de sa tête, il savait maudite. Il lui fallait pourtant bien reprendre contact avec la réalité, ce qu'il fit en réglant l'addition, soit 19,50 euros. Un vrai coup de massue, mais il ne le regretta pas.

Il était presque quatorze heures quand il se décida enfin à quitter la brasserie. Il s'ébroua, les jambes cotonneuses. Un début de mal de crâne pulsatif lui meurtrissait les tempes ; ça passerait en marchant un peu, il avait l'habitude. Il arpenta d'un pas lourd le bitume maculé de déchets, de crachats, constellé de prospectus chiffonnés, et traversa la rue de Belleville. Face à *La Vielleuse* se dressait le siège de la CFDT. Un immeuble sans grâce datant des années quatre-vingt, flanqué d'un jardin protégé par des grilles. Les abords de la station de métro, les arcades qui longeaient la façade du siège du syndicat, le trottoir très large du boulevard de la Villette servaient de lieu de rendez-vous à une faune hétéroclite que Daniel avait déjà eu tout le loisir d'observer.

*

Les Chinois d'abord. Rien de surprenant puisque, depuis une bonne quinzaine d'années, restaurants, épiceries, grossistes en fournitures pour machines à coudre, puis bijouteries, magasins de hi-fi, fleuristes et autres salons de coiffure tenus par des émigrés asiatiques avaient peu à peu succédé aux commerces arabes ou français « de souche » dans cette fraction de la rue de Belleville et dans les rues avoisinantes. Les Turcs, les Africains, les Grecs, les Tamouls, les Maghrébins s'étaient peu à peu laissé évincer, refouler *in partibus*, incapables de s'aligner face à cette concurrence irrésistible.

Daniel, bien avant qu'il ne sombre dans la débine, venait souvent traîner dans les parages et avait été témoin de la lente mais inexorable mainmise asiatique sur ces quelques dizaines d'hectares, cette portion de ville qui dérivait sournoisement vers le ghetto monoethnique. À dire vrai, il s'en foutait comme de l'an quarante. Que les Chinois soient devenus les rois de la place en éjectant les natifs du Maghreb ou de la Casamance le laissait totalement indifférent. Qu'ils se dépatouillent entre eux, que le meilleur gagne et tant pis pour les perdants, telle était sa vision des choses. Il avait assisté à un spectacle identique dans la cité des 3000 à Aulnay-sous-Bois où il avait passé toute son enfance. À l'école primaire Makarenko, puis au collège Paul-Langevin, ça n'avait cessé d'empirer d'année en année, du cours préparatoire jusqu'à la troisième. À tel point qu'il ne faisait plus bon s'appeler Tessandier au milieu d'une foule de Ben Mokhtar ou de Sembene Traoré, avec des mères affublées d'un tchador, des pères, d'une djellaba et des rejetons qui balançaient le jambon par terre à la cantine.

Le père de Daniel était militant communiste. Il se levait tôt le matin pour aller bosser à l'usine Citroën toute proche, huit heures à la chaîne, à souder la même pièce merdique sur la même portière de bagnole tout aussi merdique, d'un bout de l'année à l'autre, onze mois sur douze, avec, deux fois par trimestre, la réunion du « cercle de qualité » durant laquelle les cadres tentaient de « motiver » les participants pour obtenir un meilleur rendement. Et le dimanche matin, le vieux trouvait encore la force de se lever tôt pour aller vendre *L'Huma* sur le marché, au milieu des Mamadou et des Mustapha qui n'en avaient rien, mais alors vraiment rien à foutre de sa sérénade à propos de la solidarité entre membres de la classe ouvrière, « français-immigrés-même combat », et tout le tralala. Ce qui leur importait aux Mamadou et aux Mustapha, c'était, au choix, le prêche de l'imam à la mosquée ou mieux encore les recommandations du marabout qui faisait distribuer ses prospectus pour recruter la clientèle à la sortie de la gare RER d'Aulnay. Du style *Monsieur Makamba, grand mage respecté en Côte-d'Ivoire, soigne tous vos maux, chagrins d'amour, dettes d'argent et ennuis de santé en deux consultations, la première gratuite...* Fallait bien être lucide et arrêter les salades, se décrasser les yeux pour regarder la réalité en face, c'est ce que Daniel avait asséné à son vieux le jour anniversaire de ses quatorze ans, dès qu'il s'était senti suffisamment mûr, suffisamment fort pour se forger sa petite opinion à lui quant à la marche du monde et oser affronter la dialectique paternelle.

Peine perdue, le dabe n'en démordait pas, tous les lundis soir, il allait assister à sa réunion de cellule, au bâtiment C4 de l'allée des Peupliers, cité des 3000, quatrième étage, appartement 212, chez Gisèle, une camarade bien brave, caissière à Casino, une fille adorable qui élevait seule ses trois gosses et en bavait tant et plus pour joindre les deux bouts avec les allocs. Tous se réunissaient autour de la table de la salle à manger, Marco le facteur, Aline, employée aux bureaux de l'état civil, à la mairie, Serge, guichetier à la RATP, « Reste Assis, T'es Payé », répétait-il en s'étranglant de rire à chaque début de réunion... Il y avait aussi Pascal, l'instit, un mec sympa, un peu rêveur, qui prêtait des bouquins compliqués que personne ne lisait. Il ne se décourageait pas pour autant. Sans oublier Robert, le vétéran, soixante-quinze ans aux prunes, retraité de la SNCF, qui ne manquait jamais de raconter la grande grève de 47, les castagnes avec les gardes mobiles où il avait bien failli laisser sa peau, la preuve, une vilaine cicatrice sur le crâne, souvenir d'une trépanation suite à un sale coup de crosse de mousqueton reçu dans une manif. Et aussi quelques autres copains, moins assidus. On se retrouvait pour écouter le « rapport politique » de Vincent, le « secrétaire de la section », un prof de collège qui n'arrêtait pas de gratter ses mains rongées par le psoriasis. Le rapport politique n'était qu'une resucée version light de la leçon apprise, deux jours plus tôt, à l'échelon supérieur, lors de la réunion des « cadres » à la « Fédé », et que Vincent s'appliquait à restituer à la base avec toute la pédagogie requise. C'était chaque fois le même couplet. La « ligne » du Parti, sans arrêt ressassée, la nécessité de recruter de nouveaux adhérents, de les abonner au journal, la souscription – le fric, encore le fric, amassé sou après sou et destiné à contrer la propagande du patronat qui n'en finissait pas d'écraser la classe ouvrière avec toujours plus d'arrogance.

Daniel détestait Vincent sans trop savoir pourquoi – ses airs de curé, sa voix onctueuse, ses tics de langage, sans doute –, et ne perdait jamais une occasion de le moucher quand il venait boire une bière à la maison après la réunion de cellule. Fédé, rapport politique, réunion des cadres, ligne du Parti, cellule, cotise, section, Daniel avait eu tout le loisir de se familiariser avec ce jargon. Petit à petit, il s'était enhardi à discuter avec les uns les autres. Il les croisait sans cesse dans les allées de la cité, les escaliers de l'immeuble ou au *Balto*, le café à côté du Franprix. La première fois que Daniel s'était accroché avec Vincent, ç'avait été à propos d'une affiche que collaient les copains du Parti. Une affiche sur fond bleu-blanc-rouge, qui proclamait « Produisons français ! ». Daniel, du haut de ses quatorze ans, ne l'avait pas loupé, le Vincent. Qu'est-ce que ça voulait dire, ce slogan ? D'un côté, on pleurnichait à propos de la solidarité avec les Mamadou et les Mustapha et, de l'autre, on expliquait, à juste titre à son avis, qu'il fallait bien obliger les capitalistes à choisir qui employer, et donc à licencier en priorité les étrangers, bougnoules, négros et compagnie, pour ne garder que les Français qui se retrouvaient de plus en plus nombreux à pointer au chômage, des exemples, il y en avait à la pelle dans la cité. Alors, hein ?

– Ce n'est pas le sens exact de ce mot d'ordre ! avait protesté Vincent, soudain blême et très agacé par le gamin qui lui faisait face. Si vraiment tu t'intéresses à la politique, va discuter avec les copains des Jeunesses, adhère, et on verra plus tard.

Daniel s'était contenté de hausser les épaules. La carte des JC, il ne l'avait jamais prise. Pas dingo au point de sacrifier le moindre franc de son maigre argent de poche pour acheter les timbres. Tout compte fait, il avait quand même vécu des moments sympas avec les copains de la cellule. Surtout début septembre, lors du grand rituel de la Fête de l'Huma ! Daniel y avait pris sa première cuite, avec la bénédiction paternelle. De beaux souvenirs.

*

C'était loin, tout ça. Vingt ans. Une éternité. Daniel n'avait jamais revu Vincent, ni Gisèle, ni Pascal, ni les autres copains du Parti. Une belle bande de naïfs ! Peut-être radotaient-ils encore, ânonnant leur catéchisme. Gisèle et Pascal devaient être à la retraite, et Robert carrément au cimetière. Qu'est-ce que ça pouvait bien lui foutre à présent les discours fumeux de Vincent sur les grands groupes capitalistes monopolistiques et leur stratégie destinée à endormir la vigilance du prolétariat ? De quoi se marrer, oui ! Daniel ne réfléchissait plus trop à la politique. Cela dit, bien que déconnecté de toute préoccupation de ce genre, il ne manquait jamais de feuilleter *Le Parisien* ou *France Soir*, toujours à disposition sur un coin du comptoir, dans les différents bistrots où il traînait sa carcasse. Il suivait l'actualité, vaguement.

Une qu'il aimait bien, c'était Arlette. Elle au moins ne mâchait pas ses mots. Sincère, toute simple, elle allait droit au but. Les capitalistes, c'étaient eux les responsables de toute la merde. Elle le disait franchement. Elle le criait. Et elle avait bien raison. Elle avait bossé toute sa vie comme employée de banque, sans s'enrichir comme les autres politicards, on ne pouvait rien lui reprocher, mais alors là, vraiment rien. Elle ne s'était pas sali les mains dans des combines douteuses, il suffisait de la voir deux minutes à la télé pour s'en convaincre. Une fille honnête, comme Gisèle, la copine de cellule avec ses mômes qu'elle peinait à nourrir en fin de mois. D'un autre côté, Arlette cachait un peu la vérité à propos des Mamadou et des Mustapha parce que quand même, on ne pouvait pas ignorer cette donnée du problème si on voulait redresser la France, c'était un peu hypocrite de faire comme si de rien n'était. Le Pen, lui, *a contrario*, il y allait carrément. Il cognait de toutes ses forces contre les Mamadou et les Mustapha et il n'avait pas tort non plus, à bien y regarder. Daniel était forcé d'en convenir. Quand il y réfléchissait, avec toute son expérience du Parti, même s'il n'avait jamais pris la carte des Jeunesses, il ne pouvait s'empêcher de penser que la vraie solution pour sortir de la mouise, c'était une alliance entre Arlette et Le Pen. Un truc plutôt raisonnable malgré les apparences. D'un côté, on fait le ménage en virant les capitalistes, allez ouste, du balai, mais on n'oublie pas non plus les Mamadou et les Mustapha, cette véritable armée de parasites qui vampirisait tranquillement la Sécu alors que chez eux, ils auraient crevé la dalle au bord de l'oued, avec la fatma encombrée de ses marmots et rien que deux chèvres rachitiques pour nourrir toute la famille. Trop facile.

*

Daniel avait fait son chemin tout seul. Son vieux était mort d'un cancer six ans plus tôt, une saloperie attrapée sur la chaîne de montage de Citroën, avec tous les produits chimiques qu'ils employaient... Ou alors... parce qu'il fumait comme un dingue ? Sa mère ? Il avait progressivement perdu le contact, las de ses jérémiades. Il n'en pouvait plus de l'entendre pleurnicher debout devant sa table à repasser ou en torchant le cul des gosses qu'elle gardait au noir pour arrondir sa retraite, à tel point qu'il avait peu à peu renoncé à lui rendre visite. D'année en année, le fil qui les retenait l'un à l'autre s'était distendu, disloqué. Idem avec ses frères et sœurs. Il croyait savoir que la cadette, Sandrine, ne s'en tirait pas trop mal, mariée avec un brave mec, ils tenaient un restaurant du côté de La Ferté-Allais, et l'aîné, Cédric, s'était engagé dans l'armée. Coup de chance, il était rentré de Bosnie intact. Sandrine et Cédric avaient pour ainsi dire réussi et Daniel ne tenait pas trop à étaler sa honte en leur expliquant ce qu'il était devenu. Autant que chacun reste dans son coin.

\*

Les Chinois, donc. Ils se tenaient accroupis à même le bitume ou s'asseyaient sur la bordure en béton qui courait le long des grilles protégeant le jardin du siège de la CFDT. Ils passaient des heures à palabrer sans fin en échangeant des petits morceaux de papier où étaient griffonnés des adresses, des numéros de téléphone. Nombre d'entre eux attendaient simplement qu'on vienne leur proposer du travail. De temps à autre, un patron faisait son apparition en catimini, choisissait trois ou quatre de ces malheureux et les conduisait vers une destination inconnue, pas très loin dans le quartier. Un surcroît de boulot inopiné dans un des innombrables ateliers de confection clandestins qui truffaient les alentours...

Parmi les Chinois, il y avait aussi des putes. Très discrètes, jeunes, vêtues sans ostentation, sans aucun des accessoires qui auraient pu laisser transparaître la nature de leur activité, elles abordaient prioritairement les Arabes du coin, aguichant les plus âgés. Ce ciblage ethnique et générationnel n'était cependant pas exclusif. À force de zoner au carrefour, Daniel s'était déjà fait racoler par plusieurs d'entre elles. Pour bénéficier de la prestation, il fallait prendre le métro et aller un peu plus loin sur la ligne 2, Nation-Dauphine, du côté d'Alexandre-Dumas, là où elles devaient disposer d'un point de chute. Ces filles ne maniaient que quelques mots de français, « baiser », « sucer », « capote », le strict nécessaire pour se faire comprendre. Daniel se serait bien laissé tenter, mais à 30 euros la passe, ça restait encore au-dessus de ses moyens. Côté sexe, il était vraiment en rade depuis des années. Il se refusait même à compter, c'était mieux pour le moral.

MON VIEUX

Mais il n'avait jamais oublié la dernière fois, avec Sonia, une fille rencontrée à l'ANPE, une petite rousse de vingt-quatre ans, jolie à craquer, une sauvageonne pulpeuse qui débarquait tout juste de Marseille pour tenter sa chance à Paris. À l'époque, Daniel n'était pas encore au RMI, mais seulement en fin de droits. Une période faste. Ils avaient vécu ensemble quelques semaines, dans un hôtel de la rue des Envierges, pas trop chère la piaule, c'était l'été, ils allaient souvent à la piscine découverte de la Porte-des-Lilas, traînaient le soir aux Halles, une barquette de saucisses-frites à la main. Jusqu'au jour où Sonia avait trouvé un boulot aux puces de Clignancourt, vendeuse chez un anti- quaire, enfin... un type qui prétendait l'être. Un beau salaud. La belle Sonia avait des rêves plein la cervelle, mais un petit pois à la place de celle-ci. Elle voulait réussir comme mannequin et claquait tout son fric à se constituer un book. Des séances photo à n'en plus finir, qu'elle casquait au prix fort. Et comme le hasard fait toujours bien les choses, Armand, l'antiquaire, avait un copain photographe « bien introduit » dans les milieux de la mode. Sonia ne savait pas résister. Daniel l'avait mise en garde, mais elle s'était obstinée. Armand ne cessait de l'encourager dans sa démarche. Le hic, c'était que de séance de pose en séance de pose, ça virait au louche, et que Sonia ne se rendait même plus compte de l'engrenage dans lequel elle s'était fourrée en exhibant son anatomie de façon de plus en plus salace pour améliorer le fameux book.

Pour finir, et seulement dans le but de la protéger, Daniel s'était résolu à trancher dans le vif en allant casser la gueule au fameux Armand. Sonia n'avait pas pardonné. Les adieux furent plutôt rudes. Ça lui était souvent arrivé, à Daniel, de tomber dans les emmerdes en voulant sincèrement rendre service. Enfin bref... depuis sa rupture avec Sonia, c'était la traversée du désert. Ce qui le plongeait parfois dans des rages froides, à se taper la tête contre les murs de sa chambre de bonne de l'avenue Par- mentier. Il avait amassé une petite collection de revues pornos et les feuilletait en s'inventant des rencontres, en s'imaginant des parties de jambes en l'air débridées, interminables, avant de se

35

retrouver aussi épuisé qu'insatisfait, la main rageusement crispée sur son sexe redevenu flasque.

\*

Si, au carrefour Belleville, les Chinois pouvaient raisonnablement postuler au titre de rois de la place, ils n'en possédaient cependant pas l'exclusivité, Daniel pouvait en témoigner. Toute une kyrielle de Mamadou et de Mustapha squattaient en effet les lieux, incrustés dans les maigres parcelles de territoire qui leur avaient été abandonnées, mais pour combien de temps encore ? Ils s'y livraient à de modestes commerces. Une des grandes spécialités des Mamadou, c'était le maïs grillé. Ils piquaient un Caddie dans un supermarché des environs, y installaient un bidon rempli de braises de charbon de bois et muni d'une grille sur laquelle ils faisaient roussir les épis avant de les proposer aux passants. Les Mustapha affichaient une plus grande ambition, toutes proportions gardées, en se livrant au négoce de montres de pacotille, de bijoux bas de gamme, voire de cigarettes de contrebande. Ou simplement de fruits jetés en vrac sur un étal improvisé, composé de cageots empilés.

Il y avait également les petites Roumaines en jupes bariolées et fichus crasseux. Elles tendaient une main tout aussi crasseuse aux quidams qui se précipitaient vers l'entrée du métro. Les plus perfectionnistes d'entre elles, les plus aguerries, tenaient un bébé dans les bras. Un bébé soigneusement endormi à l'aide de quelques rasades de Slivovic versées dans son biberon, pauvre petite chose au teint cramoisi, engourdi dans son sommeil éthylique et censé apitoyer le passant. Les derniers venus dans ce triste carnaval étaient originaires d'ex-Yougoslavie ou d'une riante banlieue de Tirana. Leur spécialité à eux, c'était le bonneteau, une arnaque vieille comme le monde. Un carton renversé sur le trottoir, trois cartes à jouer, deux noires une rouge, et le ballet pouvait commencer. Des mains expertes faisaient danser les cartes placées côté pile, et donc indiscernables les unes des autres, avant d'inviter l'amateur à deviner où se situait la rouge après avoir misé quelques euros sur ses chances de réussite ! Au moment du verdict, les cartes retournées côté face donnaient systématiquement tort à l'imprudent. Acoquinés à plusieurs « barons » – qui se chargeaient de miser un peu d'argent afin d'appâter le gogo et raflaient la mise sans coup férir pour bien démontrer que la partie n'était pas truquée –, les Yougos parvenaient toujours à rameuter un petit attroupement de simplets qui ne semblaient pas connaître cette combine pourtant si éculée. Daniel avait assisté à leur arrivée dans les parages quelques semaines auparavant. Le spectacle l'avait rempli de joie. Les Chinois, traditionnellement fous de jeu, réunis en grappes frétillantes autour du maître de cérémonie, se laissaient gruger avec un entrain sans faille, mais le plus drôle, c'était que dans la bousculade qui entourait les joueurs, des pickpockets complices de la bande les chahutaient, les pelotaient sans vergogne et leur délestaient les poches de tout ce qui pouvait y croupir. Ce qui avait bien fini par se savoir, se chuchoter de bouche à oreille. Et néanmoins ça continuait.

La flicaille en charge du secteur se livrait de temps à autre à de rapides incursions, mais des guetteurs postés en certains points stratégiques signalaient aussitôt l'apparition des voitures à gyrophare. En moins d'une seconde, les cartes avaient disparu et les cageots ayant servi de support au jeu gisaient dans le caniveau. Si bien qu'une fois débarqués sur place, les pandores devaient se résigner à rentrer bredouilles dans leur tanière, faute de flag. Mais ils toléraient mal de s'être déplacés pour rien et verbalisaient alors avec la plus extrême sévérité les vendeurs de fruits et de maïs grillé, histoire de prouver qu'ils servaient bien à quelque chose. Les putes s'étaient elles aussi évaporées, ravies de se voir octroyer une pause, les petites Tsiganes avaient emporté leurs bébés shootés à l'alcool loin du tumulte, les contrebandiers de la clope attendaient l'accalmie, bien à l'abri dans les cafés voisins, avec leurs cartouches de Marlboro planquées dans des sacs d'allure anodine. Vingt minutes plus tard à peine, le business battait de nouveau son plein.

*

Ce n'était toutefois pas ce folklore qui attirait irrésistiblement Daniel au croisement du boulevard de la Villette et de la rue de Belleville. Ses pas l'y ramenaient toujours, après bien des déambulations concentriques, comme vers le point d'origine d'une spirale, d'un disque qui n'en finissait plus de tournoyer devant ses yeux, un disque programmé pour exercer sur son regard une fascination quasi hypnotique.

La raison en était simple. Depuis des années, une bande de clochards avait élu domicile sur le terre-plein du boulevard, aux abords de la station de métro les jours de beau temps et dans ses profondeurs quand sévissait la pluie ou la froidure. Ils essaimaient alentour, à la devanture des épiceries ou des gargotes chinoises, mendiant ici un fruit, là une barquette de riz, avec un succès tout relatif. Les plus combatifs d'entre eux faisaient la manche auprès des passants ou des automobilistes immobilisés au feu rouge, et se voyaient rembarrer neuf fois sur dix. Neuf fois sur dix seulement. Question de patience, d'acharnement. En insistant, à force de tituber contre les portières aux vitres entrouvertes des 4×4 Toyota ou des Opel Corsa pour y exhaler une haleine aux senteurs putrides – pinard mal digéré, crise d'acétone ou carie en phase terminale –, ils finissaient par remporter la mise, si modeste fût-elle. Dix, vingt, cinquante centimes d'euro ? Qu'à cela ne tienne ! Les petits ruisseaux font les grandes rivières. Quand la moisson avait été bonne, c'était la fête à grand renfort de litres de rouge – des bouteilles de plastique ornées d'étiquettes figurant des grappes de raisin aux couleurs criardes, annonciatrices d'orgies dionysiaques qui ne demandaient qu'à être célébrées entre potes. La panse emplie de ce nectar, il ne leur restait plus qu'à cuver, allongés en rangs d'oignons à même le trottoir, sous le regard désapprobateur des passants. Pour certains, la soûlographie était parfois si profonde qu'elle provoquait des défaillances sphinctériennes. Les plus résistants trouvaient encore la force d'ouvrir leur braguette d'une main agitée de tremblements et pissaient sans même se relever, aspergeant au passage le copain plongé dans un profond roupillon. Quand le jet se tarissait, la dernière giclée s'avérait difficile à contrôler et venait enrichir la collection de taches qui garnissaient le pantalon ou la chemise déjà souillée de traces indéfinissables. Au réveil, ces chevaliers de la cloche, soudés les uns aux autres dans leur démarche flageolante, repartaient gaillardement à la quête du Graal éthylique, et plus précisément à la recherche des quelques piécettes qui leur permettraient d'y accéder.

\*

Daniel ne cessait de passer tout ce petit monde en revue, comme à l'armée où il avait végété plusieurs semaines avant d'en être congédié, réformé pour troubles caractériels, à la suite de bagarres répétées dans la chambrée du régiment d'artillerie où il avait été affecté du côté de Metz.

À force de les observer, il connaissait chacun de ces clodos, savait leur prénom ou leur sobriquet... Nanard, Luigi, le Pirate, Meccano, Philou, la Chenille, ça n'était guère difficile puisqu'ils n'arrêtaient pas de s'apostropher les uns les autres à grand renfort de gueulantes. L'ambiance n'était pas toujours fraternelle au sein du groupe. Parfois, ça castagnait sec, sous les prétextes les plus variés, les plus futiles, mais on finissait tout le temps par se réconcilier en décapsulant une bouteille de jaja.

Le chef, le meneur, c'était sans conteste Nanard, un colosse quinquagénaire qui pesait ses cent kilos, vêtu d'un manteau de cuir sous lequel il était souvent torse nu, exhibant un poitrail velu où s'épanouissait une jolie collection de tatouages, de cicatrices, autant de souvenirs gravés dans la couenne, qui témoignaient d'un long passé de bourlingue. Le Pirate, son second dans la hiérarchie du groupe, un gringalet quasi chauve, boitillait sur son pied-bot harnaché d'une chaussure orthopédique aux contours plus qu'approximatifs et qui aurait bien mérité une révision chez un artisan spécialisé. La godasse n'épargnait pas sa peine pour remplir malgré tout son office, rafistolée depuis des lustres à la va-comme-je-te-pousse, une talonnette par-ci, une rustine de cuir par-là. Le Pirate devait son surnom à son œil gauche, énucléé et recouvert d'un bandeau, façon flibustier. Une coquetterie qui lui assurait un prestige certain auprès des novices que la bande agrégeait au fil des rencontres, des séances de picolade effrénée.

Luigi était obèse. Son ventre énorme débordait de son froc et retroussait bien au-dessus du nombril le pull-over de teinte rouge vif qui ne le quittait jamais et s'effilochait maille par maille. Philou, c'était l'inverse, une silhouette filiforme, rachitique, déformée par une cyphose, avec des bras longs comme un jour sans pain et des pognes aux doigts calleux, noircis par la crasse et rongés par les verrues.

Comme son sobriquet le laissait entendre, Meccano avait toujours une poignée de vis, de boulons, de clous enfouie au fond des poches de son battle-dress, une relique qui partait en quenouille. Assis sur le trottoir, une chopine à portée de main, il passait de longues heures à en faire l'inventaire ; méthodiquement, scrupuleusement, il plaçait les vis d'un côté, les boulons de l'autre, soucieux de séparer les clous de l'ensemble pour les ranger à part en un petit tas bien distinct, comme si les fameux clous étaient frappés d'on ne sait quelle indignité, avant de brasser le tout d'un geste rageur. Et de recommencer. Indéfiniment. Nanard pensait que Meccano était carrément barge, mais c'était un bon copain. Il l'entourait même de toute son affection, puisque Meccano possédait un talent inouï pour apitoyer le badaud et lui faire cracher l'aumône. Son sourire d'idiot venait à bout des plus avares. Quand on réunissait le fric glané après des heures de manche, dans l'espoir d'une belle muflée, Meccano ramenait la thune sans barguigner et partageait en frère avec les amis, alors qu'il aurait pu revendiquer une part préférentielle, un petit plus, quelques décilitres de pinard supplémentaires destinés à son usage exclusif et qu'il aurait bien mérités. Mais non, Meccano se refusait à de telles mesquineries : il versait son obole dans le sac Prisunic que lui tendait Nanard, sans souci de prouver sa rentabilité, nettement supérieure à celle des confrères. Un brave mec, Meccano. Nanard plongeait ses mains dans le sac et allait faire les courses chez Samir, l'épicier qui tenait échoppe au début de la rue du Faubourg-du-Temple. Il en revenait les bras chargés de litrons et procédait à la distribution en se servant le premier.

La Chenille... Ah, la Chenille ! Celui-là, il fallait se le coltiner. Dans la bande, c'était le traîne-savates, le poids mort. Il se dandinait d'un bout du carrefour à l'autre, cramponné à sa béquille, avec sa patte folle, suite à un accident, une moto qui lui avait bousillé le genou rue de Ménilmontant, trois ans auparavant. Il avait bien failli être amputé, mais contre toute attente, les toubibs étaient parvenus à sauver sa guibolle menacée de nécrose. Durant la manche, il ne rapportait pas un sou, en dépit de tous ses efforts. Son surnom lui venait de sa démarche, ce curieux déhanchement qui l'amenait à se plier en deux pour éviter de prendre appui sur sa jambe esquintée avant de se redresser pour se courber à nouveau, évoquant ainsi une sorte de reptation qui appelait spontanément la métaphore entomologique. Nanard, qui l'avait baptisé ainsi, n'était pas peu fier de sa trouvaille. La Chenille, ça lui allait comme un gant ! La Chenille était très gentil. Et surtout docile. Jeune, à peine trente-cinq ans, gracile, avec un corps encore à peu près présentable en dépit de son infirmité. La trogne déjà ravagée par l'alcool, certes, mais la bouche aux lèvres charnues pas encore trop pourrie par les mycoses ni peuplée de chicots. Certains soirs, Nanard, quand il n'avait rien d'autre en vue, l'entraînait à l'écart, un peu plus loin sur le boulevard de la Villette et, bien à l'abri entre deux camionnettes garées sur le terre-plein, se faisait faire une petite pipe. La Chenille avait un peu renâclé la première fois, mais, comprenant que la protection du caïd, vitale pour ne pas sombrer encore plus bas, était à ce prix, il s'acquittait de la corvée avec bonne volonté. Le seul point sur lequel il n'avait pas transigé, c'était que Nanard, et lui seul, pourrait bénéficier d'un tel privilège. Promis, juré ! Hors de question d'en faire profiter Philou, le Pirate ou les autres. L'affaire était strictement privée, un arrangement entre potes, un pacte qui scellait leur amitié. La Chenille suçait Nanard quand celui-ci en avait envie, point barre. En retour, la Chenille était toujours servi le premier lorsque Nanard distribuait la bouffe, sauciflard, boîtes de corned-beef, paquets de chips et tranches de jambon achetées au supermarché chinois du boulevard de la Villette. Et quand il y avait du rab, il gardait la priorité. Au bout du compte, ça valait le coup.

Nanard, Luigi, le Pirate, Meccano, Philou et la Chenille ne quittaient jamais le carrefour Belleville, à tel point que leurs visages étaient devenus familiers aux habitants du quartier, au même titre que celui du boulanger ou du facteur. On les croisait avec une grimace de dégoût ou de pitié. Sempiternellement fidèles au poste, ils constituaient un élément du décor, comme la sanisette, le kiosque à journaux, le marchand de paninis et de crêpes installé à côté de *La Vielleuse*, la devanture du *Quick*, voire le manège cacochyme dressé à l'entrée du boulevard de Belleville où les mamans regardaient leurs gosses tournoyer aux commandes d'une voiture de pompiers, d'une soucoupe volante ou d'un char d'assaut.

Nanard et ses copains formaient pour ainsi dire le noyau dur de la confrérie, noyau autour duquel, au fil des jours et des saisons, au hasard des rencontres, venaient s'agréger quantité de paumés de même obédience. Certains aussi épuisés qu'un Luigi, aussi délabrés qu'un Philou, d'autres moins. Il existait toute une palette, un éventail de la déchéance, une sorte de gradation dans l'anéantissement, une échelle de Richter de la plongée aux abîmes qui aurait pu passionner un étudiant en sociologie à la recherche d'un sujet de thèse original. La bande à Nanard prospérait sans aucun effort de prosélytisme : c'était bien simple, ça arrivait de partout. Certaines semaines, l'effectif enflait jusqu'à atteindre la vingtaine, la trentaine, le mois suivant, il rétrécissait, s'amenuisait sans trop qu'on sache pourquoi.

Mine de rien, Nanard était assez sourcilleux quant au recrutement. Il virait les marioles, les parasites incapables d'apporter leur contribution, si modeste fût-elle, à l'économie du groupe. La Chenille ne ramenait jamais le moindre sou, comme on le sait, mais il rendait service à la mesure de ses moyens. Pour être admis dans le domaine de Nanard, il fallait montrer patte blanche d'une façon ou d'une autre avant de pouvoir festoyer à la table royale.

Le seul point sur lequel Nanard faisait preuve d'indulgence, et sans réserve aucune, c'était « rapport aux gonzesses ». Alors là, aucune hésitation, honneur aux dames, en toutes circonstances ! Elles étaient quelques-unes à rejoindre la petite clique, à s'asseoir elles aussi sur le bitume pour siffler leur coup de rouge. Des années durant, la plus appréciée du groupe avait été Martine, l'épouse en titre de Luigi, mais elle était morte, emportée par une cirrhose l'automne précédent. Les derniers temps, le visage bouffi, les jambes couvertes d'œdèmes et percluses de varices, vêtue d'un jogging déchiré de partout, elle ne tenait quasiment plus debout ; le quai du métro de la ligne Nation-Dauphine était devenu son univers. À force d'y séjourner mois après mois, avachie sur un siège, le regard vide, dans la lumière froide des néons, elle avait perdu toute notion du temps, tout réflexe de pudeur, baissant simplement sa culotte là où elle se trouvait quand l'envie de déféquer lui tordait soudain les tripes. Les passants appréciaient.

Luigi n'était pas jaloux le moins du monde et la prêtait volontiers aux copains, lui-même ne se sentant plus trop en forme de ce côté-là. Martine passait donc de main en main, Nanard et les autres l'extrayant des profondeurs du souterrain pour aller se la farcir un peu plus loin, bien peinards, à l'abri d'une palissade de chantier. Bref, un beau jour, ç'avait été fini. Martine ne s'était pas réveillée après avoir ingurgité une bonne dizaine de litres de vinasse. Les pompiers étaient venus ramasser son cadavre sur le quai du métro, direction Dauphine. Au fin fond de la poche de son veston, Luigi avait longtemps gardé une enveloppe de papier kraft à bout de souffle qui servait d'écrin à la photo de leur mariage. Un cliché pris vingt ans plus tôt sur le parvis de l'église Notre-Dame-de-la-Charité, à Saint-Gilles, un minuscule bled du Maine-et-Loir dont ils étaient tous deux originaires. Ils souriaient face à l'objectif, Luigi d'un air conquérant, avec rouflaquettes et nœud pap, Martine toute timide dans son petit tailleur blanc, un bouquet d'œillets à la main. Luigi la contemplait souvent, cette photo, en hochant la tête, incrédule, les larmes aux yeux. Manque de chance, un beau soir, suite à la biture habituelle, il se retrouva allongé dans le caniveau, trempé de la nuque aux talons, tellement naze qu'il mit plusieurs minutes à se réveiller. La photo ne survécut pas à l'épreuve. Luigi se résigna à en jeter les lambeaux dans les flots d'eau sale qui filaient vers les égouts et y charriaient en vrac quantité d'autres détritus.

Nanard avait bien remarqué que c'était depuis ce jour-là que Luigi avait commencé à déconner, restant tout seul dans son coin, sans parler aux copains, incapable de reprendre du poil de la bête. Finalement, il tenait plus à la photo, qui évoquait un bonheur enfui, qu'à cette pauvre Martine. L'affaire devint si inquiétante que Nanard se décida à passer à l'action. Prélevant quelques pièces sur le pécule de chaque membre de la bande, il acheta un petit bouquet de fleurs et entraîna Luigi dans un long périple, de ligne de métro en ligne de bus, jusqu'au cimetière de Thiais, au carré dit des indigents où était enterrée Martine. Les deux potes restèrent un long moment silencieux devant la tombe décorée avec les œillets. Sur le chemin du retour, ils eurent très très soif. Il faut dire que ce jour-là, il faisait assez chaud.

\*

D'autres dames bien moins décaties que Martine fréquentaient la bande à Nanard. Certaines ne faisaient que passer, deux, trois jours, le temps de partager quelques cuites ; d'autres s'attardaient un peu plus, avant de rejoindre un autre groupe sur une autre ligne de métro ou d'être récupérées *in extremis* par un travailleur social qui croyait encore à sa mission et parvenait à les ancrer dans un foyer d'accueil pour leur éviter à tout prix de chuter aussi bas que Martine.

L'arrivée d'une de ces nouvelles créatures mettait aussitôt la bande en grand émoi, et Nanard le premier. Il ne manquait jamais de se renseigner sur le parcours de la belle et confessait chaque novice après lui avoir offert une rasade de pinard. Leurs histoires ne variaient guère. Assourdissante litanie de la débine. Tantôt un amant violent qui les avait persécutées et qu'elles cherchaient à fuir, trouvant auprès de Nanard et des siens une protection approximative pour peu qu'elles ne se montrent pas trop farouches... Tantôt une débilité légère, aggravée par l'alcoolisme, la perte de tous les liens familiaux, voire le décès des parents, et la voie était toute tracée pour mener au même résultat. Parfois encore, c'était un cocktail de tous ces ingrédients. La main du destin agitait le shaker et c'était parti pour la dégustation.

Toujours est-il que l'arrivée de deux ou trois de ces paumées provoquait illico un accroissement considérable des effectifs du club. Dès que ça sentait la chair fraîche – les naseaux mis en alerte par de puissantes phéromones qui traçaient leur route, vaille que vaille, entre les remugles de gas-oil, les senteurs de graillon et les émanations de pieds jamais lavés –, les viandards de la cloche rappliquaient au carrefour Belleville, attirés par la promesse d'un coup à tirer. La Chenille, pas mécontent de l'aubaine, se trouvait *ipso facto* placé en réserve de la République nanardesque.

*

Il y avait des exceptions. Une des dernières recrues se prénommait Florence. Une blonde solidement charpentée, la quarantaine finissante, qui, peu de temps auparavant, tenait un restaurant avec son mari. Lequel s'était fait poignarder à mort par un client irascible, un psychopathe qui aurait tout aussi bien pu choisir au pif une autre victime pour apaiser les démons qui grondaient dans sa tête. Ce fut le carnage. Florence y assista en direct et ne supporta pas le choc. Comme par exorcisme, elle incendia le restaurant le lendemain des obsèques de son époux, décidée à se jeter dans les flammes pour rejoindre l'aimé au paradis. Mais au dernier moment, elle manqua de cran. Elle perdit tous ses biens, l'appartement du couple se trouvant à l'étage au-dessus. La moindre trace de sa vie antérieure s'était envolée. L'assurance refusa bien entendu de délier sa bourse, ne serait-ce que d'un centime, en raison du caractère volontaire du sinistre que Florence avait clamé haut et fort. Quelques semaines en hôpital psychiatrique, assommée de neuroleptiques à fortes doses, ne l'avaient pas aidée à refaire surface. Au contraire, la descente n'en fut que plus brutale. Elle avait perdu toute vision cohérente de son propre avenir, se contentant de menus projets pour les minutes, les heures qui allaient suivre, pas plus.

À son arrivée au carrefour Belleville, elle n'était pas encore trop esquintée, hormis des ecchymoses ici et là, et traînait un sac de vêtements de rechange, une garde-robe d'une richesse inouïe comparativement au baluchon des consœurs qui fréquentaient les lieux. Si bien qu'elle obtint un vif succès auprès de Nanard et de ses sujets. On l'entourait d'égards, on l'appelait *Madame Florence* pour bien marquer le respect dans lequel on la tenait. Nanard alla même jusqu'à lui fournir une couverture et un coussin pour qu'elle ne se meurtrisse pas trop les fesses en s'asseyant sur la bordure du trottoir et, qu'à cela ne tienne, lui assura pinard, claquoss et sauciflard à volonté. Le Pirate se vit confier la mission de veiller sur le sac contenant la garde-robe de la princesse ; il s'acquittait de sa tâche avec le plus grand sérieux. Dès que Nanard avait le dos tourné, émerveillé, il fouillait le précieux sac pour y palper les sous-vêtements qui en tapissaient le fond.

\*

Accoudé à la balustrade de l'entrée de la station de métro, son poste de guet habituel, une cigarette fichée aux commissures des lèvres, Daniel Tessandier avait assisté à l'arrivée de Florence et, bien qu'il ignorât les circonstances exactes de sa descente en vrille depuis le septième ciel, il s'apprêtait à tenir la chronique de son anéantissement, touche par touche. Fastoche. Il suffisait de se rincer l'œil.

La veille encore, la perspective d'un tel spectacle, qui allait durer des semaines, des mois – peu importe, tout était affaire de patience –, l'aurait empli d'une joie mauvaise, non dénuée de sadisme. Sa propre existence n'ayant rien d'enviable, il ne pouvait s'empêcher de se regonfler le moral en se délectant du malheur des plus malchanceux que lui. Rien de bien neuf sous le soleil. Autrefois, les foules s'agglutinaient pour voir entrer en action la machine à Deibler...

\*

MON VIEUX

La perspective avait changé. Chez la Letillois, doté d'un abri sûr, si inconfortable fût-il, Daniel appartenait encore à l'ultime strate des privilégiés, des derniers nantis du bas de l'échelle, agrippés au tout dernier barreau, ceux que ne menaçait pas le grand plongeon dans la rue. Désormais, la bande à Nanard, son folklore aussi pittoresque que pitoyable ne le faisaient plus ricaner. Il se sentait au bord du gouffre. Quantité d'autres types aussi perdus que lui hantaient les lieux, l'épaule tombante, une cannette de bière à la main, sans but apparent, pour revenir sans cesse à leur point de départ : les abords de la station de métro. On aurait dit qu'ils tournoyaient sur le bord d'un gigantesque lavabo au fond duquel stagnait de l'eau sale. La bonde à la gueule grande ouverte ne demandait qu'à les aspirer dans ses remous.

Nanard, adossé à un tronc d'arbre, légèrement assoupi après les deux litrons de picrate qu'il venait d'ingurgiter, ne cessait de balayer les frontières de son domaine d'un regard panoptique. Chaque élément du décor était inscrit dans sa mémoire. Rien dans la cartographie de ces quelques dizaines de mètres carrés de bitume ne lui échappait. Bref, depuis le temps qu'il le voyait rôder dans les environs, le visage de Daniel ne lui était pas inconnu. Il ne décramponnait vraiment pas du secteur, celui-là ! Nanard classa l'information dans un coin de sa tête. Tout près de lui, Madame Florence en tenait une bonne et roupillait sur sa couverture, la tête confortablement calée sur son coussin. Ses fesses rebondies tendaient tellement le tissu de son jean qu'on apercevait nettement la bordure de sa culotte de dentelle noire. De ce côté-là, tout allait pour le mieux. Meccano et Luigi étaient partis en vadrouille Dieu sait où. Philou faisait la manche. La Chenille ? Il chantonnait en faisant mine de se servir de sa béquille comme d'une guitare pour y plaquer des accords imaginaires, sans même se rendre compte qu'il s'était pissé dessus. Une journée ordinaire.

*

Daniel Tessandier passa l'après-midi à marcher, de la République aux Grands Boulevards jusqu'à Opéra et retour, sans se résigner à descendre dans le métro pour y mendier. L'idée de devoir bientôt errer tous les soirs à la recherche d'un hébergement le tourmentait. Il savait pertinemment que s'il était contraint de se réfugier dans un foyer d'accueil, il tomberait de nouveau dans les embrouilles. S'il ne s'était pas bagarré depuis un an, c'était seulement parce qu'il dormait chez la Letillois, à l'abri de cette promiscuité.

Vers dix-sept heures, fatigué, il réintégra sa chambre de l'avenue Parmentier, défit le canapé-lit et s'y allongea sans parvenir à trouver le sommeil. Il ne cessait de se retourner dans son duvet, les yeux clos, les poings serrés. Il ne s'était pas dévêtu et ne tarda pas à se retrouver couvert de sueur. Son tee-shirt lui collait aux aisselles, les élastiques de son slip lui irritaient l'aine. Il rejeta le duvet, se déshabilla complètement et entreprit une toilette vigoureuse en faisant mousser le savon sous le robinet d'eau froide. Deux fois par semaine, il allait prendre une vraie douche aux bains municipaux, gratuits, de la rue Oberkampf, mais mine de rien, avec le trajet à pied aller et retour, ça bouffait presque une matinée entière à chaque fois. Il se sécha soigneusement et enfila des vêtements propres avant de mettre les sales à tremper dans une bassine en plastique. En se coiffant devant le petit miroir qui pendait au-dessus du lavabo, il nota qu'il devrait aller faire un tour chez le coiffeur. Ça poussait dans tous les sens, avec des épis qui résistaient à la brosse. Il ne voulait pas avoir l'air d'un type qui se néglige, et là-dessus, la Letillois l'avait félicité à plusieurs reprises.

Il redescendit dans la rue vers vingt heures. Le déjeuner qu'il s'était offert à *La Vielleuse* l'avait bien calé, mais un début d'appétit commençait à lui titiller l'estomac. Il jugea que c'était plutôt bon signe. Ça prouvait qu'il gardait le moral. Tout autour de lui, les gens se pressaient de rentrer chez eux pour retrouver leurs gosses, leur femme, dans la perspective d'une soirée télé bien tranquille. La nuit était tombée. Ses pas le ramenèrent vers le carrefour Belleville, sans même qu'il y prenne garde. Hors de question de céder à la tentation d'un autre repas dans un restaurant coûteux, ce n'était plus le moment de déconner.

Par contre, un cheeseburger et une bière au *Quick*, ça restait raisonnable.

Encore un poème, ce *Quick* ! Chinetoques, Mamadou et Mustapha, comme d'habitude. Daniel savoura lentement son cheese, et plus lentement encore sa bière servie dans un gobelet en plastique. Sans qu'il veuille se l'avouer, son retour à Belleville était motivé par une gourmandise à laquelle bien peu de gens prêtaient attention. Un spectacle immuable qui se répétait soir après soir, auquel il avait assisté à maintes reprises depuis qu'il vivait chez la Letillois, pour ainsi dire en voisin. Il résistait mal au plaisir de venir goûter cette petite distraction totalement gratuite.

Une pièce de théâtre qui se donnait dans la rue, variante hard de la commedia dell'arte avec ses personnages convenus, affublés de masques grotesques, Géronte, Pantalone, Pulccinella... Rien à voir avec les pièces de boulevard léchées et bien pensantes que Daniel regardait sur la première chaîne en noir et blanc, chez ses vieux, quand il était tout gosse, et dont le générique final ne manquait jamais de préciser que les décors étaient de Roger Hart et les costumes de Donald Caldwell, à moins que ça ne soit l'inverse. Ce souvenir lui était resté profondément gravé dans la mémoire, sans qu'il sache trop pourquoi.

Là, c'était tous les soirs que, vers vingt et une heures, au carrefour Belleville, les mêmes acteurs rejouaient le même sketch avec d'infimes variantes. Il ne fallait s'attendre à aucune surprise, à aucun *coup de théâtre*, précisément. Le bus du Recueil Social de la RATP stoppait au feu rouge – un bus banalisé, aux vitres opacifiées, réservé à des voyageurs qui ne payaient jamais leur ticket et auxquels il eût été plutôt incongru de prétendre infliger une amende. Les mots « Prévention-Solidarité » ornaient sa carrosserie. Aucune indication de trajet, comme sur tous les autres bus qui sillonnaient Paris en long, en large et en travers ! Le machiniste garait généralement son véhicule devant la façade de *La Vielleuse* fermée à cette heure, une petite escouade d'employés en descendait aussitôt, vêtus d'une vareuse beige sans manche, avec un écusson à l'effigie de la Régie scotché sur la poitrine. Les mains protégées par des gants chirurgicaux en latex translucide, ils partaient à la rencontre des clochards. Pour leur proposer un repas chaud, servi à l'intérieur du bus, dans de petites barquettes recouvertes d'un film plastique. Une brassée de baguettes de pain, une profusion de portions de Vache-qui-rit. Et surtout une nuit à l'hospice de Nanterre, la destination finale du bus, après quelques arrêts en d'autres points stratégiques où se regroupait la confrérie de la cloche. Les gares, principalement. Ou la porte Champerret, le dernier arrêt avant Nanterre.

Les gars de la RATP n'exerçaient aucune contrainte. Ils ne faisaient que proposer un service à la mesure de leurs faibles moyens. Un peu de nourriture, un lit une fois arrivé à destination, une douche pour ceux qui le souhaitaient, une consultation médicale en cas de besoin, des vêtements de rechange à disposition. Leur objectif était de vider en douceur les quais du métro de toute la faune qui les squattait. S'ils n'y parvenaient pas, les équipes du service de sécurité, « la Sec' », comme ils disaient dans leur jargon, avec leur uniforme ninja, leur matraque et leurs bombes lacrymo, intervenaient un peu plus tard et usaient d'arguments nettement plus persuasifs pour faire dégager le terrain, mais au moins, on ne pouvait pas dire que rien n'avait été tenté pour éviter d'avoir recours à la force.

La bande à Nanard était une fidèle cliente du Recueil Social. Ses employés étaient devenus des copains. Au fil du temps, des liens s'étaient créés, fatalement. On s'interpellait par son prénom, on se saluait, on se serrait la paluche, on demandait des nouvelles des uns des autres. La vie en société, tout simplement, même s'il n'en subsistait que de maigres résidus. Quelque chose d'authentique, malgré tout. De respectable en tout cas.

Daniel Tessandier n'ignorait rien de ce rituel. À maintes reprises, il avait vu Nanard et sa petite cour prendre place dans le bus. Avant de monter, ils donnaient leur nom à un flic en combinaison bleue chargé de tenir le registre des voyageurs. Une pure formalité puisque personne ne cherchait à contrôler l'identité réelle de ces curieux touristes en partance pour l'hospice de Nanterre. La Chenille lui-même aurait pu tranquillement annoncer qu'il s'appelait M. le marquis Gontran de Lachenille sans qu'on lui cherche des poux dans la tête, alors qu'on en aurait assurément trouvé ! Ce soir-là, Meccano, le Pirate et la

Chenille posèrent leurs fesses sur les banquettes avec l'assentiment de Nanard. Meccano avait si mal à une molaire que c'en était à chialer, le Pirate n'en pouvait plus de sa diarrhée, quant à la Chenille, il avait besoin d'un pantalon de rechange, tant le sien, miné par l'urine, partait en loques. Le minimum. Nanard dédaigna l'offre du chef d'équipe de la RATP qui l'encourageait à accompagner ses troupes, après avoir promis qu'il ne squatterait pas les quais de la ligne 11, un de ses coins de prédilection. C'était le deal. Ses potes, virés de Nanterre dès le lendemain matin, réintégreraient le carrefour Belleville sans coup férir. Inutile de se fixer rendez-vous.

Daniel assista au départ du bus, cette étrange Nef des fous qui tangua quelques instants sur le boulevard de la Villette dans une plainte aiguë de la boîte de vitesses avant que sa silhouette massive ne s'estompe dans la nuit. Il vit ensuite Nanard, enveloppé de son large manteau de cuir, trottiner d'un pas allègre vers la pénombre si accueillante du parking qui s'étalait devant le siège de la CFDT. Nul doute qu'il lui fallait prendre soin de Madame Florence, l'entourer de toute son affection naissante, ainsi qu'il avait jadis procédé envers Martine, épouse Luigi, avec tant de succès.

*

Daniel resta seul, à frissonner sur le trottoir. Jusque-là, le cauchemar lui avait été épargné. Bien qu'il s'en soit toujours défendu, il éprouvait le besoin masochiste de se rassasier de cette vision d'un avenir possible, sinon promis, en tout cas programmé par des forces résolument hostiles auxquelles il tentait vainement de résister. Il ne pouvait s'empêcher de penser que si toute la belle bande de connards qui distribuaient leurs tracts le dimanche matin sur le marché de la cité des 3000 à Aulnay vingt ans auparavant avaient manifesté un peu plus de lucidité, il n'en serait pas là, lui, aujourd'hui, Daniel, à payer cash leurs erreurs. Brusquement il décida de défendre sa peau coûte que coûte, quitte à balancer par-dessus bord tout un tas de principes plus foireux les uns que les autres qui lui avaient jusqu'alors bien pourri l'existence.

# CHAPITRE 2

À l'instant même où Daniel Tessandier se laissait submerger par la rancœur, voire la haine, Cécile Colmont, assise sur un rocher au bord de la plage, contemplait les reflets de la lune, presque pleine, sur les eaux grises de l'Atlantique. Les vagues s'échouaient à quelques centimètres de ses pieds nus ; elle avait posé ses bottes de caoutchouc à l'entrée du sentier qui menait à cette minuscule crique où, tous les soirs, elle venait passer un moment seule. La marée commençait à se retirer, abandonnant sur le sable quantité d'algues déracinées qui ondulaient, perdues au fil des flots.

Cécile se pencha en avant et saisit une poignée de fucus tout à fait comparable à une grappe de raisin. Elle en perça machinalement plusieurs grains avec les ongles, faisant jaillir une bulle gélatineuse qu'elle porta à ses narines. À sa grande stupéfaction, pour la première fois depuis si longtemps, elle perçut une vague senteur. Ténue. Quelque chose d'indéfinissable. Presque rien. Affolée, bouleversée, remplie d'espoir, elle quitta le rocher sur lequel elle s'était assise, s'engagea jusqu'à mi-cuisse dans l'eau glacée et empoigna des brassées de tout ce qui se trouvait à sa portée. Une végétation marine très dense, un conglomérat visqueux dont elle se frotta voluptueusement le visage, le cou. Avec la même sensation renouvelée, de plus en plus intense, au fil des minutes qui suivirent. Ce n'était pas suffisant. Il fallait en avoir le cœur net. Elle croqua un grain de fucus, rageusement, à pleines dents. Puis deux, puis trois, en prenant soin de les mâcher, de les mastiquer. Elle bloqua sa langue contre son palais avant de déglutir. Ce fut comme si l'océan entier explosait dans sa bouche. De vieux souvenirs olfactifs, gustatifs, tout un fatras reclus ou plutôt cadenassé dans un obscur recoin de sa tête, refirent soudain surface, en vrac.

Un plateau de fruits de mer, justement. Un dimanche à Trouville, ça remontait à quand déjà ? Cinq ans ? Six ? Peu importe. Des huîtres, des crevettes, des bulots, des pinces de tourteau dégustées à la terrasse d'un restaurant du port. Une cuillerée de mayonnaise. Quelques rondelles de citron dont le jus acide picotait la langue. Ou une glace à la vanille suçotée sur la plage de Propriano, la veille de son accident. Ce fut une déferlante de réminiscences confuses qui cognaient à la porte de sa mémoire, impatientes de rattraper le temps perdu. Jusqu'aux plus lointaines, aux plus enfouies. Le doudou qu'elle tétait le soir avant de s'endormir, quand elle était petite, avec son goût médicamenteux, pauvre doudou imprégné de gouttes pour le rhume, de sirop Théralène, de chocolat aussi, grâce aux nombreuses taches qui le parsemaient. Les tartines de confiture de framboises du petit déjeuner avant le départ pour l'école maternelle, les chamallows croqués en douce dans la cour de récré... Toute une collection de sensations à laquelle elle croyait ne plus jamais avoir accès s'ouvrait de nouveau à elle, à la manière d'un album de photographies oublié au fond d'un grenier et soudainement redécouvert.

Cécile n'arrivait pas à y croire, et pourtant c'était vrai. Trois ans après son accident, elle venait de retrouver le goût et l'odorat. Elle éclata de rire et resta encore une minute quasi immobile, stupéfaite, à subir la morsure de l'eau glacée sur ses cuisses. Puis elle quitta la plage, récupéra ses bottes et les enfila pour longer le sentier côtier bordé de ronces et d'ajoncs qui menait jusqu'à la clinique. Elle y arriva en moins d'un quart d'heure. La bâtisse se dressait face à l'océan, sur un promontoire rocheux d'où l'on apercevait, au loin, les lumières de Lorient. Avant de franchir le portail, Cécile s'entoura la tête du foulard de mousseline noire qui ne la quittait jamais et lui couvrait la moitié droite du visage. Elle ne consentait à s'en défaire que lorsqu'elle était seule.

Elle se dirigea droit vers la cuisine, déserte à cette heure avancée de la soirée. Les résidents dînaient vers dix-neuf heures trente. On tolérait les retardataires jusqu'à vingt heures trente, mais pas au-delà. Cécile faisait figure d'exception puisqu'elle ne prenait jamais ses repas en compagnie des autres pensionnaires, mais dans sa chambre où on lui déposait un plateau. Elle cochait au hasard les cases correspondant aux divers plats proposés. Garnier, le médecin-chef, lui avait octroyé ce privilège en désespoir de cause, après avoir usé sa salive pour la persuader de se mêler à la petite communauté des patients. En vain. Le repas n'avait pas seulement pour fonction de nourrir l'organisme, mais aussi, et surtout, de permettre aux différents pensionnaires de se retrouver pour partager un moment de convivialité. Pour les adolescents accueillis à la clinique, déjeuners et dîners constituaient une occasion parmi d'autres de recréer une microsociété, certes artificielle, mais dont les bénéfices thérapeutiques n'étaient pas négligeables.

Mélanie, la diététicienne chargée de préparer les repas, était encore là, occupée à rédiger les commandes pour les prochains jours. Elle vit surgir la jeune fille, trempée des pieds à la tête, toute grelottante. Pâle et cependant hilare.

— Cécile, tu es tombée dans l'eau ? lui demanda-t-elle. Tu vas prendre froid.

— Aucune importance, répondit Cécile en ouvrant la porte d'un des réfrigérateurs. Ce soir, au menu, il y avait bien du tiramisu, non ? Il en reste ?

— Bien sûr qu'il en reste ; Bertrand prévoit toujours du rab pour les gourmands.

Bertrand, le cuistot, ne ménageait pas sa peine pour concocter d'innombrables petits plats et desserts qui n'auraient pas démérité à la table d'un honnête restaurant. Cécile s'attabla devant une portion de tiramisu plus que copieuse. Elle la dégusta avec une lenteur appliquée, faisant fondre chaque cuillerée dans sa bouche, sous le regard à la fois approbateur et stupéfait de Mélanie. Le tiramisu liquidé, Cécile s'intéressa à une salade de fruits exotiques. Puis à une charlotte aux poires. Pour porter les aliments à sa bouche, elle tirait légèrement sur son voile, de la main gauche.

— Ça va, Cécile ? lui demanda Mélanie, intriguée par cette boulimie.

— C'est revenu, je sens... je sens le goût ! répondit Cécile, avant d'éclater en sanglots.

Mélanie s'approcha, la prit dans ses bras et lui caressa la tête en prenant soin de ne pas déplacer son voile.

— C'est formidable ! Mais tu grelottes, tu es toute gelée, murmura-t-elle à son oreille.

— C'est sur la plage que c'est arrivé. Je me suis mise à renifler des algues... et c'est revenu, d'un coup ! Je ne sais pas pourquoi !

— Formidable, formidable, répéta Mélanie. Tu vois bien qu'il n'y avait aucune raison de te décourager. Mais là, si tu restes à te geler avec tes vêtements trempés, c'est la crève garantie. Il faut que tu prennes une douche bouillante ! Allez, viens, je te raccompagne à ta chambre.

Comme soudées l'une à l'autre, elles quittèrent la cuisine et empruntèrent l'ascenseur qui menait aux chambres des patients, au premier étage de la clinique. Mélanie aida Cécile à se débarrasser de ses vêtements, sans porter la main à son voile.

— Tu as envie qu'on parle ? demanda-t-elle à la jeune fille quand celle-ci, sortie de la douche, fut allongée sur son lit, drapée dans un peignoir, le visage recouvert d'un voile de rechange, sec.

— Non, tu es gentille, Mélanie, mais là, je crois que j'ai besoin de rester seule. Et puis je vais avertir mon père. Ça va lui faire plaisir. Mais d'abord il faut que je reste au calme un moment.

Mélanie quitta la chambre et fit les cent pas au bout du couloir, perplexe. Elle se trouvait devant une grande baie vitrée circulaire, ouverte sur l'océan. Les chambres des pensionnaires, une cinquantaine au total, disposées en un vaste arc de cercle, donnaient toutes sur ce belvédère. Le vent s'était levé et pesait de toute sa force sur les parois de verre, les aspergeant de copeaux d'écume en rafales incessantes.

La nouvelle que Cécile venait de lui annoncer constituait un petit séisme dans son suivi thérapeutique. Le problème principal de Cécile n'était certes pas l'anosmie consécutive à son traumatisme crânien – anosmie soudain guérie, à l'en croire, pourquoi mettre sa parole en doute ? –, son problème, la raison de sa présence à la clinique, c'était son visage abîmé sur toute la moitié droite. Cécile fuyait toute vie en société, au point de se voiler la face, au sens premier du terme.

Mélanie prit la décision d'aller sans tarder avertir Garnier, le médecin-chef, qui occupait un appartement de fonction au deuxième étage. Elle le dérangea au beau milieu d'un dîner. Garnier s'excusa auprès de ses hôtes et accueillit la nouvelle avec une grande satisfaction. Nul doute que cette amélioration allait rejaillir sur l'état psychologique de Cécile et contribuer à la réconcilier avec la vie. Et d'abord avec son père, puisque Cécile venait d'annoncer à Mélanie qu'elle tenait à lui réserver la primeur de la nouvelle.

*

Garnier laissa passer trois bons quarts d'heure avant de téléphoner à Alain Colmont tandis que ses invités papotaient autour d'un digestif. L'heure tardive ne constituait pas un obstacle. Depuis l'admission de Cécile à la clinique, les deux hommes avaient pris l'habitude de tels entretiens, souvent nocturnes. Les patients que Garnier accueillait dans son établissement méritaient une attention sans faille et le contact avec les familles, maintenu vingt-quatre heures sur vingt-quatre, figurait au cahier des charges de la clinique. Le service était facturé au prix fort.

— Je le sais déjà ! Elle m'a appelé de sa chambre ! s'écria joyeusement Alain dès qu'il entendit Garnier lui annoncer qu'il y avait du nouveau. Comment expliquez-vous ça ?

— Je ne l'explique pas, répondit sobrement Garnier. En matière de traumatisme crânien, on ignore encore beaucoup de choses. Il suffisait d'attendre, la preuve ! Vous viendrez la voir ce week-end ?

La question était inutile. Alain Colmont venait voir sa fille tous les samedis. Il prenait le premier TGV à la gare Montparnasse pour être sûr d'arriver à la clinique à l'heure du déjeuner.

— Pourquoi attendre ? Demain ! Je viens demain ! Il faut fêter ça avec elle, je vais l'emmener déjeuner au restaurant... et lui offrir des fleurs, du parfum ! Qu'est-ce que vous en pensez ?

— Bien sûr, bien sûr, approuva Garnier, mais je voudrais un peu tempérer votre enthousiasme. Elle n'est pas encore au bout de ses peines !

Alain Colmont ne s'étonna pas de cette remarque. Cette froideur apparente, voire ce pessimisme dont faisait preuve Garnier depuis leur première rencontre, n'était pas pour lui déplaire. Mieux valait ne pas avoir à traiter avec un charlatan, un marchand de poudre aux yeux.

— Évidemment qu'elle n'est pas au bout de ses peines ! s'écriat-il. Cela dit, elle a déjà fait beaucoup de chemin... Vous ne l'avez pas vue au début, je veux dire... quand elle s'est réveillée du coma. Tout le monde me disait que les séquelles seraient terribles, qu'il n'y avait pas grand-chose à espérer, et petit à petit, elle s'est remise à marcher, puis à parler, et elle a récupéré toutes ses facultés mentales ! Et maintenant, plus d'anosmie. Vous vous souvenez ? Quand elle est arrivée chez vous, elle ne voulait plus se nourrir ! Je passais des heures à la supplier d'avaler la moindre bouchée de viande. L'année dernière encore, elle pesait tout juste quarante kilos. Alors ne jouez pas les rabat-joie, Garnier, je vous en prie !

Garnier hocha la tête et s'excusa avant de raccrocher. Sa femme, Mireille, qui avait assisté à l'entretien après avoir actionné la touche haut-parleur du téléphone, l'interrogea du regard. Elle travaillait comme psychologue à la clinique et, bien entendu, ils avaient souvent évoqué ensemble le dossier Colmont. L'arrière-fond « historique » en quelque sorte, celui qui venait encore compliquer, sinon pourrir, les relations entre Cécile et son père.

— Le pauvre... il n'en finit plus de porter sa croix. Il y a vraiment des types qui ont la poisse.

— Il est rongé par son sentiment de culpabilité, il n'arrive pas à s'en défaire, confirma Mireille. Si au moins il acceptait de suivre une thérapie... Il n'y est strictement pour rien, ni pour sa fille ni pour sa femme. Mais contre toute logique, il s'en veut, il s'en veut terriblement, et ça l'obsède. Il est prêt à tout pour se racheter. Vraiment à tout. Il faudrait que tu lui parles, que tu le bouscules en abordant le fond une bonne fois pour toutes. Avec moi, il s'y est toujours refusé. Il n'y a que toi qui aies un peu d'autorité sur lui et puisses l'obliger à ne pas se dérober. Je suis sûre que ça aiderait la gamine.

– Comment faire ? demanda Garnier.

– Si je le savais, soupira Mireille.

Garnier réprima un bâillement et se passa la main sur le visage. Bien sûr qu'il aurait fallu creuser, déblayer, plonger le fer dans la plaie et convaincre Alain Colmont de vider l'abcès. Simple question de bon sens. Mais comment s'y prendre pour ne pas provoquer encore plus de dégâts ? Alain Colmont n'était pas du genre à s'allonger complaisamment sur le divan. Bien au contraire. Il se barricadait dans sa forteresse intime, déterminé à asperger d'huile bouillante quiconque pourrait se risquer à en escalader les remparts.

– Et les autres, ils sont partis ? dit Garnier.

La douzaine d'invités s'étaient évidemment éclipsés en douceur, sans s'offusquer, habitués à voir le maître de maison quitter la table pour répondre à une urgence. Encore une occasion ratée. Ce soir-là, Garnier avait en tête de convaincre ses hôtes d'investir dans une petite société domiciliée en Guadeloupe. Une combine toute simple. Une bande de copains achetait un joli bateau, un catamaran d'enfer, ce qui permettait de profiter d'un tas d'avantages fiscaux, de soustraire en douce quelques bénéfices acquis çà et là, sans prendre de risques, puisque les lois Pons et Girardin autorisaient ces facéties. On se partageait le bateau, une semaine l'un, une semaine l'autre, avec la bénédiction des enquêteurs du Trésor public.

# CHAPITRE 3

Alain Colmont resta un long moment assis devant son bureau, le sourire aux lèvres. Il était incapable de travailler davantage et éteignit son ordinateur. À côté du Mac était posée une photo encadrée de Cécile, prise quelques jours seulement avant l'accident. Elle souriait face à l'objectif, toute bronzée, vêtue d'un minuscule string, allongée sur le sable blond de Cupabia, une plage du sud de la Corse. Insolente d'impudeur, dans la beauté de ses seize ans, avec son visage piqueté de taches de rousseur, des fossettes qui lui creusaient les joues, son petit nez retroussé, sa chevelure blonde nouée par un bandana et ruisselante de perles d'eau, ses grands yeux en amande à la prunelle d'un vert émeraude.

Il tendit la main vers la photo pour en caresser la surface du bout des doigts, comme il l'avait si souvent fait depuis trois ans, avec un recueillement quasi religieux, mais au dernier moment il suspendit son geste. Il lui semblait que cette image de sa fille appartenait de moins en moins au passé. Cécile pouvait maintenant se frayer un passage vers un avenir qu'il avait si longtemps cru interdit, seconde après seconde, minute après minute, heure après heure, trois longues années durant. Cette image n'était plus l'icône qu'il avait tant révérée, devant laquelle il avait versé tant de larmes et contenu tant de colère. Cécile commençait tout simplement à revivre, désormais il en était convaincu. Dès qu'il avait décroché le téléphone, il était resté interdit devant le ton de sa voix, enjoué, espiègle, comme auparavant. C'était sa voix de petite fille qu'il avait de nouveau entendue. Les quelques mots – *Tu sais quoi, papa ? Allez, fais un effort, devine ce qui m'arrive ?* – qu'elle avait lancés en guise d'introduction ne laissaient planer aucun doute. Jamais depuis l'accident il n'avait perçu une telle inflexion de gaieté. Garnier, malgré l'attention dont il savait faire preuve, une attention avant tout professionnelle, bien que marquée d'une profonde humanité, ne pouvait ressentir une telle émotion. Il fallait avoir souffert comme Alain avait souffert pour décrypter un tel signe. L'apprécier à sa juste mesure. Et plus encore, pour jouir de toutes ses promesses.

\*

Alain se leva, étourdi, quitta son bureau, une minuscule pièce mansardée aux murs ornés d'affiches de cinéma et encombrée d'un fatras de livres, de cassettes vidéo, de boîtes à chaussures contenant des centaines de coupures de journaux : il puisait son inspiration dans les faits divers et archivait des pages entières du *Parisien*, de *Match*, voire de *Détective*, une mine de renseignements inépuisable. La réalité, suivant le vieil adage, n'en finissait jamais de dépasser la fiction... Pour qui voulait inventer des histoires, et surtout gagner sa vie en les racontant, il suffisait de piocher dans toute la misère du monde qui s'y donnait à lire.

Il descendit les quelques marches de l'escalier en colimaçon qui menait au séjour et ne put résister à la tentation d'aller fouiller dans sa collection de CD. Ils reposaient en vrac à même la moquette ou en piles à l'équilibre hasardeux le long des murs, tous genres confondus, jazz, classique, variété. Près de mille, il n'avait jamais compté exactement. Coltrane côtoyait Mozart, Gillespie, Schubert, Jonasz, Beethoven et Duke Ellington. Archie Shepp voisinait avec Chopin ou Brassens, Prokofiev devait s'accommoder de la présence de Stéphane Grappelli ou de Mouloudji. Malgré tout ce fouillis, Alain savait pertinemment où se trouvait celui qu'il cherchait : un Nougaro de la belle époque. Il l'introduisit dans la chaîne, se servit un scotch et s'allongea sur un canapé au cuir défraîchi. Des cendriers remplis à ras bord de mégots de cigares qui disséminaient leur puanteur froide étaient étalés sur un tapis de sisal où Mephisto, un chat errant qui squattait les gouttières des immeubles environnants, aimait à se faire les griffes. Le matou avait pris ses habitudes chez Alain, au gré de ses humeurs. Il venait quand ça lui chantait. Et n'hésitait pas à déposer une crotte ici ou là, en toute impunité. Alain constata qu'il faudrait penser à faire le ménage, un jour ou l'autre. Et domestiquer le salopard ou le convaincre d'aller se faire voir ailleurs.

*Elle voulait un enfant, moi je n'en voulais pas,*
*Mais il lui fut pourtant facile,*
*Avec ses arguments, de te faire un papa,*
*Cécile, ma fille...*

C'était l'exacte vérité. Myriam, qui venait alors de franchir le cap de la trentaine, lui avait posé un ultimatum. Les parties de baise gratuite, c'était terminé. Objectif : bébé ! Alain s'était laissé forcer la main. Enfin, la main, pas tout à fait... Comme le suggérait Nougaro, Myriam savait manier de solides arguments auxquels il était difficile de résister. Après tout, pourquoi pas ? Il fallait bien passer à l'âge adulte un jour ou l'autre, renoncer à la bohème et accepter de jouer son rôle, modeste, dans la perpétuation de l'espèce.

Quatre kilos. Cécile pesait quatre kilos à la naissance. Toute rose et hyperactive. Alain l'avait vue gambader entre les mains de la sage-femme, un réflexe de marche archaïque d'une étonnante tonicité. Et puis ç'avait été l'époque des couches, des érythèmes fessiers, des vaccins, puis celles de la crèche, de la maternelle, des engueulades avec les instits, les profs du collège. Le temps avait filé à toute allure sans qu'il soit possible d'en ralentir la fuite, de retenir le moindre grain dans le sablier.

*

*Cécile, ma fille.* Vingt ans auparavant, Alain était allé écouter Nougaro un soir au New Morning, rue des Petits-Champs. Avec Myriam. Dès le lendemain, elle avait décidé d'arrêter la pilule. À la poubelle, la boîte. Ç'avait marché presque tout de suite.

Dix mois plus tard, Myriam accouchait à la maternité des Lilas. Le prénom Cécile était venu tout naturellement.

*

Cécile venait juste d'atteindre ses treize ans quand Alain et Myriam s'étaient séparés. Une histoire des plus ordinaires. Le couple qui bat de l'aile un beau jour sans qu'on sache trop pourquoi. L'usure banale. Quoique... Alain devait sans doute endosser la plus grande part de responsabilité dans le naufrage de leur relation. Quand il y réfléchissait, a posteriori, il ne pouvait que l'admettre...

*

En compagnie de quelques copains, profs comme eux, quatre couples qui se connaissaient depuis la fac, Myriam et Alain décidèrent de passer l'été 92 – juillet et août – dans une vaste maison en Corse, dans le golfe de Propriano. Quinze pièces, un véritable palace. Le décor était paradisiaque : piscine, plage bordée de lentisques en contrebas et, à trois minutes à pied, le restau *Chez Doumé* à l'extrémité de la crique aux eaux turquoise... Toutes les conditions semblaient réunies pour réussir des vacances de rêve. Une manière de colo d'adultes autogérée qui, hélas, vira au psychodrame au bout d'à peine quinze jours. Martine et Sylvain, un des couples concernés, commença à se déchirer dès la fin de la première semaine. Leurs engueulades nocturnes empêchaient tout le monde de dormir... Leur mésentente sexuelle, un secret de polichinelle, fournissait la matière de leurs disputes incessantes, plus futiles les unes que les autres. Cet été-là, ils en étaient arrivés au point de non-retour. Au petit déjeuner, l'ambiance était lugubre. Comme si ça ne suffisait pas, Norbert, un autre copain, ne trouva rien de mieux pour tromper son ennui que de se taper Christine, la femme de Philippe. Qui, à son retour de la plage, les surprit en flagrant délit dans la salle de bains et cassa illico la gueule de Norbert. Le pataquès intégral !

Il fallut toute une soirée de palabres pour calmer le jeu, avec Myriam dans le rôle de modératrice des débats. Elle savait faire. Alain, qui avait accompagné Norbert aux urgences de l'hôpital d'Ajaccio pour qu'on lui raccommode l'arcade sourcilière de plusieurs points de suture, commençait à trouver le temps long. Ensuite vinrent les engueulades à propos des gosses, des tours de garde à la plage pour que les chères petites têtes blondes ne se noient pas, ne risquent pas d'attraper un coup de soleil, etc. Et puis bien sûr, les comptes d'apothicaire concernant les courses au supermarché voisin. La coupe était pleine.

Au bout de trois semaines de ce régime, Alain, épuisé, déclara forfait. Il rentra à Paris, laissant Myriam et ses copines en compagnie des gosses. Il ne fut que le premier des « mâles » à déserter le champ de bataille et regagner ses pénates, bientôt suivi par Philippe, Sylvain, Norbert et Stéphane. Ils passèrent nombre de soirées arrosées, entre copains, à ironiser sur la situation.

Et soudain l'idée jaillit. De leur mésaventure, Alain tira l'argument d'un roman. Une chronique douce-amère de leur amitié, de leur milieu professionnel, l'enseignement. De leur engagement militant aussi : ils étaient tous membres de l'École émancipée, la tendance d'extrême gauche de la FEN. En quelques semaines, il troussa un manuscrit de trois cents feuillets qu'il intitula *La Tribu* et, tout surpris de sa performance, encouragé par Myriam, se décida à l'envoyer à des éditeurs. L'un d'eux répondit favorablement. Quelques mois plus tard, le roman parut en librairie et se vendit à plusieurs milliers d'exemplaires. Plus miraculeux encore, une société de production en acheta les droits pour en tirer un téléfilm. Un vrai conte de fées. Alain fut même sollicité pour participer à l'écriture du scénario. Dopé par ce succès aussi inespéré qu'inattendu, il se mit en disponibilité de l'Éducation nationale pour continuer à écrire. Il crut sincèrement à son talent.

Hélas, les trois romans suivants connurent des bides retentissants. Pas plus de cinq cents exemplaires vendus. Les éditeurs refusèrent les manuscrits qu'il leur proposa ensuite. Malgré ces échecs, Alain savait raconter une histoire et son sens du dialogue était indéniable. Fort de sa première expérience, il continua de travailler pour la télévision toujours à l'affût de mercenaires capables de bricoler une intrigue pouvant aguicher la célèbre ménagère de moins de cinquante ans, la scotcher devant son écran de télé...

Il ne remit jamais les pieds dans une salle de classe et livra aux différentes chaînes des produits standards, formatés, avec des héros récurrents, et toujours positifs. Tantôt un commissaire de police hypersympa qui endurait un calvaire dans sa vie personnelle, mais assurait un max dans le boulot et venait à bout des criminels les plus endurcis. Tantôt une infirmière super dévouée qui avait bien du mérite et tombait amoureuse du grand patron, un type d'apparence bourrue mais, quand on grattait un peu, on s'apercevait qu'il avait un cœur gros comme ça... Et *tutti quanti*. C'était bien moins compliqué à concevoir qu'un roman et surtout bien plus lucratif.

*

Ainsi, Alain se laissa glisser sur la pente de la facilité. Il lui suffisait de placer un scénario par an, trente mille euros acquis à l'acceptation par la chaîne, plus la même somme à la diffusion du téléfilm versée en droits d'auteur par la SACD. Une situation confortable, sinon enviable. Mais le ver était dans le fruit. La belle carrière d'écrivain dont il avait rêvé appartenait au passé. Alain s'était peu à peu aigri, incapable de supporter cette blessure narcissique. Bien sûr, il conservait sous le coude un manuscrit en chantier depuis des années, un texte dont il avait déjà rédigé une bonne dizaine de versions sans parvenir à le finaliser. Il remettait à plus tard, toujours à plus tard, trouvant sans cesse des prétextes qui lui permettaient de différer le moment fatidique où il faudrait le confier à un éditeur et attendre le verdict.

Myriam fit les frais de ses humeurs maussades, de son caractère de plus en plus taciturne, de ses colères de plus en plus fréquentes. Un beau matin, elle décida de mettre le holà. Il fallut demander à Cécile avec qui elle souhaitait vivre, papa ou maman ? Et la petite avait choisi maman. Nouvelle blessure. Vite surmontée, celle-là. Alain ne s'était jamais vraiment occupé de

Cécile. Les soucis du quotidien, Myriam les avait assumés seule. Il n'y avait pas photo. Alain avait été un père non pas absent, mais lointain, plus spectateur qu'acteur de la vie familiale. La sanction était tombée, Cécile avait choisi maman.

*

> *Et je sais que bientôt toi aussi tu auras des idées,*
> *Et puis des idylles,*
> *Des mots doux sur tes hauts, et des mains sur tes bas,*
> *Cécile, ma fille...*

Le CD tournait toujours, mais Alain appuya sur la touche *off* de la télécommande. *Des mots doux sur tes hauts...* Nougaro n'y était pour rien si ce fragment de vers résonnait aujourd'hui d'une façon si cruelle. Le silence revint, laissant Alain perdu dans ses pensées.

# CHAPITRE 4

Il était un peu plus de vingt-deux heures quand Jacquot, voyant la lumière allumée chez son voisin, pressa le bouton de la sonnette. Alain Colmont aurait souhaité rester seul, mais depuis trois ans, il avait tant de fois invité Jacquot à prendre un pot pour tromper sa solitude que celui-ci y avait pris goût et ne renâclait jamais à l'idée de se faire offrir un whisky en rentrant du boulot.

Jacques Brévart travaillait comme standardiste à l'hôpital Lariboisière. Il venait juste de fêter ses vingt-cinq ans. A priori, tout le séparait d'Alain Colmont. Le fossé générationnel, leurs histoires respectives, leurs goûts culturels fondamentalement divergents, rien, vraiment rien ne contribuait à les réunir. Et pourtant, une relation de grande complicité s'était peu à peu instaurée entre les deux hommes. Sans doute parce qu'ils se sentaient aussi paumés l'un que l'autre, sans oser se l'avouer. Jacquot était fasciné par Alain. Lui qui ne lisait jamais avant leur rencontre n'en finissait pas de contempler les rayonnages garnis de livres qui occupaient plusieurs pans de murs de l'appartement d'Alain. Qui, en bon prof qu'il avait été, sut faire preuve de pédagogie en lui prêtant un bouquin, puis un autre. Des « Série noire » pour commencer. De la SF. Manchette, Goodis, Bradbury, Asimov, Jacquot s'était laissé piéger. Il était même devenu accro. Et puis un type qui passait sa vie à glander, apparemment du moins, à lire le journal – quantité de journaux plus exactement –, à siroter un café à la terrasse du bistrot du coin, à observer les passants pour en tirer des histoires qu'on verrait à la télé, ça lui en imposait, à Jacquot. Lui qui s'emmerdait à l'hôpital d'un bout de l'année à l'autre, il ne parvenait pas à comprendre comment on pouvait gagner sa vie – sa thune ! – de cette façon. C'était trop cool ! La vérité !

À l'inverse, ce qu'Alain appréciait chez Jacquot, c'était sa spontanéité, sa naïveté, sa colère aussi, devant le sort que la vie lui avait réservé. Toute petite, cette vie, sans histoires, et facturée au SMIC. À force de le côtoyer, il s'était mis à l'observer d'une façon quasi professionnelle. Jacquot ? Un prolo banal du modèle « troisième millénaire ». Totalement individualiste, apolitique. Rien à voir avec les générations précédentes, soudées par une histoire, des références : 36, 68, une sorte de légende qui forgeait une identité que l'on revendiquait haut et fort. Rien de tout cela chez Jacquot. La seule fois où il était allé à la Fête de l'Huma, ç'avait été pour écouter Johnny Hallyday. Petit Jacquot, petit bouchon perdu au fil de l'eau dans le grand torrent d'une société impitoyable avec les faibles.

*

À bien y réfléchir, à vingt-cinq ans de distance, Jacquot incarnait ce qu'Alain aurait lui-même pu devenir s'il s'était résigné à courber l'échine. Pas la peine de pleurnicher, lui aussi avait commencé à bosser à seize ans. Sur les marchés, à vendre des barils de lessive, des serpillières et du liquide vaisselle. Levé à quatre heures du matin, il filait à travers les rues sur son Solex pour dresser le stand et poireauter derrière la caisse jusqu'à une heure de l'après-midi. Ensuite, il fallait ranger la marchandise invendue, démonter le stand et rentrer se coucher, moulu de fatigue. Impossible de faire autrement après la désertion paternelle.

L'armée, ça n'avait pas été triste non plus. Quitte à perdre un an de sa vie, Alain avait opté pour les paras. Simplement parce qu'il refusait de glander douze mois dans une vague cour de caserne. Autant rentabiliser le temps perdu en entretenant la forme. À son retour, il avait passé d'innombrables soirées à la bibliothèque de la mairie du XXᵉ à potasser l'anglais, la philo, les maths, afin de se présenter au bac en candidat libre, à vingt-deux ans. Avec succès. La suite ? Une licence d'histoire décrochée à la fac de Vincennes ouverte aux salariés au milieu des années soixante-dix. Et la rencontre de Myriam qui suivait le même cursus, lequel menait tout droit dans les bras accueillants de l'Éducation nationale. Son passé de parachutiste avait beaucoup irrité les copains gauchistes qui pullulaient à la fac et passaient leur temps à se réunir en d'interminables conclaves pour ressasser leurs théories fumeuses. Leur sujet de prédilection était la guérilla urbaine. Alain leur clouait joyeusement le bec en ridiculisant leurs plans d'action prétendument insurrectionnels à l'aide de quelques arguments frappés au coin du bon sens. Et curieusement, ce fut ce petit plus qui lui permit de séduire Myriam, l'égérie de cette bande de rêveurs.

*

Jacquot avait trouvé à se loger dans un studio voisin de l'appartement d'Alain. Rue de Belleville, à deux pas du carrefour où s'épanouissait la bande à Nanard. L'immeuble qui s'élevait en façade sur la rue ne payait pas de mine. Le portail de fer équipé d'un digicode permettait pourtant d'accéder à une courette où s'alignaient de petites maisons mitoyennes d'un seul étage. L'endroit était tout à fait charmant. Les habitants prenaient soin de garnir leur perron de bacs de fleurs, d'arbustes ; de plus, toute une végétation sauvage avait pris possession des lieux, trouvant refuge entre les moindres interstices de pierre et de brique. Au fond de la cour s'ouvrait un passage permettant d'accéder à une deuxième cour semblable à la première, et ainsi de suite jusqu'à une quatrième. Au fur et à mesure qu'on avançait, la végétation devenait de plus en plus dense ; des arbres que personne n'avait eu la cruauté d'abattre se dressaient au beau milieu du passage. Leurs racines ondulaient sous les pavés qu'elles avaient çà et là totalement arrachés du sol.

La maison d'Alain Colmont était située à la toute dernière extrémité de ce dédale. Un rez-de-chaussée d'une soixantaine de mètres carrés, avec, à l'étage, trois pièces mansardées, minuscules. La toiture de tuiles déclarant forfait en bien des endroits, il avait fallu calfeutrer les fuites à l'aide de toile goudronnée. L'escalier menant à l'étage ne se portait guère mieux en dépit de nombreux rafistolages. L'état de la plomberie était à l'avenant. Tout partait à vau-l'eau, du carrelage de la cuisine jusqu'aux toilettes – les canalisations qui les reliaient au tout-à-l'égout n'avaient pas été rénovées depuis des lustres. L'été, des remugles nauséabonds remontaient des profondeurs. Il fallait combattre la puanteur à l'aide de détergents. La maison appartenait à une vieille dame quasi centenaire qui y avait vécu jusqu'au début des années soixante avant de partir s'installer en Normandie chez ses petits-enfants. Malgré les offres répétées d'Alain, elle avait toujours refusé de la lui vendre, mais elle la lui louait à un prix dérisoire. Elle avait lu et beaucoup apprécié le premier roman d'Alain et pratiquait en quelque sorte sa part de mécénat en lui assurant le gîte à peu de frais. Alain savait pertinemment qu'à sa mort les héritiers feraient table rase de la bicoque. Au prix du mètre carré dans le secteur, il y avait un copieux bénéfice à empocher.

\*

Dans ce quadrilatère compris entre la rue de Belleville et la rue Ramponeau d'une part, la rue de Tourtille et la rue Dénoyez d'autre part, s'étendait un entrelacs de constructions aussi biscornues qu'anarchiques, qui n'avaient cessé d'exciter la convoitise des promoteurs. N'importe où ailleurs, ils seraient parvenus à leurs fins. Manque de chance pour eux, quantité d'artistes, plasticiens pour la plupart, avaient investi les lieux au fil des ans, après avoir récupéré d'anciens ateliers d'artisans, voire de minuscules usines nichées dans ce fouillis d'arrière-cours. Fermement décidés à ne pas se laisser expatrier vers on ne sait quelle banlieue, ils s'étaient ligués en association – *La Bellevilleuse* – pour mener une bataille procédurière des plus rudes. Tant et si bien qu'ils avaient fini par emporter le morceau. Certes, on allait rénover, mais au compte-gouttes. Hors de question d'ériger des tours, de bétonner à tout va, impunément. Depuis quelques mois, de microchantiers essaimaient dans tout le quartier. On abattait des taudis plus que vermoulus sans doute, mais pour les remplacer par des immeubles de taille très modeste.

Ainsi la maison d'Alain, enfouie dans les profondeurs de la rue de Belleville au point de toucher celles, symétriques, de la rue Ramponeau, commençait-elle à subir les premiers assauts de ce réaménagement. Accolée sur sa façade arrière à un immeuble qui menaçait de tomber en ruine, elle serait bientôt flanquée d'une sorte de « chalet » totalement révolutionnaire dont un architecte californien détenait le brevet. Des centaines d'exemplaires avaient déjà été montés un peu partout dans le monde. Le fameux chalet serait posé sur un socle mobile et tournerait sur lui-même au fil des saisons, actionné par un système hydraulique, afin de mieux capter de mystérieuses influences cosmiques... C'était n'importe quoi, mais les pelleteuses étaient déjà passées à l'action pour dégager la place et réduire en poussière l'ancien édifice. Les vibrations avaient causé de sérieux dégâts chez Alain, notamment dans son bureau où elles avaient ouvert de grandes lézardes. On pouvait voir le jour à travers !

Il fallait se résigner à déménager. Un véritable crève-cœur. On était au printemps. Alain avait encore quelques mois avant de voir se clore ce chapitre de sa vie, et puis l'endroit était chargé de souvenirs. La petite chambre de bébé de Cécile avec son lit en osier, le hamac où Myriam aimait faire la sieste, la tonnelle sur laquelle s'obstinaient à pousser des grappes d'un raisin aigre, immangeable, tout cela serait bientôt à jamais effacé. À l'automne prochain, dernier délai, la question serait définitivement réglée. Peinant à réunir les matériaux – des bois précieux et exotiques –, les propriétaires du futur « chalet » avaient annihilé le bâti existant sans pouvoir aussitôt construire leur nouvelle demeure. Alain s'était renseigné auprès du voisinage. Il n'y avait aucune illusion à se faire. Le couple – des Hollandais retraités – disposait largement des fonds nécessaires pour mener à bien le projet, quoi qu'il advienne. Ce n'était que partie remise. En attendant, Alain pouvait apercevoir un mini-terrain vague depuis la fenêtre de sa salle de bains. Envahi d'herbes folles et clôturé par une palissade de plaques de tôle ondulée. La société chargée des travaux avait commencé à y entreposer du matériel, des éléments d'échafaudage, des échelles, divers matériels recouverts de bâches...

*

Jacquot, lui, pouvait espérer un plus ample sursis. Il habitait dans un petit corps de bâtiment situé légèrement en retrait. Bien moins délabré. Les fenêtres de son studio, au premier étage, s'ouvraient sur le jardinet qu'Alain avait patiemment entretenu. Le rez-de-chaussée était occupé par l'atelier d'une artiste polonaise, une certaine Danuta, une rousse plantureuse, aux seins énormes, qui le faisait pas mal fantasmer, mais à en croire le diagnostic d'Alain, qui bénéficiait du privilège de l'âge et avait – un peu – appris à décrypter les arcanes du comportement féminin, la dame était assurément lesbienne. Elle s'adonnait à la lithogravure et fumait la pipe. Des effluves d'essence de térébenthine et d'Amsterdamer flottaient dans l'escalier et envahissaient le studio de Jacquot, agissant comme un cocktail aphrodisiaque des plus sournois puisqu'il n'en finissait plus de lui rappeler la présence de la créature...

Le grand problème de Jacquot, c'était en effet de se trouver une copine. Il ne demandait pas la lune. Une fille gentille, simple, sympa, pas le genre cérébral à se poser des tas de problèmes existentiels. Une « nana bien roulée et pas chiante », c'était ainsi qu'il définissait la femme de ses rêves. A priori, ça courait les rues. Eh bien, non. En dépit de tous ses efforts, Jacquot n'avait pas encore rencontré l'oiseau rare. Toutes ses tentatives avaient abouti au fiasco. Il s'était amouraché d'une kyrielle de minettes qui avaient profité de lui sans beaucoup donner en échange. La dernière en date, Noémie, une aide-soignante rencontrée à l'hôpital Lariboisière, l'avait fait tourner en bourrique. Au point de lui soutirer quatre cents euros, une somme énorme au regard de son budget plutôt maigrelet. Il n'avait pas su résister à ses supplications. Sa pauvre mère se mourait à Pointe-à-Pitre et Noémie ne possédait pas le moindre sou pour se payer le voyage jusqu'aux Antilles. Jacquot, bonne poire, avait vidé à moitié son compte Écureuil pour lui offrir le billet. La belle s'était évanouie dans la nature et ne lui avait plus jamais donné de nouvelles !

Jacquot s'épanchait auprès d'Alain, lui confiait ses tourments – ses « galères », comme il disait –, et Alain, en retour, ne lui cachait rien de ses misères. Leur amitié bancale naviguait ainsi au gré du vent, sur la mare des canards, comme dans la chanson.

Mais le grand rêve de Jacquot, outre celui de se trouver une compagne, c'était d'échapper aux griffes des hôpitaux de Paris. De quitter à jamais le standard de Lariboisière, ce travail ingrat, morne et répétitif. Il n'en pouvait plus, trente-cinq heures par semaine, d'un bout de l'année à l'autre. Les appels se succédaient à un rythme effréné. Il fallait calmer les uns, devenus agressifs parce qu'on les baladait de service en service sans leur fournir la réponse souhaitée, décrypter la demande des autres, qui parlaient à peine français, répondre en priorité aux exigences des grands manitous de l'administration. Le stress était quotidien et absolument harassant. Jacquot ne possédait aucune qualification, sa scolarité ayant été désastreuse. Il devait donc se contenter de peu. Et encore son sort s'était-il grandement amélioré depuis qu'il avait pu décrocher ce poste. Auparavant, il poussait une balayeuse automatique à travers les kilomètres de couloirs de l'hôpital... Pour se tirer de là, Jacquot avait cependant sa petite idée. Un camion, ou plutôt une camionnette. Aménagée de façon à pouvoir y faire cuire des frites, des crêpes et des gaufres. Sans oublier le distributeur de glaces à l'italienne pour les gosses. Et d'autres sucreries, en pagaille. Les gosses, c'était stratégique pour appâter la clientèle. Il s'y voyait déjà : l'été du côté de Palavas-les-Flots ou de Saint-Trop', l'hiver à Méribel ou aux Deux-Alpes. La liberté absolue. Avec une assistante dévouée pour le seconder, éplucher les patates, servir les clients, et plus si affinités... Le hic, évidemment, c'était la mise de fonds. Avec son livret de Caisse d'épargne rémunéré à un taux anémique, ça n'était pas demain la veille qu'il pourrait s'offrir un tel joujou. Il n'avait manqué aucun des salons spécialisés de la Porte de Versailles et s'était rendu à l'évidence : même en achetant le matériel d'occasion, il fallait prévoir dans les trente mille euros.

Soit vingt briques, puisque Jacquot comptait encore en francs. Il en avait déjà touché quelques mots au « conseiller-projets » à son agence de la Caisse d'épargne, rue de Belleville, et le type l'avait regardé de haut, avec un sourire discrètement méprisant. Tant que Jacquot resterait dans le rouge – ce qui était le cas chaque mois en raison de son découvert chronique –, il n'était pas question de lui accorder un prêt aussi important.

L'horizon restait obstinément bouché. Jacquot jouait au Loto toutes les semaines et tapait Alain pour lui faire partager ses grilles, mais les petites boules multicolores qu'il voyait défiler sur son écran de télé lors du tirage semblaient s'être liguées contre lui. À plusieurs reprises, il était passé tout près du but, mais il lui manquait chaque fois les foutus numéros complémentaires pour empocher le magot. Adieu veaux, vaches, cochons et camionnette à frites.

*

Le lundi 19 mai 2003, peu après vingt-deux heures, Jacques Brévart, dit Jacquot, sonna donc à la porte de son ami Alain Colmont. Qui lui apprit la nouvelle. Jacquot n'ignorait rien de ce qui était arrivé à Cécile. Il ne la connaissait pas. Il ne l'avait même jamais rencontrée puisqu'il avait emménagé rue de Belleville deux ans après la séparation d'Alain et Myriam. Depuis qu'elle vivait chez sa mère, c'était toujours Alain qui allait rendre visite à sa fille, et non l'inverse. Jacquot avait visionné les photographies gravées sur le disque dur de l'ordinateur d'Alain. Toute l'enfance de Cécile, de ses premiers pas à ses premières boums, y était soigneusement archivée. Alain avait scanné jusqu'au moindre cliché pour parvenir à ce résultat. Aucune image récente, et pour cause.

Dans un recoin du disque dur, verrouillé par un code dont lui seul détenait la clé, Alain conservait pourtant celles du dossier médical. Il les consultait parfois, si pénibles à contempler fussent-elles, simplement pour se persuader que la bataille valait la peine d'être menée. Une année de coma, ou presque. Trois cent soixante-trois jours très exactement. Puis le réveil. Le retour à la conscience. La rééducation. Et les opérations de chirurgie réparatrice. Pas moins de cinq. Étalées sur vingt mois. Des clichés disposés en vis-à-vis pour mieux souligner la progression. À chaque fois, « Avant/Après ». 1) La mâchoire. 2) L'arcade sourcilière. 3) Le contour nasal. 4) Les lèvres, dans la partie droite. 5) Le sein droit et toute la région de peau voisine, et en dessous, quasiment jusqu'au nombril, toujours à droite, une zone très abîmée par les graviers qui avaient agi comme une meule abrasive, dévastant les chairs en profondeur. Cécile ne portait qu'un tee-shirt lors de l'accident. Le rapport des gendarmes avait conclu que le scooter, un 50 cm$^3$ illégalement débridé, roulait à près de soixante-dix kilomètres-heure au moment de la chute. « Avant/Après », à chaque fois il y avait des progrès, c'était indéniable, même si Cécile restait persuadée du contraire.

*

— Mais alors, c'est vraiment cool, comme nouvelle, non ? demanda Jacquot.

— Oui, comme tu dis : c'est plutôt « cool », dit Alain.

Jacquot s'était sincèrement efforcé de s'imaginer ce que cela signifiait réellement de perdre le goût et l'odorat. De croquer une pomme ou une portion d'andouillette, au choix, ou encore de boire une rasade de jus de goyave, un verre de beaujolais en ayant l'impression d'avaler la même bouillie insipide. « C'est sûr que ça doit te bousiller le moral, avait-il conclu, compatissant. Tu te balades dans la campagne et tu peux même pas renifler les odeurs de foin coupé. Tiens, t'es même pas débecqueté par le purin que les péquenots balancent sur leurs champs ! »

— Allez, on va fêter ça ! reprit Alain. T'as pas encore dîné, si ? Je t'invite !

Effectivement, Jacquot s'était engouffré dans le métro sitôt son service achevé. Sans être un grand gastronome, il était assez porté sur la bouffe. Ses maigres revenus ne lui permettaient pas de fréquenter les restaurants, mais, dès que l'occasion lui en était offerte, il ne boudait pas son plaisir. Alain, quand il se sentait en verve, lui concoctait des petits plats tout à fait honnêtes ; de quoi creuser la différence avec le steak haché/purée de la cantine de l'hôpital. Ou les surgelés que Jacquot se réchauffait au micro-ondes, tout seul dans son studio. Les soirs de vague à l'âme, ils éclusaient deux ou trois bouteilles de bordeaux en écoutant tour à tour les vieux disques vinyle d'Édith Piaf qu'Alain avait hérités de sa mère, ou les CD de Johnny Hallyday que Jacquot achetait à la Fnac. *Padam, Padam* ou *L'Hymne à l'amour*, contre *Les Portes du pénitencier* et *Que je t'aime, que je t'aime*. Ils braillaient les refrains à tue-tête, chacun défendant ses couleurs, impossible de départager, ça finissait toujours par un match nul. Zéro partout et, en prime, la gueule de bois le lendemain matin.

\*

Jacquot se laissa guider un peu plus haut dans la rue de Belleville, jusqu'au *Lao Siam*, un thaïlandais assez réputé qui attirait toute une clientèle « bobo » venant déguster crabes farcis, salades de calmars à la citronnelle et autres crevettes sautées à l'ail. Ils s'attablèrent au fond de la salle, dans la zone fumeurs, près d'un aquarium où évoluaient des poissons *koï*, de curieuses créatures présentant une exophtalmie monstrueuse et des torsions de la colonne vertébrale, résultat de croisements génétiques artificiels. De tels spécimens dégénérés n'auraient pas survécu dans la nature. Ils n'étaient que le fruit de manipulations patientes, menées par des passionnés soucieux de modeler le vivant selon des critères esthétiques discutables. À l'instar des bonsaïs dont on bride cruellement la croissance.

Jacquot, qui ne pouvait griller la moindre cigarette durant sa journée de travail à l'hôpital, se rattrapait consciencieusement en descendant son paquet et demi de Marlboro. Moins de trois minutes après avoir passé commande, les deux hommes furent servis. Ils attaquèrent, l'un, ses nems, l'autre, son poisson *omock*, en silence d'abord. Puis Jacquot raconta la dernière saloperie de sa chef de service, une histoire de week-end de garde qu'elle lui avait rajouté de force pour le punir de ses insolences.

— Tu comprends, expliqua-t-il, je me laisse pas faire, moi. C'est pas la première fois que je l'envoie paître, cette pouffiasse ! Faut dire qu'au standard je suis le seul mec, les filles qui bossent avec moi, elles s'écrasent toutes ! Alors forcément, l'autre, elle s'est habituée...

Alain avait l'air un peu absent. Jacquot constata que son copain n'était pas vraiment d'humeur à l'écouter.

— Ta fille, tu crois que d'avoir retrouvé le goût, ça va la faire progresser davantage ? demanda-t-il en changeant soudain de registre.

Alain leva les yeux au ciel. Deux heures à peine s'étaient écoulées depuis qu'il avait appris la nouvelle et déjà son enthousiasme s'était un peu émoussé. Cécile ne serait totalement guérie que le jour où elle pourrait se regarder dans la glace. Et plus encore quand elle sortirait dans la rue sans son voile.

*

Objectivement, après les multiples opérations de chirurgie réparatrice qu'elle avait subies, le résultat était tout à fait acceptable. Certes, elle n'avait plus son visage « d'avant », définitivement gommé, effacé par l'accident. Il fallait que Cécile accepte d'en faire son deuil. Quelqu'un qui l'aurait croisée pour la première fois aurait immédiatement discerné une anomalie générale, quelque chose d'indéfinissable. Une sensation d'étrangeté. Le nez, tout d'abord, patiemment reconstruit, recouvert d'une peau qui semblait fragile. Impossible de le nier, les narines restaient asymétriques. Puis un franc méplat dans la région temporale. Idem pour le relief orbital dont la courbe accusait une nette cassure que ne parvenaient pas à dissimuler les sourcils ou le maquillage. Ou encore une dissymétrie entre les parties droite et gauche des lèvres, la droite discrètement infléchie vers le bas, suite à une perte de substance, ce qui suggérait l'impression d'une perpétuelle moue de dédain. La mâchoire après la reconstruction restait un peu plus carrée, un peu plus massive qu'à gauche : rien de bien grave, la masse des cheveux pouvait raisonnablement la dissimuler. Le sein, c'était une autre affaire. La plastie et les greffes de peau avaient donné d'excellents résultats. Au toucher cependant, on percevait nettement la présence de l'implant de silicone.

Cécile n'acceptait rien de tout cela. Elle percevait son visage, son corps, comme une présence étrangère, résolument hostile, une entité qui lui faisait la guerre. Ni plus ni moins. Un ennemi pervers qui s'était immiscé au plus profond d'elle-même pour s'y livrer à de sournoises embuscades.

*

Jacquot avala sa dernière bouchée de nem en hochant la tête. Le silence d'Alain était suffisamment éloquent pour apporter la réponse à sa question.

– Tu crois pas qu'il faudrait la secouer un peu, insista Jacquot. Lui dire qu'elle est guérie, merde, qu'elle a même eu du bol de s'en tirer, que tout ça, c'est dans sa tête que ça se passe et que si, mettons, elle venait vivre avec toi, elle pourrait rencontrer des gens et que ça serait mieux que de rester bouclée dans sa clinique de luxe, non ?

Alain était plus qu'habitué aux sentences péremptoires de son copain, gravées dans le granit ou plutôt dans le caramel mou, et il préféra répondre par un sourire indulgent. Jacquot faisait toujours de son mieux pour lui soutenir le moral.

– Excuse-moi, j'ai encore mis à côté de la plaque, dit-il.

Le serveur apporta le plat suivant.

# CHAPITRE 5

Ce soir du 19 mai 2003, Alain Colmont et Jacques Brévart achevèrent tranquillement leur dîner et rentrèrent sagement se coucher. Jacquot passa quelques dizaines de minutes devant son écran de télé où défilaient les images porno soft d'une chaîne câblée, avant de s'assoupir. Alain, lui, commanda un taxi pour six heures, régla son réveil, avala une demi-barrette de Lexomil et s'allongca sur son canapé.

Le lendemain matin, il fila à la gare Montparnasse. Le premier TGV pour Lorient partait à sept heures quarante. Il y serait au milieu de la matinée. Juste le temps de trouver une parfumerie ouverte et un fleuriste, comme il se l'était promis, avant de rejoindre l'embarcadère pour attendre le bateau qui effectuait la liaison avec l'île de Groix. Quarante-cinq minutes de traversée. La clinique du docteur Garnier se dressait sur une falaise, à l'extrémité est de l'île, près d'une longue plage baptisée les Grands Sables. Panorama superbe, sauvage à souhait. Les jours de tempête, le spectacle était saisissant.

Garnier accueillait des adolescents ou de jeunes adultes souffrant de graves syndromes dépressifs. L'établissement était doté d'un personnel pléthorique, de façon à entourer les pensionnaires de toute l'attention requise. De nombreuses possibilités de divertissement leur étaient offertes. Équitation, cinéma, piscine, sauna, salle de musique pourvue d'une kyrielle d'instruments, bibliothèque, gymnase, ateliers divers destinés à satisfaire les goûts des pensionnaires, sculpture, tir à l'arc, initiation

78

à la voile et à la pêche en mer, modélisme, vidéo, danse, yoga, billard, et plus encore selon la demande. Sans compter le cyber-café. Des troupes de théâtre aussi venaient régulièrement proposer leurs spectacles. Les chambres étaient particulièrement luxueuses : leur mobilier ne ressemblait en rien à celui d'un hôpital.

Tout avait été conçu pour que les patients se croient en vacances, comme dans un hôtel quatre étoiles. Aucun détail ne venait souligner la vocation première du lieu. Ainsi les plaques apposées sur les portes des bureaux des membres du personnel médical ou paramédical n'indiquaient-elles pas leur fonction. Y compris celle de Garnier qui n'avait pas fait précéder son nom du « Dr » auquel on aurait pu s'attendre. La clinique n'étant pas conventionnée, les frais de séjour à la charge des familles se révélaient exorbitants. Un peu plus de trois mille huit cents euros mensuels... À ce tarif-là, le recrutement était à l'avenant. Cécile ne croisait que des « gosses de riches », des rejetons dont les parents appartenaient aux sphères les plus aisées de la société. Il y avait là des enfants d'industriels, de boursicoteurs, de promoteurs immobiliers et même l'héritier d'un grand producteur de cinéma, un pauvre gamin totalement suicidaire, écrasé par la figure paternelle.

Dans cette galerie des plus huppées, Alain Colmont faisait figure de parent pauvre, de dernier de la classe, de cancre du compte en banque. Cécile séjournant chez Garnier depuis près d'un an, il avait déjà déboursé plus de quarante-cinq mille euros. À ce rythme, ses économies fondaient à toute allure. Évidemment, comme l'avait si finement suggéré Jacquot, il aurait pu extraire sa fille de ce cocon pour « la secouer », mais il ne s'en sentait pas le courage. Cécile était malheureuse, mais au moins, chez Garnier, parvenait-elle à garder un vague équilibre. Alain ne tenait pas à prendre le moindre risque. De fait, il l'avait enfermée dans une sorte de bulle stérile, comme celle où séjournent les bébés atteints de graves déficits immunitaires. Un jour ou l'autre, il devrait bien se résoudre à la soumettre aux agressions du monde extérieur.

Le plus dur était à venir : Alain avait pris contact avec un chirurgien-plasticien de grande renommée, un certain Dampierre. Son cabinet était situé avenue Marceau, dans un hôtel particulier à la façade ornée de cariatides. Tout un programme. Le délai d'attente pour bénéficier d'une consultation atteignait les six mois. Après avoir longuement examiné Cécile, Dampierre s'était déclaré compétent pour parfaire le travail de réparation précédemment accompli par ses confrères. Il avait planifié plusieurs interventions, étalées sur une durée d'environ deux à trois ans. Impossible d'en prédire le nombre exact.

Le nez, les lèvres, l'orbite oculaire, la zone temporale, la mâchoire et enfin le sein et la région environnante, chaque problème devrait être traité séparément. Et, bien sûr, Dampierre pratiquait des honoraires totalement libres. Son secrétariat avait établi un devis approximatif. Dans les soixante mille euros. Quasiment un prix d'ami. C'est que le cas de Cécile l'intéressait vivement. Pour lui, c'était un défi dont il espérait tirer des bénéfices non pas financiers, mais professionnels, en cas de succès. De jolies images à exhiber lors des congrès où les spécialistes venaient vanter leurs prouesses. Il ne l'avait bien entendu pas avoué, mais ce n'était guère difficile à deviner.

*

Alain Colmont se sentait pris dans la nasse. Impossible d'y échapper. Les médecins experts de la Sécurité sociale avaient rendu leur verdict. Cécile ne souffrait plus d'aucun trouble fonctionnel suite à son accident. L'anosmie n'entrait pas en ligne de compte dans leur évaluation de la qualité de vie des malades. Selon leurs critères, la jeune fille pouvait marcher, parler, manger normalement, on lui avait reconstruit un visage acceptable en puisant sur les deniers publics, il n'y avait donc plus aucune prise en charge à espérer pour d'autres interventions. On quittait le domaine de la chirurgie « réparatrice » pour entrer dans celui de la chirurgie « esthétique », intégralement à la charge du patient. Selon leur rapport, il ne s'agissait plus que de simples aménagements de confort, comparables à un lifting du visage, une liposuccion abdominale, voire une réimplantation capillaire à la suite d'une calvitie due au vieillissement... Rien de plus.

MON VIEUX

Sa dépression ? Une fois encore, la sentence des bureaucrates fut aussi abrupte qu'incontournable. Leur petit conclave n'était jamais à court d'arguments, ou plutôt d'arguties. Alain les haïssait. Il ne les avait jamais rencontrés en face-à-face, mais n'avait aucune difficulté à se les représenter. Des bonshommes rabougris, infoutus d'exercer réellement la médecine, fût-ce de la façon la plus modeste, dans un cabinet de ville : le bon toubib apprécié de toute sa clientèle, profondément dévoué, altruiste, le gars qui se trimbale inlassablement de rue en rue avec sa sacoche, qui court d'étage en étage pour soigner le moindre petit bobo, celui qu'on appelle en cas de détresse et qui accepte toujours de se déplacer, quitte à bousiller une soirée d'anniversaire avec ses gosses. Eux, c'était l'inverse. Neuf heures midi, quatorze heures dix-sept heures, à brasser de la paperasse bien au chaud dans leur bureau agrémenté d'une plante verte, pas une minute supplémentaire. Un malade en chair et en os, ils ne savaient plus à quoi ça ressemblait depuis des décennies ! À les croire, Cécile aurait très bien pu être traitée dans un établissement psychiatrique banal. Voire en cure ambulatoire, dans une structure de jour bien moins onéreuse, puisque son père qui ne cessait de clamer sa volonté de tout faire pour lui venir en aide pouvait très bien l'héberger à domicile !

Le couperet était tombé. Via un formulaire de papier pelure émaillé de fautes de frappe et expédié en recommandé avec accusé de réception. Alain Colmont était libre de ses choix, mais devait en assumer toutes les conséquences financières.

\*

Le TGV filait sur Rennes à vitesse constante. Alain tenta de rattraper un peu de sommeil perdu, mais dut y renoncer. La sonnerie des téléphones portables ne cessait de retentir d'un bout à l'autre du wagon. Il quitta sa place pour se rendre à la voiture-bar et regarda défiler le paysage en sirotant un expresso. La question de l'argent l'obsédait. Durant la décennie précédente, il avait accumulé un petit magot grâce à son travail de scénariste. De série télé en série télé, mine de rien, les droits d'auteur versés

81

par la SACD s'ajoutant les uns aux autres, il pouvait disposer d'une somme rondelette, près de cent quatre-vingt mille euros, mais elle était déjà bien écornée. Après son expulsion programmée de Belleville, il comptait acheter un appartement et un studio pour Cécile. L'accident de celle-ci avait réduit à néant tous ces projets. Garnier et Dampierre étaient postés en embuscade, comme deux vautours qui tournoyaient au-dessus de sa tête : il lui fallait tenir fermement les cordons de la bourse.

Alain n'avait aucun goût pour le luxe ou la frime. Son enfance misérable l'avait prémuni contre ce genre de fantaisies. Les bagnoles ou les motos ? Rien à cirer. Sur un coup de tête, quelques années auparavant, il s'était offert une chaîne hi-fi haut de gamme qui rendait muet d'admiration son copain Jacquot. Un petit bijou au design magnifique. Les baffles n'auraient pu produire tout l'effet acoustique promis par le catalogue que dans une pièce spécialement aménagée, sûrement pas dans la vieille bicoque branlante du fond de la rue de Belleville où il habitait, mais enfin...

Quoi d'autre ? La sape ? Certainement pas. Tout gosse, il avait porté les vêtements que sa mère glanait à droite et à gauche. Jusqu'à l'âge de quatorze ans, il ne s'était rendu compte de rien. Au lycée, il côtoya des enfants de bourgeois qui ne se privèrent pas, de petites remarques sournoises en sarcasmes plus appuyés, de lui faire remarquer qu'il était attifé comme un pauvre. Et que ça crevait les yeux. À l'âge où l'on commence à s'intéresser aux filles, à croire que c'est dans l'apparence que tout se joue pour mieux les séduire, Alain en fut profondément humilié. Il n'eut jamais droit aux blousons de cuir, aux jeans pattes d'eph, aux fameuses chemises à fleurs que chantait Antoine. Quand il rentrait chez lui après les cours, dans le minuscule deux-pièces que sa mère louait au dernier étage d'un immeuble de la rue Rambuteau avec WC sur le palier, il ruminait des promesses de revanche envers les bellâtres de sa classe de troisième, lesquels rivalisaient d'arrogance en exhibant leur dernière trouvaille, acquise à un prix prohibitif. Rue Rambuteau ? Oui ! Aussi curieux que cela puisse paraître aujourd'hui, à la fin des années soixante, cette partie du Marais était encore un quartier populaire. Le centre Beaubourg ? L'emplacement actuel du musée, un terrain vague boueux, faisait office de parking, entouré de palissades brinquebalantes, couvertes d'affiches d'inspiration trotsko-maoïste. La sape, donc, question définitivement réglée. Depuis son arrivée à Belleville, Alain achetait jeans, chemises et blousons au Monoprix de la rue du Faubourg-du-Temple. Et basta.

Quoi d'autre ?

La plongée. Alain était fou de plongée sous-marine. Deux ou trois fois par an, il filait vers les mers exotiques pour s'immerger dans les récifs coralliens, au milieu des poissons-perroquets, des tortues, des requins dormeurs, des bancs de dauphins. Une semaine en mer Rouge, une autre aux Caraïbes, une autre encore sur les rives de l'océan Indien. Et ça, autant l'avouer, c'était un vrai luxe, un authentique privilège de nanti. Oublié depuis l'accident de Cécile.

Alain, miné par l'angoisse, ne parvenait plus à travailler comme avant. Les ébauches de scénario qu'il rédigeait ne séduisaient plus ses commanditaires. On lui refusait version sur version, malgré d'incessantes modifications. Il s'épuisait des nuits entières à reprendre la construction, à remodeler les dialogues, en vain. Depuis un an et demi, aucun de ses textes n'avait été accepté. Aucun tournage en vue... Et donc aucun droit d'auteur à percevoir. Il multipliait les projets, les rendez-vous, sans résultat. La situation était critique. Les scénaristes, qui ne sont pas des intermittents du spectacle, ne peuvent prétendre ni au chômage ni à la moindre indemnisation en cas de panne d'inspiration. Alain voyait donc son bas de laine se rétrécir de semaine en semaine. Ce n'était pas encore la catastrophe, mais il fallait impérativement trouver le sursaut salvateur.

*

Le TGV arriva en gare de Lorient à l'heure prévue. Alain prit place dans un taxi, se fit déposer au centre-ville et demanda au conducteur de l'attendre quelques minutes. À la première parfumerie rencontrée sur son chemin, il acheta un flacon d'une des dernières créations de Jean Paul Gaultier – un vaporisateur en forme de cloche de verre remplie d'eau. On aurait dit un de ces « souvenirs » – un modèle décliné à l'infini – qui contient une mini-maquette du Mont-Saint-Michel ou de la tour Eiffel et qu'il suffit de retourner d'un mouvement du poignet pour l'asperger d'une neige de microbilles de polystyrène. Dans la version J. P. Gaultier, il s'agissait d'une minuscule statuette de femme en robe fourreau condamnée à recevoir les flocons sur ses épaules dénudées. Le packaging – un cube de carton imitant une vulgaire caisse de bois portant l'inscription « FRAGILE » en lettres rouges – avait déjà séduit une large clientèle. La vendeuse l'enveloppa dans un papier argenté qu'elle agrémenta de bolduc.

Alain se rendit ensuite chez un fleuriste et fit confectionner un grand bouquet de fleurs des champs. Avec son sac de voyage en bandoulière et ses cadeaux, il quitta le taxi à l'entrée de la gare maritime. Nul besoin d'acheter un ticket pour la traversée puisqu'il disposait d'un abonnement à l'année. Des touristes patientaient le long du quai avec leurs vélos, leurs appareils photo, leurs sandwichs et leurs bouteilles thermos. On scrutait d'un œil inquiet les strato-cumulus qui formaient une chape grisâtre dans le ciel. La météo s'annonçait morose. Le tour de l'île à bicyclette vanté par le *Guide du routard* risquait fort de tourner à la douche.

\*

Durant toute la traversée, Alain resta sur le pont malgré le vent glacé qui soufflait plein ouest. Le crachin lui fouettait le visage. Quelques plaisanciers tiraient des bords, croisant la route de chalutiers poursuivis par des nuées de mouettes qui ne demandaient qu'à piller le contenu de leur filet dont elles scrutaient les contours enfouis sous les vagues. À l'arrivée à Port-Tudy, le chef-lieu de l'île, Alain céda le passage aux adeptes de la randonnée, impatients de profiter des derniers rayons de soleil qui parvenaient encore à se frayer un chemin dans un ciel plus que chargé.

Il prit place à nouveau dans un taxi, une Espace que pilotait une certaine Louise, une dame plutôt accorte appartenant au clan Tonnerre, une dynastie solidement établie à Groix depuis des lustres. Il avait fait sa connaissance dès sa première visite à la clinique Garnier et elle ne manquait jamais de s'enquérir de l'état de santé de Cécile. Elle-même avait un fils qui travaillait à l'arsenal de Lorient. Un de ses collègues, envoyé en mission au Pakistan, avait été défiguré lors d'un attentat perpétré par un groupe islamiste, une dizaine de morts au total. Le Quai d'Orsay livrait sans vergogne le nec plus ultra de sa technologie militaire au régime plus que suspect du général Pervez Musharraf. Une histoire de sous-marins, la brave Louise Tonnerre n'en savait pas plus. Mais n'en pensait pas moins. « C'est vraiment épouvantable, le pauvre garçon, c'est à peine si on peut le reconnaître, tout le nez arraché et un œil foutu, ils ne l'ont pas loupé, ces salopards ! » lui avait-elle expliqué.

L'île est minuscule. Un quart d'heure plus tard, Alain franchissait le seuil de la clinique. Quelques pensionnaires se livraient à un match de volley sur la pelouse qui entoure l'édifice. Garnier vint à sa rencontre et lui serra longuement la main avant de s'effacer. Cécile se tenait un peu en retrait, dans le hall d'accueil, le visage masqué par son voile. Alain la prit dans ses bras et la tint blottie contre sa poitrine près d'une minute sans qu'ils échangent la moindre parole. Durant cette étreinte, leurs battements de cœur se mêlèrent. Ce contact charnel d'une grande intensité bouleversa Alain, l'emplit de joie et le laissa éperdu, incapable de retenir ses larmes. Un rituel renouvelé à chacun de leurs rendez-vous hebdomadaires.

De semaine en semaine, Cécile s'y prêtait de plus en plus spontanément. Le temps des reproches, des soupçons, voire de la haine, était définitivement révolu et ce n'était pas la moindre des victoires. Il avait fallu bien de la patience, bien des explications sans cesse réitérées, bien des supplications pour qu'elle accorde enfin son pardon à son père. Alain n'était pas responsable de la mort de Myriam. De leur côté, Garnier et son épouse Mireille n'avaient épargné ni leur peine ni leur salive pour l'en convaincre. Pourtant, au moment où elle se trouvait face à son père, Cécile ne pouvait retenir un ultime réflexe de rejet, quasi imperceptible, d'une fraction de seconde à peine, avant de s'abandonner à la tendresse retrouvée.

*

Comme il l'avait prévu, Alain l'emmena déjeuner dans un restaurant du bourg. Ce fut un véritable plaisir de la voir savourer son plateau de fruits de mer. Elle léchait ses doigts dégoulinant de mayonnaise, attaquant tour à tour langoustines et pinces de crabe pour n'en laisser que la carcasse. Le flacon de parfum Jean Paul Gaultier, qu'elle ne cessait de retourner pour voir la neige tomber sur la créature qui y était retenue prisonnière, l'amusait beaucoup. À plusieurs reprises, elle en vaporisa quelques gouttes sur son poignet avant de le porter à ses narines. Elle était comme ivre de toutes les sensations qu'elle venait de redécouvrir. L'arôme du gigot fortement aillé qu'on servait à la table voisine, la senteur âcre d'un cigare allumé à l'autre bout de la salle, la saveur du vin blanc dont elle but deux verres, tout lui montait à la tête et l'étourdissait.

— Tu peux pas comprendre, dit-elle, c'est... c'est comme si t'étais resté longtemps dans le noir et tout d'un coup, paf, on te balance la lumière plein pot dans la figure, le feu d'artifice ! Je suis sonnée !

Alain lui expliqua que Dampierre souhaitait l'opérer à la mi-juin. La première intervention concernerait l'arcade sourcilière. Cécile hocha longuement la tête. Depuis sa rencontre avec le chirurgien, elle ne cessait de compter les jours. Alain l'avait mise en garde contre trop de précipitation et, plus encore, il n'avait eu de cesse, à chacune de leurs conversations, de modérer l'espoir fou qu'elle plaçait entre les mains, si habiles fussent-elles, du chirurgien. Il cherchait ses mots pour ne pas heurter sa fille, mais tentait patiemment de lui faire admettre qu'elle ne retrouverait plus jamais son visage d'antan.

Cécile le questionna ensuite sur son travail. Il mentit comme un arracheur de dents en assurant que tout allait bien. Il avait deux ou trois projets très solides sous le coude.

— Les scénars, c'est bien pour la thune, mais quand est-ce que tu vas écrire un autre roman ? lui demanda-t-elle alors qu'ils quittaient le restaurant.

Elle lui prit la main pour la poser sur son épaule. Alain ne put s'empêcher de sourire. « La thune ». Cécile parlait comme son copain Jacquot !

— Bientôt, bientôt... Dès que tu... Dès qu'on s'en sera sortis ! Je te promets.

— Je crois que t'es un vrai écrivain, papa. Faut que tu t'y remettes... Je sais bien que tout ça, enfin... moi, je te coûte beaucoup d'argent, mais tu dois penser à toi, aussi. Prends du temps pour te remettre à écrire ! Tu pourrais faire genre *La Tribu deuxième époque*, comme Alexandre Dumas, tu vois ? Style *Les Trois Mousquetaires* et après, *Le Vicomte de Bragelonne*, non ? Martine, Sylvain, Norbert, Christine, Éliane, Philippe... toute ta petite bande de zozos, ça serait plutôt poilant de les retrouver vingt ans plus tard, non ?

— C'est ça. À la maison de retraite en train de sucrer les fraises, pendant que tu y es ? Pourquoi me bousculer, j'ai à peine cinquante ans et donc tout l'avenir devant moi ! plaida-t-il d'un ton qu'il voulut enjoué.

— Et maman, ajouta gravement Cécile. Il faudrait tricher un peu, mais ça serait bien de la retrouver, elle aussi.

— Ça serait bien, oui, en trichant un peu, confirma Alain.

Serrés l'un contre l'autre, ils se dirigèrent vers le port et la route qui descendait en pente abrupte vers la mer. Alain devait rentrer à Paris dans la soirée. Le lendemain, il avait justement un rendez-vous avec son agent pour faire le point sur ses différents projets. Rien de folichon en perspective. *Le Korrigan*, le bateau qui avait effectué la traversée depuis Lorient, était toujours à quai, prêt à tracer le chemin en sens inverse.

— Et toi, à propos... qu'est-ce que tu lis en ce moment ? demanda-t-il.

— *La Montagne magique*, de Thomas Mann.

— *La Montagne magique ?* Tu l'as commandé ?

— Non, c'était à la bibli. Y a un type, un pensionnaire, qui m'a dit que c'était bien... Tu l'as lu, toi ? Ça t'a plu ?

— Oui, oui... C'est un chef-d'œuvre ! Prix Nobel, si je me souviens bien.

Le roman, ses personnages, ses décors, lui revinrent brusquement en mémoire. Hans Castorp, les docteurs Krokovski et Behrens, Mme Chauchat, Peeperkorn, Settembrini... Rien d'étonnant à cela, à l'époque de la fac, Myriam avait consacré de nombreuses semaines à rédiger un mémoire sur l'œuvre du romancier contraint à l'exil après l'arrivée des nazis au pouvoir, et sur ses relations avec son frère Heinrich. Mais tout de même... Alain ne put s'empêcher de penser que Garnier aurait dû surveiller un peu plus attentivement ce qui arrivait sur les rayonnages de la bibliothèque de sa clinique. Hans Castorp ? Le héros passe sept longues années de sa jeunesse dans un sanatorium de Davos avant d'échouer sur un champ de bataille de la guerre de 14 ! Édifiante, l'histoire ! Impeccable pour remonter le moral des pensionnaires !

— Et tu en es où ? demanda Alain avec une pointe d'inquiétude dans la voix.

— À la moitié. Y a des longueurs parfois, mais l'atmosphère du sana est vachement bien rendue. C'est super bien observé. Il a dû se documenter sérieux pour en arriver là ! lui répondit sentencieusement Cécile.

— Je crois, oui... Et tu vas aller jusqu'au bout ?

Elle éclata de rire.

— Je te fais marcher, papa ! J'ai abandonné au bout de soixante pages. C'est un bouquin chiantissime, carrément prise de tête et en plus, comme j'ai lu le mémoire de maman, je connaissais déjà la fin, alors hein, pas la peine !...

*

Alain embrassa longuement sa fille avant de s'engager sur la passerelle qui menait à bord du *Korrigan*. Dix minutes plus tard, l'hélice commençait à brasser les eaux boueuses du port, le navire s'engageant poussivement dans le chenal après qu'un puissant coup de trompe eut donné le signal du départ. Alain s'accouda au bastingage et fixa Cécile restée sur le quai. Une bourrasque qui soufflait du large lui arracha soudain son voile et, à la grande surprise de son père, elle n'esquissa pas le moindre geste pour le remettre en place. Puis sa silhouette s'amenuisa peu à peu jusqu'à se réduire à la dimension d'une allumette. Alain emprunta les jumelles d'un passager à côté de lui et la vit remonter le sentier le long de la côte. Via la plage des Grands Sables, il conduisait à la clinique du Dr Garnier en moins d'une demi-heure. L'été, on pouvait cueillir de pleins paniers de mûres et de groseilles sauvages dans ce chemin creux et encombré de ronces qui surplombait la falaise.

# CHAPITRE 6

À la seconde près, à quelques centaines de kilomètres de là, Mathurin Debion descendait de sa mobylette qu'il venait de garer sur le parking réservé au personnel de l'hôpital Lyautey de Draveil. Il attacha l'antivol et se dirigea d'un pas traînant vers la guérite qui se dressait à l'entrée de l'établissement, puis il glissa sa carte magnétique dans la fente de la pointeuse.

Une semaine sur deux, Mathurin assurait son service de quinze heures trente à vingt-trois heures trente. Le reste du temps, c'était sept heures trente/quinze heures trente. Depuis l'application de la loi sur les 35 heures, les chefs remaniaient sans cesse les horaires. Soi-disant que ça améliorait le sort de pas mal de gens grâce aux RTT. Lui ne voyait pas la différence. Dans un cas comme dans l'autre, il loupait ses émissions préférées à la télé. De service du matin, il avait tout juste le temps de regarder le *Bigdil* ou la *Star Ac'* avant d'aller se coucher. Quand il était du soir, c'était foutu, il avait déjà raté *Julie Lescaut*, *Navarro* ou *PJ* sur la 2, le vendredi soir. Il y avait un comédien antillais qu'il appréciait tout particulièrement. Un beau mec qui emballait les fliquettes du commissariat les unes après les autres. Ne restaient que les émissions tardives, des trucs nuls, de la politique, des messieurs encravatés qui blablataient entre gens du beau monde, tous à manier des mots, des formules tordues que personne ne comprenait.

*

Ainsi filaient les jours, les semaines, les mois, dans la vie de Mathurin Debion. Un petit tiercé le dimanche matin avec la tournée d'apéro qui s'ensuivait, et la partie de boules en compagnie de quelques locataires de sa cage d'escalier l'après-midi. Un barbecue dans le square à l'occasion du baptême du petit dernier ou de la communion solennelle de l'aînée, et la routine reprenait. En été, passe encore, mais l'hiver, c'était dur. Une demi-heure de mobylette sous la pluie à se geler les doigts sur le guidon, ça frisait le supplice. Mathurin bénéficiait d'un studio dans une cité HLM de Villeneuve-Saint-Georges sur le quota dévolu aux employés de l'AP-HP. Tous ses voisins ou presque y bossaient. Le reste, c'était, au choix, des tribus RATP ou SNCF. Mathurin croisait sans arrêt des copains de boulot au supermarché du coin. Tout ça macérait dans le même jus, comme pour mieux souligner qu'il ne pouvait exister d'autre issue, un « effet ghetto » que les têtes pensantes en charge du logement social n'avaient ni programmé ni voulu, mais qu'elles avaient pourtant mis en place avec une efficacité sans faille.

*

Après avoir pointé à l'heure réglementaire – une minute de retard à peine –, Mathurin traversa la cour ornée de bosquets et de massifs fleuris. Le printemps étant précoce, certains arbustes commençaient à bourgeonner. Les troènes maigrichons et les glaïeuls que les jardiniers de l'hôpital bichonnaient ardemment en les préservant du gel ne pouvaient rivaliser avec les flamboyants, les bougainvillées, les hibiscus, les anthuriums qui déployaient leurs couleurs chatoyantes le long des plages de la Martinique. Il n'était pas retourné aux îles depuis des mois. Le mal du pays le taraudait. Tous les deux ans, l'administration de l'Assistance publique octroyait un billet d'avion gratuit à ses nombreux employés originaires des Antilles. Tous les deux ans seulement. Mathurin n'en finissait plus de compter les semaines. Le 1er septembre, adieu Draveil, adieu Villeneuve-Saint-Georges, il s'envolerait pour Fort-de-France. Il en rêvait déjà du ti-punch, du boudin, du blaff de requin, des acras de morue à savourer au Coin-Carbet, son village natal. Sans oublier les parties de pêche avec ses copains d'enfance qui avaient eu la chance d'échapper à l'exil, à la servitude de l'AP-HP ou de la Poste, toutes deux grandes consommatrices de main d'œuvre originaire des Caraïbes.

Les siestes à l'ombre des cocotiers ? Autant ne plus y penser pour l'instant. Mathurin Debion poursuivit son chemin.

L'hôpital Lyautey comportait trois ailes délimitant un gigantesque H majuscule. Au centre, formant la liaison, les locaux de l'administration, le restaurant du personnel, les halls d'accueil, tout cela sur deux étages. De part et d'autre et disposées de façon symétrique, deux longues barres de quatre étages – les chambres des malades. Pas moins de trois cent cinquante au total. L'hôpital Lyautey n'accueillait que des patients dits de « long séjour », euphémisme servant à masquer sa vocation de mouroir. Le point de chute ultime pour toute une kyrielle de vieillards en bout de course pour lesquels il n'y avait plus rien à espérer. La clientèle était bas de gamme, un lumpenprolétariat de la souffrance que la société d'abondance euthanasiait à petit feu, sans oser y aller franchement et surtout sans se l'avouer, éclopés du destin dont les familles n'étaient pas assez fortunées pour leur offrir un dernier havre de paix avant la fin. Encore que...

Parfois, il ne s'agissait pas simplement d'une vulgaire question d'argent. Dans certains cas, le candidat au cimetière faisait les frais de rancœurs familiales qui dégorgeaient tout leur pus. Par esprit de vengeance, les descendants se contentaient de le laisser croupir dans sa chambre alors qu'ils auraient pu lui garantir un meilleur confort de fin de vie. Et c'est ainsi que bien des pères dominateurs aux exigences exécrables, bien des mères acariâtres qui s'étaient amusées à pourrir la vie de leur progéniture des décennies durant expiaient leurs fautes, cloués au fond de leur lit, recroquevillés dans la solitude, rongés par les escarres.

\*

Mathurin descendit au sous-sol du bâtiment B où il officiait en qualité de garçon de salle. Il se dirigea vers les vestiaires, ouvrit le sien, une simple armoire de fer gris encastrée au milieu de dizaines d'autres, se défit de son blouson, de ses chaussures, enfila sa blouse blanche et chaussa ses espadrilles. Tout autour de lui, nombre de ses collègues sacrifiaient au même rituel, beaucoup en bâillant. Mathurin engagea à moitié son torse à l'intérieur du vestiaire, tâta du plat de la main une étagère destinée à recevoir de menus objets, y trouva la bouteille de rhum qu'il y avait déposée la veille et s'en versa une grande rasade dans un verre de cantine qu'il siffla cul sec. Restée ouverte, la porte de son vestiaire le plaçait à l'abri des regards indiscrets à droite comme à gauche. Ni vu ni connu. L'alcool lui brûla l'œsophage et gagna les profondeurs de ses tripes en y provoquant des gargouillements. Rien de tel qu'un bon petit coup de fouet pour commencer la journée. Toutes les deux heures, Mathurin trouvait le moyen de tromper la vigilance des surveillants pour descendre en douce au vestiaire et s'y octroyer une nouvelle lampée de remontant. En douce, du moins le croyait-il.

De fait, personne n'était dupe de son manège. Chacun fermait les yeux devant ses petites absences répétées. Dix minutes par-ci, cinq par-là, tant que ça ne portait pas préjudice à la bonne marche du service, pourquoi s'alarmer ? En fin de vacation, il ne fallait plus trop lui en demander, sinon de mollement passer la serpillière dans telle ou telle chambre, tel ou tel recoin de couloir, sans escompter un résultat miracle.

\*

L'administration de l'hôpital Lyautey savait parfaitement à quoi s'en tenir à propos du cas Debion. Un alcoolique notoire au rendement quasi nul. Les notes vengeresses des surveillants ne cessaient de s'amonceler depuis des années. Que faire ? Titulaire de son poste, Debion était protégé par son statut de fonctionnaire. À la moindre menace de sanction, le chef d'établissement n'ignorait pas qu'il aurait à affronter les syndicats, lesquels feraient valoir que leur protégé, encarté à la CGT, ne s'était rendu coupable d'aucune faute grave depuis son entrée à l'AP-

HP vingt-cinq ans plus tôt ! Et surtout, surtout, le directeur de l'hôpital, un certain Axel Gabor, de lointaine extraction béké (son arrière-grand-père avait dirigé une plantation de canne à sucre en Guadeloupe avant de faire faillite et de venir s'installer en métropole), ne tenait pas à se voir taxer de racisme s'il s'avisait de lever ne fût-ce que le petit doigt pour sanctionner le matricule 13326, alias Debion Mathurin.

*

Comme tous les matins, ragaillardi par les quelques décilitres de rhum qu'il venait de s'enfiler, Mathurin reprit l'ascenseur pour monter des sous-sols du bâtiment B au deuxième étage. Le placard situé à l'extrémité du couloir, près du bureau des infirmières, relevait de sa stricte compétence. Balais, bidons de détergent, flacons d'eau de Javel, serpillières, il régnait sur un fatras d'ustensiles de nettoyage qu'il maniait à sa guise et dont il revendiquait la maîtrise envers et contre tout. La surveillante de l'étage contresignait ses bons de commande en s'abstenant d'en vérifier le bon usage. Elle avait, la pauvre, bien d'autres chats à fouetter. Et c'est ainsi que les voisins de palier de Mathurin bénéficiaient d'une véritable manne, exfiltrée en douce des réserves de l'hôpital dans les sacoches de sa mobylette. Il négociait son butin à bas prix. Un ou deux euros par-ci, cinquante centimes par-là, en fin de mois, ça finissait tout de même par chiffrer. De quoi payer les bouteilles de rhum sans écorner le bulletin de paye. Misérable goutte comptable, le larcin se perdait dans le budget colossal de l'AP-HP.

*

La journée de travail de Mathurin débutait toujours de la même façon. D'abord les toilettes au fond du couloir ; ça n'était pas le pire. Bien entendu, certains patients visaient mal ou négligeaient d'utiliser le papier et s'essuyaient les doigts directement contre les murs, les maculant de virgules de teintes diverses. Un filet de diarrhée dégoulinant de la cuvette et s'étalant jusqu'à la sortie n'était pas à exclure... L'affaire était expédiée en moins de dix minutes.

Mathurin récupérait ensuite les déchets abandonnés dans les poubelles de la salle des infirmières. Seringues, pansements, tubes et flacons de médicaments usagés, il lui fallait charger tout ce fourbi sur un chariot, prendre l'ascenseur et se rendre jusqu'à l'incinérateur, au premier sous-sol.

Troisième étape, la plus importante : les chambres des patients. De la 1 à la 30, en enfilade, de part et d'autre du couloir, numéros pairs à droite, impairs à gauche. La serpillière, encore. Puis les draps à changer. Et là, soudainement, ça se gâtait. Bien des malades étant totalement incontinents, les dégâts s'avéraient irrémédiables en dépit des couches dont on leur enveloppait le bassin.

Les trente chambres de l'étage occupaient Mathurin jusqu'à la moitié de son service. Ensuite, il allait fumer un cigarillo à la 29. C'était sa première récréation. Depuis près de trois ans – il ne se souvenait plus de la date exacte –, on y avait placé un curieux bonhomme. Alzheimer plus plus plus. Totalement secoué, le papy. Dans les soixante-quinze ans, costaud, en pleine forme, sans la moindre complication habituelle – diabète, arthrose, fragilité cardiaque – prévisible ou attendue chez une personne de son âge. En pleine forme, sauf qu'il n'avait plus sa tête. Mais alors plus du tout.

Une curieuse histoire. Une patrouille de police l'avait trouvé en pleine nuit, errant sur la chaussée au beau milieu des voitures qui lui fonçaient droit dessus, du côté de La Courneuve. Ce fut un vrai miracle s'il en réchappa. Le hic, c'était que le patient de la chambre 29 ne portait aucun document d'identité. Infoutu de dire qui il était, de se souvenir de son nom, il avait abouti à Lyautey pour y végéter dans la chambre 29, troisième étage, bâtiment B. Les différentes enquêtes destinées à établir son identité n'avaient donné aucun résultat. Il fallait en convenir, il s'agissait d'une sorte de zombie sans existence sociale définie, un corps en déshérence abandonné aux mains des médecins, un zéro absolu qui se réduisait à quelques kilos de viande humaine échoués sur le récif hospitalo-administratif à la suite d'une marée capricieuse.

En somme, un cas d'école. Les responsables s'étant tous défaussés du mistigri, c'était Axel Gabor, le directeur de l'hôpital Lyautey, qui avait hérité du colis. Le dossier était volumineux. Près de trente-six mois en séjour longue durée, à 2700 euros par mois, la facture s'alourdissait de semaine en semaine. Sans trouver quiconque à qui la présenter. Axel Gabor avait pris contact avec les services de police spécialisés dans la recherche des personnes disparues. En vain. Chaque semaine, son secrétariat les relançait par lettre recommandée avec accusé de réception pour bien établir qu'il ne restait pas inactif et ne risquait pas ainsi de grever le budget de l'AP-HP par suite de négligence. Axel Gabor connaissait plus que par cœur le code de la santé publique. Et notamment l'article L 6145-11 (anciennement L 714-18), lequel stipule que « les établissements publics ayant pris en charge des frais d'hospitalisation et d'hébergement d'une personne disposent d'un recours direct contre tous les tiers débiteurs de celle-ci, et spécialement contre ses débiteurs alimentaires ». En clair, cela signifiait que si, un jour ou l'autre, on parvenait à identifier le patient de la chambre 29, atteint d'une forme de démence sénile, ses enfants – s'il en avait – seraient redevables envers l'administration de l'AP-HP de toutes les sommes engagées pour subvenir aux besoins de leur parent. Dans le cas contraire ? Axel se refusait à envisager cette hypothèse. Trop compliqué. Mal de crâne garanti. Une des secrétaires qui le secondaient gloussait à n'en plus finir à propos du patient de la chambre 29. Elle l'avait surnommé « le Masque de Fer ». Le film qui venait de passer sur Canal +, avec Leonardo DiCaprio dans le rôle-titre, s'imposait comme une référence incontournable.

Axel Gabor avait même contacté l'association Aide-Alzheimer à laquelle il avait fait parvenir un jeu de photographies face/profil du patient de la chambre 29, septuagénaire de type européen, sans autre signe distinctif. Effectivement, nombre de malades atteints de cette pathologie fuguent fréquemment de leur domicile et les réseaux d'entraide familiaux tissés par l'association se chargent de faire circuler tout document susceptible d'aider à la recherche. L'association n'avait trouvé aucun patient correspondant à ce signalement dans ses fichiers.

\*

– Fous le camp, sale nègre !

C'était avec ces douces paroles que le patient de la chambre 29 accueillait Mathurin à chacune de ses visites.

– Ta gueule, connard ! lui rétorquait tranquillement Mathurin en s'asseyant face à lui.

La plupart du temps, le patient était attaché à son lit ou dans son fauteuil à l'aide de sangles de cuir. En dépit de la médication plutôt calmante qui lui était administrée, il ne cessait en effet de manifester une grande agressivité à l'égard du personnel soignant. Envers les femmes, il se montrait même carrément odieux. Il les pelotait sans vergogne, se masturbait dès que l'une d'entre elles venait à pénétrer dans la chambre et accompagnait ses gestes de propos d'une obscénité inouïe. La surveillante du service, cédant aux protestations de sa base, affectait autant que possible le personnel mâle aux soins du personnage.

Grâce au patient de la 29, Mathurin avait réussi un joli coup. Le médecin responsable, considérant qu'il eût été inhumain de condamner le malade à la contention vingt-quatre heures sur vingt-quatre, lui avait prescrit une longue promenade quotidienne, ne fût-ce que pour éviter l'ankylose. Les rares infirmiers de sexe masculin étant totalement débordés, la charge échut à Mathurin qui échappait ainsi une heure ou deux à la serpillière. De même, la douche trihebdomadaire lui incombait. La seule fois où une aide-soignante s'y était risquée, l'affaire avait viré à la catastrophe. La malheureuse s'était retrouvée vêtue de sa seule petite culotte à galoper dans le couloir pour échapper au satyre.

Mathurin, comme les autres membres du personnel, avait bénéficié d'un stage de formation d'une journée entière sur la maladie d'Alzheimer. Lors de la session, l'animateur résuma parfaitement le tableau clinique : les patients ne sont en rien responsables de leurs actes et cèdent à des pulsions irrépressibles sans qu'on puisse leur en tenir rigueur. Crises d'angoisse, conduite suicidaire, humeur cyclothymique... Aucune explication rationnelle à cela, si ce n'est que le cerveau part lentement en charpie, se déconnecte progressivement de la réalité, jusqu'au stade terminal de la maladie, un état végétatif qu'aucun traitement, aucune molécule ne parvient à inverser. Quoi qu'il en soit, Mathurin était bien le seul membre du personnel envers lequel le patient de la chambre 29 se gardait de tout geste agressif.

En retour, Mathurin s'était peu à peu pris d'affection pour lui. Pas seulement parce qu'il lui permettait de tirer un peu au flanc. L'idée que, finalement, il était utile à quelqu'un n'était pas pour lui déplaire. C'était simple : quand Mathurin était de congé, le patient de la 29 passait toute la journée attaché sur son fauteuil. Les injures racistes ? Une pure formalité. De son côté, Mathurin ne se privait pas d'abreuver son malade de tous les noms d'oiseau qui lui passaient par la tête.

« Fous le camp, sale nègre ! Ta gueule, connard ! », l'entrée en matière ne variait jamais. Mathurin délivrait le patient de ses liens, l'aidait à se lever et à se dégourdir les jambes, lui enfilait un peignoir par-dessus son pyjama, et ils partaient tous les deux en vadrouille. Quand il pleuvait, ils restaient à l'intérieur de l'hôpital, se contentant d'errer de couloir en couloir, d'étage en étage. Au rez-de-chaussée, ils s'asseyaient près de la buvette, du kiosque à journaux, là où les visiteurs viennent acheter une friandise, un magazine destiné à leurs proches ; les membres du personnel y passaient leur pause, accoudés devant un gobelet de café.

Quand le temps était plus clément, Mathurin et son protégé s'aventuraient dans le parc. Ils tournaient en rond autour des bâtiments, inlassablement, et finissaient par prendre place sur un banc. Assis côte à côte, ils grillaient un cigarillo. Mathurin ne savait pas résister aux appels suppliants du malade et lui offrait sans rechigner sa ration de nicotine. L'extrémité jaunie de ses doigts témoignait d'un long passé tabagique.

Numéro 29, il fallait bien le désigner ainsi, faute de connaître son nom ou son prénom. Mathurin avait essayé de le faire parler, évidemment. À toutes ses questions, le malade fournissait des réponses incohérentes. Généralement, il s'exprimait dans un charabia totalement incompréhensible. Une logorrhée où quelques mots de français se diluaient dans un sabir que Mathurin ne parvenait pas à identifier.

Jusqu'au jour où Fatoumata, une aide-soignante originaire du Kenya qui travaillait au bâtiment B, rendit son verdict : Numéro 29 parlait le swahili ! Enfin, du moins, ça y ressemblait. Mathurin s'empressa de faire remonter l'information jusqu'aux plus hautes instances de sa hiérarchie, à savoir Axel Gabor en personne. Lequel réagit au quart de tour et réunit Mathurin, Numéro 29 ainsi que Fatoumata dans son bureau. Il tenta de mener un interrogatoire destiné à éclaircir le passé ténébreux du pensionnaire qui grevait le budget de son établissement de quelque 3 000 euros mensuels, cumulés à la dette antérieure. L'entretien vira au fiasco. La pauvre Fatoumata s'acquitta de sa tâche de traductrice improvisée avec la meilleure volonté du monde, mais capitula au bout de dix minutes, les larmes aux yeux. Il fallut la débriefer au calme pour lui faire avouer que Numéro 29 n'avait cessé d'affirmer, dans un swahili tout à fait explicite, sa volonté de la sodomiser sur-le-champ. Rien d'autre. De ses attaches africaines, il ne restait plus au patient que de vagues flashs brumeux, des souvenirs évanescents qu'il était incapable d'évoquer avec précision. Rien en tout cas qui puisse aider à retracer son parcours jusqu'à son admission à Lyautey. À dater de ce jour, Axel Gabor encouragea Mathurin à bichonner le Numéro 29 autant que possible. Qui sait ? Un jour ou l'autre, avec un peu de chance, il finirait par lâcher une information qui permettrait de l'identifier.

*

Mathurin et Numéro 29 passaient ainsi deux bonnes heures par jour ensemble. Tout le monde à l'hôpital avait pris l'habitude de les voir déambuler bras dessus bras dessous. Et souvent, à l'heure où il fallait se quitter, au moment où Mathurin ajustait les sangles de cuir qui maintenaient Numéro 29 rivé à son fauteuil, celui-ci éclatait en sanglots et posait son front mouillé de sueur contre la poitrine de son bienfaiteur. Mathurin lui caressait la nuque quelques secondes avant de quitter la chambre à reculons.

— Fous le camp, sale nègre !
— Ta gueule, connard !

# CHAPITRE 7

Le lendemain de son retour de l'île de Groix, Alain Colmont déjeuna avec son agent artistique, Guillaume Marquet. Ils se connaissaient depuis longtemps. Dès la parution du premier roman d'Alain, *La Tribu*, Marquet eut l'intuition que différentes chaînes de télévision seraient intéressées d'en faire une adaptation et il proposa immédiatement à Alain de le représenter. Les articles de presse qui saluèrent en l'auteur un romancier promis à un bel avenir le poussèrent à franchir le pas. Et réciproquement. Alain se sentit plus que flatté de l'intérêt que lui portait Guillaume. Il vivait encore au sein du cocon de l'Éducation nationale où la vie n'est pas toujours rose mais où les parcours sont strictement balisés – aucune surprise à attendre de ce côté-là. Autant d'années d'ancienneté au barème, autant de points acquis en vue de l'obtention d'un meilleur poste, de petits avantages grignotés dans le déroulement sans heurts de la carrière, tout cela en attendant la retraite. Sans compter le rituel de l'inspection, un supplice lors duquel un zozo qui n'a jamais fait face à une classe de mômes déchaînés se permet de venir juger *ex cathedra* les compétences de celui qui se les coltine d'un bout de l'année à l'autre. Durant ses dernières années passées au collège, Alain avait animé un « collectif-insecticide » en compagnie de Sylvain et de Martine, deux membres de la Tribu. Le débat faisait rage au sein de leur groupe de l'École émancipée sur l'opportunité de cette démarche, certains la jugeant tout à fait bienvenue, d'autres, carrément aventuriste. Sur le fond, tous étaient d'accord. Mais combien de profs, parmi des dizaines de milliers, auraient le courage de refuser individuellement la fameuse inspection et d'assumer les conséquences d'une telle attitude ? Fallait-il que quelques têtes brûlées montrent l'exemple, quitte à marcher un pas en avant « des masses », ou, au contraire, la « ligne juste » n'était-elle pas de faire avancer tout doucement les choses en épinglant les inspecteurs qui se rendaient coupables des bavures les plus criantes ? Ils avaient consacré de longues soirées à s'empailler sur le sujet dans le local syndical au sol jonché de vieux tracts, accoudés à une table marbrée de graffitis gravés au cutter, mâchonnant des sandwichs jambon-beurre plus très frais et sirotant des cannettes de bière tiède. À la fin de la réunion, ça ne loupait pas, la camarade Michèle, une enseignante de musique qui effectuait son temps de service écartelée entre trois collèges distants de trente kilomètres les uns des autres, les rejoignait au volant de sa 4L et ne manquait jamais de proposer une motion – toujours la même : que les camarades s'abstiennent de fumer pendant les réunions ! Motion votée à l'unanimité, à chaque fois, mais peine perdue : tous les lundis soir, les paquets de Marlboro ou de Gitanes refaisaient leur apparition.

Dans son roman, Alain s'était permis d'introduire le personnage de Michèle, alors qu'elle n'avait jamais mis les pieds en Corse au cours du fameux été où la Tribu s'était déchirée. Il avait laissé libre cours à ses fantasmes, la transformant en une nymphomane qui cachait bien son jeu sous ses dehors très sages. L'intrigue l'amenait à passer d'un lit à l'autre, jusqu'à ce que ses frasques sèment un joyeux foutoir. Bizarrement, ce fut le personnage de Michèle qui séduisit le producteur ayant acquis les droits du roman. Il choisit une comédienne qui avait le vent en poupe pour incarner le rôle. L'élue venait de remporter un joli succès dans une pièce de boulevard ; le petit cheveu sur la langue qui affectait sa diction ajoutait à son charme. Le scénario du téléfilm fut conçu pour elle, taillé à sa mesure, à la grande perplexité d'Alain qui vit la substance de son roman s'effacer peu à peu pour céder la place à une sorte de marivaudage gratuit mais agrémenté de scènes salaces, tout cela n'ayant plus grand-chose à voir avec le texte originel. Les anecdotes acides sur le milieu confiné de l'Éducation nationale qui servaient de charpente à l'intrigue furent évacuées. Le roman ainsi « adapté » se réduisait à une histoire de cul assez soft. Si l'histoire s'était déroulée dans une agence de pub ou un supermarché, le résultat eût été similaire. Je te trompe, tu me trompes, Machin enfile Machine et tout le monde rigole.

\*

Peu après la mort de Myriam, Michèle rendit visite à Alain dans sa tanière de la rue de Belleville. Ils se trouvèrent face à face, aussi désemparés l'un que l'autre. Michèle, timidement, demanda à Alain de lui dédicacer un exemplaire de ce roman à clé qui la faisait passer pour une mangeuse d'hommes, une allumeuse. C'était bien le moins. Alain griffonna quelques mots convenus sur la page de garde avant d'éclater en sanglots. Michèle prit sa tête entre ses mains, l'attira contre sa poitrine assez généreuse et s'efforça de le consoler. Un geste d'affection en entraîna un autre, puis un autre... Durant plusieurs semaines, sans l'avoir prémédité, Michèle devint la maîtresse d'Alain. Au début, sa présence maternante apaisa ses angoisses.

Après l'accident de Cécile, toute la Tribu s'était ressoudée pour tenter de lui remonter le moral bien que la tâche s'avérât insurmontable. Tous s'étaient donné le mot pour l'inviter à dîner chaque soir ou presque, afin de ne pas le laisser seul. À l'époque, Cécile ne s'était pas encore réveillée de son coma. Elle était hébergée dans un centre spécialisé au fin fond de la Sologne. Alain et Myriam s'y rendaient presque tous les jours. Ensemble ou séparément. Ils restaient de longues heures au chevet de leur fille, à lui tenir la main, à caresser son visage inerte, à contempler son regard vide. À lui parler sans relâche puisqu'on leur avait conseillé de le faire... Peut-être, du plus profond de son sommeil, entendait-elle leurs voix ? De nombreux témoignages d'accidentés qui étaient passés par le même calvaire et en avaient réchappé en attestaient. Le moindre fil, si ténu, si fragile fût-il, susceptible de guider Cécile vers un retour à la conscience – comme celui de la légendaire Ariane errant dans son labyrinthe – devait être

MON VIEUX

patiemment dévidé. Alain et Myriam se relayaient pour lui parler, lui parler sans relâche. Ils rentraient à Paris épuisés, prenant le volant à tour de rôle.

Jusqu'au soir, à la fin du week-end de la Toussaint, où un chauffard percuta leur voiture après avoir grillé un stop. Il avait plu durant toute la journée et le thermomètre affichait moins 3 °C. La chaussée s'était transformée en patinoire. Myriam était assise à la droite d'Alain, qui tenait le volant. À quatre-vingts kilomètres heure de part et d'autre, les carrosseries s'entrechoquèrent dans une plainte sauvage. Emportées par leur élan, les deux voitures effectuèrent plusieurs tête-à-queue avant de s'immobiliser sur la chaussée. Alain s'en tira avec une clavicule cassée et une banale luxation du poignet. Myriam, en revanche, avait encaissé toute la violence du choc. Les pompiers durent manier la scie circulaire pour désincarcérer son cadavre prisonnier de la carrosserie réduite à une bouillie de tôle. Deux ans plus tard, quand il s'éveillait en sueur au milieu de la nuit, Alain voyait toujours les étincelles produites par la scie et entendait encore le crissement de la lame qui attaquait l'amas de métal. Il avait fallu le ceinturer et l'écarter de force quand le travail fut achevé et qu'enfin les pompiers purent extraire de ce magma les restes de celle qui avait été sa compagne et la mère de sa fille.

La Tribu, fidèle, s'était reformée lors des obsèques de Myriam. Sylvain, Norbert, Philippe, Éliane, Christine, Stéphane, Violaine, Martine, tous partageaient désormais le sentiment d'une malédiction qui curieusement les épargnait individuellement pour concentrer toute sa hargne sur Alain, et lui seul. En dépit de leur meilleure volonté, ils restaient impuissants à soulager son malheur. Après quelques semaines de tentative d'une vie commune, Michèle finit par comprendre que le meilleur service qu'elle pouvait lui rendre était encore de l'abandonner à sa solitude. De le dispenser de signes d'affection qui s'apparentaient plus à de la pitié qu'à un amour sincère. Elle décampa un beau matin en lui laissant une lettre touchante de maladresse. Alain, lucide, s'accommoda de son départ sans éprouver de chagrin. Les soirées alcoolisées en compagnie de son copain Jacquot prirent peu à peu le relais des parties de baise que lui avait offertes

Michèle. Et aussi Martine, Éliane, Christine... Toutes les femelles de la Tribu avaient en effet défilé dans son lit, sans que jamais Alain parvienne à démêler le vrai du faux : venaient-elles de leur plein gré, en cachette de leur compagnon respectif, ou au contraire une sorte d'entente tacite, ourdie à son insu, les autorisait-elle à soulager sa détresse avec l'assentiment de leur conjoint ? Mieux valait ne pas creuser la question. La Tribu gardait jalousement ses secrets. À dévoiler lors d'un deuxième tome de ses aventures, ainsi que l'avait suggéré Cécile ? Qui sait ?

*

Le lendemain de son retour de l'île de Groix, Alain Colmont déjeuna donc avec son agent artistique, Guillaume Marquet. Dans un restaurant de la rue de Ponthieu. Alain était nerveux, tendu. Le matin même, il avait reçu au courrier un formulaire de déclaration de droits d'auteur émanant de la SACD. Dépliant de couleur bleue, formalité des plus banales. À chaque diffusion d'un téléfilm, la société des auteurs se charge de délimiter la part de droits en pourcentage revenant à chacun des intervenants dans l'écriture d'un scénario. En cas de conflit, une commission se réunit pour trancher.

— Je me suis encore fait mettre, annonça-t-il en montrant le formulaire à Guillaume.

L'agent examina le document en fronçant les sourcils.

— *La Rivière sans nom*, tu te souviens ? Je me suis coltiné toute l'écriture du scénar de A à Z et je n'ai droit qu'à 25 % des droits ! Six mois de boulot pour soixante mille balles, je rêve !

— Mais non, pas toute l'écriture, corrigea Guillaume. TZ Production a fait reprendre les dialogues par Sophie Decroix !

— Et alors, ça autorise cette pétasse à revendiquer 75 % des droits, peut-être ?

— C'est un peu plus compliqué que ça ; elle a aussi remodelé des éléments de la construction... Ça compte, non ?

Guillaume Marquet était plus que mal à l'aise : il représentait également Sophie Decroix. Une dispute entre deux auteurs appartenant à la même écurie, en l'occurrence la sienne, ne lui disait rien qui vaille. Rien de tel pour pourrir le climat et saper la confiance d'autres auteurs.

— J'ai relu le contrat ce matin, reprit Alain. Je comprends pas comment tu m'as poussé à signer une merde pareille !

— C'est un contrat standard, je sais ce que tu vas me dire : la clause c, paragraphe 7, page 14 : « En cas de litige entre auteurs, le producteur sera en dernier recours autorisé à déterminer l'apport de chacun d'eux... » TZ Production a tranché.

— Voilà, j'ai qu'à fermer ma gueule ! Je te rappelle que contractuellement je te refile dix pour cent de tout ce que je gagne et en échange, toi, tu dois défendre mes intérêts !

Guillaume Marquet aimait bien Alain et n'ignorait rien de ce qui lui était arrivé. Depuis l'accident de Cécile, et plus encore depuis la mort de Myriam, non seulement Alain ne parvenait plus à travailler sereinement, mais il multipliait les disputes avec les producteurs, les coauteurs, les responsables de la fiction dans les différentes chaînes. Petit à petit, il commençait à se griller auprès des uns et des autres. Guillaume essayait bien d'arrondir les angles, sans y parvenir. À chaque début de projet, quand il évoquait la participation d'Alain Colmont, on fronçait les sourcils. Alain traînait une réputation de cabochard dans un milieu où il vaut mieux être diplomate, sinon sournois. Rien à voir avec le ronron de l'Éducation nationale. Dans la petite confrérie des scénaristes télé, chacun devait défendre ses intérêts bec et ongles et se tenir prêt à parer les coups bas. Des rapaces comme la fameuse Sophie Decroix, Alain en avait vu plus d'un planer dans son ciel professionnel. Il arrive toujours un moment où les producteurs gagnés par l'angoisse devant le scénario achevé se demandent si un « autre regard » ne permettrait pas de l'améliorer encore. L'heure de la curée pour les Sophie Decroix qui, à l'aide de quelques retouches soigneusement montées en épingle à la suite d'un numéro d'esbroufe, parviennent à rafler la mise pour un investissement intellectuel des plus minimes. Alain avait assisté à bien des discussions qui prouvaient à quel point le système était rodé. *Le scénar d'Untel ? Mmoui, il était plutôt bien foutu, c'est vrai, mais sans la petite touche supplémentaire qu'a apportée Machin, ça allait droit au plantage...* À ce jeu, Alain s'était laissé gruger plus souvent qu'à son tour.

— J'ai besoin de fric, Guillaume, enchaîna-t-il, c'est vital. Pas pour moi, pour ma fille. Tu es mon agent et à ce titre, tu es censé me trouver du boulot, non ? Depuis quatre mois, rien.

— Sois pas injuste. Je t'ai branché sur le coup de la nouvelle série polar de Destroy Prod, mais tu n'as pas encore remis ton synopsis...

— Mais si, je l'ai remis ! Ça fait même trois fois que je le remodèle.

— J'ai eu Nadège, la directrice de collection, au téléphone : elle considère qu'on en est toujours à la première version. Le texte que tu lui as donné ne correspond pas à l'esprit de la série.

Alain renversa la tête en arrière et ferma les yeux.

— Esprit de la série, es-tu là ? ricana-t-il en posant ses deux mains à plat sur la table.

— C'est ce qu'elle m'a dit, mais sois pas parano : elle ne veut pas t'éjecter, je t'assure ! Au contraire, elle t'a plutôt à la bonne ! Accroche-toi, Alain. Si la série fait une bonne audience, il y aura d'autres commandes. Et si tu te cases au chaud chez Destroy Prod, tu en as pour au moins un an de tranquillité !

Ils déjeunèrent en évoquant d'autres projets auxquels Alain pourrait éventuellement être associé. Rien de bien mirobolant. Des bouts de dialogues à réécrire ici, un « concept » fumeux de sitcom à raccommoder par là. Aux abois, Alain était prêt à se raccrocher à toutes les branches.

— Bon, conclut Guillaume Marquet, autant ne pas se mentir : tu traverses une mauvaise passe professionnelle, ce qui est parfaitement normal vu tes emmerdes personnels, mais c'est qu'une question de patience, il faut tenir le coup. À ce propos, ta fille, ça va mieux ?

Alain lui raconta sa visite à la clinique de Garnier. Durant quelques minutes, il oublia tous ses soucis en revoyant l'image de Cécile sur le quai de l'embarcadère, à l'instant où le vent lui avait arraché son voile sans qu'elle songe à s'en recouvrir aussitôt le visage.

À l'issue du déjeuner, il quitta Guillaume, descendit les

Champs-Élysées jusqu'à la Concorde, traversa le jardin des Tuileries et rejoignit le Louvre sans se décider à emprunter le métro. De fil en aiguille, il rentra ainsi à pied jusqu'à chez lui, rue de Belleville, où il alluma l'écran de son Mac afin de mettre en chantier la quatrième version de son synopsis pour la nouvelle série de Destroy Prod. Une comédie policière dont le héros, un flic stagiaire gaffeur et dépourvu du moindre flair, réussissait à boucler des enquêtes sur lesquelles ses supérieurs hiérarchiques, fins limiers comme il se doit, se cassaient les dents. C'étaient ses bourdes accumulées qui le mettaient immanquablement sur la piste des coupables. Allons, courage, se dit-il, il faut trouver des gags, des répliques qui fassent rire la délicieuse Nadège !

La précédente version du synopsis se déroulait dans le milieu des tenanciers de sex-shop, le héros confondant le coupable grâce au témoignage d'une danseuse de peep-show. « Je préférerais qu'on pénètre au sein d'une école de commerce, avait suggéré Nadège. C'est plus proche des gens... et plus en conformité avec la ligne éditoriale de la chaîne. » Cent fois sur le métier, remettez votre ouvrage...

# CHAPITRE 8

Ce qui devait arriver arriva. En moins de deux semaines, Daniel Tessandier se retrouva à la rue. Sitôt après son déménagement de chez la Letillois, il épuisa ses maigres ressources pour se payer une chambre d'hôtel rue des Pyrénées. Puis, malgré toutes ses réticences, il se rendit dans un foyer d'accueil situé près de la porte des Lilas. Il y passa trois nuits de cauchemar dans un dortoir d'une vingtaine de places. Dans un état de fureur totale, il calma ses nerfs sur un pauvre type affalé sur le châlit au-dessus du sien. Pris de violentes nausées au beau milieu de la nuit, le malheureux s'était mis à vomir en l'aspergeant de glaires. Les surveillants du centre, alertés par le vacarme qui s'ensuivit, expédièrent Daniel *manu militari* sur le trottoir. Il trouva refuge dans un square voisin, avec pour oreiller le sac de sport dans lequel il avait entassé tous ses vêtements.

Sa première nuit passée dans la rue...

Alentour, il pouvait apercevoir les lumières restées allumées dans certains appartements. De plus en plus rares au fur et à mesure que le temps filait, puis inversement, de plus en plus nombreuses dès qu'on approchait de l'aube. Il vit les premiers passants s'engouffrer dans la station de métro, les premières voitures jaillir du périphérique et s'engager dans Paris intra-muros. Une vie qui reprenait après l'engourdissement de la nuit, une vie dont il se sentit totalement exclu.

Il quitta le square, son sac de sport en bandoulière, et but un café dans une brasserie du haut de la rue de Belleville. Il avait la tête vide. Ce fut un soulagement. Alors qu'auparavant il lui fallait consentir un effort pour y parvenir, à présent, ne plus penser à rien allait presque de soi ; ça venait tout seul et ça faisait un bien fou. Il fut gagné par une étrange torpeur, un engourdissement qui n'avait rien de désagréable, bien au contraire. Quelque part dans sa tête, une digue s'était rompue, cédant à un poids beaucoup trop puissant sans pouvoir résister aux forces auxquelles elle se trouvait soumise.

Ce fut comme s'il contemplait son destin sur l'écran d'une télé à bout de souffle. Le spectacle ne le concernait quasiment plus. Un mauvais clip qui ne comportait même pas de générique. Inutile. Superflu. Hors de propos. On avait simplement rayé, biffé, gommé, effacé le nom de Daniel Tessandier du registre des gens normaux, ceux qui ont le droit de cotiser à la Sécu, de partir en vacances, d'acheter un congélateur ou un four à micro-ondes, de dormir dans un vrai lit, de caresser les seins de la femme étendue à leurs côtés, pour le reléguer à la marge, dans un no man's land aux contours flous, un ailleurs sauvage qui relevait plus du documentaire animalier que de la vie civilisée.

Sa tasse de café avalée, Daniel se retrouva sur le trottoir de la rue de Belleville, qu'il commença à descendre d'un pas traînant. Télégraphe, Place-des-Fêtes, Pyrénées, il dépassa une à une les stations de métro de cette ligne où il avait l'habitude de faire la manche. À cette heure-ci, mieux valait ne pas s'y risquer. Entassés dans les wagons, les voyageurs se montraient peu réceptifs au baratin des mendiants. Tout en bas de la rue, il aperçut les membres de la bande à Nanard qui se regroupaient sur le terre-plein du boulevard de la Villette. À sept heures trente, Luigi, le Pirate, Meccano, Philou sifflaient leur première bouteille de rouge de la journée. Une gorgée chacun leur tour. La Chenille les rejoignit en se tortillant, cramponné à sa béquille. Madame Florence dormait encore, allongée un peu plus loin sur le trottoir. Daniel poursuivit son chemin en enfilant la rue du Faubourg-du-Temple. Il n'avait qu'un souci en tête : se débarrasser du sac de sport qui contenait tous ses biens et qu'il devait trimbaler, comme un escargot sa coquille. Il ne savait pas exactement ce qu'il allait faire de sa journée, mais un tel fardeau lui ôtant toute facilité de mouvement le gênerait. Les consignes de gare ? Elles étaient toutes fermées depuis la mise en place du plan Vigipirate, encore un coup des terroristes de la branche Mustapha...

Par contre, au fond de la cour de l'immeuble de l'avenue Parmentier où il avait séjourné, se trouvait une espèce de cabanon où l'on rangeait vélos, poussettes et bricoles diverses. Un tas de planches s'empilait au bout du réduit et lui fournirait la cachette idéale pour planquer son sac. Il connaissait le code d'entrée de l'immeuble, 44 A 75, pénétra dans la cour et, sans y avoir croisé quiconque, se glissa dans le cabanon. Mme Letillois lui avait fourni une clé lors de son installation. À l'époque, Daniel possédait encore un vélo, un vieux clou qu'il s'était fait piquer peu de temps après. La Letillois avait sans doute oublié ce détail.

Une fois son sac à l'abri, Daniel revint dans le couloir d'entrée de l'immeuble et ouvrit sa boîte aux lettres. Il en sortit une flopée de prospectus publicitaires, mais aussi un petit papier bleu à l'en-tête du commissariat du XVIIIᵉ. Une convocation suite au cassage de gueule qu'il avait infligé au dénommé Saïd, son chef de service à l'entrepôt de Garonor, lieu de son dernier emploi. La petite fliquette en minijupe qui se trémoussait sur son fauteuil et tenait absolument à ce qu'on l'appelle « Capitaine » ne lâchait pas prise. Ni le dénommé Saïd. Daniel relut trois fois de suite les quelques lignes qui l'invitaient à se présenter au commissariat le lundi en huit pour une confrontation avec sa prétendue victime. Des emmerdes, encore des emmerdes, toujours des emmerdes. Un coup à atterrir en taule... Mais non, pour ça, il faudrait un procès. On n'expédie pas quelqu'un en cabane d'un simple claquement de doigts ! Plus tard, il verrait plus tard. De toute façon, il n'habitait plus nulle part. À présent qu'il était à la rue, cette salope de « Capitaine » aux jolies cuisses pouvait toujours se brosser pour retrouver sa trace. D'un geste rageur, il balança la convocation dans le caniveau.

Sauf que, sauf que... Il avait besoin de son adresse avenue Parmentier pour continuer à percevoir son RMI ! Moins d'une heure plus tôt, il se félicitait de ne plus penser à rien, et voilà que ça recommençait à tourner dans sa tête. D'ici à ce que son refus de se rendre à la convocation de la « Capitaine » l'empêche d'encaisser son dû...

Encore que...

Non, le temps que la flicaille bloque son pognon au service d'aide sociale, il pouvait encore bénéficier d'un délai.

De « sauf que » en « encore que », il s'y perdit. Il fit brusquement marche arrière, tenta de récupérer la convocation qu'il venait de jeter dans le caniveau, mais le filet d'eau qui y ruisselait l'avait déjà précipitée dans les égouts. Et merde ! Il ne se souvenait déjà plus de l'heure exacte à laquelle il était censé s'humilier devant le dénommé Saïd pour implorer sa clémence.

De l'avenue Parmentier, il gagna la rue Saint-Maur toute proche. C'était là que se dressait l'église Saint-Joseph, là que, parmi les affichettes punaisées sur un panneau près de la sacristie, il était tombé sur la petite annonce de la Letillois un an plus tôt. Il s'y rendit, esquissa un vague signe de croix histoire d'amadouer les bonnes âmes et parcourut les nouvelles annonces. Rien dans ses cordes. On recrutait des femmes de ménage, des jeunes filles au pair, des bonniches pour tout dire. Il y avait aussi une affiche annonçant un prochain voyage de paroissiens au Sénégal, destiné à apporter à des villageois du cru le montant d'une quête spéciale – du matériel scolaire, cahiers, crayons et ardoises – afin que les petits Mamadou en bas âge puissent étudier normalement, bien à l'abri dans leur hutte. Daniel éclata d'un rire aigre. Bah... si les curetons pouvaient scotcher toute cette marmaille dans sa savane et l'empêcher de débarquer en France, pourquoi pas ? Il reprit son chemin.

Rue du Faubourg-du-Temple, jusqu'au carrefour Belleville, comme d'habitude. Accoudé à la rambarde de la station de métro, il constata que la bande à Nanard s'était étoffée depuis son dernier passage, moins d'une heure auparavant. Les passagers du bus de la RATP qui les avait conduits à l'hospice de Nanterre étaient tous revenus au bercail. Nanard lui-même avait repris sa faction, entouré de sa cour, devant le supermarché chinois. La clope au bec, il surveillait la manœuvre, sanglé dans son sempiternel manteau de cuir, grattant sa poitrine hirsute de ses doigts aux ongles endeuillés de crasse. Ses troupes étaient reparties à l'assaut des voitures qui stationnaient au feu rouge pour taper les automobilistes de quelques piécettes. Dans l'attente du butin, Nanard lutinait gentiment Madame Florence assise à côté de lui, sur le rebord du trottoir. Il lui pinçait la taille, lui titillait le menton, risquait parfois un geste plus osé en direction de ses seins. Rien de plus. Sonnée par la gueule de bois consécutive aux agapes de la veille au soir, Madame Florence gloussait sous ses caresses. Et pour cause : la ration de picrate habituelle s'était trouvée enrichie de deux bouteilles de rhum carottées en douce par Luigi. C'est dire si la fête avait battu son plein !

*

Soudain, une main se plaqua sur l'épaule de Daniel. Il se retourna d'un bloc et se retrouva nez à nez avec un type au visage émacié, couturé de rides et de crevasses, qui lui souriait de sa bouché édentée. Il resta un long moment silencieux, sans parvenir à identifier le nouveau venu.

– Tu me reconnais pas ? C'est moi... Gégé ! Gérard Dancourt !

Gérard, le vieux copain du collège Paul-Langevin, à Aulnay-sous-Bois, cité des 3000 ?

Ce fut comme s'il venait de sauter vingt ans en arrière. Gérard, dit Gégé, le binoclard qui se faisait persécuter à chaque récré et rentrait chez lui avec sa chemise à moitié déchirée, un gnon sur la joue ou un œil au beurre noir, l'éternelle victime qui servait de souffre-douleur aux uns et aux autres et sur lequel Daniel avait fini par jeter son dévolu. Pour lui accorder sa protection. Il avait cassé promptement la gueule à quelques apprentis caïds qui s'amusaient à martyriser Gégé. Cet élan de générosité, de charité plutôt, Daniel n'en avait jamais élucidé l'origine ou les causes profondes. Une pulsion ? Le désir d'être utile à quelqu'un ? D'accomplir un geste de solidarité aussi authentique que gratuit au lieu de se contenter du blablabla que son paternel et les copains de la cellule rabâchaient à longueur de réunion tous les lundis soir ? Oui, du concret, pas des phrases creuses. Le pauvre Gégé ne fréquentait pas la filière normale du collège. Estampillé « débile léger », il avait été relégué en classe de SES, la section d'éducation spécialisée. Spécialisée en quoi, on ne savait pas trop. Toujours est-il qu'en compagnie de congénères jugés inaptes à suivre le cursus habituel, il végétait du matin au soir dans les algécos que le principal avait fait dresser au fond de la cour en attendant que la ligne budgétaire permette d'installer les débiles légers dans des locaux dignes de ce nom. Gégé et ses compagnons d'infortune tuaient le temps sous la houlette d'un pauvre instit stagiaire qui tentait de les divertir tantôt en « atelier poterie » tantôt en « atelier BD », la plupart du temps sur le terrain de foot.

En la personne de Gégé, avec ses genoux cagneux et ses joues rongées par l'acné, Daniel avait trouvé sa petite cause à lui tout seul. Les deux gamins devinrent inséparables. Gégé s'accrochait aux basques de Daniel, du collège jusqu'au bâtiment où ils vivaient tous les deux, Daniel au sixième, Gégé au neuvième.

Et puis un jour Gégé disparut de la cité. La DDASS le plaça dans un foyer, en province. La rumeur courut de cage d'escalier en cage d'escalier que son père lui faisait des saloperies quasiment tous les soirs. Le médecin scolaire avait fini par s'en apercevoir lors d'une consultation de routine. Ce fut lui qui donna l'alerte. Le père de Gégé aboutit en prison. Sa mère ? Daniel ne se souvenait plus.

\*

Daniel fixa son copain du regard et serra la main qu'il lui tendait. Une larme perla à la paupière de Gégé et sa lèvre inférieure se mit à trembler. Daniel sentit que sa propre pomme d'Adam avait quelques soubresauts. L'épave méconnaissable qui se dandinait devant lui n'avait que trente-trois ans. Deux de moins que lui.

— Qu'est-ce que tu fais dans le coin ? demanda Daniel.

— Tu vois : j'suis avec des copains ! répondit Gégé en montrant les membres de la bande à Nanard affalés un peu plus loin sur le trottoir. Et toi ?

Daniel fit un demi-pas en arrière pour échapper à l'haleine épouvantable qu'exhalait son ancien copain.

— Je passais, j'ai un rancard pas loin ! Allez, salut Gégé, porte-toi bien !

— Ouais, peut-être à un de ces jours ! lança Gégé de sa voix éraillée, alors que Daniel s'éloignait à toute vitesse, jouant des coudes pour se faufiler entre les passants.

\*

La rencontre avec Gégé l'avait épouvanté. Le visage ravagé par des années d'errance que présentait son copain lui offrait, comme dans un miroir, son propre avenir s'il ne trouvait pas un moyen de se tirer du pétrin. Toute la matinée, il traîna dans les rues, sentant la faim venir peu à peu. Il lui restait de quoi s'offrir quelques sandwichs, mais pas plus. C'était la bonne heure pour descendre dans le métro. Au milieu de la journée, il en avait souvent fait l'expérience, les gens se laissaient plus facilement apitoyer. Il franchit les tourniquets à la station Arts-et-Métiers et prit la direction Mairie-des-Lilas. En une heure, il récolta près d'une dizaine d'euros, un excellent résultat.

Ce fut à la station Place-des-Fêtes que tout bascula. Décidé à sortir pour s'offrir un petit verre et acheter un paquet de Gitanes, il se retrouva presque seul dans les couloirs déserts du métro. Une petite vieille marchait devant lui, courbée sur une canne, enveloppée dans un manteau d'astrakan malgré la température plutôt clémente. Daniel ralentit l'allure pour mieux étudier sa silhouette. Elle pouvait avoir soixante-dix ans, peut-être plus. Daniel ne parvenait pas à détacher son regard du sac à main qu'elle portait au creux du coude. En arrivant à sa hauteur, il vit ses doigts couverts de bagues et, sans plus réfléchir, il se décida. Sa main droite agrippa le sac tandis que de la gauche il repoussait violemment sa victime vers le mur carrelé de blanc qu'elle percuta de la tête avant de s'effondrer. Tout s'était déroulé avec une facilité stupéfiante. Sonnée, la vieille dame ne cria même pas. Daniel s'élança vers l'escalier mécanique dont il escalada les marches sans trop forcer. Deux types descendaient dans l'autre sens vers les profondeurs de la station en discutant de la dernière grille de Loto qu'ils avaient perdue. Toujours aucun cri. Daniel rentra la tête dans ses épaules et se pencha en avant, comme s'il s'intéressait à son lacet de chaussure, pour éviter l'œil de la caméra installée en haut de l'escalator. Arrivé à l'air libre, le sac bien serré sous son blouson, il avança vers la rue Compans, entra dans un café et gagna les toilettes où il s'enferma à double tour. Le cœur battant, il put enfin ouvrir le sac à main.

Il y découvrit quelques babioles – carnet d'adresses, paire de lunettes, trousse de maquillage, boîtes de médicaments – ainsi qu'un portefeuille avec des papiers d'identité. Il y avait en sus une enveloppe qui contenait... trois billets de cinquante euros ! Avec une lettre destinée à une certaine Catherine à laquelle on souhaitait un bon anniversaire. Daniel n'en croyait pas ses yeux ; il fit craquer les billets tout neufs entre ses doigts tremblants avant de les enfouir au plus profond de sa poche de jean. Rien à cirer de l'identité de sa victime. Il referma le sac et sortit de la cabine des WC. Une porte donnait sur une cour où des poubelles étaient disposées le long d'un mur. Il en ouvrit une, y jeta le sac et revint à l'intérieur du café. Il commanda un verre de blanc sec qu'il siffla d'un trait en même temps qu'il jetait quelques pièces de monnaie sur le zinc, puis il s'éclipsa sans que personne lui demande rien.

# CHAPITRE 9

Le mardi 10 juin, Alain Colmont se rendit à Groix pour y chercher Cécile. Le surlendemain, Dampierre devait pratiquer la première opération de réparation esthétique sur son visage. Il avait finalement décidé de commencer par les lèvres, l'intervention la plus facile et la plus bénigne. En quatre jours, tout serait réglé : une première journée destinée aux examens préliminaires, une deuxième durant laquelle l'intervention – qui ne durerait qu'une heure, sous anesthésie légère – serait pratiquée, les deux autres pour l'ablation du pansement et le suivi de la cicatrisation. Une affaire vite expédiée si tout se déroulait comme il l'avait programmé. Après, Cécile rejoindrait directement la clinique de Garnier. Des séances d'orthophonie étaient déjà prévues. Cécile ne souffrait d'aucune difficulté de diction et, selon Dampierre, n'en pâtirait pas plus après l'opération qu'avant, mais Garnier, en accord avec lui, avait décidé de ne rien laisser au hasard. Trois semaines plus tard, Cécile se rendrait à la consultation de Dampierre pour l'évaluation du résultat.

Alain prit donc le bateau en partance pour Lorient avec sa fille en fin de matinée. Il avait réservé des places de première classe dans le TGV Atlantique, un compartiment entier pour eux seuls afin que Cécile ne soit pas incommodée par le regard malsain de voyageurs qui n'auraient pas manqué de scruter son visage abîmé, sous le masque du voile. Bien entendu, il eût été plus simple de gagner Paris en voiture, mais depuis l'accident qui avait coûté la vie à Myriam, Alain s'était juré de ne plus jamais toucher un volant. Alors que le rapport des gendarmes l'avait totalement exonéré de toute responsabilité dans ce drame, il ne pouvait s'empêcher de ressasser sa culpabilité. Dix minutes avant le choc, il s'était arrêté dans une station-service pour faire le plein. Il avait pris un café, arpentant l'aire de stationnement, le gobelet à la main, les cheveux trempés sous la bruine qui rendait la chaussée glissante. Trente, quarante secondes, pas plus, le temps de commencer à griller une cigarette, quelques bouffées à peine, avant d'écraser le mégot humide sous son talon : Myriam ne supportait plus l'odeur du tabac depuis qu'elle s'était arrêtée de fumer. Trente, quarante secondes ? C'était moins qu'il n'en aurait fallu pour éviter de croiser le chemin de l'abruti qui s'était permis de franchir le stop. Cette course absurde de l'aiguille autour du cadran de la montre qu'il aurait tant voulu inverser avait peuplé les cauchemars d'Alain de longs mois durant.

Plus tard, dans ses tentatives d'écriture romanesque, il avait couché sur le papier des pages entières d'ébauche de nouvelles, plus d'une quinzaine au total, qui tournaient toutes autour de la même obsession : la bifurcation fatale du destin de tel ou tel personnage en raison d'un minuscule décalage temporel. Tout un programme, à bien y réfléchir. La chance ou son contraire. La rencontre ratée avec l'âme sœur à cause d'une peau de banane abandonnée sur le bitume et qui précipite le futur amoureux dans un service d'orthopédie au lieu de lui faire croiser la route de la femme de sa vie, dix mètres plus loin à peine. Ils n'en sauront jamais rien ni l'un ni l'autre, et ne connaîtront que des amours maussades le reste de leur existence. La fortune qui glisse entre les doigts du joueur de billard professionnel qui rate sa bande parce qu'il a été saisi d'un spasme abdominal au moment fatidique. On pouvait gloser à l'infini sur ce thème vieux comme le monde. Alain gardait tous ces débuts de récit sous le coude, recueil potentiel à présenter à des éditeurs s'il trouvait un jour la force de le boucler. Le dossier somnolait dans un coin du disque dur de son ordinateur. En attente d'une embellie. Mais l'inspiration n'était décidément pas au rendez-vous. En dépit des artifices de la fiction qu'Alain appelait à la rescousse pour calmer sa douleur, à la manière d'un exorcisme, il n'était jamais parvenu à effacer ce traumatisme et se sentait pleinement responsable de la mort de Myriam. Quelques bouffées de cigarette, quarante secondes, le mégot écrasé, la brûlure restait inscrite dans sa mémoire.

Deux ans auparavant, quand Cécile s'était réveillée du coma et avait recommencé à parler, à articuler quelques syllabes, puis quelques mots, puis encore, au fil des semaines, quelques phrases, la même question était sans cesse revenue sur ses lèvres meurtries : « Où est maman ? » Elle se trouvait dans un tel état d'hébétude qu'Alain inventait des histoires qui la satisfaisaient. « Demain, maman viendra demain... » Cécile ne disposait plus d'aucun repère temporel. Soir, matin, midi, minuit, elle était totalement perdue dans le rythme circadien. Soit, *maman viendra demain...*

Jusqu'au jour où le temps du mensonge toucha à sa fin. « Demain » redevint un concept précis, qui ne souffrait aucune contradiction. Cécile avait recouvré toute sa lucidité. L'absence de sa mère la tourmentait, il fallut bien lui avouer la vérité. Avec toutes les précautions requises. Alain n'en eut pas la force. Un des médecins qui s'occupaient d'elle se chargea de la corvée.

Des mois durant, la petite chose qu'était devenue Cécile, ce petit squelette surgi d'outre-tombe avec son visage déchiré, son sein lacéré par les graviers, se transforma en un véritable bloc de haine envers Alain. « Papa a tué maman. » Elle ne cessait de répéter cette phrase tel un leitmotiv. De guerre lasse, Alain, découragé, s'abstint de lui rendre visite. À chaque tentative, elle lui jetait à la figure tout ce qui se trouvait à sa portée : plateaux-repas, livres et paquets de gâteaux ou de bonbons, le moindre objet se transformait en projectile.

Une fois de plus, la Tribu, fidèle, solidaire, s'était réunie. Sylvain, Martine, Norbert et Éliane, tous se succédèrent au chevet de Cécile pour lui expliquer ce qui s'était réellement passé. Sylvain parvint même à retrouver la trace de l'officier de gendarmerie qui avait signé le rapport d'accident et le persuada de rendre visite à Cécile. Entre-temps, il avait été muté dans une brigade perdue de l'Ardèche, mais Sylvain déploya de tels trésors d'éloquence que le brigadier se laissa fléchir. Un brave type, un peu lourdaud, mais dont l'honnêteté crevait les yeux. Il présenta à Cécile un plan du carrefour où s'était déroulé l'accident et, à l'aide de son vocabulaire technique dépourvu d'affect, lui expliqua que le fautif n'était pas Alain, mais le chauffard qui avait grillé le stop. Cécile finit par admettre le bien-fondé de la démonstration. Rationnellement au moins. Mais sans parvenir à pardonner tout à fait. Quelle que soit la façon dont on abordait les choses, *papa avait bien tué maman*. Dans un coin de sa tête, le ressentiment subsista.

\*

Le TGV filait en direction de Paris-Montparnasse. Alain s'était assoupi. Cécile contempla son visage fatigué, prématurément vieilli. La barbe et la moustache poivre et sel – plutôt sel que poivre –, les rides et les cernes qui entouraient les yeux, le front dégarni... Les épreuves, bien plus que le temps, y avaient imprimé leur marque. Alain ronflait doucement, les mains croisées sur sa poitrine. Soudain, comme s'il avait froid, il frissonna dans son sommeil et poussa un gémissement plaintif. Il rêvait. Cécile saisit son imperméable, une loque défraîchie achetée dans un surplus militaire US qu'il portait toujours quand il allait à Groix, par crainte de la pluie, du fameux crachin breton... Il était froissé, en boule sur la banquette, elle le déploya et en recouvrit son père, qu'elle regarda dormir avec un mélange de tendresse et de pitié. Combien d'années lui restait-il encore à vivre ? Il semblait si usé, si fatigué, si las.

Le temps avait fait son œuvre. Elle lui avait accordé son pardon pour cette faute qu'il n'avait pas commise, mais dont elle l'avait si injustement accusé. Deux ans auparavant, clouée sur son lit, persuadée de rester infirme à jamais, elle n'avait pu résister à la tentation de désigner un bouc émissaire responsable de son malheur : son père, qui avant son départ pour la Corse lui avait pourtant proposé un voyage en sa compagnie. Peu importait la destination. Il lui avait confié un catalogue d'agence de voyages, à elle de choisir le point de chute. Les Caraïbes, par exemple, où ils auraient pu s'adonner à la plongée sous-marine. Elle avait refusé. Trois jours plus tard, à l'aube du 26 août 2000, le scooter dérapait sur la route de Propriano. Cécile ne supportait pas l'idée de sa propre responsabilité dans ce désastre.

Alain l'avait toujours couverte de cadeaux depuis sa séparation d'avec Myriam. Une manière de se racheter, de tenter de se faire pardonner les années perdues durant lesquelles, obnubilé par sa prétendue carrière d'écrivain, il s'était si souvent claquemuré dans son bureau au lieu de jouer avec sa fille, d'aller la chercher à la sortie de l'école, de l'accompagner à son cours de danse, de musique, tous ces instants du quotidien que Myriam avait assumés seule... Un gâchis irréparable. Et la main qu'il avait tendue à sa fille afin de la protéger – sans même le savoir, sans même pouvoir deviner que sa proposition d'un voyage sous les tropiques aurait pu inverser le cours du destin –, cette main offerte trop tard, Cécile l'avait refusée. Si elle avait accepté l'invitation, rien de tout cela ne serait arrivé. Et maman serait toujours vivante. Il aurait suffi d'effacer soixante-douze heures sur l'ardoise magique, d'y tracer un autre schéma, comme à l'école lorsque la maîtresse donnait ses consignes et circulait entre les rangs pour vérifier les réponses des uns et des autres. Cécile ne se trompait jamais. Excellente élève. Cette fois pourtant, elle avait eu tout faux.

*

Pendant son séjour à la clinique Garnier, Cécile eut tout le loisir d'effectuer un long retour sur les trois années précédentes. Sa chute de scooter ? Elle était restée à jamais gravée dans sa mémoire. Le ruban de bitume qui serpentait le long du golfe de Propriano, les arbres du maquis bordant la route, les masses rocheuses bordées de cactus ici et là, et soudain tout s'était mis à chavirer. Le choc. Le fracas dans sa tête. Une fraction de seconde à peine avant qu'elle perde conscience. Puis son retour du coma, comme un long cheminement dans les brumes de la mémoire qui ne livrait ses fragments, ses secrets que bribe après bribe.

MON VIEUX

Son corps engourdi, toujours à la recherche des mêmes issues, des mêmes sensations, se réveillant muscle après muscle, tendon après tendon, sous la main des kinésithérapeutes qui le pétrissaient, puis, après son réveil, les exercices tous plus pénibles les uns que les autres, la douleur à chaque mouvement, jusqu'à la marche enfin réapprise. Le buste redressé, le port de tête reconquis, minuscules victoires au prix de souffrances infinies. La conscience pleinement rétablie. Jusqu'au langage, qui était revenu pan par pan, avec des pics et des creux, des moments où les mots se dérobaient, d'autres où ils semblaient se bousculer sur sa langue, se perdre dans les dédales du sens avant, enfin, de retrouver leur cohérence. Tout cela pour finir par articuler la même phrase haineuse : « Papa, tu as tué maman ! »

*

Alain continuait de dormir, bercé par les cahots du wagon. Cécile se pencha sur lui, posa ses lèvres sur sa tempe.
— Je t'aime, papa, murmura-t-elle, on n'a pas eu de chance tous les deux, mais je te promets que je vais vivre. Papa, voilà, tu ne m'entends pas ou plutôt si... c'est comme quand moi, je dormais... Je m'excuse, papa, j'ai été injuste, maintenant, je vais prendre soin de toi, je vais... je vais essayer de t'aider à vieillir parce que j'ai l'impression que tu en as bien besoin !
À cet instant, le contrôleur de la SNCF se présenta à l'entrée du compartiment. Cécile se leva d'un bond et lui fit face, furieuse de cette intrusion. Alain s'éveilla en sursaut, fouilla dans les poches de son imper et lui tendit les billets.

*

Dampierre opéra Cécile le 12 juin. Face à Alain, il dressa un bilan tout à fait satisfaisant de l'intervention. Il avait taillé ici et là dans de minuscules masses musculaires, retendu d'aussi minuscules millimètres carrés de peau, anastomosé des filets nerveux afin de corriger l'affaissement des commissures des lèvres. Alain contempla les planches anatomiques que le chirur-

122

gien lui présentait, sans bien comprendre ce que tout cela signifiait. Peu importe : Dampierre se portait garant du résultat.

— La mécanique est en bon ordre de marche, conclut-il. Il faut seulement qu'elle réapprenne à sourire... Et ça, c'est votre boulot, pas le mien. Mais vous verrez. D'ici peu, je vous promets qu'elle abandonnera son foulard !

Rendez-vous fut pris pour début septembre. Cette fois-ci, Dampierre s'intéresserait à l'arcade sourcilière... Alain se rendit au secrétariat et signa un chèque d'un montant substantiel. En espérant que la charmante Nadège de Destroy Prod accepterait enfin la cinquième version de son synopsis.

*

À la sortie de la clinique, Alain emmena Cécile chez lui, rue de Belleville. Elle n'y avait pas remis les pieds depuis longtemps. Alain s'était donné la peine de faire le ménage à fond et de préparer sa chambre, celle-là même où elle avait passé ses années d'enfance. Cécile fondit en larmes en voyant l'étagère sur laquelle étaient alignés ses doudous, toute une collection de peluches dont certaines partaient en lambeaux à force d'avoir été mordillées, suçotées, voire martyrisées durant ses colères de petite fille. Le gentil lapin n'était pas trop esquinté, mais le méchant loup gisait, borgne et griffé de toutes parts, sur son recoin de contreplaqué recouvert de toile de jute, à côté de l'hippopotame ventru et du kangourou auquel il manquait une patte.

— Le lit est trop petit, tu dormiras dans le mien, lui proposa Alain en comprenant soudain que sa petite fille avait bien grandi. Moi, j'irai dans le salon. Le canapé est pourri, il y a une espèce de saloperie de putain de ressort qui te fout les reins en l'air dès que tu t'allonges dessus, mais c'est pas grave...

— Non, non, je vais dormir ici. Ça sera très bien comme ça ! protesta Cécile.

Elle s'allongea en chien de fusil, recroquevillée sur la couette.

— Câlin, papa ? dit-elle en lui tendant les bras, comme elle le faisait jadis.

Alain prit une profonde inspiration, s'agenouilla à côté d'elle et l'enlaça. Ils restèrent blottis l'un contre l'autre de longues minutes, la gorge serrée, sans échanger un mot.

Quand il se releva, Alain avait les yeux rouges. Impossible de le dissimuler.

— C'est rien, dit-il. C'est une allergie... Depuis le temps que la poussière croupit, c'est Halloween tous les soirs pour les acariens dans cette turne...

— Bien sûr, papa, bien sûr ! acquiesça Cécile.

\*

Dès le lendemain matin, elle devait rejoindre Groix. Elle insista pour s'y rendre seule. Alain y vit un signe plutôt positif. La preuve qu'elle progressait, qu'elle acceptait enfin d'affronter les regards qui ne manqueraient pas de se poser sur elle.

— Tu m'as bien trop protégée, papa. Maintenant, ça suffit. J'ai déconné, faut réparer, à chacun sa merde ! lança-t-elle d'un ton sans appel.

Alain avait invité son copain Jacquot à partager leur dîner. Il se présenta à vingt heures pile, avec un grand bouquet de fleurs exotiques, un truc énorme, garni de bolduc et de fioritures ringardes. Jacquot n'en menait pas large, empoté et à la fois flatté de faire la connaissance de Cécile.

— T'es vraiment le roi des cons, murmura Alain en l'accueillant. Ç'a dû te coûter un max ! Fallait pas !

— N'importe quoi ! Arrête ! Bien sûr qu'il fallait, c'est toi qu'es con ! chuchota Jacquot.

Il s'avança vers Cécile, son bouquet à la main, ne sachant comment le tenir. Elle se défit de son voile pour l'embrasser sur les deux joues.

— Vous... vous êtes vraiment très jolie ! proclama Jacquot sous le regard catastrophé d'Alain.

Si, jouant le rôle du hallebardier, il avait fait son entrée sur la scène de théâtre d'une MJC en se prenant les pieds dans le tapis, le résultat n'aurait pas été pire. Cécile hocha la tête pour signifier qu'elle n'était pas insensible au compliment, s'empara du bouquet, le déposa dans un vase, se retourna et fit face aux deux hommes qui se dandinaient, patauds, en fixant le bout de leurs chaussures. Alain avait dressé la table et préparé une de ses recettes favorites, un osso buco. Cécile souleva le couvercle de la cocotte et huma l'arôme qui s'en dégageait.

– On se fait un bridge le temps que ça crame ou on mange tout de suite ? demanda-t-elle.

# CHAPITRE 10

Des années durant, Michel Fergol mena sa carrière de truand en toute impunité. Il n'avait jamais rien su ou cherché à faire d'autre, contrairement à un Daniel Tessandier poussé aux dernières extrémités par le dénuement et la misère. Fergol se fit d'abord la main en cambriolant de petits pavillons de banlieue qu'il prenait soin de repérer avant d'en forcer la porte. Il tâta ensuite du proxénétisme avec deux filles qu'il faisait travailler la nuit sur les boulevards des Maréchaux, mais la soudaine concurrence des réseaux d'Europe de l'Est le contraignit à changer de stratégie. Il garda ses filles, mais les installa dans un « salon de massage » qui recrutait la clientèle par petites annonces. L'affaire était rentable. Fergol, prudent, tenait à conserver une couverture fiable et, pour cela, acquit une licence de taxi qui lui permettrait de justifier de revenus parfaitement légaux en blanchissant une partie de l'argent que lui procuraient ses filles. Pour tuer le temps, il faisait même parfois réellement le taxi ! Ce qui lui donna de nouvelles idées.

Sa spécialité, c'était les Asiatiques, notamment les Japonais totalement perdus lorsqu'ils débarquaient à Paris, que ce soit à Roissy ou par un quelconque TGV. Surtout les femmes seules. En deux ans, il en chargea plus d'une trentaine, qu'il emmenait dans des coins perdus de banlieue et éjectait *manu militari* hors de sa voiture après les avoir délestées de leur portefeuille ou de leur sac à main. Les valises étaient déjà dans le coffre... Le butin n'était pas mirobolant, quoique à deux reprises au moins, la saisie de cartes bancaires avec leur code lui permit de palper un joli magot. Il s'agissait plus de tromper l'ennui que de se garantir un revenu conséquent. Mais il n'y a pas de petits profits.

\*

Et c'est ainsi que le soir du 14 avril 2000, il chargea un curieux client à Roissy. L'homme, assez âgé, avait l'air un peu ahuri et pour tout bagage balançait au bout de son bras un sac plastique Marlboro. Il ne portait qu'un pantalon de toile légère, une chemise bariolée ornée d'un motif criard qui représentait une tête de lion et était chaussé de sandalettes. Une fois installé dans la voiture, il lui montra un petit morceau de papier sur lequel était écrite une adresse : 25 rue Rambuteau, à Paris. Fergol démarra en étudiant les gestes du client dans le rétroviseur. Il semblait totalement perdu, scrutant, hagard, les enseignes publicitaires alignées le long de l'autoroute, clignant des yeux, aveuglé par les phares des voitures qui filaient en sens inverse. Fergol lui donnait soixante-dix ans passés. Le type était de forte carrure, et ses mains puissantes, bien qu'agitées de tremblements, pouvaient encore s'avérer redoutables. Fergol tenta de lier conversation. Le client ne répondit à ses questions que par de vagues borborygmes, et les rares phrases qu'il parvint à articuler le furent dans un dialecte africain. Du temps de sa jeunesse, Fergol avait fait le tour de ce continent sac au dos et en gardait quelques souvenirs. L'allure générale de son passager, son hébétude l'intriguaient de plus en plus.

— Hé, grand-père, demanda-t-il, j'espère au moins que vous avez de quoi payer la course ?

Le client lui répondit par une mimique difficilement déchiffrable. Avait-il seulement compris le sens de la question ? Sans quitter la route des yeux, Fergol tendit son bras en arrière et lui adressa le geste universel consistant à frotter la pulpe de l'index contre celle du pouce. Cette fois, le visage du client s'éclaira d'un sourire. Il sortit un portefeuille de son sac Marlboro, l'ouvrit et en montra le contenu. Fergol se retourna à moitié et l'apprécia d'un rapide coup d'œil. Il y avait là une belle petite liasse de billets de cinq cents francs, une somme qui devait avoisiner les quinze mille. Intéressant.

Comme à l'accoutumée, Fergol quitta l'autoroute et s'engagea dans un dédale de boulevards bordés de cités HLM, du côté de La Courneuve, ce qui ne sembla pas le moins du monde étonner son client. Quand il fut arrivé à un endroit qu'il jugeait suffisamment désert, il coupa le moteur.

— On est en panne ! annonça-t-il.

Le client continuait de le fixer de son même regard ahuri. Fergol se donna la peine de sortir de la voiture et d'aller ouvrir le capot. Il avait saisi une lourde torche électrique en acier dont le faisceau pouvait éclairer à plus de cinquante mètres, mais qu'il réservait à un tout autre usage. Après avoir passé quelques instants penché sur le moteur, il appela son client.

— Venez, j'ai besoin d'aide ! dit-il en ouvrant la portière arrière.

Le vieil homme devait avoir l'habitude d'obéir à des ordres dont il ne comprenait même pas le sens puisqu'il se laissa extraire de son siège sans opposer de résistance. Il avait laissé le sac Marlboro contenant son portefeuille sur la banquette. Fergol renonça à utiliser sa torche et se contenta de lui expédier un violent coup de pied dans les testicules. Le client tomba à genoux sur le bitume, les mains crispées sur son entrecuisse, la bouche grande ouverte, tordue dans un rictus de douleur. Fergol se réinstalla tranquillement au volant et démarra. La soirée avait été fructueuse, il rentra donc directement chez lui, dans un quartier pavillonnaire de Montreuil.

Confortablement installé dans son salon, il se servit un pastis, alluma un cigare, se frotta les mains et étudia le contenu du portefeuille en commençant par compter le nombre exact de billets de cinq cents francs. Dès le premier coup d'œil, il jugea qu'il ne s'était pas trompé dans son évaluation. Il y en avait bien pour quinze mille francs. Fergol sifflota joyeusement. Le portefeuille contenait également un passeport français au nom de Mathieu Colmont, né le 27 mai 1928 à Paris XIV$^e$. La photographie n'était guère récente. Souriant face à l'objectif, Colmont portait encore beau. Il venait de Tanzanie, ainsi qu'en témoignait le talon de billet d'avion resté plié dans le portefeuille. Fergol découvrit aussi une lettre destinée à une certaine Annie Dréjeac, 25, rue Rambuteau, Paris IIIe. L'écriture était grossière et la lettre émaillée de fautes d'orthographe :

*Madame Annie,*
*Je vous racompagne à la France M Colmont qui étez votre famille comme il madi. Il est trop malade de sa tête pour que je continu m'ocupé sa personne. Je doné un peu d'argent pour lui, mai j'é pas plus.*

*Aminata*

Le portefeuille contenait encore une espèce de prospectus tout froissé, orné d'une silhouette de girafe, et mentionnant l'adresse d'un restaurant : *Aminata's House/Makongoro Road/Arusha.* Fergol haussa les épaules, replia le tout et expédia le portefeuille au fond d'une malle dans laquelle il gardait divers documents. Ne disposant d'aucune filière fiable et sentant que ce genre de trafic restait un peu au-dessus de ses moyens, il avait gardé les papiers d'identité de toutes ses victimes dans l'espoir qu'un jour, peut-être, il parviendrait à les négocier à bon prix.

\*

Durant les trois années qui suivirent, Fergol continua de vivre paisiblement des passes des filles de son salon de massage et s'offrit même le luxe de payer des impôts sur les revenus censés résulter de son « métier » de chauffeur de taxi. De temps à autre, il se rabattait sur une de ses victimes favorites, une jeune Asiatique esseulée qui débarquait à Roissy encombrée de ses valises Samsonite et souhaitait rejoindre l'hôtel Nikko, sur le front de Seine. Fatalement, les plaintes déposées par ces malheureuses, bien que provenant de différents commissariats de la région parisienne, finirent par être centralisées, mais Fergol passa au travers des mailles du filet. Le signalement que les victimes donnaient de leur agresseur était trop flou pour qu'on puisse en dresser un portrait-robot et, comme il se gardait bien de les rudoyer, les plaintes ne relevaient que du vol à l'arraché et non de l'agression physique pure et simple, qualification beaucoup moins grave au regard du code de procédure pénale.

Ce ne fut que le 6 juin 2003 qu'il tomba sur un os. La passagère qu'il avait chargée à la gare de Lyon maniait quelques mots de français et lui donna l'adresse d'un hôtel dans le quartier latin. Alors qu'il s'apprêtait à répéter le scénario habituel, elle comprit que quelque chose clochait et même ce qui risquait de lui arriver quand le taxi quitta la chaussée pour s'engager dans l'entrée d'un parking souterrain. Fergol eut beau expliquer qu'il s'agissait d'un raccourci, rien n'y fit. Lorsqu'il s'arrêta et descendit pour ouvrir la portière arrière afin d'expulser la fille de la voiture et de la détrousser, il se retrouva nez à nez avec le canon d'un pistolet. La passagère lui intima l'ordre de reprendre le volant et de se diriger illico presto vers la préfecture de police. La demoiselle n'avait pas l'air de plaisanter et garda tout son sang-froid. Et pour cause : officier de la police nippone, après un séjour à Rome, elle arrivait à Paris dans le cadre d'une enquête diligentée par Interpol à propos d'une histoire de trafic d'objets d'art.

De la préfecture, Fergol n'eut que le pont Saint-Michel à traverser pour aboutir au palais de justice, comparaître devant un substitut du procureur et se retrouver immédiatement en détention. Tous les documents saisis à son domicile furent mis sous scellés, et notamment la comptabilité truquée concernant ses prétendus revenus de chauffeur de taxi et ceux de son salon de massage. Vu la gravité des faits qui lui étaient reprochés, Fergol devait s'apprêter à passer quelques années en prison, aussi n'y avait-il aucune urgence à démêler les détails de son affaire dans l'immédiat. Le juge d'instruction qui hérita du dossier avait des jours de congé à récupérer et décida de partir en vacances. Avant de s'envoler pour une destination lointaine, il fit néanmoins rechercher la fameuse Annie Dréjeac : totalement inconnue au 25 rue Rambuteau. L'officier de police qui se chargea de la démarche nota dans son rapport qu'aux dires du gardien, l'immeuble, vétuste, avait été rénové de fond en comble quinze ans auparavant avant d'être mis en vente par lots. Et malheureusement la liste des locataires précédents n'avait pas été conservée. Mathieu Colmont, le vieillard que Fergol reconnaissait avoir détroussé avant de l'abandonner dans un parking près de La Courneuve et dont on avait découvert le passeport chez lui, semblait s'être évaporé. Les premières vérifications opérées auprès des différents services médico-légaux ne permirent pas de retrouver sa trace. Aucun cadavre non identifié ne correspondait à son signalement. Mathieu Colmont était donc probablement toujours vivant, sans qu'on puisse dire où il avait abouti.

# CHAPITRE 11

Ce que l'on pourrait appeler la « carrière délinquante » de Daniel Tessandier fut de bien plus courte durée que celle de son confrère Fergol. Les deux présentaient néanmoins certaines similitudes. Rien d'étonnant à cela : quand il s'agit de dépouiller son prochain, quels que soient les moyens utilisés, les méthodes se valent.

\*

Après sa première tentative de vol à l'arraché tout à fait réussie à la station Place-des-Fêtes, Daniel Tessandier récidiva plus d'une quinzaine de fois. Enhardi par son succès, il perfectionna sa technique, acquit plus d'assurance, alla même jusqu'à acheter un gros ressort dans une quincaillerie. Il en entoura l'extrémité d'un morceau de chiffon qu'il fixa à l'aide d'un ruban adhésif, déterminé à s'en servir comme d'une matraque au cas où ses victimes tenteraient de se rebeller. Il prit soin de s'éloigner du théâtre de ses premiers exploits pour opérer dans diverses rues de la capitale. Tantôt à la sortie d'un magasin, tantôt près d'un bureau de poste où il avait pris soin d'effectuer un petit repérage. Toujours de vieilles dames qui venaient retirer vingt, trente euros sur leur livret de CCP. Il lui suffisait de les suivre et de lancer l'attaque quand la rue était suffisamment déserte, voire de s'infiltrer jusque dans l'entrée de l'immeuble où résidait la victime.

132

MON VIEUX

*

Il revenait de ses expéditions exalté par la facilité du procédé et oublia peu à peu les risques encourus. Toujours est-il que l'argent ainsi gagné lui permit de se payer de nouveau une chambre d'hôtel. Au regard des prix pratiqués, même dans les établissements bas de gamme, Daniel devait mouiller sa chemise pour mériter de dormir dans un lit digne de ce nom. Il fallait se lever tôt le matin, prendre un petit déjeuner pour ne pas manquer de forces, traverser Paris de long en large, toujours aux aguets et ne pas s'endormir sur ses lauriers ! Éviter de trop boire aussi, du moins avant d'avoir achevé la journée de boulot. En tout cas, Daniel ne se sentait plus capable de descendre dans les wagons du métro pour interpeller les voyageurs avec sa petite sérénade en tendant le gobelet en plastique qui lui servait de sébile. Il éprouvait une certaine fierté à ne plus appartenir à la cohorte des mendiants. L'argent, il le prenait là où il se trouvait : dans la poche des autres ! La société l'avait rejeté, humilié, eh bien à présent, il rendrait coup pour coup.

*

Il avait récupéré le sac qui contenait ses vêtements dans l'appentis de l'immeuble de la Letillois et avait installé sa maigre garde-robe dans une chambre de l'hôtel du Globe, rue de Charenton. Il comptait impatiemment les jours qui le séparaient de la fin du mois de juin. L'assistante sociale qui s'occupait de son cas à la mairie du XIe lui avait adressé des formulaires à remplir, il les récupéra dans sa boîte aux lettres, avenue Parmentier : mieux valait garder cette adresse tout aussi bidon qu'efficace dans l'attente de jours meilleurs.

Fin juin, il put toucher son RMI ! Alors qu'il aurait pu s'octroyer une pause, il poursuivit ses activités délictueuses avec une sorte de rage accrue. S'il pouvait économiser un peu, ne pas dépenser l'intégralité de son RMI trop rapidement, ce serait même mieux !

Durant plusieurs jours encore, le succès fut au rendez-vous. Le contenu d'un énième portefeuille et d'un énième sac à main atterrit dans son escarcelle. Il avait retrouvé l'habitude de s'offrir des repas dignes de ce nom, au lieu de se contenter de mastiquer des sandwichs ou de se goinfrer de boîtes de sardines. Il s'était même offert un nouveau jean, un blouson plus léger que celui qu'il portait jusqu'alors, plus adapté aux beaux jours qui arrivaient, mais surtout une paire de Nike-Air, la Rolls-Royce des baskets, bien connue des joggers : dans son cas, il s'agissait ni plus ni moins d'un outil de travail et non d'un caprice, d'une coquetterie. À chacune des agressions qu'il commettait, il était impératif de pouvoir détaler au plus vite afin d'échapper à d'éventuels poursuivants. Rien de tel ne s'était produit jusqu'à présent.

Il décida de changer de tactique. Son moral s'était en effet tellement amélioré qu'un beau soir, avec quelques billets de dix euros en poche, il alla traîner du côté de la rue Saint-Denis pour lorgner les filles à moitié dénudées, embusquées près des vitrines des sex-shops. Pas très loin devant lui, matant les paires de seins et de fesses exposées à l'étal, tout comme il le faisait lui-même, un type à la démarche titubante passait d'une prostituée à l'autre, s'enquérait du tarif et se faisait immanquablement rembarrer. Pourtant, il leur tendait sous le nez une belle poignée de billets. Daniel entendit distinctement les filles se mettre mutuellement en garde.

— Laisse tomber les poivrots ! s'écria l'une. Avec eux, on sait jamais comment ça peut tourner !

— Ouais, acquiesça une autre. Des fois qu'il te dégueule dessus en arrivant dans la piaule...

Le gars essuyait refus sur refus. À chaque tentative infructueuse, il rangeait ses billets dans la poche droite de son veston. Découragé, il finit par rebrousser chemin. Daniel lui emboîta le pas jusqu'au square Réaumur. Visiblement épuisé, le malchanceux s'assit sur un banc, cala ses omoplates contre le dossier, renversa sa tête en arrière et fixa le croissant de lune qui pointait entre deux nuages. Daniel, qui ne l'avait observé que de dos, eut tout le temps de compléter son portrait à la pâle lumière des

réverbères qui éclairaient le boulevard Sébastopol. La cinquantaine, peut-être un peu plus. Une fine moustache barrait sa lèvre
supérieure, une grande tache – un angiome ? – s'étalait sur son
front, de la racine des cheveux jusqu'aux sourcils. De sa tenue,
il savait déjà l'essentiel. Il avait pu évaluer la qualité de son
costume, un peu défraîchi sans doute, mais pas trop. Et aussi de
ses chaussures. Très important, les chaussures ! Après des mois
et des mois de galère, Daniel savait pertinemment à quoi s'en
tenir sur ce point : c'est à ses chaussures qu'on juge un quidam.
Qu'il se laisse aller de ce côté-là et c'est mauvais signe. Daniel
avait suffisamment payé pour le savoir. Les pieds, c'est fonda-
mental. C'est par eux qu'on commence à souffrir quand on est
contraint de zoner dans les rues. Cors, champignons, mycoses,
ça vous envahit peu à peu, vous cisaille la plante, vous grouille
entre les orteils, vous ronge là où le cuir frotte contre le talon...

En l'occurrence, c'était tout l'inverse. La victime que Daniel
envisageait de « traiter » portait des mocassins qui n'avaient pas
souffert de l'usure. Ils brillaient même un peu, la preuve qu'ils
avaient été enduits de cirage ce matin ou hier, peu importe. Ce
type n'était pas un paumé, simplement un pékin en vadrouille
décidé à s'encanailler, à s'offrir un peu de bon temps avant de
rentrer chez lui et de retrouver bobonne. Avait-il un peu trop
picolé lors du pot de départ en retraite d'un collègue ? S'était-il
décidé à fêter sa propre promotion au rang de sous-chef d'un
service lambda en s'offrant, ni vu ni connu, une petite partie de
jambes en l'air ?

Toujours est-il qu'à présent, sonné par l'alcool qu'il avait
ingurgité, il dormait, avachi sur le banc du square, la bouche
grande ouverte, son nœud de cravate desserré. Daniel balaya les
alentours d'un rapide coup d'œil. Un couple d'ados se pelotait
sur un autre banc, un peu plus loin. À l'extrémité du square,
quelques grands-pères jouaient aux boules sur une parcelle de
terrain spécialement aménagée.

La tentation était trop forte. Daniel s'avança, s'assit sur le
banc à son tour, comme s'il s'apprêtait à savourer la douceur de
cette soirée d'été. Malgré les coups de klaxon et les vrombisse-
ments des voitures qui filaient sur le boulevard, il entendait

nettement les raclements qui agitaient la gorge de son client plongé dans un sommeil profond. Pour mieux prendre ses aises, celui-ci avait dégrafé la ceinture de son pantalon. Son ventre rebondi laissait échapper des flatulences.

La main de Daniel plongea à l'intérieur de la poche droite du veston. Ses doigts se refermèrent sur la liasse tant convoitée. Le type eut un sursaut, se redressa, les yeux soudain grands ouverts, mais Daniel lui asséna un violent coup de poing à la base du sternum. Le souffle coupé, le pauvre gars s'agita, suffoqua et tomba du banc que Daniel venait de quitter pour s'en éloigner d'un pas tranquille, sans aucune précipitation. Ni les ados qui se bécotaient à moins de vingt mètres ni les papys qui dans une semi-pénombre s'engueulaient pour déterminer laquelle de leurs boules de pétanque s'était approchée au plus près du cochonnet ne remarquèrent quoi que ce soit.

*

Ce soir-là, Daniel Tessandier encaissa un véritable petit pactole. Pas moins de deux cents euros ! Il préféra quitter le quartier à toute vitesse et, luxe suprême, sauta dans un taxi à la station Strasbourg-Saint-Denis. Il demanda au chauffeur de le déposer à Belleville. Il souhaitait savourer son petit triomphe en contemplant les affidés de la bande à Nanard, ces loques incapables d'échapper à leur destin de paumés, comme son vieux copain Gérard Dancourt.

La bande était là, rassemblée à la sortie de la station de métro. Nanard paradait au milieu de ses ouailles, un litron à la main. La Chenille, le Pirate, Meccano et tous les autres, sans oublier le pauvre Gégé, piaffaient d'impatience en surveillant le boulevard où ne manquerait pas d'apparaître le bus de ramassage de la RATP qui, trois cent soixante-cinq jours par an, ne ratait jamais le rendez-vous. Nanard tenait Madame Florence par la taille et l'embrassa à plusieurs reprises à pleine bouche. Elle titubait à ses côtés, peinait à reprendre son équilibre et tétait goulûment la bouteille de rouge dès que Nanard la lui tendait. Un quart d'heure plus tard, ils partirent tous en direction de l'hospice de Nanterre. Nanard devait avoir besoin d'une douche ou de soins médicaux pour prendre ainsi la tête du cortège.

Daniel, d'humeur guillerette, poursuivit son périple jusqu'à la place de la République. Il dégusta une choucroute somptueuse *Chez Jenny* et siffla une bouteille entière de sylvaner. À la sortie du restaurant, l'idée le titilla de refaire une virée du côté de la rue Saint-Denis. Il y renonça pourtant. Non pas que l'envie lui manquât d'aller goûter un petit moment de plaisir, bien mérité après tant d'années de privation, surtout maintenant que ses moyens le lui permettaient... Il s'agissait de tout autre chose. Il était persuadé que des filles, il allait de nouveau pouvoir en séduire, et même connaître une belle histoire, comme jadis avec la jolie Sonia, du temps, pas si lointain, où il n'avait pas encore chuté.

Il regagna donc sagement sa chambre, décidé à reconstituer ses forces grâce à une longue nuit de sommeil. Une épicerie tenue par un Mustapha jouxtait l'hôtel du Globe, rue de Charenton. Il y acheta une petite flasque de rhum pour se la déguster peinard, allongé dans son lit, en revisitant les meilleurs moments passés avec la regrettée Sonia. Malheureusement, ce scénario fut perturbé par les ébats du couple qui occupait la chambre voisine. Daniel les avait déjà croisés dans l'escalier. Des bronzés, comme d'habitude. Il trouvait la fille plutôt moche avec ses grosses fesses, et toujours mal fagotée. Pas comme sa Sonia qui, mine de rien, avec les trois francs six sous dont elle disposait, parvenait toujours à se saper classe. Il n'y avait pas photo. Quant au julot, c'était du pareil au même : tignasse à la rasta et bagouzes à tous les doigts. Toujours est-il qu'ils s'éclataient. Daniel ne perdit pas une miette sonore de la partie acharnée dans laquelle ils venaient de se lancer. Le charivari dura plus d'une heure, ponctué par des cris, des râles, des soupirs. La femelle ne pouvait s'empêcher de beugler chaque fois que son mâle la tripotait. Quand le calme revint enfin, Daniel put tranquillement réfléchir aux événements qui venaient de marquer sa vie.

Il ne se pardonnait pas de s'être contenté de cibles aussi médiocres que les petites vieilles auxquelles il s'était attaqué à la sortie des bureaux de poste alors qu'un seul détenteur de carte bleue glissant son sésame dans un distributeur après la tombée de la nuit offrait une cible d'un bien meilleur rendement, et ce pour un risque quasi équivalent. Il fallait vraiment passer à la vitesse supérieure.

*

Dès le lendemain soir, il quitta sa chambre vers vingt-deux heures après avoir chaussé ses Nike-Air et se mit en chasse. Il tenta encore une fois sa chance boulevard de Sébastopol. De nombreux provinciaux en goguette étaient attirés par les délices promis de la rue Saint-Denis et Daniel songea que, logiquement, avant d'aller claquer quelques dizaines d'euros auprès des filles qui y faisaient le tapin, l'un d'eux finirait bien par se ravitailler en billets au guichet automatique d'une des nombreuses agences bancaires installées sur le boulevard. Il jeta son dévolu sur le distributeur de la BRED, près duquel il se mit en faction. Il prit tout son temps. La présence de sa matraque glissée sous la ceinture de son pantalon lui procurait un sentiment de puissance. De nombreuses voitures filaient sur le boulevard, mais les trottoirs étaient presque déserts. Il lui fallut patienter plus d'une heure avant qu'un « client » potable ne se présente. Un type entre deux âges, assez chétif, avec des lunettes. Ceux qui l'avaient précédé ne lui avaient pas inspiré confiance. Trop grands, trop costauds. Ou trop méfiants : ils n'en finissaient pas de jeter de petits coups d'œil à droite à gauche avant de taper leur numéro de code et encore plus en attendant de recevoir leur dû.

Celui-là devait penser à autre chose puisqu'il ne manifesta aucun signe d'inquiétude après avoir introduit sa carte dans la fente. La présence de Daniel, adossé à un arbre, occupé à se curer les ongles avec une allumette à quelques pas de l'agence, ne retint pas son attention. Dès qu'il eut saisi ses billets, Daniel se rua sur lui et lui asséna un violent coup de matraque entre les omoplates. Le type s'effondra aussitôt. Hélas, dans sa chute, il lâcha la liasse qui s'éparpilla sur le trottoir. Tétanisé par la douleur, il était incapable de réagir, rien à craindre de ce côté-là, mais Daniel perdit de précieuses secondes à récupérer les billets qui commençaient à voleter, emportés par une saute de vent.

Alors qu'il tentait de rafler ceux qui s'acharnaient à lui échapper, des cris commencèrent à fuser : « Salaud ! » « Au voleur ! » Daniel se retourna et aperçut un groupe de solides gaillards entassés dans une Espace qui venait de piler au feu rouge. Ce n'étaient pas des flics. Seulement une bande de copains en virée. Ils portaient tous sur la poitrine une sorte d'écusson, peut-être celui d'un club sportif. Daniel préféra déguerpir. L'Espace s'était garée sur la chaussée, à quelques mètres à peine, séparée du trottoir par le couloir réservé au bus, bordé d'une banquette de béton. Les portières du véhicule s'ouvrirent à la volée, et la poursuite commença. Daniel bénéficiait d'une courte avance, il fallait impérativement creuser l'écart.

Il quitta le boulevard pour s'engager à droite dans la rue de Turbigo. Les mêmes cris accompagnèrent sa fuite. Il courait en tâchant de garder son calme, économisant son souffle, sa matraque à la main. Il se garda bien de jeter un coup d'œil en arrière pour évaluer la distance qui le séparait de cette bande d'abrutis qui avaient jugé bon de se mêler de ce qui ne les regardait pas. Il obliqua, toujours sur la droite, dans la rue des Gravilliers, bien plus étroite, bien moins éclairée que la rue de Turbigo. Les cris, toujours les cris. Un des occupants de l'Espace devait pratiquer l'athlétisme car Daniel entendit distinctement le bruit de ses pas se rapprocher de plus en plus alors qu'il bifurquait à nouveau, toujours sur sa droite, dans la rue des Vertus, étroite et totalement plongée dans la pénombre. Il stoppa net, se retourna d'un bloc. Le type galopait à perdre haleine et fut surpris par cette brusque volte-face. Il tenta bien de ralentir son élan, mais s'en trouva déstabilisé. Daniel n'eut qu'une poussée à donner pour le projeter contre la carrosserie d'une camionnette ornée de tags.

Et d'un, se dit-il, presque euphorique, voyant l'apprenti redresseur de torts rebondir sur la tôle avant de s'étaler sur le bitume.

Il hésita à achever la besogne en le gratifiant d'un coup de matraque, mais y renonça : deux de ses copains arrivaient à la rescousse, à une trentaine de mètres seulement. Nouveau départ.

Daniel déboucha dans la rue Réaumur. Catastrophe. L'axe était large et copieusement éclairé. Il détala plus vite encore, à droite, toujours à droite, traversa à toute vitesse la rue du Temple en zigzaguant entre les voitures qui venaient de démarrer au feu vert, faillit se faire renverser et enfila la minuscule rue Portefoin. À gauche, cette fois, au carrefour suivant, pour descendre la rue des Archives. Derrière lui, les cris avaient cessé. Il ne s'était pas rendu compte qu'il ne risquait plus rien, les copains du type qu'il était parvenu à étaler ayant renoncé à toute velléité de poursuite pour secourir leur champion du cent mètres, maintenant sérieusement amoché.

Il courut encore, et ce fut au croisement rue des Archives/rue Pastourelle qu'il dérapa sur une flaque d'origine indéterminée. Il ressentit une vive douleur à la cheville droite, poursuivit vaillamment son chemin sur quelques mètres avant de capituler. Il s'adossa contre une porte cochère, le souffle rauque, scruta la rue où personne ne lui prêta attention. Il eut l'impression qu'on lui avait planté une aiguille dans le talon. La douleur irradiait jusqu'au mollet. Il s'accroupit, tâta prudemment la zone meurtrie et ne tarda pas à constater que sa cheville gonflait. Il se défit de sa chaussure. Avant de partir en expédition, il avait serré les lacets très fort et la compression devenait insoutenable.

Il resta immobile, sa Nike à la main, pendant près de trois quarts d'heure, espérant que la douleur allait se calmer, qu'il ne s'agissait que d'une blessure bénigne. D'un mauvais choc, d'un vulgaire bleu. Il dut déchanter. Chaque fois que ses doigts partaient à la rencontre des malléoles, du tendon d'Achille, la douleur était plus vive. Il préféra se débarrasser de sa matraque, qui pouvait devenir encombrante, et la glissa sous un tas de cartons entassés à la devanture d'un commerce de tissu en gros. De guerre lasse, il se décida enfin à se lever et, sautillant à cloche-pied, sa basket à la main, héla un taxi pour revenir à son hôtel.

Une fois dans sa chambre, il avala deux cachets d'aspirine. À la lumière de la lampe de chevet, il examina sa cheville. Violacée. Enflée. La douleur ne désarmait pas. Bien au contraire, elle crût en intensité au fur et à mesure que la nuit avançait. Il força sur l'aspirine, en vain. Au petit matin, pantelant, couvert de sueur, il se résigna à se rendre à l'hôpital. En taxi, puisque raisonnablement il ne pouvait s'y traîner en métro. Encore des frais inconsidérés. Alors qu'il se cramponnait à la rampe d'escalier pour gagner le rez-de-chaussée, il croisa le Black qui, soir après soir, besognait inlassablement sa compagne.

– Ça va pas, mon vieux, vous avez besoin d'aide, lui dit son voisin en tripotant le gros bonnet de laine multicolore sous lequel il emprisonnait son abondante tignasse. Je vais vous emmener !

Et c'est ainsi qu'après s'être laissé porter par un de ces Mamadou qu'il exécrait tant, Daniel prit place dans une voiture au look calamiteux, à la carrosserie cabossée, au tableau de bord orné de grigris plus étranges les uns que les autres et que, sur un rythme de reggae qui le berça tout au long du trajet, il atterrit aux urgences de l'hôpital Saint-Antoine, tout proche.

*

Le diagnostic était imparable. Il souffrait d'une fracture d'un minuscule os de la cheville dont il ne retint même pas le nom. Après avoir examiné les radios, l'interne confectionna un plâtre qui enserrait le pied et remontait jusque sous le genou, à la limite du creux poplité. Un mois d'immobilisation, plus des séances de rééducation, tel était le programme. Il devrait se présenter à la consultation dans quatre semaines pour l'ablation de l'attelle. On le gratifia d'une béquille afin qu'il ne s'appuie pas sur sa jambe esquintée, au risque de complications. Daniel dut palabrer avec les préposés du service administratif pour faire valoir sa qualité de RMiste et ainsi éviter de débourser le moindre centime. Le moral en berne, il remplit un tas de formulaires interminables avant de pouvoir regagner sa chambre d'hôtel, une fois encore en taxi. On lui proposa bien une ambulance, mais pour l'obtenir, il aurait dû remplir une nouvelle série de formulaires, attester de son domicile en fournissant un duplicata de sa facture d'hôtel, joindre l'assistante sociale qui s'occupait de son dossier à la mairie du XIᵉ, etc., etc. Il préféra renoncer.

MON VIEUX

— Faites pas chier ! lança-t-il à la fille qui, embusquée derrière son hygiaphone, lui souriait de toutes ses jolies dents immaculées.

Arc-bouté sur sa béquille, il se traîna jusqu'au parvis de l'hôpital.

*

Deux jours durant, il ne quitta pas sa chambre d'hôtel. Sa cheville l'élançait. Il tournait en rond à cloche-pied, allait se cogner la tête contre un mur, puis l'autre, indéfiniment. Ses voisins Mamadou se montrèrent assez serviables en allant lui faire ses courses, pas grand-chose, quelques boîtes de conserve, une baguette de pain. Et à la pharmacie du coin de la rue, les antalgiques qu'on lui avait prescrits. À chacune de leur visite, Daniel surveillait soigneusement le moindre de leurs gestes, des fois qu'ils aient concocté un coup de vice pour lui piquer son argent. Mais non, il ouvrait l'œil et tout se passait plutôt bien. Au bout du troisième jour, il ne souffrait plus et, gagné par un accès de claustrophobie, se risqua dans la rue. Il avait enroulé ses derniers billets dans une chaussette enfouie sous la ceinture de son pantalon, comme auparavant sa matraque. Le tenancier de l'hôtel, méfiant et habitué à recevoir une clientèle peu fiable, exigeait qu'on lui règle les vingt-trois euros de la chambre chaque matin. Sinon il confisquait la clé et déposait les bagages sur le trottoir.

En deux semaines, Daniel sentit inexorablement fondre le contenu de ce bas de laine qui, glissé contre son sexe, débandait pour ainsi dire de jour en jour sinon d'heure en heure. L'idée de se retrouver à la rue avec sa cheville blessée, affaibli et à la merci du premier salopard venu qui viendrait lui piquer le peu qui lui restait, lui faisait dresser les cheveux sur la tête. La rue, il fallut pourtant y retourner. S'il voulait se nourrir, il n'avait plus le choix. C'était le gîte ou le couvert, mais plus les deux. Il quitta donc l'hôtel, salué par le couple de Mamadou qui lui souhaita bonne chance. Les salopards, ils devaient avoir une combine pour tirer du pognon à droite à gauche, se pavaner dans leur piaule et, en plus, mettre de l'essence dans le réservoir de leur bagnole !

Son sac de voyage en bandoulière, il claudiqua sur sa béquille pour gagner la station de métro Faidherbe. Il avait encore un point de chute... le dernier. L'ancienne station de métro Saint-Martin, sur les Grands Boulevards. Désaffectée, elle avait été totalement réaménagée par la RATP en centre d'accueil dont la gestion était assurée par l'Armée du Salut. En fait, cela n'avait plus rien à voir avec une station de métro. L'architecte chargé de réaménager le lieu avait su utiliser l'espace avec une grande intelligence. L'endroit était plutôt agréable. Certes, ce n'était pas le Ritz, mais on y recevait les miséreux dans la dignité. Il y avait une cafétéria, des banquettes pour se reposer, un cabinet médical, des douches, un salon de coiffure... et des travailleurs sociaux qui se penchaient sur le cas de chaque visiteur en se gardant bien de tout jugement de valeur sur son parcours, et encore plus de toute remontrance envers les différentes bêtises dont les uns et les autres avaient pu se rendre responsables. Ou coupables.

On ne pouvait y dormir, seulement y passer la journée. Et « rester propre », si on en avait la volonté. Daniel déploya des efforts surhumains pour ne pas se chicaner, et pire se bagarrer avec les compagnons d'infortune qu'il fut amené à rencontrer. Il allait devoir patienter encore deux semaines avant d'être délivré de son plâtre. Il était parfaitement conscient qu'à la suite de ce délai il resterait affaibli et qu'avant de pouvoir courir comme avant, il devrait prendre son mal en patience. Sa décision était irrévocable : dès qu'il serait pleinement rétabli, il recommencerait ses tours de veille à proximité des agences bancaires. Il avait joué de malchance à sa première tentative, mais se sentait déterminé à persévérer.

À la tombée de la nuit, il fallait quitter le centre. Il prenait alors le métro à République, direction Porte-de-Montreuil, regagnait la surface et se réfugiait sur une bouche de chaleur de la station Voltaire, juste en face du commissariat de police, en espérant que la présence dissuasive du pandore en faction dans sa guérite le protégerait d'un sale coup. Jusqu'à une heure du matin, il entendait le grondement des rames qui filaient dans les tunnels. Puis le silence venait. Les sens en éveil, allongé sur la grille, il ne fermait pas l'œil de la nuit. Au petit matin, épuisé, il regagnait le centre Saint-Martin et s'allongeait sur une banquette pour y dormir tout son saoul, jusqu'à midi. Douche, sandwich et deux ou trois ballons de blanc sec pour soutenir son moral. L'après-midi entier à tuer, tuer, c'était bien le mot. Chaque seconde, chaque minute résistait, refusait d'abdiquer. Daniel scrutait la pendule suspendue au-dessus du guichet d'accueil. L'engueulait dans sa tête, la traitait de salope.

# CHAPITRE 12

Le matin du 8 juillet 2003, Mathurin Debion, comme à son habitude, promenait Numéro 29 dans les jardins de l'hôpital Lyautey. Ils prenaient leur temps, flânant autour des massifs de fleurs qui s'épanouissaient désormais sous le soleil d'été, particulièrement généreux. Les abeilles bourdonnaient autour d'eux, butinaient à leur guise. Événement tout à fait extraordinaire, quelques écureuils venus d'on ne sait où avaient fait leur apparition dans le parc. Les membres du personnel les nourrissaient de noisettes achetées au supermarché, si bien que les bestioles engraissaient à vue d'œil et se risquaient jusqu'au bâtiment des admissions, amusant les visiteurs de leurs pirouettes incessantes, comme pour glaner plus de gourmandises.

Numéro 29 allait de mal en pis. Il pleurait de plus en plus souvent, le front appuyé contre l'épaule de Mathurin. Son regard n'exprimait plus qu'une angoisse sans fond. Mathurin avait bien conscience de sa détresse et en éprouvait une grande inquiétude. Comme prévu, début septembre, il s'envolerait pour Fort-de-France, pour deux mois, sans que quiconque dans le service ait été désigné pour prendre soin de Numéro 29. La pénurie de personnel... Numéro 29 serait alors réduit à la portion congrue, attaché sur son fauteuil à longueur de journée, avec un aide-soignant pour le nourrir à la petite cuillère, une toilette vite expédiée, rien de plus à attendre. Numéro 29 était devenu de plus en plus agressif. Seule la présence de Mathurin parvenait à l'apaiser. Sinon, il passait de longues heures dans l'hébétude la plus totale, puis se réveillait soudain pour pousser de grands cris, trépigner cloué sur son fauteuil et, par esprit de vengeance ou tout simplement à cause de la défaillance de sa pauvre cervelle qui s'effilochait en lambeaux, laisser ses sphincters agir à leur guise.

*

— Sale nègre, sale nègre, sanglota Numéro 29 en se cramponnant à son protecteur, les yeux rougis.

De grosses larmes se mirent à couler sur les joues du vieillard.

— Allez, allez, ta gueule, connard, ça finira bien par s'arranger, tout ça ! protesta tendrement Mathurin en lui essuyant les joues avec un Kleenex plutôt fatigué, échoué au fond d'une des poches de sa blouse.

À cet instant précis, la secrétaire d'Axel Gabor apparut au bout de l'allée. Tout émoustillée, elle frétillait en brandissant une feuille de papier grisâtre.

*

Cinq minutes plus tard, Numéro 29, cornaqué par Mathurin, faisait face au directeur de l'hôpital Lyautey. La surveillante du service les avait rejoints. Numéro 29 se tenait recroquevillé sur sa chaise devant le bureau directorial. Mathurin ne fut pas invité à s'asseoir en dépit du dévouement dont il avait fait preuve.

— Vous m'entendez bien ? demanda Axel Gabor.

— Il est pas sourd ! protesta Mathurin.

— Oui... bon, vous, hein... ça suffit ! Monsieur Colmont, vous comprenez ce que je dis ?

Le patient fixait Axel Gabor d'un regard totalement vide.

— Écoutez, écoutez-moi bien, reprit celui-ci, nous venons de recevoir un fax...

— Monsieur le directeur, pardonnez-moi, mais un fax, ça m'étonnerait qu'il sache de quoi il s'agit, fit remarquer la surveillante.

— Oui... bon, vous... hein... excusez-moi, vous comprenez, ça fait des mois qu'on essaie de s'en sortir, alors maintenant qu'on tient le bon bout, c'est pas le moment de finasser !

Axel Gabor s'essuya le front – son bureau, exposé plein sud, garni de grandes baies vitrées, recevait de plein fouet les rayons du soleil. Il actionna un ventilateur qu'il venait de se faire livrer deux jours plus tôt. Les pales se mirent à brasser l'air moite.

– Il faudrait penser à installer la clim, soupira-t-il en se défaisant de sa veste.

De larges auréoles marquaient sa chemise sous les aisselles.

– On étouffe, on étouffe... mais on n'a pas le budget. Bon, reprenons !

Il se pencha vers Numéro 29, approchant son visage du sien.

– Maintenant, lui dit-il, il faudrait faire un effort, hein, un tout petit effort ?

Numéro 29 avait bien perçu la charge d'agressivité contenue dans la voix de l'homme qui lui faisait face et qui, pour lui, surgissait des brumes de l'inconnu. Effrayé, il se tourna vers Mathurin, lui tendit la main. Mathurin l'étreignit et lui caressa le front.

– Bon, on sait enfin comment vous vous appelez, qui vous êtes... Mathieu Colmont, né le 27 mai 1928, à Paris XIVᵉ. Voici presque trois ans, la police vous a secouru en pleine nuit et vous avez abouti chez nous... Il faudrait que...

On frappa à la porte du bureau.

– Quoi encore ? s'énerva Axel Gabor.

Il se calma aussitôt. Le Dr Darnel, responsable de l'aile de gériatrie spécialisée dans les patients Alzheimer, se permit d'entrer sans qu'on l'y eût invité. Gabor se radoucit. En quelques mots, il résuma la situation. Après trois années d'attente, le patient de la chambre 29 venait enfin d'être identifié. Un fax de la préfecture de police de Paris et, plus précisément du service en charge des personnes disparues, suggérait fortement que la fiche signalétique, avec photo face/profil du patient de la chambre 29, pouvait correspondre à celle d'un vagabond recueilli en pleine nuit par une patrouille de la BAC du 93 le 14 avril 2000 ! Un juge d'instruction du palais de justice de Paris était parvenu à renouer les fils de sa longue histoire, avec, c'est vrai, encore bien des zones d'ombre, mais... Toujours est-il que le dénommé Mathieu Colmont n'était plus un zombie. Il redevenait une entité tout à fait cernable, à laquelle on pouvait demander des comptes. À lui ou à ses ayants droit, ses descendants, peu importe la qualification juridique exacte.

— C'est bien, c'est tout à fait positif, dit Darnel. Si on parvient à lui faire rencontrer une famille oubliée, perdue, ça ne pourra qu'aider à le stabiliser. En attendant...

Axel Gabor s'abstint de demander quoi. Ce n'était pas son boulot. Sa tâche à lui, c'était de récupérer les 95 000 euros et des poussières qu'avait coûtés l'entretien de Numéro 29, alias le « Masque de fer », Mathieu Colmont, à l'Assistance publique des hôpitaux de Paris, depuis son admission.

— Ça va, monsieur Colmont ? demanda le Dr Darnel. Vous permettez que je vous appelle Mathieu ?

— Sale nègre ? Sale nègre ? balbutia Numéro 29 en se tournant vers Mathurin.

— C'est pas grave, c'est comme ça qu'il m'appelle toujours. Je lui en veux pas.

— D'accord... Col-mont ! Col-mont ! insista doucement Darnel. Vous vous souvenez de votre nom ?

Le malade se réfugia dans les bras de Mathurin en sanglotant. Axel Gabor s'impatientait, agacé et, par une mimique appropriée, se garda bien de le dissimuler.

— Une minute, rien qu'une minute, plaida Darnel. Bien souvent, chez les patients Alzheimer, la mémoire auditive, celle des sons, s'estompe avant la mémoire visuelle. À vrai dire, il n'y a aucune règle. Mais enfin, on vérifie ? Vous permettez ?

Il s'empara d'un bloc-notes et traça les majuscules, C-O-L-M-O-N-T. Puis il arracha la feuille et la tendit au malade.

— Colmont ! Colmont ! s'écria Numéro 29 en se frappant la poitrine avec joie.

Il éclata de rire. Comme si une meurtrière venait de s'ouvrir sur son horizon obscurci par les ténèbres de l'oubli. Puis il se mit à hurler les mêmes syllabes en les scandant sur un rythme binaire : Col-mont ! Col-mont ! Il braillait à s'en faire exploser les cordes vocales. Impossible de le faire taire.

Axel Gabor s'en remit au Dr Darnel pour être délivré du fardeau. Avec l'aide de Mathurin, le médecin évacua l'ex-Numéro 29 et le rapatria dans ses quartiers.

# CHAPITRE 13

Axel Gabor se démena pour retrouver la famille, si tant est qu'elle existât, du « Masque de fer ». Quitte à mettre en sommeil d'autres dossiers, au risque même d'accentuer la pagaille, il chargea deux secrétaires à plein temps de retrouver l'épouse, les enfants, voire les petits-enfants, ou encore la famille éloignée de Mathieu Colmont... En optant pour cette démarche, Gabor faisait du zèle. Il lui aurait suffi de transmettre le dossier à sa hiérarchie pour que la lourde machine administrative se mette en branle. Tôt ou tard, à force de recouper les fichiers informatiques de la Sécurité sociale, de la DDASS et de l'état civil, les descendants de Mathieu Colmont ne seraient pas passés au travers des mailles du filet. Il adressa d'ailleurs un courrier en ce sens au siège de l'Assistance publique.

Mais Gabor mettait un point d'honneur à élucider lui-même la question. Son staff de recherche, motivé par la promesse d'une prime substantielle, ne ménagea pas sa peine. Gabor alla même jusqu'à acheter sur ses deniers personnels un ventilateur hyperpuissant afin que les filles, soudain transformées en détectives, ne souffrent pas trop de la chaleur qui régnait dans leur bureau.

*

Le vieil homme avait été retrouvé en région parisienne. Ce qui suffisait – qui sait ? – dans un premier temps à exclure tous les Colmont – un patronyme assez courant – résidant en province.

Restaient les départements du Val-de-Marne, de Seine-Saint-Denis, des Hauts-de-Seine, de l'Essonne... Autre indice, que le juge d'instruction en charge du dossier Fergol livra avec bonne volonté : Mathieu Colmont, au moment où il était monté dans le taxi, avait demandé à être conduit rue Rambuteau, dans le III<sup>e</sup> arrondissement, chez une certaine Annie Dréjeac. Peut-être fallait-il y voir une indication : se concentrer sur tous les Colmont et les Dréjeac habitant Paris ? Les secrétaires se mirent vaillamment à la tâche et, les yeux rivés sur les listes de téléphone, décrochèrent leur combiné pour appeler un à un les numéros concernés. Il y en avait toute une ribambelle. Les Colmont qui répondirent affirmèrent tous ne connaître aucun Mathieu Colmont. Tous sauf un et un seul, mais son Mathieu à lui n'était âgé que... de trois ans. Son fils. Les autres, des dizaines, étaient sur répondeur. Rien d'étonnant à cela : en plein mois de juillet, la moitié ou presque des Français, du moins ceux qui en avaient les moyens, étaient partis en vacances. Sans oublier les Colmont et les Dréjeac dont le numéro était sur liste rouge. Malgré toute sa hargne, Gabor ne disposait d'aucun moyen pour forcer ce verrou. En dépit de la bonne volonté des secrétaires, l'affaire virait au fiasco et des semaines entières pouvaient s'écouler avant que le mystère ne fût élucidé.

*

Le docteur Darnel, de son côté, s'était de nouveau intéressé au cas du patient de la chambre 29. Le fait que la mémoire de son nom de famille lui fût revenue non au simple énoncé de celui-ci, mais bien grâce à sa transcription graphique, n'était pas dépourvu d'intérêt d'un point de vue clinique. Darnel ne se faisait aucune illusion sur le devenir de Mathieu Colmont : il en arriverait un jour ou l'autre au stade ultime de la maladie et mourrait grabataire, au bout de cinq, six, dix ans ? Son état de santé général n'était pas mauvais et lui autorisait une espérance de vie non négligeable. « Vie » n'était pas à proprement parler le terme exact. Mieux valait évoquer la survie.

Darnel eut une idée toute simple. Avec l'aide de Mathurin, il recopia en lettres capitales tous les prénoms de saints du calendrier sur des feuilles volantes et les soumit un à un à son patient. Alors qu'il eût été plus logique de procéder par ordre alphabétique, auquel cas « Alain » serait arrivé presque en tête, ce fut au tracé du prénom A-N-N-I-E que Mathieu Colmont réagit d'abord. Il se mit à le répéter avec douceur, comme si l'énoncé lui procurait un peu de bien-être. Darnel patienta. Colmont répétait, répétait encore. Et subitement, dans la foulée de ces deux syllabes, deux autres fusèrent : A-LAIN. Colmont les psalmodia, comme une mélopée.

— Alain et Annie sont vos enfants, monsieur Colmont ?

Darnel confia aussitôt la teneur de sa découverte à Axel Gabor.

— Et il aurait retrouvé ça tout à coup ? s'étonna celui-ci.

— Vous savez, dans la maladie d'Alzheimer, il faut s'attendre à tout... vraiment à tout, lui expliqua Darnel. J'ai rencontré un patient qui ne reconnaissait plus ni sa femme ni ses enfants, mais qui, placé devant le clavier d'un piano, jouait, sans aucune partition, des morceaux de musique classique d'une grande complexité. Et avec virtuosité !

*

Gabor recherchait désormais un Alain Colmont. Suant sang et eau dans son bureau plongé en plein cagnard de dix heures du matin à quatre heures de l'après-midi, avalant verre d'eau sur verre d'eau, il n'était pas plus avancé pour autant. Changeant alors de tactique, il prit contact avec les employés de l'état civil de la mairie du IIIe arrondissement de Paris... Et trois jours plus tard, le 16 juillet, il décrocha le gros lot. Sous la forme de la photocopie d'un acte de naissance : Alain Colmont, né le 15 janvier 1954, fils d'Annie Dréjeac et de... Mathieu Colmont. Gabor exulta : le champ des recherches se rétrécissait singulièrement !

# CHAPITRE 14

Le 2 juillet, Cécile revint à Paris pour la consultation de Dampierre. Celui-ci se montra pleinement satisfait des résultats de l'intervention pratiquée sur les lèvres de la jeune fille. Effectivement, le relâchement des commissures s'était tellement estompé que Cécile commençait à afficher de nouveau un sourire au lieu de la moue de dédain qu'elle présentait involontairement jusqu'alors. Alain la raccompagna à Groix et passa deux jours entiers avec elle. Certaines chambres de la clinique étaient réservées aux visiteurs. Cécile refusait toujours d'enlever son voile, mais acceptait de prendre ses repas en commun avec les autres pensionnaires. Avec son père, elle fit de longues promenades à vélo autour de l'île que les touristes commençaient à envahir.

De retour à Paris, Alain Colmont travailla une dizaine de jours sur la première version du séquencier, une simple ébauche du plan du scénario, destiné à Destroy Prod puis expédia sa copie à la délicieuse Nadège. Il ne tenait pas à tourner en rond à Belleville en attendant sa réponse, aussi décida-t-il de partir quelques jours en vadrouille dans le Lot, chez Sylvain, le vieux copain de la Tribu, qui vivait désormais seul. Il avait obtenu des hautes autorités de l'Éducation nationale sa mutation vers son Sud natal, après des années et des années de demandes réitérées. Il avait acheté une maison et planté plusieurs hectares de vigne sur la colline qui surplombait sa demeure et ne désespérait pas d'en tirer un bon petit cru. Il potassait les manuels d'œnologie sans relâche et, le temps du séjour d'Alain, passa toutes ses journées, torse nu sous le soleil, un sécateur à la main, à tailler ici, à sarcler là. Alain l'aida de son mieux, mais il n'était pas vraiment doué pour les travaux horticoles et se concentra sur la cuisine et les courses.

En rentrant à Paris, un peu détendu, le 17 juillet au soir, il trouva un curieux message sur son répondeur. La direction de l'hôpital Lyautey de Draveil le priait instamment de prendre contact dans les meilleurs délais pour une affaire d'importance.

# CHAPITRE 15

Le lendemain matin, intrigué, mais nullement inquiet, croyant même à une erreur, il appela le numéro indiqué. Il obtint le standard de l'hôpital Lyautey et, dès qu'il eut annoncé son nom, la préposée le supplia de ne pas raccrocher : on allait lui passer la direction. En moins de quarante secondes, Axel Gabor était au bout du fil.

— Monsieur Colmont ? Alain Colmont ? Il n'y a pas d'erreur ?

— Absolument pas...

— Alain Colmont, 26 rue de Belleville, dans le XXᵉ arrondissement ? insista Gabor.

— Mais oui !

— Connaissez-vous un Mathieu Colmont, né le 28/05/1928 à Paris XIVᵉ ?...

— Évidemment, c'est mon père !

— Pas d'erreur ?

— Non, pas d'erreur !

— Monsieur Colmont, je suis désolé, mais je dois vous annoncer que votre père est hospitalisé dans notre établissement !

— Et qu'est-ce qu'il a ?

— La maladie d'Alzheimer, monsieur Colmont. Je suis vraiment navré.

Alain s'affaissa sur lui-même, tendit la main pour saisir le premier fauteuil à sa portée et s'y laissa glisser.

— Qu'est-ce que vous me racontez ?

— Il serait préférable que nous nous voyions, monsieur Colmont. Je vous invite à venir me rencontrer dès que possible. Nous vous recherchons depuis trois ans.

— Trois ans ?

— Oui, trois ans. Voilà trois ans que nous nous occupons de votre père. Nous ignorions tout de son identité jusqu'à ces derniers jours. Vous êtes directement concerné, monsieur Colmont.

— Mais je m'en tape complètement de mon père, putain, ce salaud, il m'a abandonné quand j'avais dix ans ! Et je vais bientôt en avoir cinquante, alors vous pensez si j'en ai rien, mais alors vraiment rien à foutre !

Il raccrocha avec une violence telle que le combiné tomba par terre. Durant son absence, Mephisto, le chat vagabond, s'était encore introduit dans la maison pour y déposer ses crottes. Alain ramassa le combiné souillé et l'essuya à l'aide d'une feuille de Sopalin. La sonnerie retentit derechef. Il décrocha. C'était de nouveau le même zozo qui le relançait.

— Vous allez me foutre la paix, oui ou merde ! s'emporta Alain.

— Ne vous mettez pas en colère, monsieur Colmont, nous avons besoin de votre concours pour étudier comment dire... heu... de quelle façon les frais d'hospitalisation de votre père vont pouvoir être remboursés... tout simplement !

— Remboursés ? Et qu'est-ce que j'ai à voir là-dedans, moi ? s'étrangla Alain, stupéfait.

— Monsieur Colmont, venez donc me voir, nous pouvons prendre rendez-vous quand vous le voulez. Je ne cherche qu'à trouver une solution à l'amiable. Je suis à votre entière disposition. Consultez l'article 205 du code civil. Renseignez-vous.

Alain raccrocha de nouveau. Et débrancha même la prise de téléphone. Peu importe, en cas d'urgence, Cécile pouvait le joindre vingt-quatre heures sur vingt-quatre sur son portable.

*

Furieux, Alain quitta sa maison, remonta la rue de Belleville au pas de charge, obliqua à gauche dans l'avenue Bolivar et pénétra bientôt dans le parc des Buttes-Chaumont, à la recherche d'un coin tranquille où se poser. Il faisait si chaud que les quelques centaines de mètres ainsi parcourus le laissèrent trempé de sueur. Il ôta sa chemise et chemina torse nu sans pour autant dépareiller dans le décor. Les pelouses du parc étaient envahies par une foule d'oisifs qui se faisaient dorer la pilule au soleil, quasiment nus. La météo annonçait des temps de canicule pour les semaines à venir. Alain n'était pas d'humeur à s'intéresser aux nombreuses filles en maillot de bain, voire en string, qui se prélassaient autour du lac. D'ailleurs, il devait bien se l'avouer, depuis que les copines de la Tribu avaient renoncé à venir le câliner soir après soir après le décès de Myriam, sa libido était plutôt tombée en cale sèche. C'était le grand calme en dessous de la ceinture. Sans trop qu'il sache s'il fallait attribuer ce reflux – ou ce simple ressac ? – à ses emmerdes ou plutôt à sa cinquantaine, sonnant le tocsin d'une sexualité jusqu'alors assez épanouie. C'était le cadet de ses soucis. L'avenir de Cécile le tourmentait bien plus.

Il s'assit sur un banc, face au lac, près de l'éperon de falaise modelé par les paysagistes et qui évoquait irrésistiblement celle d'Étretat, la fameuse « aiguille creuse » chère à Arsène Lupin, une des grandes lectures de sa lointaine adolescence. Le parc des Buttes – d'anciennes carrières de gypse réaménagées sous Napoléon III – subissait maints travaux destinés à le préserver de l'usure du temps. Les terrains s'affaissant ici et là, on colmatait brèches et fissures à l'aide d'infiltrations de béton. Calé sur son banc, entouré de gosses qui s'empiffraient de glaces et de gaufres, Alain se plongea dans ses souvenirs.

*

Son père ? On venait lui parler de son père quarante ans après sa disparition ? Merde alors ! Il ne manquait plus que ça. Un salaud ? Non, simplement un être immature, totalement incapable de s'occuper d'une famille, de faire face à ses obligations. À qui en vouloir ? À sa mère, Annie Dréjeac ? Ou à Mathieu Colmont ? Ils partageaient tous deux la responsabilité du naufrage. Alain n'était que le piètre résultat de la rencontre entre un spermatozoïde-Colmont et un ovule-Dréjeac. Rien de plus.

Au moment où la mécanique biologique avait opéré, dans quelle position s'étaient-ils retrouvés, ses géniteurs ? Levrette ? Missionnaire ? Andromaque ? Dans le minuscule deux-pièces de la rue Rambuteau, Alain dormait sur un lit pliant installé dans la salle à manger. Il avait peur du noir, de la nuit peuplée de sorcières et de monstres. À plusieurs reprises, tout petit garçon, tenaillé par la curiosité, alerté par leurs cris, il avait risqué un œil au travers du trou de la serrure de la chambre à coucher de ses parents et avait assisté à leurs ébats, sans bien comprendre ce qu'ils fabriquaient au juste à s'empoigner ainsi. Son père semblait malmener sa mère et pourtant, elle le suppliait de ne pas s'arrêter et même de recommencer. Mystère. Toujours est-il que, cinquante ans plus tard, Alain n'en finissait plus de régler la facture de leurs amours sinistres.

*

Annie Dréjeac avait rencontré Mathieu Colmont dans une boîte de jazz du quartier Latin au début des années cinquante. Elle avait vingt-huit ans et lui, cinq de moins. Annie était déjà une paumée. Mathieu flânait le long de sa propre vie, insouciant. Elle recherchait l'âme sœur, tandis que lui ne demandait qu'à poser ses valises auprès d'une paire de fesses accueillante, en attendant mieux. Annie était follement amoureuse, Mathieu seulement cynique. Ils trouvèrent un terrain d'entente, le temps de s'apprivoiser l'un l'autre durant quelques mois. Puis Annie ne tarda pas à comprendre que Mathieu allait lui échapper. Elle espéra bêtement le retenir en se faisant engrosser. Un moutard à la maison, ça devrait l'apitoyer, l'arrimer à un port d'attache, sinon il foutrait le camp un jour ou l'autre.

Dix années de disputes acharnées s'ensuivirent. Si loin qu'il pût remonter dans ses souvenirs, Alain les avait toujours vus se pourrir mutuellement l'existence. Mathieu n'était qu'un marginal, un décalé qui gagnait sa pitance en jouant au poker. Il rentrait au petit matin, des cernes sous les yeux, tantôt plein aux as, tantôt plumé jusqu'à l'os. Annie, elle, se ruinait la santé dans des petits boulots d'intérim pour faire bouillir la marmite du ménage. Mathieu se prélassait à longueur de journée dans le lit conjugal avant de s'éclipser, la nuit venue, pour regagner un des cercles de jeu où il retrouvait toute une faune de zozos de la même espèce que lui.

\*

Et puis un beau matin, il avait disparu. Envolé, sans même laisser le moindre mot d'adieu. À Annie de se débrouiller avec cet enfant dont il l'avait gratifiée, mais dont il n'avait jamais souhaité la naissance. Un enfant imposé dans le seul but d'exercer un chantage affectif pour qu'il reste auprès de la mère. Des mois durant, il était demeuré totalement indifférent au spectacle du ventre de sa compagne, qui enflait, enflait, enflait... À ce propos, il n'avait jamais menti.

Alain ne conservait que de très vagues images de son père. Assez agréables, au final. Des souvenirs de promenades au jardin du Luxembourg, de balades à poney, de bateaux à voiles qu'il dirigeait sous le vent à l'aide d'une baguette dans le bassin circulaire situé face au Sénat. Des séjours au bord de la mer, Étretat ou Biarritz, quand les gains du poker le permettaient. Ou plus modestement des tours de manège à la foire du Trône. Et puis plus rien. L'absence soudaine. Le vide.

Alain, du haut de ses dix ans, avait appris à vivre avec une mère dépressive qui ne lui prêtait aucune attention, obnubilée par le désir de retrouver un nouveau compagnon. Il la voyait se pomponner tous les samedis soir, rafistoler ses robes défraîchies pour repartir à la chasse au mâle, en rentrer bredouille et passer le dimanche entier à sangloter dans sa cuisine.

Il avait tenu le coup six années encore, s'accrochant au collège puis au lycée pour obtenir de bonnes notes. Jusqu'à la fin de sa classe de seconde. Et puis l'atmosphère confinée qu'il respirait dans le deux-pièces de la rue Rambuteau avec WC sur le palier lui était devenue insupportable. Il s'était mis à bosser. À la dure. Sur les marchés, auprès des commerçants forains. Rude école. Il ramenait sa paie à la maison, calculait sa part pour aider sa mère à s'acquitter du loyer. Mais pas plus.

*

Annie Dréjeac était morte en 1993 d'un cancer du pancréas. Alain avait rompu toute relation avec elle depuis bien longtemps. Elle était venue à la maternité pour la naissance de Cécile. Elle avait tenu quelques secondes le bébé dans ses bras en grimaçant un sourire protocolaire face au photographe. Alain l'avait congédiée sans brusquerie, mais avec fermeté. Incapable de jouer le rôle de mère, elle n'avait pas à postuler à celui de grand-mère.

Myriam s'était un peu offusquée de la dureté d'Alain à son égard. En serrant à son tour sa fille contre lui, dans un brusque accès de larmes, il lui avait fait comprendre, sans que la moindre parole ait besoin d'être prononcée, à quel point il n'avait de leçon à recevoir de personne.

*

On n'échappe jamais à ses parents. Si ferme que soit la décision de rupture, et pis encore, si forte soit la haine, il reste toujours de minuscules attaches, visqueuses, des traces indélébiles qui se répandent, s'infectent, exactement comme lors d'une maladie de peau. Rien n'y fait. Assis sur son banc, au bord du lac des Buttes-Chaumont, Alain Colmont comprit que son passé ne cesserait de le poursuivre. Et, comme à son habitude, il décida de se battre.

Sitôt rentré chez lui, il se connecta à Internet pour consulter le fameux article 205 du code civil auquel Axel Gabor avait fait allusion lors de leur conversation téléphonique. La sentence était limpide.

Article 205
(Loi du 17 mars 1803 promulguée le 27 mars 1803)
(Loi du 9 mars 1891)
(Loi n° 72-3 du 3 janvier 1972 art. 3 Journal Officiel du 5 janvier 1972 en vigueur le 1ᵉʳ août 1972)
*Les enfants doivent des aliments à leurs père et mère ou autres ascendants qui sont dans le besoin.*

Il répéta à haute voix la formule à trois reprises pour la mémoriser et bien se pénétrer de son sens. Après quoi, il appela Hervé, un proche de la Tribu. Hervé, un copain de fac, était devenu avocat après bien des vicissitudes professionnelles. Un ex-gauchiste, comme tous les admirateurs de Myriam, ceux qui lui tournaient jadis autour, dans l'espoir de la séduire, ou plutôt de la sauter. Hervé écouta longuement Alain.

— Ton histoire rentre dans le cas de l'obligation alimentaire, expliqua-t-il après avoir toussoté.

— C'est quoi, exactement ? demanda Alain.

— Eh bien, l'article 205 et tout ce qui en découle... *Les enfants doivent des aliments à leurs...*

— Je suis pas bouché ! l'interrompit Alain, mais ça veut dire quoi, au juste ?

Alain entendit son copain se racler de nouveau la gorge au bout du fil.

— Il faudrait qu'on se voie pour démêler... reprit Hervé. Moi, je suis pénaliste, tout ce qui concerne la famille, et plus encore le code de la santé publique, c'est pas vraiment mon rayon.

— Je suis dans la merde, ou pas ? demanda Alain. Je dois refuser d'aller voir mon père à l'hôpital, à ton avis ?

— Là-dessus, tu ne risques rien... Vas-y. Après tout, c'est ton père !

— Je m'en fous ! C'est un salaud, il m'est devenu totalement étranger !

— J'ai bien entendu. Ce que je veux dire, c'est que tu ne risques strictement rien à lui rendre visite, de toute façon, maintenant qu'ils t'ont identifié, tu n'en es plus à ça près !

Un long moment de silence s'ensuivit.

— *Maintenant qu'ils m'ont identifié ?* Ça veut dire quoi ? reprit Alain d'une voix blanche.

— Rien. Ça veut dire que ton père est chez eux depuis trois ans, d'après ce que tu viens de m'expliquer, et qu'ils savent que tu es son fils. C'est tout.

— Hervé, déconne pas, dis-moi la vérité !

— Mais il n'y a pas de vérité. La vérité, en termes de droit, c'est plutôt flou. Il y a les textes, d'une part, leur interprétation, d'autre part.

— Et si t'arrêtais d'enculer les mouches, hein ?

Après quelques minutes de ce dialogue approximatif, Hervé promit à Alain de se renseigner sans tarder sur le fameux article 205 et tout ce qui en découlait. La soirée fut interminable. Alain chercha à tuer le temps en travaillant, sans y parvenir. Trop de souvenirs si pénibles étaient brusquement remontés à la surface et l'empêchaient de se concentrer. Il aurait bien aimé passer un moment avec Jacquot à l'écouter raconter n'importe quelle connerie, ses salades habituelles, mais son copain avait fait une nouvelle conquête, une certaine Jocelyne, serveuse dans un restaurant, de quinze ans son aînée, « assez chaude » selon ses dires. Jacquot passait la soirée en compagnie de sa dulcinée et déclarait donc forfait.

# CHAPITRE 16

Dès le lendemain matin, Alain se rendit à l'hôpital Lyautey. Il prit un train de banlieue à la gare de Lyon, descendit à Villeneuve-Saint-Georges et, peu disposé à emprunter un des bus qui desservaient Draveil, patienta dans l'attente d'un taxi. La voiture le déposa devant l'entrée de l'hôpital. La gorge nouée, il scruta l'édifice, trois blocs de béton lugubres disposés en H au beau milieu d'un parc abondamment fleuri. Alain se demanda pourquoi on baptise parfois les hôpitaux du nom de massacreurs galonnés : Foch, Joffre, Lyautey. Mais les généraux en sont souvent les meilleurs fournisseurs, après tout.

Il se rendit au guichet d'accueil et, sitôt entré dans le hall où se trouvaient le kiosque à journaux et la cafétéria, il eut un rapide aperçu de ce qui l'attendait. Des vieillards des deux sexes erraient en robe de chambre, agrippés à leur déambulateur. D'autres végétaient sur des bancs, le regard vide et le menton dégoulinant de bave, leur bouche édentée grande ouverte. Sans le moindre signe d'agacement, de révolte. Ils tuaient le temps en attendant que le temps les tue.

Perdu au milieu d'eux, Alain eut l'impression d'avoir été convoqué pour une figuration dans un clip gore inspiré d'un tableau de Goya. Il lui était souvent arrivé d'effectuer une rapide apparition dans des téléfilms dont il avait signé le scénario, juste pour s'amuser, tantôt chauffeur-livreur, tantôt gendarme, tantôt infirmier... Il sentit un frisson lui parcourir l'échine. Erreur de casting ! L'espace d'un instant, l'envie lui prit de déguerpir au grand galop et d'oublier cette vision de cauchemar.

Il annonça pourtant son nom à l'hôtesse en blouse blanche qui écoutait Radio-Nostalgie en classant des fiches cartonnées.

— Ah, oui, oui, monsieur Colmont, je suis au courant. Une petite minute de patience ! dit-elle en décrochant son téléphone.

Alain ne put retenir un petit sourire amer en constatant qu'on lui réservait un accueil de V.I.P.

*

Axel Gabor en personne l'escorta jusqu'à la chambre de son père. Dès qu'ils eurent quitté le hall d'accueil pour se diriger vers les étages, Alain commença à percevoir l'odeur, de plus en plus prégnante. Elle flottait, tenace, dans l'ascenseur, et gagna en intensité quand ils en sortirent. Totalement indéfinissable. Inconnue. Répugnante. S'y mêlaient différents effluves. La pisse, la merde, de vagues relents de soupe de légumes, de médicament, de détergent, un cocktail de toutes ces senteurs qui vous sautait au visage et provoquait immanquablement une grimace de dégoût. Et puis, en arrière-fond, de plus en plus affirmée, la puanteur de la chair qui souffre, se décompose, se nécrose. Alain porta la main à son visage pour se boucher le nez.

— Je sais, je sais, soupira Gabor, nous faisons de notre mieux, mais ça reste, ça reste... Vous comprenez, ça s'imprègne, surtout avec la chaleur qu'il fait. Nous, on est habitués, mais c'est vrai que la première fois...

Il semblait sincèrement désolé. Ils longèrent le couloir qui menait à la chambre 29 et dépassèrent un vieil homme vêtu d'une simple chemise grande ouverte dans le dos qui laissait voir ses fesses couvertes de croûtes purulentes. Un autre somnolait, debout, cramponné à la rampe en bois qui courait tout le long du mur, d'un bout à l'autre du couloir. La semelle de ses chaussons baignait dans une flaque d'urine mordorée. Le pantalon de son pyjama en était imbibé de l'aine jusqu'à la cheville.

— Voilà, c'est ici ! annonça Gabor en désignant l'entrée de la chambre 29.

Alain prit une profonde inspiration, emplissant ainsi ses poumons d'un air plus que vicié, et lança un regard à l'intérieur de la chambre. Gabor avait eu le temps de prévenir Mathurin qui veillait auprès de son protégé après l'avoir libéré des sangles qui le tenaient rivé à son fauteuil. Ce ne fut que dans un second temps qu'Alain se décida à faire un pas en avant.

Il se retrouva face à face avec ce père qu'il n'avait pas vu depuis quarante ans. Aucun doute n'était permis, malgré les outrages du temps, il s'agissait bien du même homme. Les traits de son visage s'étaient avachis, sa peau, flétrie. Les rides avaient creusé leur sillon sur ses joues, son front et dans son cou. La chevelure, jadis d'un noir de jais, avait viré au gris cendre. Une belle crinière, au demeurant.

Gabor et Mathurin observaient ces retrouvailles en retenant leur souffle. Leur regard passait d'un visage à l'autre, du fils au père, du père au fils, pour constater la ressemblance. Non, aucun doute n'était permis.

\*

— Papa ? murmura Alain, sidéré. Papa ?

Un nouveau pas en avant. Il plongea son regard dans celui, complètement inexpressif, de son père. Ou plutôt de son géniteur.

— C'est Alain, c'est votre fils ! claironna Axel Gabor d'un ton enjoué.

— A-lain, A-nnie, psalmodia Mathieu Colmont, comme un refrain de comptine.

— Papa ? Tu me reconnais ? Hein ? insista Alain en continuant de le fixer droit dans les yeux.

En guise de réponse, Mathieu Colmont se tourna vers Mathurin pour implorer sa protection. Peut-être avait-il perçu une menace dans la voix de cet étranger venu perturber la morne routine de ses journées par une apparition intempestive.

— Sale nègre, sale nègre, sanglota-t-il.

— Je vois, je vois, reprit Alain d'un ton dépourvu de tout affect, puis il recula vers l'entrée de la chambre. Si on résume, en gros, c'est un légume !

Gabor fronça les sourcils, au comble de la gêne.

— Monsieur Colmont, il y a des mots...

— Je sais, des mots qu'il ne faut pas prononcer, mais moi, je les prononce ! Après ce que la... la loque qui se trouve ici m'a fait subir, j'en ai le droit, figurez-vous !

— Mais enfin, monsieur Colmont, comment pouvez-vous ? s'entêta Gabor. Vous n'avez pas le droit...

— Écoutez, mon vieux, je ne vous en veux absolument pas. Vous dirigez un mouroir, et il en faut. À chacun sa destinée, hein ? Qu'est-ce que t'en dis, papa ?

Son père, recroquevillé dans son fauteuil, fixait à présent la fenêtre, apparemment captivé par le vol d'un couple de pigeons qui folâtraient au-dehors, et resta sourd à son appel.

— Vous voyez, il n'en dit rien...

Du ciel d'un bleu intense, le regard d'Alain descendit jusqu'au sol de la chambre recouvert d'un lino beige. Les ceintures de cuir qui servaient à immobiliser son père les trois quarts du temps reposaient sous le lit. Mathurin, averti trop tard de la visite surprise, les avait bien mal dissimulées. Alain se pencha, s'en saisit, les agita un instant entre ses mains avant de les laisser chuter sur le sol.

— Et les mots pour désigner « ça », ils sont inscrits où exactement dans le règlement de votre foutoir ? demanda-t-il.

Gabor, paniqué, s'abstint de répondre. Alain l'entraîna à sa suite dans le couloir.

— Écoutez, lui dit-il, on va procéder en deux temps : d'abord, vous me présentez le médecin qui s'occupe de mon père et après, je viens vous rejoindre pour parler... de... enfin, du reste ? OK ?

Gabor se renfrogna, profondément humilié. Les familles des malades qu'il avait l'habitude de côtoyer ne se seraient jamais autorisé de tels écarts de conduite. L'hôpital Lyautey n'hébergeait que des patients démunis des moyens qui leur auraient permis d'aller terminer leur vie dans un établissement plus décent, une « maison de retraite médicalisée » digne de ce nom. Leurs parents, de pauvres gens, adoptaient donc un profil bas et obéissaient aux moindres injonctions du personnel, le doigt sur la couture du pantalon. Avec Alain, pour la première fois, Gabor tombait sur un os. Il acquiesça, intimidé par la détermination dont faisait preuve son interlocuteur, et le conduisit jusqu'au bureau du docteur Darnel.

\*

Alain n'y resta que dix minutes. Darnel ne lui était pas antipathique, bien au contraire. Les deux hommes se comprirent à demi-mot, sitôt les premières phrases échangées. Darnel tenta bien de se lancer dans un exposé pédagogique concernant la maladie, mais Alain l'en dispensa.

— Alzheimer, tout le monde connaît, dit-il d'une voix tremblante. C'est l'épouvante. Je vais être franc, vous mettre à l'aise : mon père, enfin, ce type qui végète dans sa chambre, là, au bout du couloir, m'est totalement indifférent. Il m'a abandonné quand j'avais dix ans... Alors vous voyez, on peut se parler en toute franchise. S'il mourait demain matin, ça me serait parfaitement égal. Je n'ai qu'une question, une seule, à vous poser : le diagnostic ? C'est irréversible ?

— Absolument, avoua Darnel après un instant d'hésitation. À vrai dire, non ! Le diagnostic d'Alzheimer est tout à fait incertain. Disons que votre père souffre de démence sénile. Il en existe de nombreuses variétés, résultant d'étiologies différentes. Ce n'est que... hum, qu'après le décès, à la suite d'une autopsie et de l'étude des tissus cérébraux, que tout s'affine. Pour le moment, on évoque, dans notre jargon, la DTA, la démence de type Alzheimer. Ce qui revient au même quant aux conséquences.

Alain sentit ses épaules s'affaisser et se passa la main sur le visage.

— Quand même, c'est pas très correct de le ligoter à son fauteuil, hein ? Qu'est-ce que vous en pensez ?

Darnel sentit ses joues s'empourprer.

— Qu'est-ce que vous voulez que je fasse ? répondit-il. Il est totalement incontrôlable. Votre père appartient malheureusement à cette catégorie de patients pour lesquels la maladie s'accompagne de troubles caractériels graves... Je lui prescris... ce... ce qu'il faut pour qu'il reste tranquille, et sans trop forcer la dose, croyez-moi ! Qu'on me donne trois infirmières supplémentaires et un animateur, ajoutez quelques aides-soignants et tout ira mieux. Seulement voilà...

— Je ne vous en veux pas, admit Alain. Mais quand même, le temps de passer dans le couloir, on a tout compris.

— Oui, on a tout compris, confirma Darnel. Désolé. On en est là. On essaie de soulager la douleur, on bricole. Un jour ou l'autre la société française finira bien par prendre conscience des problèmes de la prise en charge des personnes du troisième, et même du quatrième âge... Il faudrait un électrochoc, mais quoi exactement ? Je ne sais pas !

Désormais détendus, en confiance, les deux hommes s'accordèrent le luxe de se sourire.

— Votre père, à vous, il est encore vivant ? demanda brusquement Alain.

Le visage de Darnel s'éclaira. Alain n'avait pas lancé sa question à la légère. Darnel affichait à peine la quarantaine.

— Oui... On va à la pêche à la mouche, tous les deux, chez lui, en Auvergne, avec mon fils... Il a douze ans. Et vous, monsieur Colmont, vous avez des enfants ?

— Oui. Une fille... une grande fille... Elle s'appelle Cécile !

— *Cécile, ma fille*, comme dans la chanson ?

— Exactement. Vous connaissez ?

— *Elle voulait un enfant, moi je n'en voulais pas...* entonna Darnel à mi-voix.

— Vous chantez affreusement faux !

— Je sais, mon fils me le dit tout le temps !

Darnel avoua être un fan de Nougaro. Ils se séparèrent en se serrant longuement la main. Il suffit parfois de bien peu de choses pour qu'un élan de sympathie, voire une amorce de complicité, se noue entre deux inconnus.

\*

Sitôt après avoir quitté Darnel, Alain se rendit dans les locaux de la direction de l'hôpital pour y rencontrer le maître des lieux, comme prévu. Axel Gabor le reçut sans tarder.

— Bon, alors, qu'est-ce que vous me voulez ? demanda Alain en prenant place dans le fauteuil qui faisait face à son bureau.

— Je ne vous veux rien, monsieur Colmont. Je comprends que la douleur qui vous...

— Tatata, pas de baratin. Il n'y a pas de douleur. Aucune. Je sors de chez le docteur Darnel, et il m'a parfaitement compris. D'une part, mon père... comment dire... c'est bien simple, je n'en ai jamais eu, de père ! Ou si peu ! Alors vous pensez si je m'en tape ! D'autre part, le fameux père, puisqu'il existe malgré tout, n'est plus qu'une loque, une sorte de fantôme, d'ectoplasme. À la place du cerveau, il n'y a plus que de la bouillie ! Il ne sait plus qui il est, il ignore qui je suis ! Alors dispensez-moi de votre pitié de pacotille ! Bon, on reprend, qu'est-ce que vous me voulez ?

— Bien... C'est comme vous l'entendez, monsieur Colmont. Sachez que suivant l'article...

— 205 du code civil ?

— Pas seulement ! Si vous me laissiez parler calmement, on en arriverait plus vite au but. Suivant l'article L 6145-11, anciennement article L 714-38 du code de la santé publique, « les établissements publics ayant pris en charge des frais d'hospitalisation et d'hébergement d'une personne disposent d'un recours direct contre tous les tiers débiteurs de celle-ci, et spécialement contre ses débiteurs alimentaires »... Je précise, monsieur Colmont, et je ne fais que lire le texte, « ce recours est à la mesure de ce dont les débiteurs sont redevables à la personne hospitalisée »... Je vous rappelle que je représente, ès qualités, un établissement public, en l'occurrence l'hôpital Lyautey, lequel a pris en charge votre père et ce, depuis bientôt trois ans. Plus exactement trente-cinq mois, pour être précis. Le prix, enfin, appelez ça comme vous voudrez, le montant de la prise en charge minimale, c'est-à-dire le simple hébergement, dans le cas de votre père, s'élève à 2 750 euros par mois.

— En francs, s'il vous plaît ? demanda Alain.

— 18 000. Je vois que, tout comme moi, vous avez du mal à convertir.

— Attendez, attendez... Vous êtes en train de me dire que 18 000 francs multiplié par trente-cinq mois, ça nous amène à...

— 630 000 francs. Un peu plus de 95 000 euros. Une simple estimation.

Alain leva les yeux au plafond et prit une profonde inspiration. Gabor pianotait sur une calculette pour vérifier le montant des sommes qu'il venait d'annoncer.

— 18 000 francs par mois ? reprit Alain. 18 000 francs pour ce que je viens de voir ? Une chambre sinistre, la puanteur, et je passe sur les lanières de cuir, ça, ça vaut 18 000 francs par mois ?

— Monsieur Colmont, je sais que ça peut vous paraître excessif, mais sachez que des centaines de malades sont soignés ici et que des centaines de personnes y travaillent. Si ça vous intéresse, je peux vous dresser un rapide état des lieux, le budget global de l'établissement, le...

— Ça ne m'intéresse pas ! Alors ? Qu'est-ce que vous espérez ? Que je sorte mon chéquier et que je vous règle la somme de... 95 000 euros ?

— Mais non, mais non, monsieur Colmont, il faut simplement remettre à plat tout le dossier. Jusqu'à une date très récente, nous ne connaissions même pas l'identité de votre père. Nous l'avons accueilli, soigné, hébergé... avec bien des carences, je ne cherche pas à le nier. Mais enfin... bon ! D'après les éléments que j'ai pu rassembler, votre père n'a jamais cotisé à la Sécurité sociale ni à la moindre caisse de retraite. C'est un cas d'école. Il n'a aucune existence légale, mais par contre, l'état civil est très clair : il s'agit bien de votre père. Devant la société, vous êtes l'unique référent... puisque son seul descendant.

— Et donc, l'article 205... ?

— Oui, je suis désolé, monsieur Colmont. Nous vivons des temps difficiles. Je vois bien que vous détestez les chiffres et je ne vais vous en citer qu'un seul. À propos du « trou » de la Sécurité sociale, savez-vous à combien se monte la « dette » de chaque Français actif ?

— Strictement aucune idée, avoua Alain. Et je ne tiens pas à le savoir.

— Dites-vous bien que c'est tout simplement une catastrophe. Je ne suis qu'un modeste rouage dans une gigantesque machine, monsieur Colmont. Je dois faire rentrer les fonds, coûte que coûte.

– OK, OK, murmura Alain. Alors, que va-t-il se passer ?

– Eh bien, une procédure va s'engager. Il faudrait parvenir à trouver une solution à l'amiable.

– N'y comptez pas trop !

– Bien, c'est à vous de voir, de décider. Une dernière chose...

Axel Gabor tendit à Alain une copie du fax que lui avait adressé le juge d'instruction à l'origine de l'identification du patient de la chambre 29. Un certain Guyader.

– Peu avant son admission à l'hôpital, votre père a été agressé par une petite crapule, monsieur Colmont. La justice va tenter d'aller plus loin. Je ne saurais que vous conseiller d'entrer en contact avec elle. Je pense que de toute façon le juge prendra l'initiative, mais peut-être pouvez-vous gagner du temps.

Alain se saisit du double du fax et du bristol où étaient mentionnées les coordonnées du juge.

– Voilà, monsieur Colmont, je crois que nous nous sommes tout dit.

Après un moment d'hésitation, Alain serra la main qu'Axel Gabor lui tendait.

*

Il quitta l'hôpital et se retourna vers l'aile qui abritait la chambre de son père. Le soleil se reflétait sur les vitres, toutes semblables du rez-de-chaussée jusqu'au dernier étage. Des dizaines et des dizaines de minces parois de verre. Chacune d'elles faisait écran à un drame, un malheur, une souffrance. Leur scintillement était si aveuglant qu'il dut fermer les yeux, ébloui.

Il longea à pied la départementale que le taxi avait empruntée pour le mener jusqu'à Lyautey. Une cannette vide de Coca traînait sur le trottoir, cabossée. Il shoota dedans d'un pied léger, la propulsant quelques mètres devant lui.

– Papa... Papa... murmura-t-il.

Nouveau coup de pied, nouvelle fuite de la cannette. Les sanglots, longtemps refoulés, lui montaient à la gorge, irrépres-

sibles. Fierté, orgueil ? Il les avait retenus, tant devant le Dr
Darnel que face à Axel Gabor.

– Papa... Papa...

Un coup de pied plus violent. Nouvel envol de la cannette
qui n'en finissait plus de tintinnabuler sur le bitume, de pirouette
en pirouette. Et un autre, et encore un autre. Son visage ruisselait
de larmes.

– Papa... Papa...

\*

– Papa... c'est papa !

Il revit le visage exténué de Myriam, à la fin de l'accouche-
ment. Elle lui tendait le petit corps de Cécile, emmailloté de
langes. Il lui sembla entendre l'inflexion de sa voix, tout en
tendresse.

– C'est papa, regarde, Cécile, c'est ton papa...

Un taxi passait à proximité. Alain leva le bras pour attirer
l'attention du chauffeur.

\*

Dès qu'il fut de retour chez lui, il appela le juge Guyader et
demanda à le rencontrer. Guyader lui proposa un rendez-vous
pour le lundi 21 juillet après lui avoir résumé la situation en
quelques mots. Il détenait le passeport de Mathieu Colmont,
parmi tous les scellés archivés suite à l'affaire Fergol.

– Votre père est bien entendu dans l'incapacité de porter
plainte, mais vous pouvez le faire en son nom, expliqua-t-il. Ce
qui me serait utile...

Alain tenta ensuite de joindre son copain Hervé au téléphone.
Peine perdue, aussi bien sur son fixe que sur son portable, l'avocat était sur répondeur. Alain laissa un message sur chacun des
numéros, message impératif pour supplier Hervé de le rappeler
sans tarder. Puis il s'assit sous la tonnelle qui couvrait le parvis
de sa maison. Les grappes de raisin commençaient à mûrir. Bien
trop tôt. Selon les spécialistes du climat, l'été 2003 s'annonçait

déjà comme l'un des plus chauds depuis un siècle, sinon plus. Alain l'avait lu dans un article de *Libé* concernant l'effet de serre et ses conséquences – encore sujettes à polémique – sur le climat.

Des guêpes tournoyaient. La tête vide, Alain prépara un piège, une simple bouteille au fond garni de confiture qu'il accrocha à l'aide d'un morceau de fil de fer à l'un des rameaux de la tonnelle. Les guêpes ne manquaient jamais de se précipiter à l'intérieur de la bouteille, attirées par l'odeur sucrée, et ne parvenaient plus ensuite à retrouver la sortie. Elles bourdonnaient, furieuses, incapables de se calmer pour emprunter en sens inverse l'étroit chemin du goulot. Deux minutes à peine après l'installation du piège, trois d'entre elles s'y engageaient. Alain les vit s'épuiser, perdre leurs forces, puis s'engluer petit à petit dans le tapis de confiture, au cul de la bouteille. Elles s'y débattaient comme au sein de sables mouvants, avant de succomber au terme d'une lente agonie. Le chat Mephisto fit son apparition, vieux briscard à l'échine parsemée de résidus de toiles d'araignée. Il dédaigna Alain et s'assit sur une fourche de la tonnelle, à proximité immédiate de la bouteille. Après avoir bâillé, il avança avec nonchalance une de ses pattes avant, intéressé par le supplice des insectes que, dans sa vie de félin, il avait appris à connaître pour s'en méfier. Les coussinets qui tapissaient le dessous de ses pattes se rétractèrent, libérant ses griffes. À plusieurs reprises, il racla la surface de verre, sans grande conviction, avant de s'endormir dans une position fort incommode, perché en équilibre précaire sur le Y que formaient deux branches de la tonnelle.

Soudain la fenêtre du studio de Jacquot s'ouvrit. La gueule enfarinée, les yeux cernés, émergeant d'un très long sommeil à cette heure déjà tardive de l'après-midi, Jacquot salua son copain. Après une nuit de stupre, il venait de griller un de ses précieux jours de congé. Un service de nuit l'attendait au standard de Lariboisière...

– Tu me fais un café ? demanda-t-il. Fort, hein ?

Alain s'exécuta, disposa la tasse, le sucre sur la table de jardin, que la tonnelle protégeait de son ombre. Jacquot le rejoignit en slip et tee-shirt. Il se grattait les fesses et plissait les paupières à demi aveuglé par la lumière.

— Putain de chaleur... Tous les voisins ont foutu le camp en vacances, ou quoi ? constata-t-il en voyant les volets rabattus sur les fenêtres de la cour.

Il disait vrai. La plantureuse Danuta elle-même avait regagné sa Poznanie natale pour la durée de l'été.

— Ouais, fiston, on est tout seuls, confirma Alain. Alors, raconte... Ta Jocelyne, c'est un bon coup ?

— M'en parle pas ! gloussa Jacquot. À quarante balais passés, elle reste vraiment gourmande, j'ai bien cru que j'allais pas arriver à assurer !

— À ton âge, tu vas quand même pas te mettre au Viagra ! ricana Alain.

— Et toi ? Tu devais pas aller voir ton vieux à l'hosto ? Ça va ?

— Ça va... moyen.

— Moyen plus ou moyen moins ?

À cet instant, le chat Mephisto, engourdi par le sommeil, perdit son équilibre et tomba de son perchoir. Il se redressa en un quart de seconde, le poil hérissé et, vexé par les rires qui ponctuèrent sa chute, préféra disparaître dans un éboulis de briques qui séparait le domaine d'Alain de celui de ses futurs voisins, ceux-là mêmes qui devaient construire leur chalet de conception révolutionnaire dans le terrain vague que les pelleteuses avaient récemment dégagé.

— Moyen moins, avoua Alain.

# CHAPITRE 17

Ce ne fut que tard dans la soirée qu'Hervé répondit à l'appel au secours d'Alain. Il avait plaidé en province durant l'après-midi et n'était rentré en région parisienne qu'après vingt heures. Il avait dîné en compagnie d'une des jeunes stagiaires qui étaient passées par son cabinet et avec laquelle il entretenait une relation aussi chaotique que passionnelle depuis plusieurs mois. La demoiselle, prénommée Anna, qu'Alain avait eu le bonheur de saluer lors d'une de ces soirées au cours desquelles la Tribu se réunissait, bénéficiait d'une plastique assez croustillante ; elle menait Hervé par le bout du nez, pour ne pas dire mieux.

D'un côté Jacquot, qui faisait dans la femme mûre, de l'autre Hervé, tenaillé par le démon de midi et s'épuisant à courir aux trousses de minettes tout juste rescapées de la puberté et de ses poussées d'acné : et lui au milieu, dans le rôle de l'arbitre comptant les points, agitant un carton jaune ou sifflant un penalty. Le tableau, en d'autres circonstances, eût été plutôt cocasse. Mais non, décidément non : en filant au rendez-vous qu'Hervé lui proposait, Alain n'était pas d'humeur à laisser son imagination vagabonder sur une trame qui menait directement aux impasses du théâtre de boulevard. Quoique... La recette, avec des ingrédients plus que ressassés, une sauce plus que recuite, gardait toute sa saveur. Bien des auteurs en tiraient de substantiels bénéfices. Ce n'était ni du Brecht ni du Ionesco, certes. Mais après tout, un Feydeau astucieusement revisité, pourquoi pas ? Son agent l'avait à plusieurs reprises encouragé à se tourner vers ce registre lucratif.

*

Hervé habitait un duplex perché en haut d'une des tours du front de Seine. Pour y pénétrer, il fallait montrer patte blanche au vigile embusqué derrière toute une batterie d'écrans reliés à des caméras de vidéosurveillance. Prisonnier de la cage d'ascenseur, Alain se souvint des prises de parole enflammées auxquelles Hervé se livrait dans l'amphi où se réunissaient les gauchistes durant leur passage à la fac de Vincennes. Citant Orwell, il fustigeait « l'État policier », le Big Brother qui menaçait d'asservir « les masses ». Tout ça pour finir, trente ans plus tard, planqué dans un bunker soft à l'abri de la racaille, laquelle, au demeurant, fréquentait assez peu le front de Seine... Alain n'était pas venu ironiser sur le parcours de son ami, mais bien pour lui demander son aide.

Hervé affichait une petite mine. La fatigue de la journée, sans doute... Il invita Alain à s'asseoir, lui servit un verre. Alain resta planté sur ses deux jambes, puis arpenta la moquette, s'attarda devant la bibliothèque, tripota d'une main nerveuse un bibelot par-ci, une Pléiade par-là, avant de consentir à prendre enfin place sur le canapé.

— Bon, j'ai pas eu le temps de vraiment fouiller, mais je peux d'ores et déjà te rassurer ! annonça Hervé, qui attendait que son ordinateur se mette en route.

Alain ne tenait décidément pas en place et se remit à tourner en rond.

— Tu comprends, il y a de quoi flipper, ce type à l'hosto, il m'a filé tout un tas de paperasses, tiens, je t'ai apporté les photocopies : regarde, article R 716-9-1 du code de la santé publique... Mon père n'a jamais cotisé à quoi que ce soit, il n'a pas de retraite, rien ! Il aura seulement droit au minimum vieillesse et à la CMU, ce qui ne mène pas bien loin !

— Panique pas, l'interrompit Hervé, et surtout ne signe rien, tout ça, à mon avis, c'est de l'intimidation !

Hervé consulta ses mails, sélectionna celui qui concernait Alain et commença à en imprimer le contenu.

– J'ai tout juste eu le temps de contacter un confrère qui travaille régulièrement sur des affaires de divorce et est plus branché sur le droit de la famille... Il m'a envoyé ça, d'après lui, ce sont des éléments suffisants. Cela dit, c'est pas vraiment un spécialiste de l'obligation alimentaire. Mais d'abord raconte exactement, et si possible calmement, ce que t'a dit le gars de l'hosto. Assieds-toi, je t'en supplie, tu me donnes le tournis !

Alain obtempéra et résuma sa visite à Lyautey. Hervé l'écoutait tout en parcourant les feuillets qui sortaient l'un après l'autre de l'imprimante.

– Bon ! D'une part, ce type, à l'hôpital, n'a aucun pouvoir pour te faire payer quoi que ce soit. Aucun.

– Il m'a pourtant cité un autre article de son code de merde... le L 61... ?

– Oui, L 6145-11. Mais ça ne l'autorise absolument pas à émettre un état exécutoire à l'encontre du ou des débiteurs alimentaires.

– Le « débiteur alimentaire », c'est moi ?

– C'est toi. Ce qui va se passer, c'est que l'hôpital va transmettre le dossier à la commission d'admission à l'aide sociale... Ça dépend du conseil général. Leur boulot, c'est d'étudier les ressources des divers membres de la famille et de leur demander les fameux « aliments », en clair, du fric, suivant leurs revenus respectifs.

– Ça va être vite fait, je suis tout seul. Et eux, ils peuvent m'obliger à payer ?

– Attends ! Ils ne peuvent t'obliger à rien du tout, c'est très clair. Écoute : « Elle – à savoir la commission – fait une simple proposition de participation financière à charge des débiteurs alimentaires... Il en découle l'illégalité des états exécutoires notifiés par huissier aux débiteurs alimentaires sur le seul fondement de la décision de la Commission d'admission à l'aide sociale »...

– Ah... L'huissier, je savais bien qu'on finirait par en parler !

Hervé continuait de parcourir cette littérature aussi fastidieuse qu'absconse.

MON VIEUX

— Tiens, voilà encore, un peu plus loin : « La pratique des services d'aide sociale qui émettent un état exécutoire est constitutive d'un excès de pouvoir, d'une véritable voie de fait. »

— Bon... soupira Alain. Qu'est-ce qui se passe ensuite ?

— Primo, tu refuses de payer l'hôpital, secundo tu rejettes les propositions de la commission, et alors là...

— Et alors là ?

— Je cite : « Il appartient au président du conseil général de saisir le juge aux affaires familiales aux fins de reconnaissance de fixation du montant et de répartition des obligations alimentaires. »

— Et le tribunal peut, lui, m'obliger à casquer ?

Hervé prit le temps de relire l'extrait qu'il venait de citer. Sa grimace était tout à fait explicite.

— Absolument. C'est pas un tribunal, c'est un juge, tout seul. Il décide, il tranche, point barre. Article 207-2 et 208-2 du code civil. Lorsque le juge fixe une pension alimentaire, il peut « l'indexer discrétionnairement sur n'importe quel indice ».

— Un juge, tout seul, prendra la décision ?

— Oui. C'est la loi.

— Et ses pouvoirs exacts, c'est quoi ?

— De te faire saisir au cas où tu refuses. À cette étape-là, tu es cuit. C'est le fisc qui tape directement à la caisse auprès de ta banque !

— Et le juge, il apprécie en fonction de quels critères ?

— Comme il l'entend, mon vieux, comme il l'entend... Désolé.

Alain se cala contre le dossier du canapé, renversa la tête en arrière et se couvrit le visage de ses mains.

— Putain de merde, murmura-t-il, au bord des larmes. Mais depuis presque trois ans que mon vieux est là-bas, il y en a pour soixante briques !

— Ah mais non, pas du tout ! corrigea Hervé.

— Comment ça, pas du tout ? s'écria Alain en se penchant de nouveau vers celui-ci.

— Non, il y a une règle dite « Aliments ne s'arréragent pas » !

— Pardon ?

— *Aliments ne s'arréragent pas*, répéta Hervé, en détachant chaque syllabe.

— C'est quoi, ce charabia ?

— Te plains pas, te plains pas, cette règle, elle te rend un foutu service ! Elle signifie tout simplement que le juge des affaires familiales ne peut fixer les pensions alimentaires *qu'à dater de la demande qui lui en a été faite* ! Donc, si tu as bien suivi, après que ton hosto aura transmis le dossier à la commission, après que tu auras refusé l'avis de la commission, et par conséquent, après que ladite commission aura saisi le juge !

— En clair, ils pourront m'obliger à raquer après l'avis du juge, mais pas pour toute la période antérieure ?

— Ben oui... Mais après, justement, ne te fais aucune illusion, tu n'y couperas pas. L'essentiel, dans ton cas, c'est qu'il n'y ait aucun effet rétroactif, si tu préfères.

*

Alain sentait les chiffres danser la sarabande dans sa tête. En dépit de ladite règle « Aliments ne s'arréragent pas », la facture mensuelle de la clinique Garnier où séjournait Cécile, les honoraires à venir du chirurgien Dampierre et, à terme, la menace des 18 000 francs mensuels, près de 2 800 euros – un peu moins si l'on soustrayait la CMU et le minimum vieillesse – qu'allait lui coûter le maintien en survie de son père au cas où le juge en déciderait ainsi, tout cela commençait à peser bien lourd. Même à la moitié de cette somme, le naufrage était en vue. Il tendit son verre à Hervé pour se faire servir une nouvelle rasade de scotch.

— C'est une situation de fou... murmura-t-il.

— Si ça peut te consoler, dis-toi bien qu'il y a des dizaines, voire des centaines de milliers de familles dans ce cas ! Ce qui provoque des drames, la plupart du temps. On hypothèque une baraque, un appart qu'on a mis des années et des années à acheter, pour lequel on s'est endetté, on renonce aux études trop onéreuses d'un gamin, je sais pas, moi... Et tout ça pour tenir à bout de bras un vieillard qui n'en finit plus de souffrir et dont la tête est devenue vide.

— Et pour moi, tu crois que c'est pas dramatique ? demanda doucement Alain.

Hervé n'ignorait bien entendu rien de ce qui était arrivé à Cécile.

— Il faut que tu prennes un avocat, qu'il étudie sérieusement le dossier...

— Ouais... Je vais encore devoir casquer.

— Si tu veux, si tu me fais confiance, ça peut être moi, hein ? proposa Hervé. Et il va de soi que je le ferai gratos !

— Mais tu disais que tu y connaissais que dalle ?

Hervé continuait de parcourir les mails que lui avait adressés son confrère et dont, au fil de la conversation, il ne cessait de surligner certains paragraphes au Stabilo.

— Il suffit de se mettre au courant, de potasser un peu, c'est pas sorcier ! Tiens, justement, regarde, il y a une autre facette, une antidote potentielle, c'est l'article 207-2, toujours du code civil, ça traite des exceptions à l'obligation alimentaire : « Une déchéance de droit lorsque le créancier — à savoir ton père — a lui-même gravement manqué à ses obligations à l'égard du débiteur, sachant que celle-ci doit être reconnue par le juge aux affaires familiales. » Ton vieux, il t'a bien abandonné ?

— Ça, on peut le dire !

— Devant le JAF, il faudra faire état de la procédure de divorce de tes parents... du fait qu'il n'a sans doute pas versé de pension alimentaire... Ou avec irrégularité...

— Une procédure de divorce ? Mais ils n'ont jamais été mariés ! Il a jamais été question de pension ! Ma mère et moi, on a été forcés de nous démerder comme on pouvait !

— Mais ton père, tu portes bien son nom ? Colmont, c'est pas celui de ta mère ?

— Évidemment, il m'a reconnu à la mairie, mais pas plus ! Il a foutu le camp un beau jour, et basta !

— Et la maltraitance, il y a peut-être des traces, des témoignages possibles ? suggéra Hervé.

— Il ne m'a jamais maltraité, il m'a ignoré ! C'est totalement différent, c'est peut-être même pire ! Des témoins ? Tu veux rire ?

Hervé savait pertinemment que la mère d'Alain était morte quelques années auparavant et que, par conséquent, de ce côté-là, il n'y avait rien à attendre...

— Il suffirait sans doute d'un ou deux voisins qui pourraient déclarer que d'après ce qu'ils en savaient, ta mère en bavait avec lui ? Ça peut peser auprès du juge !

— Te fatigue pas, Hervé ! Ça remonte à quarante ans, alors les voisins de la rue Rambuteau, ils ont disparu dans la nature ou ils sont carrément au cimetière ! Je suis foutu !

— Pas de panique... pas de panique... poursuivit Hervé en continuant de surligner ou d'annoter ses documents.

Il ne put réprimer un bâillement. Alain jeta un coup d'œil à sa montre. Il était une heure trente. Inutile d'abuser davantage.

— C'était quoi, ton procès aux assises, cet après-midi ? demanda-t-il.

— Un viol minable... mais collectif ! Une soirée un peu arrosée entre jeunes gens de la bonne société bordelaise, expliqua Hervé. Et une fille qu'ils ont saoulée à mort et qui est passée à la casserole. Histoire classique.

— Tu défendais le violeur ?

— L'un d'eux, oui... Pas le leader... Mon client, c'est un gamin qui venait d'avoir dix-huit ans une semaine avant les faits. Majeur donc et pleinement responsable de ses actes. À quelques jours près, ç'aurait pu se jouer autrement. *L'excuse de minorité.* Mineur, on te considère comme à demi irresponsable et la peine se divise. Par contre, à la date révolue, ça cogne !

— J'espère ! Et tu as plaidé quoi ?

— L'effet d'entraînement, la stature charismatique du leader, justement, le fait que mon client ne réalisait pas la gravité de son acte. Qu'il voulait juste imiter ses copains, se sentir à la hauteur. Tu vois le topo ?

— Sympa !

— Je suis pénaliste, mon vieux, rétorqua Hervé après avoir haussé les épaules. Si je n'avais à défendre que de petits angelots

aux mains toutes roses, toutes potelées, et par conséquent inno-
cents, tout irait bien ! Seulement voilà...

Alain s'extirpa du canapé et se leva en se massant les reins.
Hervé l'imita, lui fit face et lui donna l'accolade.

— Je te jure que je te laisserai pas tomber ! promit-il. Essaie de
ne pas trop penser au pire. Entre l'hôpital, le conseil général et
le JAF, ça peut prendre des mois... C'est toujours ça de gagné !
Dans ce genre d'histoire, il faut toujours jouer sur la durée, ça
mange pas de pain ! Je me mets au boulot dès demain, tu
m'adresses une copie de tout ce qui te parvient et on fait le point
au calme d'ici une semaine. OK ?

# CHAPITRE 18

À la veille du 14 juillet, le moral de Daniel Tessandier était descendu au plus bas. Le temps, pourtant radieux, n'y faisait rien. Tout au long de la journée, il végétait, cramponné à sa béquille, dans les sous-sols de l'ex-station de métro Saint-Martin. Il ne quittait les lieux qu'à la nuit tombée, son sac de voyage en bandoulière.

Le soir du 13, il dut rebrousser chemin boulevard Voltaire : les abords de la station de métro située en face du commissariat du XIᵉ, près de laquelle il avait pris l'habitude de somnoler dès la tombée de la nuit, étaient devenus inaccessibles. Les animateurs du traditionnel bal des pompiers y avaient en effet dressé leur podium. Idem place de la République, toute proche. Il erra, abruti de fatigue, agacé par les flonflons, les pétards, zigzaguant parmi les effluves de merguez que les restaurateurs à la sauvette faisaient griller sur des étals de fortune dans de grands nuages de fumée noirâtre. De guerre lasse, épuisé, il rejoignit le boulevard Saint-Martin après s'être faufilé entre les fêtards excités qui ne se privèrent pas de le bousculer plus souvent qu'à son tour.

Toute une troupe de paumés, que Daniel avait pris l'habitude de côtoyer au fil de jours sans fin, s'étaient rassemblés devant les grilles closes du refuge, exclus des agapes patriotiques, pareils à des débris échoués sur la grève à la suite d'une marée de fort coefficient. Daniel s'assit sur le trottoir et s'adossa au tronc d'un platane, à l'écart du groupe. Le plâtre qui protégeait sa cheville s'était fendillé en maints endroits. Bien souvent, il souffrait de démangeaisons irrépressibles tout le long du mollet qu'il soulageait comme il pouvait en glissant une aiguille à tricoter contre sa peau. Il l'avait récupérée dans une poubelle, rue du Faubourg-du-Temple, et ne s'en séparait jamais : deux élastiques la maintenaient contre le tube de sa béquille. Vulgaire aiguille, mais objet béni, qui ne parvenait malheureusement pas à apaiser totalement son prurit. Il ne lui manquait que quelques centimètres à peine pour atteindre la zone la plus sensible : la cheville elle-même... La chaussette de jersey qui protégeait l'épiderme du contact direct avec le plâtre commençait à se disloquer, rongée par la sudation, les macérations. À force de se gratter, Daniel en avait détaché des lambeaux entiers, ce qui ne faisait qu'aggraver l'irritation. Une odeur écœurante s'échappait du plâtre et la zone cutanée proche du creux poplité était parsemée de cloques qu'il tamponnait avec du mercurochrome. Le médecin bénévole qui assurait des vacations au centre d'accueil avait conseillé à Daniel de retourner sans tarder à l'hôpital Saint-Antoine, mais il avait dédaigné ses recommandations. Il s'en tapait de l'avis du toubib, un type à la retraite, un vioque qui ne lui inspirait pas confiance. Il fallait que l'os se consolide, qu'il soit délivré au plus vite de ce carcan. Encore un peu plus d'une semaine de patience et il en serait libéré.

\*

Durant cette pénible soirée du 13 juillet, Daniel Tessandier put enrichir son expérience de miséreux d'une humiliation supplémentaire. Alors qu'il commençait à somnoler, appuyé contre son tronc d'arbre, une douleur lancinante lui tordit soudain les tripes. Un accès de diarrhée, de chiasse, pour appeler les choses par leur nom. Jusqu'alors, en de telles circonstances, il était toujours parvenu à préserver sa dignité. En jetant une pièce sur le zinc d'un bistrot, il avait pu accéder aux toilettes, ou il avait réussi à se réfugier *in extremis* dans une sanisette Decaux.

Ce soir-là, il lui fallut se résoudre à la solution d'urgence, tout comme Martine, jadis épouse Luigi, membre émérite de la bande à Nanard, qu'il avait vue baisser culotte en public aux abords du carrefour Belleville. L'envie était si pressante qu'il eut à peine le temps de s'éloigner de quelques mètres sur le boulevard Saint-Martin, de déboutonner son jean et de s'accroupir pour se soulager. Sans lâcher sa béquille et en maintenant sa jambe droite allongée pour préserver son plâtre du jet qui menaçait de le souiller. Il resta un petit moment dans cette position plus qu'inconfortable, mortifié, sous la lueur d'un réverbère.

Sa mésaventure retint l'attention de deux zonards, parmi tous ceux qui s'étaient agglutinés près de l'entrée de la station de métro désaffectée. Daniel, ratatiné à ras du sol, n'eut même pas le temps d'apercevoir leur visage avant que les coups commencent à pleuvoir. L'occasion était trop belle, et la victime par avance vaincue. En moins de trente secondes, il se retrouva étalé sur le bitume, incapable de réagir. Les mains des agresseurs fouillèrent ses vêtements – pantalon, blouson –, s'insinuèrent le long de son torse, à la recherche d'une cachette, et finirent par trouver la chaussette dans laquelle il planquait ses derniers billets. Ils raflèrent également le sac de voyage que Daniel trimbalait avec lui et qui contenait vêtements de rechange et trousse de toilette...

*

Les salopards déguerpirent pour aller se rincer la glotte au comptoir du premier bistrot disposé à les accueillir, un peu plus loin sur le boulevard. Daniel resta sonné, le visage tuméfié, les quatre fers en l'air, au milieu de la mare nauséabonde que ses intestins venaient de libérer. Il trouva un paquet de Kleenex presque plein à l'intérieur d'une poche de son jean et essaya tant bien que mal de réparer le désastre à l'aide de ces quelques centimètres carrés de ouate de cellulose. Plutôt mal que bien. Après quoi il se rajusta, se redressa en prenant appui sur sa béquille et s'éloigna du plus vite qu'il put du champ de la pitoyable bataille.

Il contourna la place de la République, toujours engorgée en raison des festivités du 14 juillet – Liberté, Égalité, Fraternité –, remonta la rue du Faubourg-du-Temple, si familière, et se dirigea vers l'immeuble de l'avenue Parmentier. Chez la vieille Letillois, au troisième étage, les lumières étaient allumées. Il comptait passer le reste de la nuit dans l'appentis. Sans aucun espoir d'y trouver le sommeil, simplement pour s'accorder le temps de récupérer, à l'abri d'une nouvelle agression. D'une main fébrile, il pianota le code d'accès de l'immeuble, sans résultat. Il insista, à plusieurs reprises, en tapant soigneusement lettre après lettre, chiffre après chiffre. En vain. Le code avait été modifié.

La béquille, le plâtre, les démangeaisons lancinantes. La fatigue. Surtout la fatigue. Daniel reprit sa route, l'esprit vide. Vers le carrefour Belleville.

\*

Nanard et sa bande – Meccano, le Pirate, la Chenille, Luigi, Madame Florence – célébraient à leur manière la prise de la Bastille. À grand renfort de kils de rouge, la fête battait son plein. Sur le parvis du boulevard de la Villette, en face du siège de la CFDT, on s'en donnait à cœur joie dans l'indifférence générale. Refrains paillards beuglés en chœur au rythme des klaxons avec, en toile de fond, les gerbes des feux d'artifice qui éclaboussaient la nuit de leurs lueurs multicolores. Elles éclataient de partout, de Ménilmontant jusqu'aux Buttes-Chaumont, sans oublier la tour Eiffel dont on pouvait distinguer la carcasse illuminée depuis les hauteurs de Belleville. La confrérie de la cloche prenait toutes ses aises. La chaleur aidant, chacun s'était débraillé, dépenaillé, exhibant son anatomie dans une orgie qui relevait plus du concours de pets d'une chambrée de bidasses que d'un strip-tease des Chippendales. Madame Florence, très en verve, passait d'un pote à l'autre, tortillant de la croupe, roulant ses seins entre ses mains, suçait un moment Nanard, masturbait ensuite le Pirate qui bandait plutôt mou, avant d'aller embrasser à pleine bouche Meccano, lequel pouvait se targuer d'une trique bien plus solide qu'il ne se privait pas d'exhiber fièrement devant les copains. Ils battaient des mains ou sifflaient pour saluer la performance. Madame Florence, magnanime, promettait de tous les satisfaire et riait, riait, en vidant lampée après lampée la bouteille de rhum que lui avait offerte Nanard. Encouragée par les applaudisse-

MON VIEUX

ments, elle ne tarda pas à s'agenouiller devant Meccano. La générosité de Nanard n'était pas infinie et se heurtait même à certaines limites. D'un geste plus que rude, il rappela Madame Florence au sens du protocole et, ayant ainsi rétabli son autorité, pantalon baissé jusqu'aux mollets, s'abandonna à ses caresses.

*

Daniel Tessandier s'arrêta un instant devant la façade du *Quick* ornée d'un grand miroir. Il renonça à y contempler son image réfléchie par les phares des voitures qui stationnaient au carrefour.

– Eh, Daniel ? Daniel ?

Daniel sentit un long frisson lui descendre le long des reins en entendant la voix grasseyante qui l'apostrophait ainsi. Celle de Gérard Dancourt, le pauvre Gégé, le gamin chétif qu'il avait protégé des assauts des petites frappes dans la cour du collège plus de vingt ans auparavant. C'était à son tour, à présent, de secourir son copain. Gégé. Le fantôme Gégé, c'était bien le terme adéquat. Surgi d'outre-temps sinon d'outre-tombe, vestige d'une vie passée, gâchée, perdue.

Gégé se précipita à sa rencontre, l'entoura de ses bras dans un geste affectueux, se saisit de sa béquille et l'aida à franchir la chaussée qui les séparait du domaine de Nanard. Daniel avait abdiqué toute résistance et se laissa porter jusqu'au parking. Gégé, tout en prévenances, l'aida à s'asseoir, lui cala le dos contre la vitre d'une cabine téléphonique.

– Eh ben, Daniel ? Ç'a pas l'air d'aller trop fort ! dit-il en lui caressant les joues. Attends, tu vas d'abord boire un petit coup et ça ira mieux après...

*

Daniel Tessandier passa toute la matinée du 14 juillet à cuver la cuite plus que sévère que lui avait offerte la bande à Nanard. Jusqu'à l'aube, les automobilistes, eux-mêmes passablement éméchés, s'étaient succédé au carrefour Belleville, et Nanard,

187

insatiable, n'avait cessé de lancer ses troupes à l'assaut pour les taper de vingt, trente, cinquante centimes d'euro. Prévoyant, Samir, l'épicier de la rue du Faubourg-du-Temple, était resté ouvert, si bien que le ravitaillement n'avait cessé d'arriver. Bouteille après bouteille, la confrérie avait étanché sa soif. Avec, sur la fin, un petit bonus de la part de Samir en personne qui y était allé de son obole sous la forme d'un pack de litrons cartonnés qui acheva d'apaiser les gosiers.

Madame Florence dormait blottie dans les bras de Nanard, Luigi et le Pirate faisaient de même, serrés l'un contre l'autre, Meccano gisait un peu plus loin, pas plus vaillant, la Chenille s'était évanoui dans le décor. Le quartier était tranquille. Jour férié oblige.

Peu avant midi, Nanard sonna le réveil des troupes. Il s'accroupit près de Daniel et le questionna avec bienveillance.

— Tu veux rester avec nous, mon gars ? lui demanda-t-il.

Daniel le fixa d'un œil ahuri. Une violente migraine lui taraudait le crâne.

— Fais pas l'andouille ! poursuivit Nanard, ça fait un bon bout de temps que je te vois traîner dans le quartier. Et maintenant, t'es comme nous... Tu sais, moi, la rue, ça fait plus de vingt piges que j'y vis. J'ai qu'un conseil à te donner. Reste pas tout seul, ça, c'est pas bon. T'as besoin de potes, de vrais. Gégé m'a parlé de toi. Paraît que t'es un mec bien ?

Daniel serra la main qui lui était tendue. Gégé qui se tenait un peu en retrait semblait ravi de l'intronisation de son copain dans la bande. Et pas peu fier d'en être à l'origine, grâce à son témoignage de moralité.

— T'as un peu de pognon ? reprit Nanard.

— Non... J'ai plus rien...

— Alors au taf, faut aller à la manche, le grisbi, ça pleut pas du ciel ! Tu vas faire équipe avec Gégé !

Daniel se leva avec difficulté et suivit Gégé un peu plus loin sur le boulevard. Ils se postèrent à un carrefour et s'approchèrent des voitures qui stationnaient au feu rouge...

14 juillet. Il fallait tenir encore deux semaines avant le RMI.

Une éternité. Daniel renonça à penser à cet avenir lointain et assista Gégé dans ses supplications auprès des automobilistes.

Vers seize heures, Nanard effectua sa tournée des popotes, puis partit faire les courses avec l'argent collecté. Le résultat était plutôt maigre. Il fallut découper le saucisson en fines lamelles pour que chacun ait sa part. Mastiquant ses rondelles, Gégé interrogea Daniel avec un certain tact. Et Daniel se confia, ému de trouver une oreille amie après tant d'années de solitude. Il raconta toutes les étapes de sa chute, son tabassage de la veille au soir et son angoisse de ne plus pouvoir, peut-être, retirer son courrier avenue Parmentier.

— Pour ton RMI, si ça marche plus avec la boîte aux lettres chez ta vieille peau, c'est pas un souci, annonça Gégé. Moi, pour le mien de RMI, c'est Nanard qui s'en occupe, il a une bonne combine. On y va tous.

— On y va où ?

— Chez Monette. Un bistrot en bas de la rue de l'Orillon. Monette, c'est la patronne, tu peux écrire à l'assistante sociale pour lui dire que t'habites chez elle, et ça marche... Bien sûr, Monette, elle est gentille, mais faut pas la prendre pour une pomme, non plus. L'adresse, ça te coûte vingt euros. Faut c'qu'y faut, mais ça arrange tout le monde.

Daniel n'avait absolument pas l'intention de se faire domicilier chez Monette. Il le dit sans détour à Gégé. Dans son esprit, ce n'était qu'un dernier réflexe, un ultime recul instinctif devant le gouffre qui s'ouvrait devant lui.

— T'as tort, moi, je disais ça simplement pour rendre service, conclut Gégé. En plus, chez Monette, on peut aller roupiller. Maintenant, il fait chaud, mais quand ça caille, t'es bien content de pas pioncer dehors à te geler les couilles. Monette, elle nous installe dans sa cave, un euro la nuit, c'est pas la ruine... Elle a mis des matelas par terre.

*

En début de soirée, Nanard manifesta de nouveau un élan de sollicitude envers Daniel. Sur son injonction, Gégé s'écarta pour laisser les deux hommes converser tranquillement. Assis le long du trottoir, près de l'entrée du métro, ils passèrent quelques minutes à vider une bouteille de vin, rasade après rasade, l'un après l'autre.

— Ta guibolle, c'est pas bon, décréta Nanard en palpant le plâtre de Daniel. T'as vu la Chenille, c'est comme ça que ça a commencé pour lui. Y s'en remettra jamais. Ta béquille, faut que tu t'en débarrasses vite fait !

Daniel dut en convenir : le dénommé la Chenille se bousillait le dos à force de se déhancher au moindre de ses déplacements. Il allait finir dans un fauteuil roulant, ça faisait pas un pli.

— J'ai rendez-vous à l'hosto, faut juste attendre...

— Non, faut pas attendre. L'important, c'est de garder la forme. J't'ai déjà dit, moi, ça fait vingt piges que je zone dans la rue. Mais tous ces empafés planqués derrière leurs fenêtres, ils m'auront pas, c'est Nanard qui restera le plus fort ! J'crèverai debout, et j'les encule tous autant qu'y sont !

D'un geste de forte amplitude, il désigna les façades des immeubles alentour, puis se frappa la poitrine à grands coups de poing. Daniel fut impressionné par cette profession de foi vengeresse. Il ignorait tout du passé de Bernard Signot, alias Nanard, tout des mauvaises fées qui s'étaient penchées sur son berceau, ou plus précisément sur son absence de berceau, dès ses premiers jours, mais il en convint : Nanard avait tenu le choc. De son expérience, il y avait beaucoup à retenir.

— Ta guibolle, c'est pas bon, souligna de nouveau le caïd en un diagnostic plus que sûr. Faut pas que tu restes comme ça. Ce soir, on va prendre le bus de la RATP, j'viens avec toi, j't'accompagne, et à Nanterre, ils vont te soigner...

— Non, non, je veux pas aller à Nanterre ! protesta Daniel.

Chez tous les bras cassés qu'il avait été amené à fréquenter depuis le début de ses emmerdes, la simple évocation de l'hospice provoquait immanquablement des réactions de rejet, sinon d'effroi. Comme le château de l'ogre dans les contes pour enfants.

— Qu'est-ce que t'en sais de Nanterre, ducon ? gloussa Nanard. T'as pas connu la grande époque ! Quand moi, j'suis tombé à la rue, alors là oui, tu pouvais en avoir la trouille... Quand c'étaient les flics, les lardus, qui t'embarquaient là-bas, ça cognait sec dans le bus... Mais maintenant c'est fini. Y a plus de délit de vagabondage, ça existe plus ! C'est la loi ! La loi, mon pote ! Clodos on est, clodos on a le droit d'être, et personne peut nous emmerder. J'te dis, Nanterre, on y va tout à l'heure, faut au moins que tu prennes une douche. Hein ? Gégé m'a raconté : hier soir, tu t'es chié dessus ?

Daniel hocha la tête sans pouvoir retenir ses sanglots. Nanard lui tapota l'épaule d'une main qu'il fallait bien qualifier de paternelle avant d'aller retrouver Madame Florence en mal d'affection. La belle s'impatientait, minaudait sur le trottoir, aguichait les passants en passant la langue sur ses lèvres. Il était grand temps que Nanard reprenne le contrôle de la situation.

*

Quand l'autobus du Recueil Social de la RATP apparut sur le boulevard de Belleville, peu après vingt et une heures, Daniel Tessandier n'en menait pas large. Malgré les promesses rassurantes de Nanard, il monta à bord avec la trouille au ventre. Le bus avait déjà effectué une longue tournée, de la gare du Nord à Saint-Lazare. La trentaine de places qu'offraient ses banquettes étaient presque toutes occupées. Daniel s'assit au fond, près de deux énergumènes qui se chamaillaient pour une paire de chaussures que l'un avait perdue alors que l'autre la lui avait confiée. Daniel préféra les ignorer. Nanard discutait avec un des gars de la RATP qu'il semblait bien connaître. Il donnait des nouvelles de Luigi, de la Chenille, de Philou, se montrait rassurant en ce qui concernait Madame Florence, émettait un doute quant à Meccano, un peu agité ces derniers temps, mais bon, après tout, pas plus que d'habitude, bref, il se comportait en interlocuteur privilégié des autorités.

L'habitacle du bus était divisé en deux espaces distincts séparés par une porte de Plexiglas ; l'arrière réservé aux « clients » et l'avant, près du poste de pilotage du machiniste, dévolu aux employés de la régie qui bénéficiaient ainsi d'un compartiment protégé. Certains s'y cantonnaient alors que d'autres n'hésitaient pas à franchir le Rubicon pour rejoindre la plèbe. Quand ils revenaient auprès de leurs collègues, ils ne manquaient jamais de se désinfecter les mains sous le jet d'un flacon de plastique translucide dont plusieurs exemplaires étaient à disposition près du tableau de bord du conducteur.

Daniel épiait chacun des gestes des uns et des autres. À l'arrière du bus, l'atmosphère était irrespirable, même pour le clodo le plus aguerri ; la chaleur aidant, les remugles de pieds jamais lavés, de slips pourris, d'haleines plus que chargées, de vinasse, de dégueulis le prirent à la gorge. Sans oublier les deux odeurs fétiches, jumelles en puanteur, de la pisse et de la merde. Il se réfugia près d'une vitre entrouverte pour aspirer un peu d'air frais. Il suffoquait. Une sensation de noyade.

Le bus poursuivit sa course erratique. Le trajet n'était jamais fixé à l'avance. Il obéissait à l'inspiration du chef d'équipe relié par radio avec le central de la RATP qui pouvait signaler la présence d'un groupe de clodos dans telle ou telle station, auquel cas on faisait l'effort d'aller à leur rencontre. Après un ultime arrêt à la gare de Lyon qui permit d'étoffer l'effectif de trois nouvelles recrues, le chef d'équipe décréta qu'il était au complet et qu'il n'y aurait plus de halte avant Nanterre.

Nanard vint s'asseoir à côté de Daniel et lui tendit une barquette d'aluminium ainsi que des couverts en plastique.

– Bouffe, ordonna-t-il, faut pas que tu t'affaiblisses...

De ses doigts crasseux, il déchira l'opercule qui recouvrait la barquette. Daniel avait la nausée.

– Bouffe, que j'te dis ! répéta Nanard.

Daniel obéit. Ce n'était pas mauvais. Un peu fade. Il y avait des morceaux de viande à la sauce tomate, du riz. Et en dessert, un petit pot de compote de pommes. Tranches de pain et bouteilles d'eau à profusion, il suffisait de lever le doigt pour être servi. Les gars de la RATP réagissaient au quart de tour, toujours serviables, pour offrir une tournée de rab à qui le demandait.

*

Daniel s'était endormi quand le carrosse franchit le portail de l'hospice de Nanterre. Nanard le réveilla en lui bourrant les côtes de coups de coude et l'aida à se lever. Nanard était bien connu des fonctionnaires qui régnaient en despotes derrière les guichets d'accueil. Il saluait les uns, les autres, tous vêtus d'un uniforme aux teintes flicardes, chemisette bleu marine et pantalon assorti.

– Tiens donc, ce cher Nanard, ça fait une bonne semaine qu'on t'avait pas vu ! s'esclaffa l'un d'eux, un grassouillet au teint cramoisi. Quand est-ce qu'on va la revoir, ta Madame Florence ?

– Déconne pas, faut prendre soin de mon pote ! rétorqua sèchement Nanard en soutenant Daniel.

Une fois réglées les formalités d'enregistrement, les passagers du bus purent accéder à la salle de douche. Nanard aida Daniel à se déshabiller et, comme il l'avait déjà fait pour Luigi, pour la Chenille, pour Meccano, il l'accompagna dans la cabine, l'encouragea à se savonner, l'essuya avec une serviette bien trop humide qui avait déjà servi lors d'une tournée précédente. Il fouilla dans le vestiaire pour lui dégotter un pantalon de rechange, une chemise présentable, un slip pas trop rongé par les mites. Daniel tenait à son blouson, un Schott, qui lui avait coûté bonbon et dont il ne voulait pas se séparer. Nanard, qui ne se défaisait jamais de son large manteau de cuir, été comme hiver, n'insista pas. Il savait bien qu'un vêtement, si minable ou si riche soit-il, ça finit par coller à la peau, ça s'imprègne de tas de souvenirs, et qu'on se retrouve comme écorché au moment où il faut l'abandonner à cause de l'usure.

Nanard accompagna ensuite son protégé chez le médecin pour y faire examiner sa cheville. Ils durent patienter quelques dizaines de minutes avant d'accéder au cabinet. Pour passer le temps, Nanard évoqua ses années enfuies.

– Quand j'suis tombé dans la cloche, j'venais souvent ici, dit-il. Pour soigner une chtouille ou alors mes hémorroïdes, c'est con, mais j'ai toujours été fragile de ce côté-là... Y avait un toubib formidable, j'ai oublié son nom, ce mec-là, il nous recevait ici, avec un nez de clown, juste histoire de déconner, ou alors avec un masque de singe, un truc en caoutchouc, carrément, tu vois le topo ? T'arrives avec la bite en feu, à chaque fois que tu vas pisser, t'as le zob qui se déchire, et le gonze, il se radine avec sa tronche de chimpanzé ! Ça te met tout de suite à l'aise !

Nanard se frappa les cuisses. Sa grande carcasse était secouée par un éclat de rire si communicatif que Daniel ne put y résister.

Peu après, le médecin de service, qui ne portait aucun masque, mais simplement une blouse blanche, examina sa jambe, grimaça, palpa la peau, évalua l'état du plâtre ; il pouvait encore tenir le choc. Le toubib ne tenait pas à faire de zèle et décréta que le principal, c'était bien la consolidation de l'os, et qu'après l'ablation de l'attelle, on aurait tout le loisir de régler les problèmes dermatologiques... Il remit à Daniel deux tubes d'une pommade aux vertus cicatrisantes ainsi qu'une plaquette de cachets anti-histaminiques.

Muni de ce viatique, celui-ci récupéra sa béquille et rejoignit Nanard dans la salle d'attente. Ils se dirigèrent vers les chambres, de petites pièces de quatre ou six lits. Deux collègues s'étaient déjà installés dans celle où ils aboutirent. Des types d'une trentaine d'années, à vue de nez. Durant tout le trajet, ils n'avaient pas desserré les dents. Un néon de faible puissance éclairait la pièce, mais ne tarda pas à s'éteindre. La fenêtre minuscule qui s'ouvrait dans un des murs laissait encore filtrer quelques rais de lumière : celle d'un gros quartier de lune accroché dans le ciel sans nuages, associée à la lueur d'un réverbère situé à l'entrée de l'hospice.

– Et voilà, extinction des feux ! Maintenant, Nanterre c'est peinard, c'est presque comme à l'hôtel, chuchota Nanard, mais dans le temps, tout le monde roupillait dans le même dortoir, on se retrouvait à plus d'une centaine, t'aurais vu le cirque ! Y avait de la castagne ! Allez, bonne nuit !

Il se défit de tous ses vêtements, plia soigneusement son manteau de cuir, s'en servit comme d'un oreiller après s'être allongé sur un des lits. Daniel hésita à l'imiter. Il cala sa béquille contre le mur et s'étendit sans s'être dévêtu. La douche qu'il avait prise, les vêtements qu'il avait échangés contre ceux souillés dont il s'était débarrassé, tout cela lui procurait une sensation de bien-être, jusqu'à lui en faire oublier sa jambe qui continuait pourtant de le démanger. Il ne parvint pas à trouver le sommeil. Nanard s'était mis à ronfler si puissamment que rien ne pouvait plus le déranger.

Au milieu de la nuit – plus tard ? plus tôt ? – les deux voisins s'agitèrent. Daniel distingua leurs silhouettes qui se rejoignaient dans le lit de l'un. Il entendit leurs soupirs. Les vit s'enlacer dans la pénombre, se chevaucher tour à tour. Dans un premier temps, il détourna le regard, mais, Dieu sait pourquoi, le spectacle qui lui était offert, comme dans un théâtre d'ombres, retint peu à peu son attention. À sa grande honte, il en fut excité.

*

Le lendemain matin, toujours escorté par Nanard, il prit le RER pour rejoindre la station de métro Belleville. La chaleur était accablante. Dans les wagons, les voyageurs suffoquaient, entassés les uns sur les autres. Nanard transpirait sous son manteau. Son torse, nu comme d'habitude, ruisselait de coulées de sueur. Le long des quais, des affiches publicitaires invitaient les badauds à rejoindre les festivités de l'opération Paris-Plage : une mince portion de la voie express longeant la Seine, à proximité de l'Hôtel de Ville, avait été recouverte de sable, puis agrémentée de parasols et de pergolas. Ersatz de paradis tropicaux...

– Connerie ! Ce soir, on ira pioncer chez Monette, annonça Nanard, alors qu'ils arrivaient à destination. Tu verras, chez elle, il fait frais, ça fait du bien !

Daniel renonça à demander plus de précisions. Nanard décidait, donnait ses ordres, lançait ses directives. L'autorité qu'il avait acquise auprès du nouveau venu en moins de vingt-quatre heures ne semblait pouvoir être remise en cause.

La journée s'étira, morne et sans surprises. Daniel passa de longs moments à se gratter à l'aide de son aiguille à tricoter, assis sur le trottoir, coincé entre Meccano et Luigi. La pommade que le médecin lui avait confiée soulagea un peu ses irritations. Nanard avait retrouvé Madame Florence et ne cessait de la cajoler. Gégé usa tout l'après-midi à dormir près d'un tas de poubelles en compagnie de la Chenille. Quelques nouveaux pointèrent le bout de leur nez dans les parages, attirés par le bouche à oreille qui vantait le prestige de Nanard dans le petit monde de la cloche. La « disponibilité » quasi totale de Madame Florence depuis plusieurs jours n'était pas pour rien non plus dans cet afflux.

*

Ce jour-là, la recette de la manche laissa à désirer. Rien de surprenant à cela. Au fur et à mesure que l'on avançait dans le mois, le pékin se montrait plus avare ; c'était une sorte de loi. De leur côté, les clodos accusaient la fatigue. Quand ils percevaient leur RMI ou une autre allocation, le moral remontait ; les premiers jours, on faisait bombance, puis la routine reprenait tous ses droits, le temps des vaches maigres revenait. La combativité s'en trouvait affectée. Comme pour le commun des mortels, les fins de mois étaient plutôt difficiles. Nanard, qui avait gagné ses galons dans ce milieu où la moindre faute de parcours mène tout droit à l'anéantissement, savait parfaitement à quoi s'en tenir et n'épargnait pas sa peine pour échafauder des stratégies compensatrices. Il comptait sur Madame Florence pour tenir jusqu'à début août. Avec un peu de chance, elle allait lui permettre d'assurer la soudure, comme autrefois Martine, épouse Luigi.

Pour cela, il fallait investir, se procurer les munitions adéquates. Depuis le matin, la bande carburait au rouge ou à la bière. Régime habituel. Avec le soleil qui tapait comme une brute, les dégâts étaient sérieux. Ce n'était toutefois pas suffisant. Nanard puisa dans la cagnotte commune et acheta une bouteille de rhum chez Samir. Il l'enfouit dans une des poches de son manteau jusqu'à la tombée de la nuit, et alors, alors seulement, il la tendit à Madame Florence qui se mit aussitôt à la téter. En moins d'une demi-heure, elle en vida la moitié. Le Pirate, Meccano, Gégé, Philou et la Chenille savaient parfaitement à quoi s'en tenir. Luigi, pris d'un fou rire incontrôlable, se tordait les côtes. Tous crevaient d'envie d'avaler quelques gorgées de la précieuse bouteille, mais aucun ne se risqua à solliciter Nanard.

Le bus de la RATP ne tarda pas à faire son apparition. Nanard toisa ses troupes. Il avait besoin d'alliés sûrs. On ne discutait pas ses ordres. Il expédia Gégé, Luigi et Philou à Nanterre. Meccano et le Pirate furent admis à rester. La Chenille s'éclipsa discrètement. Nanterre, ce n'était pas sa tasse de thé. Daniel assista à la scène, sans trop comprendre ce qui se tramait. Quand le bus eut disparu, les « nouveaux » qui étaient venus glandouiller au carrefour durant la journée se regroupèrent autour de Nanard. Un bref conciliabule s'ensuivit. Meccano à sa gauche, le Pirate à sa droite, chacun la soutenant sous les aisselles, Madame Florence commença à descendre la rue du Faubourg-du-Temple.

— Toi, tu viens avec nous ! décréta Nanard en se tournant vers Daniel.

Ils tournèrent à gauche dans le passage Piver et débouchèrent rue de l'Orillon. Daniel trottinait derrière, encouragé par Nanard. Madame Florence cheminait d'un pas hésitant, si bien que Daniel n'eut pas trop de peine à suivre la cadence.

*Les Corbières*, le bistrot aux destinées duquel présidait Monette, ne payait pas de mine. Sa façade vitrée était ornée de lettres tracées au blanc d'Espagne qui indiquaient les plats proposés au menu. Rien de bien mirobolant. Monette ne postulait pas à une étoile du Michelin. Un restaurant « ouvrier », comme on disait autrefois. Le comptoir était orné de fanfreluches disparates : un perroquet en plastique suspendu à son perchoir, une gondole vénitienne munie d'un éclairage à piles clignotant, etc. Un grand calendrier juché près du percolateur exhibait une photo de pin-up. Un poster « des îles » avec cocotiers et plage de sable blond tapissait entièrement le mur du fond de la salle. Sans oublier, résidus de 14 juillet oblige, des guirlandes de drapeaux bleu, blanc, rouge punaisées çà et là. Un juke-box hors d'âge diffusait de la valse musette en continu.

À l'instant où Nanard et sa troupe franchirent le seuil, Monette se tenait derrière son zinc, occupée à servir une tournée de pastis à quelques habitués. C'était une femme de forte carrure, dans la soixantaine, au visage couperosé, à la poitrine abondante. Elle accueillit les nouveaux venus avec bienveillance et quitta son repaire pour dégager des tables. Meccano et le Pirate aidèrent Madame Florence à prendre place sur une chaise. Elle dodelinait de la tête, tantôt prostrée, tantôt riant aux éclats, tandis que

Nanard et Monette conversaient à voix basse au fond de la salle. Daniel, qui avait trouvé refuge près du juke-box, observait les « nouveaux » que Nanard avait rassemblés tout au long de la journée et qui montraient à présent des signes d'impatience. Au nombre de sept, ils ne dépareillaient en rien de la faune habituelle qui se réunissait au carrefour Belleville. Même trogne, même dégaine.

À l'issue de son conciliabule avec Monette, Nanard invita toute la compagnie à rejoindre l'arrière-salle. Un escalier en colimaçon, plus qu'étroit, menait à la cave. Il fallut que Meccano et le Pirate maintiennent solidement Madame Florence pour qu'elle descende sans encombre la volée de marches glissantes. Nanard prit soin d'aider Daniel, s'emparant de sa béquille d'une main, lui empoignant le bras de l'autre pour le mener en sécurité jusqu'au jardin des délices. Monette s'abstint de les suivre, restant postée au rez-de-chaussée, telle une vigie. Alors qu'il descendait vers le sous-sol, Daniel se retourna et aperçut, l'espace d'un instant, ses jambes variqueuses, ses cuisses dégoulinantes de cellulite qui sommeillaient sous la jupe qu'elle prenait soin de retrousser dans un dandinement égrillard.

Sitôt qu'il fut parvenu en bas des marches, les yeux de Daniel s'accoutumèrent à la lumière ambiante. Une simple ampoule, nue, saupoudrée de poussière, pendant d'un plafond recouvert de salpêtre et de toiles d'araignée, diffusait un halo si faible qu'il permettait à peine de distinguer les éléments du décor. Un amas de casiers à bouteilles, vides, un frigo désaffecté, de vieux panneaux publicitaires Gévéor rouillés, un rocking-chair en osier et quelques matelas étalés sur le sol de terre battue dont la toile était déchirée en maints endroits. Nanard, maître de la cérémonie, pria ses convives de prendre leurs aises. Daniel eut droit à une place légèrement en retrait, près du frigo. Nanard – à tout seigneur, tout honneur – s'assit dans le rocking-chair et s'y balança. De la poche de son manteau, il extirpa la bouteille de rhum à moitié vide dont Madame Florence s'était déjà régalée, et la lui offrit. Elle ingurgita ce qu'il en restait d'une traite. La tête rejetée en arrière, les reins cambrés, elle resta un moment immobile.

MON VIEUX

— Allez, ma belle, montre-nous ce que tu sais faire ! ordonna Nanard.

Madame Florence vint lui lécher le visage et insinua sa langue à l'intérieur de sa bouche, le gratifiant de longs filets de bave qu'il essuya d'un revers de manche. Ce n'était pas désagréable, mais, à cet instant, Nanard ne pensait qu'au business. Il repoussa sa protégée en l'encourageant à effectuer une petite danse du ventre. Toute la troupe entonna *Trabadja la Moukhère* en battant des mains. Madame Florence roula des hanches du mieux qu'elle put, puis, sous l'effet de l'alcool, se mit à tituber au milieu du cercle. D'un claquement de doigts, Nanard invita ses hommes de confiance, Meccano et le Pirate, à la déshabiller. Ils s'empressèrent d'obéir en ne se privant pas de lui pétrir les seins, les fesses de leurs mains tremblantes. Désormais incapable de se tenir debout, Madame Florence se retrouva étalée sur le dos, bras et cuisses écartés. Quasi évanouie. Écartelée. Ce fut Nanard qui ouvrit le bal. Il tenait à cette prérogative.

Quand il en eut terminé, il se rajusta et regagna calmement son rocking-chair. Un long moment de silence s'ensuivit. Nanard se tourna vers ses invités. Les yeux exorbités, ils lorgnaient vers la viande offerte à l'étal. Et bientôt, tous s'en rassasièrent. Il suffisait pour cela de glisser un petit billet de cinq euros dans la main de Nanard, qui les empochait l'un après l'autre. Madame Florence ne réagissait plus. Ou si peu. Percutée, perforée, secouée, malmenée comme une poupée de chiffon, elle se pliait à la gymnastique qu'on lui imposait, retournée dans un sens, puis dans l'autre, docile, inerte, se contentant d'émettre un râle, une plainte, un gémissement. À chaque tour de manège, la main de Nanard se refermait sur un nouveau billet. Bingo ! Le Pirate et Meccano eurent droit à une partie gratuite en récompense de leurs bons et loyaux services. Y avait pas à dire, Nanard, c'était vraiment le meilleur des potes.

La séance dura près d'une heure. Les invités s'éclipsèrent un à un. Daniel les vit gravir l'escalier qu'il avait eu tant de mal à descendre. Madame Florence gisait hagarde sur sa couche.

— Et alors toi, mon gars, s'écria Nanard en se tournant vers Daniel qui restait prostré contre son frigo. T'as pas envie ?

Daniel hocha la tête, sans qu'il fût possible de déterminer s'il s'agissait là d'une réponse affirmative ou négative. Nanard quitta son rocking-chair et s'approcha de lui pour réitérer sa question. S'il en avait envie ? Bien sûr que oui ! Après des années d'abstinence forcée, le corps alangui de Madame Florence, dégoulinant des sécrétions de toute la joyeuse compagnie qui s'était à présent évanouie dans la nature, lui paraissait encore désirable. À vrai dire, sous la lumière falote déversée par l'ampoule qui pendait du plafond de la cave, il n'en distinguait que des ombres, des contours. Un joli morceau, tout de même.

— Tu veux que j't'aide à te lever ? proposa Nanard.

Sans qu'il ait eu le temps de répondre, Daniel se sentit arraché du sol par la poigne puissante du caïd. Sa béquille gisait à terre. Il resta un instant perché sur sa jambe valide. Hésitant. Madame Florence était plongée dans un profond sommeil. Elle se retourna alors, offrant le spectacle de sa croupe plus que charnue.

— Pas mal, hein ? gloussa Nanard.

Daniel succomba à la tentation...

*

Il ne conserva qu'un souvenir confus des heures qui suivirent. Il était resté dormir dans la cave sur le même matelas que le Pirate et Meccano. Nanard avait repris possession de Madame Florence et l'enlaçait tendrement, à l'autre extrémité de la pièce.

Après cette soirée dionysiaque, le réveil fut pâteux. À dix heures, Daniel ouvrit les yeux et constata qu'il était seul au milieu du fouillis qui encombrait la cave. Des odeurs tenaces planaient. Il escalada à grand-peine l'escalier qui menait à l'air libre et déboucha tout près du comptoir. Monette était en faction devant son percolateur. Pour les habitués, c'était déjà l'heure de l'apéritif. Daniel chercha la porte des toilettes, s'y enferma une ou deux minutes, puis vint s'accouder au comptoir. D'office, Monette s'apprêtait à lui servir un pastis, mais, à sa grande surprise, il demanda un café. « Un grand », précisa-t-il. Il versa plusieurs morceaux de sucre dans la tasse avant de le porter à ses lèvres. Le liquide était devenu sirupeux.

– Alors, t'es nouveau ? demanda Monette.

– Ben ouais, répondit-il machinalement.

– Pour ton RMI, faut qu'tu me donnes tous les papiers, reprit-elle. Qu'on fasse les choses en règle. Pour août, c'est déjà trop tard, mais rate pas septembre ! Tu peux passer quand tu veux.

Monette avait asséné sa sentence d'un air entendu. Daniel la fixa d'un œil étonné. Sa conversation avec Gégé lui revint en mémoire. Vingt euros en échange de la domiciliation... Combien de RMistes Monette grugeait-elle ainsi ? Trente, soixante ou davantage encore ? Avec combien de rabatteurs tels que Nanard était-elle en cheville ? Et quelle dîme prélevait-elle sur les parties fines qui se déroulaient dans la cave de son bistrot ? Inutile de faire les comptes. Si minable fût-elle, la combine restait lucrative. Daniel ne put retenir un petit éclat de rire amer.

– T'oublieras pas, hein ? insista Monette.

Il fouilla ses poches à la recherche d'une pièce pour régler son café.

– Laisse, c'est cadeau, mais on est bien d'accord, hein ? C'est Nanard qu'a tout goupillé !

Daniel récupéra sa béquille et quitta le restaurant après avoir salué la patronne.

# CHAPITRE 19

Le 21 juillet, comme prévu, Alain Colmont se rendit au palais de justice de Paris pour rencontrer le juge Guyader, chargé de l'instruction du dossier Fergol. Il n'avait quasiment pas dormi de la nuit et, puisqu'il fallait bien tuer le temps, il quitta sa tanière au milieu de la matinée, descendit à pied de Belleville jusqu'à la place du Châtelet et s'accouda un moment à la rambarde du Pont-au-Change pour observer l'animation qui régnait sur les berges de la Seine où l'opération Paris-Plage battait son plein. On faisait la queue devant les brumisateurs géants que les responsables avaient fait installer çà et là. Alain était un peu en avance pour son rendez-vous et traîna sur le parvis de Notre-Dame qui grouillait de touristes de toutes origines, certains se baladant torse nu tant la chaleur était accablante ; ils ne consentaient à enfiler leur chemisette ou leur tee-shirt que pour pénétrer à l'intérieur de la cathédrale.

*

Le cabinet du juge Guyader était situé au premier étage de l'aile du palais qui s'ouvre sur la cour de la Sainte-Chapelle. Alain n'eut à patienter que quelques minutes sous le regard indifférent d'un gendarme avant d'être reçu. Dans la galerie dallée de marbre, il faisait nettement plus frais qu'à l'extérieur. Une jeune avocate, assez jolie, était assise sur un banc voisin et s'éventait le visage à l'aide des feuillets du dossier qu'elle était chargée d'étudier...

MON VIEUX

Quand le signal lui en fut donné et avec une infinie lassitude, le gendarme de faction invita Alain à pénétrer dans le cabinet du juge. Il lui tint ouverte la lourde porte capitonnée de cuir en se permettant d'ôter son képi pour s'éponger le front.

Guyader pria Alain de prendre place dans un fauteuil, face à son bureau et, déterminé à ne pas perdre de temps, lui résuma la situation en quelques mots. Alain en savait déjà l'essentiel. Son père avait été recueilli par une patrouille de police dans le 93, le 14 avril 2000... Le juge lui donna un rapide aperçu des méandres administratifs qui avaient abouti à l'identification de Mathieu Colmont, presque trois ans après son admission à l'hôpital Lyautey. L'acharnement dont avait fait preuve Axel Gabor n'y était pas pour rien. À force de relancer sans relâche les services de police concernés, il avait fini par obtenir gain de cause. Un directeur d'hôpital plus laxiste, plus nonchalant, aurait très bien pu s'en remettre à l'inertie bureaucratique ou à la fatalité. Mais Gabor était un teigneux.

— Revenons-en à votre père, monsieur Colmont, poursuivit le juge. Il a été victime d'une petite crapule sans envergure, un certain Fergol, actuellement incarcéré, qui doit rendre des comptes dans bien d'autres affaires. Votre père a été « dépouillé » d'un sac publicitaire Marlboro qui contenait son passeport et une somme en liquide de 15 000 francs d'après les livres de comptes assez précis que tenait ce Fergol. Il l'avait pris en charge dans son taxi : Fergol s'était fait une spécialité du vol avec violence auprès des clients – principalement des clientes, d'ailleurs – qu'il chargeait dans sa voiture à l'aéroport de Roissy pour aller les détrousser dans des parkings... Il était par ailleurs proxénète. Passons. J'ai ici un certificat médical du Dr Darnel, de l'hôpital Lyautey, m'expliquant que l'état... disons mental de votre père lui interdit de porter plainte contre ledit Fergol. Je vous serais reconnaissant de le faire à sa place. Franchement, ça ne pèsera pas bien lourd dans le dossier, mais bon...

Alain donna son assentiment. Il signa les formulaires que la greffière lui tendait.

— Fergol avait conservé de nombreux objets dérobés à ses victimes, reprit Guyader. Tout a été placé sous scellés. J'ai ici le

203

passeport de votre père ainsi qu'une lettre dont il était porteur. Je vous les remets, les photocopies sont archivées dans le dossier.

Alain s'en saisit, feuilleta le passeport. Il avait été renouvelé en 1997 et ne comportait aucune indication de voyages antérieurs à 2000. Alain s'attarda un instant sur le talon du billet d'avion resté prisonnier entre deux pages.

— Il venait... de Tanzanie ? s'étonna-t-il.

— Il semblerait. Je ne peux malheureusement pas vous en dire plus !

Alain parcourut ensuite la lettre destinée à Annie Dréjeac, sa mère, 25 rue Rambuteau, Paris III<sup>e</sup>. Bien des souvenirs douloureux lui remontèrent à la gorge. Il dut prendre une profonde inspiration pour calmer les battements de son cœur. Le juge perçut son trouble et fit mine de fouiller dans sa paperasse pour le laisser poursuivre sa lecture en toute quiétude.

*Madame Annie,*
*Je vous raccompgne à la France M Colmont qui étez votre famille comme il madi. Il est trop malade de sa tête pour que je continu m'ocupé sa personne. Je doné un peu d'argent pour lui, mai j'é pas plus.*
*Aminata*

Alain ne tarda pas à s'apercevoir que le portefeuille contenait également une sorte de prospectus tout froissé, orné d'une silhouette de girafe et mentionnant l'adresse d'un restaurant : *Aminata's House/Makongoro Road/Arusha.*

— Arusha ? marmonna-t-il.

— C'est bien en Tanzanie, confirma le juge. Arusha, c'est la deuxième ville du pays, et dotée d'un aéroport international. Il se trouve que l'an passé, lors de mes vacances, je... j'ai transité par là. C'est une étape tout à fait banale pour les touristes désireux d'effectuer un safari dans les réserves animalières.

— Mais qu'est-ce qu'il foutait là-bas ? murmura Alain, pour lui-même.

*

Ces documents en poche, il quitta le palais de justice et se retrouva dans la fournaise. Il était près de midi. Sur le Pont-au-Change, les touristes se pressaient autour des marchands à la sauvette qui proposaient des boissons fraîches, cannettes de Perrier ou de Coca, qu'ils maintenaient à une température raisonnable dans des seaux en plastique remplis de glaçons. Alain héla un taxi et se fit reconduire à Belleville.

Planté devant l'écran de son ordinateur, il consulta Internet. Il suffisait de pianoter sur un moteur de recherche. Google. Tanzanie. Arusha. Les safaris, les lions, les gazelles, les buffles. Il tenta ensuite, via les Télécoms, de trouver un numéro de téléphone correspondant à l'adresse : Aminata's House/Makongoro Road/Arusha. En vain.

Il grignota les restes d'un poulet qu'il avait fait griller au barbecue dans la courette attenante à sa maison. La veille au soir, son copain Jacquot était venu lui raconter ses peines de cœur. La belle Jocelyne, cette quadragénaire a priori insatiable, l'avait congédié. Elle était partie pour de nouvelles aventures. Alain avait expliqué à Jacquot qu'il en était fréquemment ainsi avec les nymphomanes... sans parvenir à le convaincre. Jacquot se sentait humilié.

Arusha. Aminata's House/Makongoro Road. Il ne cessait de retourner entre ses doigts ce prospectus flétri. Et soudain, sur un coup de tête, il décida de se rendre à l'agence de voyages la plus proche, située boulevard de la Villette. Il traversa le carrefour Belleville, y croisa la bande de clodos qui y avaient pour ainsi dire élu domicile – fixe – depuis des années. À force, il connaissait le visage de nombre d'entre eux. La bande semblait être dominée par un leader, un type à l'allure de brute, vêtu d'un manteau de cuir, été comme hiver. Toujours suivi par ses vassaux, un borgne affublé d'une chaussure orthopédique, un autre qui s'asseyait le long du trottoir pour compter les boulons et les vis qu'il sortait de son battle-dress... Et les femmes, des harpies qui apostrophaient les passants, les harcelaient sans relâche pour obtenir l'aumône. Alain ne s'était jamais vraiment intéressé à eux. Il leur cédait souvent une pièce d'un euro, plus pour avoir la paix que par pitié.

\*

Le gérant de l'agence de voyages se mit en quatre pour satisfaire son client. Il fallut moins d'une heure pour qu'un billet aller-retour sur un vol de la KLM, destination Arusha, Tanzanie, soit établi au nom d'Alain Colmont. Il occuperait le fauteuil d'un touriste qui venait de se décommander pour raison de santé. Départ le lendemain soir de Roissy. Aucun visa n'était exigé. Quant aux divers vaccins recommandés, Alain était parfaitement en règle en raison des séjours de plongée sous les tropiques qu'il s'était offerts avant l'accident de Cécile... Le gérant de l'agence lui conseilla de se rendre chez son médecin pour se faire délivrer un traitement préventif anti-paludéen, conseil qu'Alain était décidé à négliger pour une durée de séjour aussi courte. Il régla la facture par carte bleue, près de mille euros, encore une ponction, totalement inattendue, sur son compte en banque. Un sacrifice supplémentaire, mais la tentation était trop forte : après tant d'années de séparation, il voulait reconstituer, ou tout du moins tenter de reconstituer, le parcours de son père. Le billet serait prêt dès le lendemain matin. Alain quitta l'agence après avoir remercié le gérant pour l'efficacité dont il avait fait preuve.

Sitôt rentré chez lui, il téléphona à sa fille pour l'avertir de son départ pour l'étranger et lui annonça que son portable était en panne. Il lui mentit à propos de sa destination, prétextant un déplacement professionnel, Amsterdam, une vague histoire de repérage pour un scénario auquel il collaborait. En réalité, il n'était pas vraiment certain de pouvoir être joint sur SFR à des milliers de kilomètres, au fin fond du continent africain... Une fenêtre temporelle de quarante-huit heures, pas plus. Le temps d'un aller-retour. Il ne tenait absolument pas à avertir Cécile du retour de ce grand-père prodige qu'elle n'avait jamais connu, et pour cause, et encore moins l'inquiéter sur les conséquences que sa réapparition inopinée risquait d'entraîner.

— Ça va, papa ? lui demanda Cécile inquiète.

— Mais bien sûr que ça va...

— T'as jamais su mentir, papa ! protesta-t-elle. Je le sens bien au ton de ta voix. Note bien, où tu vas vraiment, ça me regarde pas. C'est une histoire de femme ?

Alain éclata de rire.

— T'as le droit, hein, papa, insista-t-elle. T'es pas obligé de tout me dire.

— Arrête tes bêtises. Je viendrai te voir samedi. Tes séances d'orthophonie, ça va ?

— Tu parles, j'en ai pas besoin. L'ortho est gentille, elle me fait répéter A-X, aaahhh-iiixxxe, en me demandant de bien ouvrir la bouche, de bien articuler, ça se résume à ça, te fais pas de soucis, ça va, ça va... Allez, je vais raccrocher, parce que justement, elle vient me chercher. On va aller faire la séance aaahhh-iiixxxe sur la plage des Grands Sables ! Ici, il fait assez chaud, la mer est belle, si tu voyais ce bleu... Et chez toi, à Paris ?

— On crève, ça devient assez insupportable !

— Je t'embrasse, papa...

— Moi aussi, Cécile, moi aussi...

Alain n'était décidément pas d'humeur à travailler. Arusha. Aminata's House/Makongoro Road.

*

Deux heures plus tard, il pénétrait dans la chambre qu'occupait son père à l'hôpital Lyautey. Au rez-de-chaussée, dans l'ascenseur ainsi que dans les couloirs, il avait croisé les apprentis fantômes déjà entrevus lors de sa visite précédente. La chaleur aidant, l'odeur, cette odeur si particulière, si singulière, qu'il lui avait été donné de renifler à sa première incursion dans les lieux, devenait de plus en plus forte, de plus en plus prégnante. Le personnel de garde avait pourtant ouvert les fenêtres de part et d'autre du bâtiment afin de créer un courant d'air salvateur – en vain. La puanteur s'accrochait à son domaine.

Alain dévisagea son père qui transpirait sous son pyjama, assis sur son fauteuil, entravé comme d'habitude. De longues traînées de sueur ruisselaient sur son front. Son regard était vide. Il se tenait prostré, les yeux écarquillés, reclus dans son monde intérieur, une vaste étendue désertique, vide de souvenir. Il ne manifesta aucune réaction, ni de contentement ni d'hostilité, à l'incursion de ce personnage inconnu dans le royaume minuscule qui était le sien, cette chambre d'une quinzaine de mètres carrés dépourvue de tout bibelot, de tout rappel d'une vie antérieure, avec ses joies et ses chagrins. Comme tout un chacun, Alain avait rendu visite à des amis hospitalisés. Et l'année passée, au père de Sylvain, un des membres de la Tribu, atteint de sclérose en plaques. La table de chevet était garnie de photos de famille et ses petits-enfants avaient scotché leurs dessins au mur, près de son lit... Là, rien.

Alain se pencha sur son père, lui secoua vigoureusement l'épaule dans l'espoir de le tirer de sa torpeur. Le vieil homme se laissa malmener sans réagir. Alain s'assit sur le lit, sortit le prospectus que lui avait remis le juge Guyader et le lui agita sous le nez.

– Tu m'entends ? Papa, tu m'entends ? Arusha. Aminata's House. Makongoro Road ? Ça te dit quelque chose ? Aminata ?

Le corps du vieillard fut parcouru d'un long frisson.

– Aminata... Aminata... articula-t-il avec difficulté.

Un éclair de lucidité, fugace, passa dans ses yeux. Ses lèvres étaient desséchées, craquelées. Une mousse de salive jaunâtre perlait aux commissures.

– C'est ça, Aminata, essaie de te souvenir !

Mathieu Colmont se mit à sangloter. Alain saisit un linge qui traînait près du lavabo, ouvrit le robinet, l'imbiba d'eau froide et le passa sur le visage de son père. Après quoi, il lui fit boire un verre d'eau.

– Aminata ! répéta-t-il. Allez, fais un effort !

Mathieu Colmont lâcha quelques phrases incompréhensibles où se mêlaient français et swahili. Et de nouveau la prostration. L'éclaircie n'avait été que de courte durée. Alain quitta la chambre et croisa l'infirmière responsable de l'étage.

– Il fait une chaleur à crever là-dedans, lui dit-il en désignant l'intérieur de la chambre où croupissait son père. C'est insensé que ça ne soit pas climatisé !

L'infirmière haussa les épaules d'un air désolé.

– On rogne sur le budget par tous les bouts, expliqua-t-elle, alors la clim, faut pas rêver ! Mais si vous voulez, en sortant de l'hôpital, dans la troisième rue à gauche, il y a un petit magasin d'électroménager. Plusieurs familles sont déjà allées y acheter un ventilateur... À vous de voir !

Alain acquiesça. Il se rendit à la boutique et rafla le dernier encore disponible. Le commerçant, à son grand désespoir, était en rupture de stock. Alors que son chiffre d'affaires était en plein boom, il enrageait de ne plus pouvoir satisfaire la demande.

De retour dans la chambre de son père, les bras encombrés du volumineux carton qui contenait le ventilateur, il croisa Mathurin Debion. Ils échangèrent des banalités, puis étudièrent le mode d'emploi de l'appareil avant de le mettre en route. Il y avait trois régimes – trois vitesses de rotation proposées –, le plus puissant s'imposait. Les pales tournèrent avec un bourdonnement à peine perceptible. Alain tenait l'appareil par son socle et le posa sur la table de chevet. Le visage de Mathieu Colmont, jusqu'alors crispé, se détendit sous la caresse du courant d'air tiède.

– Voilà... voilà... dit simplement Alain avant de s'en aller.

Mathurin le raccompagna jusqu'à l'ascenseur en lui promettant de faire tout son possible pour adoucir le quotidien de son père. Alain le remercia, sans trop insister.

– Sale nègre ? Sale nègre ? chuchotait Mathieu Colmont en guettant la réapparition de son bienfaiteur.

L'heure de la promenade quotidienne était venue et il ne s'y trompait pas. Il trépignait, impatient de se dégourdir les jambes. Tous les autres repères avaient été effacés, il ne restait qu'une simple encoche gravée dans sa mémoire en capilotade, un signal ténu émis par l'obscure horloge biologique tapie au tréfonds de ses neurones. La promenade ! Il y avait droit. Il ne tolérait pas d'en être privé ! Mathurin tardait à revenir. Mathieu Colmont s'impatienta. Il trépigna de plus belle, sa voix enfla, passant en quelques secondes du murmure au hurlement.

– Sale nègre ! Sale nègre ! beugla-t-il.

– Ta gueule, connard ! lança Mathurin en pénétrant dans la chambre.

Message reçu cinq sur cinq, Mathieu Colmont se calma illico.

\*

Arusha. Tanzanie. 23 juillet 2003. Il était deux heures du matin passé, heure locale, quand Alain Colmont quitta l'avion de la KLM après plus de neuf heures de vol. De Paris, le voyage s'effectue plein sud ou presque, quasiment sur le même fuseau horaire, si bien qu'il n'aurait pas dû souffrir du décalage temporel. Cependant il avait commis l'erreur de s'assoupir à la fin du premier film diffusé à bord, une comédie américaine parfaitement niaise dont il peinait à retrouver le titre, et bénéficiait donc d'une petite réserve de sommeil qui risquait de lui gâcher la nuit à venir...

Il fit tamponner son passeport à la douane et, son maigre bagage à la main, erra sur le parvis de l'aéroport Kilimandjaro, à la recherche d'un taxi. Curieusement, il faisait moins chaud qu'à Paris. L'air y était simplement plus poisseux. Le gérant de l'agence de voyages du boulevard de la Villette lui avait recommandé un hôtel, le *Golden Rose*, dans Stadium Road. Bon rapport qualité/prix, à l'en croire. Durant le trajet, Alain ne distingua quasiment rien de la ville, hormis des bâtisses en béton érigées au beau milieu d'un entrelacs de cahutes au toit de tôle ondulée. Et de rares réverbères çà et là, près desquels se regroupaient quelques braillards, buveurs de bière au ventre proéminent, entourés de filles à la croupe rebondie.

Alain ne parvint pas à fermer l'œil de la nuit. Le *Golden Rose* était pourtant un établissement confortable, entouré de jardins éclairés par des luminaires dissimulés dans les broussailles. Les eaux bleutées de la piscine scintillaient sous le quartier de lune qui pointait à travers les nuages. Alain grilla quelques cigarettes sur le balcon de sa chambre, assis dans un transat, à écouter le coassement des grenouilles et mille autres cris émis par des bestioles non identifiables. À quatre heures, il regagna sa chambre, ferma soigneusement la porte de la baie vitrée pour se protéger du vacarme et se résigna à s'allonger sur le lit protégé par une moustiquaire. Rien n'y fit. Une canalisation gargouillait dans la salle de bains, émettant un chuintement aussi sonore que régulier

— toutes les cinquante secondes très exactement, il le vérifia en
consultant le cadran lumineux de sa montre. Pourquoi ? Seul le
dieu des plombiers, dans sa grande mansuétude, aurait pu élucider le mystère.

Puisque décidément il ne servait à rien de s'acharner, Alain se
résigna à attendre le lever du jour, étendu sur le dos, les mains
sous la tête. Sa mémoire brassa de vieux souvenirs. Il lui sembla
qu'elle se mettait à fonctionner de façon synchrone avec cette
pourriture de canalisation. Toutes les cinquante secondes, elle
produisait une image oubliée dont les contours d'abord flous
gagnaient progressivement en netteté.

L'école primaire où l'on portait encore des blouses, le minuscule appartement de la rue Rambuteau, les repas du soir autour
de la table de la cuisine... et le bocal de poissons rouges juché
sur un guéridon, dans ce qui servait de salon. Avec son père qui
lui tenait la main, ils se rendaient tous les dimanches matin ou
presque dans une animalerie de la rue du Temple pour en acheter. Ils crevaient, asphyxiés dans leur bulle. Alain ne se décourageait pas. Son père lui en offrait deux nouveaux à chaque hécatombe. Il les rapportait à la maison dans un sachet en plastique
translucide, les plongeait dans le bocal et les gratifiait aussitôt
d'une copieuse ration de daphnies séchées. De crainte qu'ils
n'aient faim, Alain n'en finissait plus de les ravitailler tout au
long de la semaine, polluant ainsi irrémédiablement l'eau du
bocal, et tout était à recommencer.

Et puis sa mère. Totalement impudique durant sa toilette.
Elle s'accroupissait sur une bassine posée sur le carrelage de la
cuisine, retroussait sa chemise de nuit sur les hanches et farfouil-
lait dans son entrecuisse à l'aide d'un gant enduit de savon
mousseux. Alain faisait ses devoirs, assis sur le canapé-lit, et ne
perdait rien du spectacle. À dix ans passés, il commença à détourner les yeux.

Un autre souvenir, une autre anecdote, un autre dimanche
matin. Peu avant que Mathieu Colmont ne mette les voiles, il
y avait eu une sévère engueulade. Ses parents semblaient prêts à
se taper dessus, Alain n'avait pas compris grand-chose. Il s'en
était fallu de peu qu'ils n'en viennent aux mains. Alain ne se

souvenait plus très bien pourquoi il s'était soudain interposé et avait pris le parti de son père. Lequel s'était alors calmé avant de claquer la porte. Alain s'était retrouvé seul face à sa mère.

— Tu n'es plus mon petit garçon, lui avait-elle dit avant de s'enfermer dans sa chambre. Je ne te connais plus.

Le « petit garçon » était resté seul, désemparé, sur son canapé, avec un album de Tintin, à lire et relire les répliques du capitaine Haddock, celles du professeur Tournesol, de la Castafiore, les répétant sans fin pour ne pas pleurer. Deux heures plus tard, Mathieu Colmont était revenu. Penaud. Il avait demandé à sa compagne de préparer un repas pour son fils. Elle avait refusé. Alors Mathieu Colmont avait emmené Alain déjeuner dans une brasserie, place de la République. Après, ils étaient allés au cinéma, voir *Le train sifflera trois fois*. En fin d'après-midi, ils avaient regagné l'appartement de la rue Rambuteau. Et la vie avait repris son cours.

*

Enfermé dans sa chambre de l'hôtel *Golden Rose*, à Aruhsa, le 23 juillet 2003, le « petit garçon » avait bien vieilli. Ou plutôt mal. Simple question de formulation. La migraine menaçait. Après une douche rapide, Alain enfila des vêtements de rechange et se rendit à la salle de restaurant. Il avala une tasse de café fade, des toasts accompagnés de saucisses et d'œufs brouillés, un verre de jus d'orange. À la réception, il commanda un taxi pour se faire conduire à Makongoro Road. D'après le plan qu'il avait consulté, il aurait pu s'en tirer en moins d'une demi-heure à pied, mais il ne voulait pas perdre de temps.

En patientant dans l'attente de la voiture, il observa un groupe de touristes qui se préparaient à rejoindre les réserves animalières tant prisées du Serengueti, situées à quelques centaines de kilomètres, une longue journée de route. Coiffés de chapeaux de brousse, affublés de treillis, chaussés de Pataugas et harnachés d'appareils photo équipés de téléobjectifs, ils se la jouaient sévère sous le regard indulgent des guides qui allaient encadrer leur safari.

MON VIEUX

Installé à l'arrière du taxi, Alain découvrit la ville. L'envers du décor de l'hôtel *Golden Rose* et de sa piscine. La chaussée était parsemée de nids-de-poule. Les rues grouillaient d'une humanité très affairée. Petites échoppes d'artisans, gargotes où l'on faisait griller volailles et poissons en plein air, marchands de fruits et de viande installés à même le sol, de très rares voitures, des camions en pagaille, à la carrosserie défoncée... Des hommes tiraient ou poussaient des charrettes à bout de bras. De petites camionnettes zigzaguaient sur la chaussée, bourrées de passagers qui s'entassaient dans l'habitacle ou sur le toit tandis que d'autres se tenaient en équilibre précaire sur le pare-chocs arrière. Alain était tellement impatient d'arriver à destination qu'aucune ou presque de ces images ne se grava dans sa mémoire. Le chauffeur sillonna l'artère en long et en large et effectua maints demi-tours avant de stopper devant une gargote qui ressemblait trait pour trait à celles croisées précédemment. Des murs de briques assemblés vaille que vaille sur la terre meuble, sans fondations, étayés de renforts de ciment aux endroits les plus fragiles, les plus sujets à un glissement de terrain, avec les inévitables plaques de tôle ondulée en guise de toit. Une enseigne brinquebalante. Aminata's House. Une silhouette de girafe se détachait, peinte sur la façade, écaillée. La pauvre girafe avait perdu toutes ses taches et même une patte arrière à la suite des intempéries. Des panneaux publicitaires Coca-Cola, Sprite, Seven Up conservaient par contre toute leur splendeur. Alain ouvrit son portefeuille et régla la course à l'aide des dollars qu'il avait échangés à l'aéroport contre ses euros. Le taxi s'éloigna.

Des chèvres trottinaient près d'une mare, poursuivies par un chiot qui jappait à leurs trousses. De jeunes types s'agitaient autour d'un énorme tas de pneus à ciel ouvert, espérant peut-être en récupérer quelques-uns pour les rechaper. Ils les entassaient sur une voiture à bras. À peine Alain eut-il quitté le taxi qu'une nuée de gosses se précipita à sa rencontre, la main tendue. Il resta stoïque, indifférent à leurs appels, si bien qu'ils ne tardèrent pas à se décourager. Une fois débarrassé de cette meute, il franchit le seuil de la gargote. C'était l'heure du déjeuner. Les convives, des artisans du coin ou des camionneurs aux mains souillées de cambouis, étaient penchés sur leurs assiettes remplies d'une soupe grasse où flottaient des pattes de poulet. Les regards se tournèrent vers ce Blanc visiblement égaré hors des circuits touristiques habituels puisqu'il était dépourvu d'appareil photo et ne portait pas l'accoutrement rituel, la tenue de brousse façon *Out of Africa*... Il n'y avait pas de méfiance, encore moins d'hostilité, tout au plus de la surprise. Alain prit place au fond de la salle. Une gamine qui n'avait pas douze ans vint lui demander s'il voulait lui aussi déjeuner. Il commanda simplement une bière, puis attendit. La porte de la cuisine était ouverte. Une Noire obèse aux cheveux enveloppés d'un fichu s'y activait au milieu de ses marmites, tournant le dos à la clientèle. Elle saisit un faitout d'où s'échappait une fumée odorante et vint l'apporter à une table où patientaient quatre types qui s'engueulaient ou du moins parlaient très fort. Elle en tenait les anses à l'aide d'un torchon pour ne pas se brûler les doigts et, quand elle aperçut Alain assis au fond de la salle, elle faillit bien tout lâcher. Ses yeux s'arrondirent de stupeur et ses mains se mirent à trembler. Alain la dévisagea longuement. Elle avait une soixantaine d'années. Son visage empâté, alourdi de bourrelets, gardait malgré tout les traces d'une beauté enfuie. Elle ruisselait de sueur après son séjour dans la cuisine enfumée et s'éventa machinalement en agitant son torchon.

\*

Aminata s'avança vers Alain et s'assit en face de lui. Les clients de la gargote comprirent intuitivement qu'ils allaient être les témoins involontaires de quelque chose d'extraordinaire, sinon d'étrange.

— *You look so much like him*, murmura-t-elle en lui prenant la main.

Alain hocha la tête. Ainsi donc, il ne s'était pas trompé. Quoi qu'il en soit, il n'aurait pas à regretter ce voyage impromptu...

\*

Il resta plus de deux heures en compagnie d'Aminata, qui pria sans ménagement ses clients de vider au plus vite leurs assiettes et de quitter les lieux. Après quoi, elle cadenassa la porte d'entrée.

– *You look so much like him*, répéta-t-elle plusieurs fois.

L'entretien se déroula tantôt en anglais, tantôt en français, un français hésitant et ponctué de nombreux jurons – bordel de merde, putain de chierie, pour ne citer que les plus convenables – qu'Aminata lançait à la volée, totalement hors contexte, comme d'autres auraient dit « voyons voir », ou « reprenons, où en étions-nous ? »...

– C'est lui qui m'a enseigné la langue... mais c'est difficile, parfois j'oublie les mots ! s'excusa-t-elle.

Et c'est ainsi qu'Alain Colmont apprit quelle avait été la vie de son père après sa subite disparition du petit appartement de la rue Rambuteau, quarante ans plus tôt, le 1er juin 1964.

Mathieu Colmont avait voyagé. Dans la marine marchande. De Brest à Valparaiso, du Havre à Vladivostok, en passant par Alexandrie et Bombay. Une bonne dizaine d'années. Et puis, Dieu sait pourquoi, lors d'une escale en Afrique, il n'avait pas rejoint le cargo en partance pour Valparaiso. Dix nouvelles années d'errance, cette fois sur la terre ferme. Du Congo au Tchad, du Soudan au Gabon et plus encore. Il avait exercé tous les métiers, braconnier, trafiquant d'ivoire, mercenaire lors de guerres oubliées, ici guide pour safari, là tenancier de bar louche. Sautant les frontières quand les emmerdes menaçaient, ce qui s'était produit bien plus d'une fois.

Un vrai roman d'aventures, songea Alain en écoutant Aminata lui narrer les épisodes de cette vie brûlée par tous les bouts. Il ne put s'empêcher d'en concevoir une certaine jalousie ou plutôt une jalousie certaine... Et puis Mathieu avait vieilli. Au milieu des années quatre-vingt, il avait échoué en Tanzanie. Fatigué. Aminata, dernière escale. Des nombreuses femmes dont il avait croisé la route, elle fut celle avec laquelle il partagea le plus de temps. Grâce au petit pécule amassé à la suite de combines plus ou moins tordues, ils avaient ouvert un magasin de souvenirs pour touristes, hélas dévasté par un incendie. Et puis la gargote. Aminata's House.

**215**

En 1997 apparurent les premiers signes de la maladie. À l'aide de ses mots maladroits, Aminata décrivit le début du processus. De petites pertes de mémoire, tout d'abord sans gravité, jusqu'au naufrage final. La vie quotidienne était devenue très vite insupportable. Elle devait veiller nuit et jour sur son compagnon, le protéger, aller à sa recherche quand il se perdait dans les rues d'Arusha. Depuis le temps qu'il y vivait, il y était bien connu, de sorte qu'il se trouvait toujours une âme charitable pour le rapatrier au bercail. Mais la situation ne cessait d'empirer. Aminata évoqua ses accès de colère irrépressibles, sa violence qui allait en s'amplifiant. À plusieurs reprises, il avait dévasté la gargote, cassant la vaisselle, se battant avec les clients.

— Avant, il parlait souvent d'Annie, lui expliqua-t-elle encore. Alors, putain de merde, j'ai pensé que le mieux, c'était de le ramener à la France. J'ai acheté les billets, et je l'ai accompagné, là-bas, avec votre adresse dans sa poche. Qu'est-ce que je peux faire de plus ?

— Rien, reconnut-il.

Il imagina la scène sans difficulté. L'aéroport de Roissy, ses halls immenses, l'agitation, la foule et le piège qui allait se refermer sur le vieillard amnésique qui, bien longtemps auparavant, lui avait servi de père.

— C'est gentil d'être venu me voir, conclut Aminata, les larmes aux yeux. Je l'aimais bien, enfin, beaucoup, comment on dit, en français ?

— On dit pas *bien*, ou *beaucoup*, on dit je l'aimais...

— Tout court ?

— Tout court, oui.

Au moment de leur séparation, Aminata le serra dans ses bras.

# CHAPITRE 20

Le 25 juillet, Hervé téléphona à Alain qui lui raconta son voyage express en Afrique.

— C'est dingue, constata Hervé. Si je comprends bien, tu ne peux rien attendre de... de cette Aminata ? Elle a pas un sou ?

— Non, son restau, tu verrais, c'est la zone, une baraque en tôle avec un sol de terre battue, et puis qu'est-ce que tu veux que j'aille lui demander ? C'est une autre planète, elle s'est acquittée de son devoir, comme elle a pu... Ah, si seulement il avait pu mourir là-bas...

Un long moment de silence s'ensuivit.

— Il faut qu'on se parle, j'ai un peu de nouveau, reprit Hervé. J'ai épluché ton dossier, enfin, le cas de ton père.

— Du nouveau ? s'inquiéta Alain. Dis-moi !

— Vaut mieux qu'on en discute de vive voix. C'est compliqué.

Ils se donnèrent rendez-vous le soir même, à Belleville. Alain passa le temps comme il put. Incapable de travailler, il entreprit de ranger sa collection de disques, vinyles et CD, en ayant pleinement conscience qu'il s'agissait là d'un rite obsessionnel destiné à calmer son angoisse. En fin d'après-midi, il appela sa fille. Il ne lui révéla rien de son voyage, s'en tenant à la version « officielle » qu'il lui avait donnée avant son départ, ce prétendu séjour à Amsterdam pour les repérages d'un scénario totalement imaginaire.

— J'ai décidé un truc, lui annonça Cécile. Tu sais quoi ? À la rentrée de septembre, je m'inscris à des cours par correspondance pour préparer le bac ! T'es content ?

— Bien sûr ! Il faut rattraper le temps perdu !

— On le rattrape jamais, papa, et tu le sais bien, mais je vais essayer...

Ils échangèrent quelques paroles tendres avant de raccrocher. Accablé, Alain caressa le chat Mephisto qui venait se frotter contre ses jambes. Cécile, il fallait bien l'admettre, n'envisageait visiblement pas de quitter de sitôt la clinique Garnier. Mephisto s'incrustait, la langue pendante. Il sauta sur l'évier de la cuisine pour laper les gouttes d'eau qui perlaient du robinet. Charitable, Alain emplit une tasse de lait et la lui tendit. Mephisto s'en régala puis vint ronronner un instant sur les genoux de son bienfaiteur avant de se couler dans une trouée du mur pour regagner le terrain vague voisin. Il y avait ses habitudes, sans doute des femelles en chaleur à visiter.

*

Alain faisait face à Hervé. Ils avaient pris place dans les vieux fauteuils en osier disposés sous la tonnelle. Durant l'après-midi, le thermomètre était monté jusqu'à 32°, sans un souffle de vent. La fraîcheur du soir, si modeste fût-elle, était la bienvenue. Hervé avait tombé la veste, dénoué sa cravate et suçotait un glaçon puisé au fond du verre de scotch qu'Alain lui avait offert. Sous les aisselles, sa chemise était couverte de larges auréoles.

— Tu crois que c'est vrai toutes ces conneries, que les écolos ont raison ? Que ça commence, le réchauffement climatique ? soupira-t-il. Que c'est les émissions de gaz...

— Arrête ! Tu n'es pas venu pour me parler de la météo ! lui lança Alain.

Il connaissait suffisamment Hervé pour savoir qu'il fallait parfois le bousculer afin qu'il en vienne à l'essentiel. Était-ce à cause de ce penchant pour l'esquive permanente qu'il était devenu avocat ou, au contraire, avait-il contracté ce fâcheux travers en exerçant sa profession ? La sempiternelle histoire de la poule et de l'œuf. Alain ne pouvait trancher.

— Bon, j'ai été un peu rapide l'autre jour, un peu péremptoire.

Réflexion faite et après avoir consulté les textes, il apparaît, nonobstant des examens plus approfondis, que...

— Nonobstant rien du tout, tu vas droit au but ! Alors ?

Hervé ouvrit la sacoche avachie dans laquelle il rangeait ses documents professionnels. Une relique de l'époque baba-cool, rapportée d'un voyage en Grèce en compagnie de Caroline, une des « cousines éloignées » de la Tribu. Le cuir était usé, rayé, plus que patiné, les coutures foutaient le camp de toutes parts, mais Hervé y tenait mordicus. Comme à un talisman. Il en sortit quelques feuillets qu'il posa sur ses genoux.

— Voilà... Tu te souviens de la règle « Aliments ne s'arréragent pas » ? Ça veux dire qu'on ne peut pas te forcer à régler la note de ton père antérieurement à la saisine du juge aux affaires familiales...

— Oui, eh bien... ?

— En fait, si on veut pinailler, et on *peut* pinailler, cette règle n'est consacrée par aucun texte légal. C'est seulement une sorte de coutume. Tu me suis ?

Alain acquiesça. Hervé commença à lire l'un des documents qu'il avait apportés.

— Voilà. Ce principe, cette règle, « ne constitue qu'une simple présomption susceptible d'être renversée si deux éléments sont prouvés : en dépit d'une certaine inaction, un besoin existant antérieurement à la demande en justice, et si le créancier, ou les personnes subrogées légalement dans ses droits, n'a pas renoncé à ses droits alimentaires... Il faut donc apporter la preuve que le créancier n'est pas resté inactif, ou a été dans l'impossibilité d'agir. »

— Une « certaine inaction », c'est de la part de l'hosto ?

— Tu as bien compris. Il y a un arrêt de la Cour de cassation, 18 janvier 1989... « L'existence de réclamations répétées et d'actes de poursuites par le créancier d'aliments – toujours l'hosto –, suffit à exclure l'application de la règle "Aliments ne s'arréragent pas". »

— Le directeur de l'hôpital n'est pas resté inactif, dit sombrement Alain. Pas du tout même, il a sans cesse relancé les services de police pour tenter d'identifier mon père. Tous ses courriers ont dû être archivés. Il pourra les présenter au juge. Sans oublier ceux adressés à l'association Aide-Alzheimer...

— Écoute encore, reprit Hervé. Recours des établissements publics de santé, toujours à propos de « l'inactivité » du créancier : « Il lui faudra donc démontrer par exemple qu'il avait fait des réclamations ou des actes exclusifs de toute inaction de sa part, *ou bien qu'il n'avait pu intenter d'action en justice notamment parce qu'il ignorait le domicile du débiteur* »...

— L'identité, et a fortiori le domicile. C'est exactement mon cas !

Hervé s'agitait sur son fauteuil. Alain l'encouragea à poursuivre.

— Autre chose, code civil, articles 205 à 211, c'est l'édition du Juris-Classeur 2002, ça fait autorité, toujours à propos de la règle « Aliments ne s'arréragent pas » : « La règle est loin de porter en elle l'effet absolu que cette formulation pourrait laisser supposer. En effet, en même temps qu'elle cherchait à justifier cette solution, la Cour de cassation en a limité la portée et la signification. En outre, elle en a fortement cantonné le champ d'application. » Je continue ? « C'est pourquoi certains auteurs ont pu parler du prétendu principe "aliments ne s'arréragent pas". » Je continue ?

— Vas-y, il faut que je sache !

— OK, toujours l'édition du Juris-Classeur 2002, articles 205 à 211, page 14, article 67 : « Si le créancier parvient à faire tomber la double présomption, il peut réclamer en justice le versement d'aliments, même pour la période antérieure à la demande, mais dans la limite de cinq années, qui constituent, aux termes de l'article 2277 du code civil, le délai de prescription des actions en paiement des arrérages des pensions alimentaires... » Voilà.

— En clair, ça veut dire qu'on peut me réclamer soixante briques ? demanda Alain. La facture des trois années que mon vieux a passées dans ce mouroir ?

— En clair, oui ! confirma Hervé. Tout dépendra de la décision du juge. Il peut trancher dans n'importe quel sens. Te dispenser de tout paiement, te demander la moitié comme la totalité. Mais tu n'en es pas là, ça pourrait mieux se passer ! Par contre, pour la période qui vient de s'ouvrir, tu seras obligé de payer...

— Un juge, un juge tout seul, pourra décider ?

— Tout à fait. Je te l'ai déjà dit. Article 208 C. Indexation de la pension alimentaire. 18. Appréciation souveraine. « L'art. 208 al. 2 confère aux juges une faculté dont l'exercice, qui relève de leur pouvoir souverain, échappe au contrôle de la Cour de cassation. »

— Il faut fêter ça, décréta Alain. J'ai jamais eu de bol depuis tout gosse, mais là, je viens de décrocher le gros lot !

Il versa une nouvelle tournée de scotch. Et de glaçons.

— Le prends pas comme ça, protesta Hervé. J'ai juste défriché le terrain pour savoir où on allait mettre les pieds. Je suis avec toi. On va batailler, et ferme ! On lâche pas, et on va gagner ! Il faudrait vraiment que tu tombes sur un juge particulièrement borné ou particulièrement salaud pour qu'il refuse de prendre en compte le caractère totalement exceptionnel de ton cas !

— C'est ça, ricana Alain en tournant en rond dans la courette. Avec mon bol habituel, je vais décrocher un juge nickel, sympa et compatissant. Tu veux que je te dise ? J'ai l'impression que cette fois-ci, mais alors pour de bon, hein, ma vie se barre en couille et que je vais pas m'en remettre ! Un petit infarctus de rien du tout et, bonsoir messieurs-dames, Alain Colmont 1953-2003, le roi de la malchance, toute la Tribu viendra au Père-Lachaise, je vois ça d'ici, *De profundis*, Colmont Alain, une misérable particule dans la vaste histoire de l'Humanité, c'est toi qui prononceras l'éloge funèbre, fermez le ban et merci les copains !

Alain s'éloigna pudiquement de quelques pas dans la courette avant de se retourner et de revenir droit sur Hervé. Désemparé, celui-ci se détourna pour le laisser essuyer ses larmes.

— Et s'il crevait, mon vieux, hein ? lança Alain.

Hervé était assis dans son fauteuil. Alain lui saisit les épaules, approcha son visage du sien.

— Hein ? S'il crevait, répéta-t-il, là, demain matin ?

— Alors ce serait fini, il n'y aurait tout simplement pas de procédure, répondit Hervé. J'ai vérifié. Cour de cassation,

7 juin 89. « La saisine du juge des affaires familiales n'est possible que du vivant du créancier alimentaire. En revanche, le décès de celui-ci en cours d'instruction n'empêche en rien la fixation des obligations alimentaires de ses obligés. »

– Bon. Je sais plus très bien où j'en suis, ou plutôt si : faut être lucide, reprit Alain. Hier, j'ai discuté avec cette femme, Aminata, et dans la foulée, j'ai appelé Cécile, tu comprends, Hervé, je peux pas assurer. Le fric, j'en ai pas assez ! Et j'arrive plus à en gagner suffisamment. C'est ou ma fille ou mon père. Les deux, c'est pas possible. Cécile, je l'aime au-delà de tout ce que tu peux imaginer, d'ailleurs tu peux pas, t'as pas été foutu d'avoir un gosse, tu sais pas, Hervé, tu sais pas ! Cécile, je la revois toute petite, si belle juste avant l'accident et aujourd'hui tellement esquintée, j'ai pas le droit de l'abandonner, j'ai pas le droit ! J'ai tué sa mère. Mon père ou ma fille, j'ai pas le choix. Il faut trouver une solution.

– On va la trouver, la solution, promit Hervé. Et puis arrête de répéter que tu as tué Myriam ! Tu sais très bien que tu n'y étais pour rien. C'est la faute de l'autre connard, un point c'est tout !

– Mmouais, répondit Alain en haussant les épaules.

# CHAPITRE 21

Durant les deux dernières semaines du mois de juillet, Daniel Tessandier se résigna à végéter auprès de Nanard et des siens. Il ne se sentait pas la force d'y échapper. Sous la coupe du caïd, au moins bénéficiait-il d'une protection ; fragilisé par sa cheville meurtrie, il vivait encore dans la hantise d'une agression pareille à celle dont il avait été victime le soir du 13 juillet. Il espérait rebondir à la fin du mois, à la suite du versement de son RMI d'une part, de la délivrance tant attendue de son plâtre de l'autre. Une fois sa mobilité retrouvée, il était certain de pouvoir se sortir du pétrin.

En quelques jours, il devint aussi crasseux que la Chenille, aussi repoussant que Gégé. Nanard, soir après soir, continuait de rentabiliser Madame Florence lors des séances orgiaques que Monette abritait dans la cave de son bistrot. Daniel n'y fut plus convié. Nanard l'avait simplement appâté, lui donnant un avant-goût du rang qu'il pouvait espérer obtenir au sein de la bande s'il se montrait docile. Mais pour gagner ses galons, être pleine-ment adoubé, il fallait faire ses preuves. Et verser son obole, en se domiciliant chez Monette, via le RMI. Nanard avait décelé chez Daniel l'étoffe d'un lieutenant potentiel, à l'instar d'un Pirate, d'un Meccano. En bon directeur des ressources humaines, il investissait sur le long terme.

*

Pour éviter de dormir dans la rue, Daniel avait bien tenté de retourner avenue Parmentier, espérant trouver refuge dans l'appentis de la Letillois, mais en vain. Les copropriétaires avaient voté à l'unanimité le réaménagement de la cour, avec la mise en place d'un jardinet, de bacs à fleurs et même d'une fontaine. L'appentis n'existait plus. Tout ce que Daniel parvint à obtenir, après de longues heures de guet, ce fut le nouveau digicode, 78 B 45, que la gardienne, rentrant du Monoprix de la rue du Faubourg-du-Temple, lui confia sans trop se faire prier. La si charitable Mme Letillois n'avait pas oublié que son protégé avait besoin d'un accès à la rangée de boîtes aux lettres pour récupérer son maigre courrier.

Le 28 juillet 2003, il se rendit à l'hôpital Saint-Antoine pour se faire délivrer de son attelle, ou du moins de ce qu'il en restait. Fendue, et même trouée, elle ne maintenait plus la cheville que de façon très lâche. Depuis deux jours, il avait abandonné sa béquille et prenait appui directement sur son talon, sans ressentir la moindre douleur. Le médecin qui l'accueillit lui fit passer une radio de contrôle qui confirma la guérison complète de la fracture. Après quoi, à l'aide d'une scie circulaire, il le débarrassa de son fardeau. Une fois libérée de cette gangue, la peau présentait de nombreuses cloques, des griffures qui commençaient à s'infecter, sur toute la surface du mollet et le pourtour de la cheville. Une infirmière se chargea de tamponner ces blessures à la Béthadine, et en confia un flacon à Daniel en lui recommandant de répéter l'opération aussi souvent que possible.

Il contempla sa jambe, très amaigrie. Le galbe du mollet s'était effacé. L'infirmière lui assura qu'il s'agissait là d'un processus tout à fait normal. Les muscles, réduits à l'inactivité, avaient simplement fondu. Le médecin rédigea une ordonnance de kinésithérapie, sans trop se bercer d'illusions : une fois sorti du service, le clodo dont il s'était occupé retournerait à la rue et se rééduquerait tout seul, vaille que vaille, sans l'assistance d'un spécialiste.

— Bonne chance, monsieur Tessandier, lui dit l'infirmière tandis qu'il s'éloignait en claudiquant sur son pied nu.

Au fil des jours, Daniel avait oublié où était passée la basket

Nike-Air qu'il portait le soir de son accident. Sans doute l'avait-il égarée dans sa chambre d'hôtel, rue de Charenton. Cela n'avait pas grande importance. Il prit le métro pour rejoindre la station Saint-Martin. Il s'y doucha, se rasa, fit couper ses cheveux, récupéra quelques vêtements propres ainsi qu'une paire de chaussures convenables. Une véritable renaissance. Ragaillardi, il se remit en marche.

*

Ne pas retomber sous la coupe de Nanard, c'était une obsession. Daniel était décidé à reprendre toute son autonomie. Une fois les séquelles de sa fracture effacées, il pourrait de nouveau tirer son épingle du jeu en restant en faction près des distributeurs automatiques de billets de banque. C'était simple, bordel ! Il suffisait d'aller chercher le pognon à la source ! Et ladite source ruisselait à tous les coins de rue ou presque. Il peaufinerait sa stratégie, réfléchirait à une meilleure approche de ses futures victimes et, surtout, il s'équiperait de façon plus adéquate : déjà dans sa cervelle brumeuse le canon d'une arme à feu luisait, au lieu de la pitoyable matraque dont il s'était muni lors de ses premières tentatives. Un flingue, un calibre, un pétard, c'était ça, la solution. S'il en avait eu un le soir de son accident, la petite équipe de redresseurs de torts qui s'était lancée à ses trousses se serait tenue à carreau. Mais comment se le procurer ? Patience. Chaque chose en son temps. Primo, ne pas retomber sous la coupe de Nanard. Secundo, palper son RMI. Tertio, ne pas gaspiller le fric. Il était en convalescence ? Soit ! Il redescendrait dans le métro pour y faire la manche en attendant que du côté de la cheville, ça recommence à fonctionner cinq sur cinq. À trente-cinq ans, il avait encore toute la vie devant lui, alors pourquoi se ruiner le moral ?

Châtelet/Mairie-des-Lilas, Balard/Créteil, du 28 au 31 juillet, il se remit à arpenter les wagons en déversant son couplet rituel auprès des voyageurs. Il y récolta la recette habituelle. De quoi s'acheter un sandwich midi et soir, et un peu plus en restant raisonnable sur les clopes et la picole. Le soir du 28, après une première nuit passée dehors, place Armand-Carrel, à l'entrée des Buttes-Chaumont, il traîna un peu autour du carrefour Belleville, en prenant soin de ne pas trop s'en approcher. Sans vraiment savoir pourquoi, il remonta la rue Ramponeau. Il connaissait parfaitement le coin, et pour cause. Une association caritative tenue par des bonnes sœurs proposait des repas gratuits au numéro 39. Les affidés de la bande à Nanard venaient fréquemment s'y ravitailler, mais on voyait aussi des familles dans la détresse, père, mère et enfants, piétiner sur le trottoir en attendant la distribution. Daniel avait bien remarqué que le quartier était en pleine rénovation. Les palissades fleurissaient rue Dénoyez, rue de Tourtille. Tout ce secteur parsemé de restaurants juifs sépharades où l'on servait kemia et boukha à volonté commençait à subir un lifting sournois. Des artistes-peintres s'y étaient installés, reprenant le bail d'une boulangerie pour la transformer en modeste salle d'exposition, idem avec une échoppe de tailleur. Un peu plus loin, un boucher avait cédé la place à un sculpteur qui présentait ses créations dans la vitrine encore encombrée de hachoirs et de couteaux, ce qui ne faisait que renforcer le côté très tendance de l'installation.

*

Vers minuit, à la recherche d'un abri, Daniel inspecta la palissade d'un chantier, rue Dénoyez. La rue, très étroite, était totalement déserte. Trempé de sueur sous son blouson Schott qu'il ne se résignait pas à abandonner, il ne tarda pas à trouver une faille, un interstice à la jonction de deux des plaques de tôle qui constituaient la palissade. Avaient-elles déjà été forcées ou tout simplement mal assemblées lors de leur installation, inutile de se poser la question : en forçant d'un coup d'épaule, il parvint à les disjoindre dans un craquement de ferraille. Il se glissa à l'intérieur du chantier et les réassembla du mieux qu'il put en se meurtrissant les paumes contre leurs arêtes.

Il se retrouva à l'intérieur d'une étendue assez vaste, trois, quatre cents mètres carrés, peut-être. Toute une végétation prospérait sur la terre craquelée par la sécheresse. Certaines de ces herbes folles lui arrivaient à la taille. Daniel progressa avec prudence, de crainte de trébucher sur quelque débris que la pâle lueur du quartier de lune l'aurait empêché de discerner. Après avoir fait le tour de ce petit domaine, il ne tarda pas à se représenter avec précision la cartographie des lieux. À gauche, le terrain vague débouchait sur la rue de Belleville, ou plus exactement sur une maisonnette branlante nichée dans ses profondeurs ; à droite, il aboutissait aux abords de la rue Ramponeau sur un énorme tas de gravats qui n'avait pas encore été évacué par les pelleteuses et, un peu plus en retrait encore, contre la façade arrière d'un immeuble haut de cinq étages qui tenait solidement sur ses fondations et n'était sans doute pas promis à la démolition. Des lumières y étaient allumées. Des fenêtres minuscules laissaient échapper quelques rais de clarté : celles de cuisines, de WC.

En revenant sur ses pas, vers la droite du terrain vague, côté rue de Belleville, Daniel aperçut un amoncellement recouvert de bâches qui empestaient la moisissure. Il en souleva un large pan et découvrit un fouillis de poutrelles, de plaques métalliques, de tubulures disposées en vrac. Et des parpaings à profusion. Tout un meccano destiné à l'équipe de maçons qui érigeraient bientôt un édifice flambant neuf au milieu du no man's land dans lequel Daniel venait de s'immiscer. Il escalada cet amas aux contours incertains et se retrouva juché sur une plate-forme d'une dizaine de mètres carrés, en surplomb du terrain vague. Ses yeux accoutumés à l'obscurité lui permettaient désormais d'en distinguer tout le périmètre. Il était seul, totalement seul dans cette mini forêt vierge perdue dans un recoin de la ville. Il se souvint de Mme Savard, sa prof de français, en classe de cinquième, collège Paul-Langevin, cité des 3000, à Aulnay, qui lui avait fait étudier *Robinson Crusoé*, le roman de qui déjà ? Impossible de se rappeler le nom du mec qui avait écrit le bouquin.

Des odeurs de viande grillée, très appétissantes, lui agacèrent soudain la narine. Elles provenaient de tout près. Des volutes de fumée montaient dans l'air, à quelques mètres de là. Perché sur son promontoire de parpaings, Daniel écarta les branches d'un arbre au feuillage touffu, tilleul ou platane, il n'y connaissait rien de rien en matière de botanique. Le tronc de l'arbre était enchâssé dans un mur qui séparait le terrain vague d'une courette voisine, à tel point que les briques s'en étaient trouvées bousculées ; au fur et à mesure de sa croissance, l'arbre s'était glissé dans un carcan qui lui meurtrissait l'écorce et dont il avait desserré l'étau, à force de patience. Dans un équilibre précaire, briques et branches s'étaient enchevêtrées, soudées dans une étreinte qu'étaient venus recouvrir d'épais dépôts de poussière apportés par le vent, solidifiés en strates successives, qui à leur tour avaient été colonisées par des mousses pour ne former qu'un conglomérat fragile que quelques coups de masse suffiraient à disperser. Allongé à plat ventre sur la bâche qui recouvrait le tas de parpaings, Daniel découvrit, en contrebas, une courette agrémentée d'une tonnelle sous laquelle rougeoyait un barbecue. Deux types discutaient. L'un torse nu, en short, vingt-cinq ans à peu près, un verre à la main, l'autre, la cinquantaine, au front dégarni, barbe et moustache grisonnantes, en jean et tee-shirt, qui s'affairait à retourner des côtelettes et des merguez sur les braises incandescentes. Ils étaient si près que Daniel pouvait discerner très nettement les traits de leurs visages grâce à la lampe de jardin qui illuminait puissamment la courette.

À l'abri derrière le feuillage, il demeurait totalement invisible. Il lui suffisait de ne pas bouger, d'éviter de provoquer le moindre bruit, d'émettre le moindre toussotement pour s'inviter incognito dans la conversation, en auditeur libre. Très peu de voitures passaient dans la rue Dénoyez, pas plus rue Ramponeau. Tout était très calme. Quant à la rue de Belleville, nettement plus animée durant la journée, elle était bien loin et les coups de klaxon qui y retentissaient parvenaient très étouffés dans la courette. Daniel n'avait donc aucun mal à entendre ce que les deux types se disaient.

Ces salopards allaient se goinfrer de la bonne viande qui grillait sur le barbecue, se rincer la glotte avec la bouteille de vin qui sommeillait au frais dans un seau rempli de glaçons. Daniel, en plissant les yeux, pouvait même distinguer la rosée qui perlait le long du goulot. Un véritable supplice.

— Aliments ne s'arréragent pas ? demanda le plus jeune des deux types, mais comment ils parlent, ces mecs-là ?

— C'est leur jargon, rétorqua l'autre. On n'y peut rien, fiston, ça fait plusieurs jours que j'étudie la question et je m'y perds !

— Mais ton avocat, il touche sa bille, au moins ?

— C'est un vieux copain, je lui fais confiance. Note bien, j'ai pas d'autre solution...

— Putain, soixante briques, Alain ! T'imagines un peu si tu dois casquer soixante briques ? Comment tu pourras continuer à t'occuper de ta fille ?

— J'essaie de pas imaginer, j'essaie... Si le juge a la main lourde, je suis foutu ! Tu vois ça d'ici, « profession : scénariste », il va croire que c'est comme à Hollywood, que j'ai qu'à claquer les doigts pour que le fric se mette à pleuvoir !

— Et la meilleure solution, évidemment, ce serait que ton vieux crève avant que le juge se mette sur le coup, pas vrai ?

— Voilà, t'as tout compris, Jacquot ! Seulement, il n'y a que sa tête qui fout le camp. Tout le reste tient le choc, il est bien capable d'atteindre ses quatre-vingts balais, juste pour me pourrir la vie encore un peu plus ! Les côtelettes, tu les veux plutôt saignantes ?

Daniel, du haut de son perchoir, se mit à saliver. Les deux compères, occupés à mastiquer leur festin, gardèrent un moment le silence. Un chat au poil couvert de crasse vint renifler autour du barbecue. Celui des deux types qui s'appelait Jacquot lui lança des résidus de viande que le matou croqua à même le sol. La conversation reprit.

— Et la commission, le truc du conseil général, ça aura lieu quand ?

— Je sais pas.

— En tout cas, après que tu auras refusé de casquer, eux, ils vont te mettre le juge sur le dos et si ça se passe mal, le juge va t'envoyer l'huissier ?

— Ouais... ou simplement faire saisir mon compte en banque. Mais attention, j'en suis pas là ! Le juge peut très bien me... me foutre la paix en considérant que mon père a tellement été en dessous de tout que c'est à la société de veiller à son entretien...

— Je voudrais pas t'inquiéter, mais avec leur histoire de trou de la Sécu à la con, ils prennent le pognon là où il est ! À l'hosto, j'arrête pas d'en entendre parler !

— C'est sympa de me remonter le moral !

Les deux types, Alain et Jacquot — Daniel connaissait désormais leurs prénoms —, trinquèrent. Le chat, rassasié, escalada le tronc de l'arbre derrière les feuilles duquel Daniel se tenait caché, puis se faufila à travers les branches. Il se retrouva nez à nez avec cet inconnu venu empiéter sur son domaine, hérissa son poil, retroussa ses babines et se mit à cracher. Daniel se protégea instinctivement le visage de ses deux mains, craignant le pire, mais soudain Mephisto se calma et, en quelques bonds, disparut dans les profondeurs du terrain vague.

« Alain » et « Jacquot » vidèrent une deuxième bouteille de rosé en continuant de discuter. Daniel Tessandier ne comprit pas grand-chose au fond de l'affaire, sinon que ledit Alain avait de sérieux emmerdes.

# CHAPITRE 22

Le matin du vendredi 1er août, Daniel alla percevoir son RMI et s'offrit un vrai repas. En plein hiver, il n'aurait pas résisté à la tentation de reprendre une chambre d'hôtel, quitte à voir son pécule fondre à toute vitesse. Échaudé par sa précédente mésaventure, il préféra rester raisonnable. Au centre d'accueil Saint-Martin, il pouvait aller se doucher chaque jour ou presque et finir de faire soigner sa jambe écorchée en la faisant tamponner de désinfectant et pommader par l'infirmière qui ouvrait sa permanence tous les après-midi. Les plaies étaient presque toutes en voie de cicatrisation, sauf une estafilade, en haut du talon, qui suppurait encore un peu.

Retourner dans un foyer, il n'en était pas question. D'ailleurs, en été, les places y étaient rarissimes. Restait donc la rue. Ou plutôt ce terrain vague qu'il avait découvert rue Dénoyez et qui lui fournirait un point de chute tout à fait acceptable. Il avait dormi allongé sur la bâche qui recouvrait le tas de parpaings, un lit assez peu confortable, mais il suffirait de trouver une couverture pour l'adoucir. Avec un peu de chance, le terrain vague resterait en l'état quelques semaines encore avant que les travaux ne commencent. D'ici là, sa cheville serait de nouveau fonctionnelle et les « affaires » pourraient alors reprendre à plein régime. Il boitillait toujours un peu, mais ne souffrait plus vraiment. En s'astreignant à des exercices de marche quotidiens, les muscles de son mollet retrouveraient peu à peu leur galbe, leur force antérieure, ce n'était qu'une question de patience.

231

Du 1ᵉʳ au 5 août, il s'en tint à ces sages résolutions. La manche dans le métro ne tournait pas trop mal en dépit de l'afflux de touristes qui encourageait les équipes de sécurité de la RATP à multiplier les patrouilles dans les wagons pour en chasser les nuées de pickpockets roumains, un véritable nuage de sauterelles, et, dans la foulée, tout ce qui pouvait ressembler à un mendiant. Il suffisait d'éviter les lignes les plus chaudes pour avoir la paix. Inutile d'aller tenter sa chance du côté de Montmartre ou du Louvre ! Heure après heure, Daniel récoltait sa petite moisson de pièces, ce qui lui évitait de trop puiser dans la liasse de billets qu'il avait glissée dans une chaussette et qu'il gardait coincée sous la ceinture de son pantalon, suivant son habitude. Le soir, à la nuit tombée, il revenait rue Dénoyez, scrutait les alentours pour vérifier qu'aucun regard indiscret ne le guettait, puis écartait les plaques métalliques de la palissade et rejoignait son perchoir.

Le matin, il fallait redoubler de prudence, écouter les bruits de la rue, épier les passants à travers l'interstice des plaques et se faufiler le plus vite possible sur le trottoir.

\*

En quelques jours, Daniel Tessandier en apprit beaucoup sur ses voisins, Alain et Jacquot, qui l'intriguaient de plus en plus. Ils se retrouvaient chaque soir pour discuter autour de leur barbecue. Jacquot travaillait dans un hôpital et ne cessait de s'en plaindre. Alain ressassait ses histoires de fric et de textes de loi. Il semblait passer ses journées à les éplucher, comme pour démontrer à son copain qu'il était vraiment foutu. Le soir du 5, vers vingt-trois heures, Alain était seul dans la courette, sous la tonnelle, assis devant un ordinateur. Tous les quarts d'heure, il pianotait un numéro sur son téléphone portable et raccrochait. À la cinquième reprise, il obtint enfin son correspondant, un certain Hervé.

— Ça y est, lui dit-il, j'ai reçu la lettre pour la commission ! C'est arrivé en recommandé avec accusé de réception ce matin ! Mon dossier passe le 10 septembre !

Il rassura ensuite ledit Hervé en lui jurant qu'il ne paniquait pas alors que le ton de sa voix indiquait tout le contraire. Il raccrocha et se remit à travailler sur son ordinateur. À vingt-trois heures trente, ce fut à son tour de recevoir un appel. Une amie, une certaine Michèle, qu'Alain remercia de penser à lui. C'était très gentil de sa part de demander de ses nouvelles.

– Si je vais bien ? Oh non, je suis dans la poisse... avoua Alain.

Et il lui narra la teneur de ses ennuis par le menu. Le retour inopiné du père prodigue et tout ce qui en découlait. Certains détails échappèrent à Daniel, mais il comprit l'essentiel. Ce gars n'avait vraiment pas de chance, mais en comparaison de ce qui lui était arrivé à lui, Daniel, ça restait de la rigolade.

*

Il faisait déjà très chaud à Paris ainsi que dans toute la France depuis la mi-juillet, mais, à partir du 6 août, le thermomètre grimpa encore de quelques degrés. Dans un café de la rue du Faubourg-du-Temple où il allait régulièrement vider quelques ballons de blanc sec, Daniel ne manquait jamais de feuilleter *Le Parisien*. 30 °C sur la capitale le 1er dans la journée, 16 °C la nuit. Dans le Sud, les incendies de forêt mobilisaient des centaines et des centaines de pompiers. À dater du 6 août, il fit entre 35 et 39 °C sur l'ensemble du territoire. Daniel suait sang et eau sous son blouson ; il en nouait les manches autour de sa taille, le laissant pendre sur les fesses. Au centre d'accueil Saint-Martin, la douche était prise d'assaut et il fallait patienter longtemps avant d'accéder aux cabines. La bande à Nanard squattait les quais du métro pour y goûter une fraîcheur toute relative.

La nuit, Daniel dormait en slip, son blouson roulé en boule sous sa tête en guise d'oreiller. Il n'en finissait plus de chasser les insectes qui lui couraient sur le torse. Il acheta même une bombe insecticide et s'en aspergea, espérant repousser toute cette faune. Impossible de tenir sans une bouteille de flotte à portée de la main. Il lui fallait rassembler tout son courage pour quitter son refuge et repartir faire la manche dans les tunnels. Il ne s'attardait guère au carrefour Belleville, mais vit les gars du

Recueil Social de la RATP décharger de leur bus des dizaines de litres d'eau minérale pour les distribuer aux clodos affalés alentour. Tous cherchaient un coin d'ombre. Nanard, stoïque, n'avait pas quitté son manteau de cuir et restait solidement en faction près de l'entrée du métro.

# CHAPITRE 23

Le soir du 7 août, Alain prépara le barbecue habituel. La journée avait été éprouvante. Nadège, de Destroy Prod, lui avait téléphoné pour lui faire part de quelques remarques sur sa première ébauche de séquencier. Elle exigeait des retouches, des retouches et encore des retouches, de simples détails, assurait-elle, mais en tel nombre que le travail demandé équivalait à une refonte complète du texte. Alain encaissa en s'efforçant de ne pas s'énerver. Il passa une partie de l'après-midi à reprendre sa copie, puis, vaincu par la chaleur, fila à la piscine des Tourelles. Le bassin était saturé de baigneurs qui se cognaient les uns aux autres. Dépité, il rentra chez lui. Une fois de plus, il potassa les articles juridiques qu'Hervé lui avait fournis et d'autres encore, glanés sur les sites Internet spécialisés. Il était désormais capable d'en réciter de longs passages quasiment par cœur, ce qui ne l'avançait guère. Tout cela virait à l'obsession et, alors qu'il eût mieux valu se résigner à attendre, il les étudiait de façon compulsive, espérant y découvrir la formule magique qui allait lui permettre de se réveiller de ce cauchemar. Jacquot avait posé trois jours de congé pour rendre visite à ses parents qui vivaient en Dordogne. Il reprit son service au standard de Lariboisière en début d'après-midi, ce 7 août.

Quand il débarqua dans la courette, peu après vingt-trois heures, il était exténué. Il s'affala dans un des fauteuils en osier, s'épongea le front et tendit une main reconnaissante vers la cannette de bière glacée qu'Alain lui offrait.

— Putain, tu parles d'une merde ! s'écria-t-il après en avoir bu quelques gorgées. À l'hosto, c'est la panique ! Mais alors la panique de chez panique !

— À ce point ? s'étonna Alain.

Il avait bien entendu au journal télévisé les appels réitérés en direction des personnes âgées et de leur entourage. Il fallait boire et boire encore pour ne pas se déshydrater.

— Les petits vieux, reprit Jacquot en essuyant d'un revers de manche les résidus de mousse qui lui collaient aux lèvres. Avant que je parte chez mes parents, ça commençait déjà, mais là c'est dingue ! Il en arrive sans arrêt aux urgences et dans un sale état. Il en crève par centaines.

— T'exagères pas un peu ? J'ai écouté les infos, il y a quelques cas, mais de là à...

Alain était habitué aux approximations de son copain et savait qu'il ne brillait guère par son sens de la nuance.

— Alain, je te jure que non, crois-moi ! Par centaines, je te dis ! Au standard, je suis placé à un poste stratégique ! Les appels arrêtent pas, d'hosto à hosto, de Paris vers la banlieue et de la banlieue vers Paris, il n'y a pas assez de lits nulle part ! On les entasse dans les couloirs, partout où on peut, mais ça suffit pas ! On sait plus où les caser ! En quittant mon poste, je suis allé faire un tour aux urgences, c'est le cauchemar. Tout le monde est débordé ! Il y a des mémés allongées sur des civières, carrément par terre ! Si c'est comme ça à Lariboisière, je vois pas pourquoi ça serait mieux ailleurs !

— La presse en parlerait davantage, tu penses pas ?

— Ça devrait pas tarder, parce qu'avec ce que j'entends toute la journée, c'est incompréhensible que ça ait pas déjà pété. Un coup, c'est les pompiers qui signalent décès sur décès, un coup, c'est un ponte de l'hosto qui en appelle un autre pour lui demander pourquoi le ministre de la Santé fout rien. J'en reviens pas ! Et tous les collègues du standard me disent la même chose : c'est du jamais vu ! Du ja-mais-vu !

Alain resta songeur. Il attisa les braises du barbecue et commença à déposer sur le gril les sardines qu'il avait préparées avec une marinade citronnée.

MON VIEUX

— Avec un peu de bol... tu...

Jacquot laissa sa phrase en suspens.

— Qu'est-ce que tu veux dire ?

— Arrête ! T'as parfaitement pigé... Avec un peu de chance, ton vieux à toi va y passer et ça sera la fin de tes emmerdes !

Alain s'assit à son tour et enfouit son visage dans ses mains. Si seulement Jacquot disait vrai... Il n'eut aucun remords à cette pensée. Quoi qu'on puisse penser de Mathieu Colmont, sa vie était terminée. Le calvaire qu'il endurait, attaché à son fauteuil à longueur de journée, la tête vide de tout souvenir, ne valait pas la peine d'être vécu. Tout au plus ressentait-il l'angoisse animale de la mort à venir. Rien d'autre.

— Non, il a vécu de longues années en Afrique, son organisme s'est adapté à la chaleur ! dit Alain. J'y crois pas.

*

Le 8 août, en début d'après-midi, Alain Colmont se rendit à l'hôpital Lyautey. Il put y constater que Jacquot n'avait pas exagéré. Des ambulances encombraient le parvis ; on en extrayait des brancards sur lesquels gisaient des vieillards au regard halluciné. Dans le hall d'accueil, des familles affolées assiégeaient les guichets dans la confusion la plus totale. On s'engueulait pour savoir qui était arrivé le premier, quel grand-père ou quelle grand-mère devait être admis en priorité.

Il monta au troisième étage du bâtiment B. Le spectacle, cauchemardesque, continuait. Des malades décharnés, à la peau jaunâtre et flétrie, allongés nus sur leur lit avec seulement une couche, happaient l'air chaud, la bouche grande ouverte. Quand il pénétra dans la chambre 29, il y retrouva Mathurin en train de faire tremper des linges dans le lavabo. Son père ahanait, assis torse nu dans son fauteuil.

— Ah, monsieur Colmont, lui dit Mathurin, vous voyez, je m'occupe bien de lui. Je peux plus l'emmener pour sa promenade parce qu'on est débordés. Mais j'essaie de faire au mieux !

Mathurin sortit un linge humide de sous le robinet et le déposa sur la poitrine de Mathieu. Le ventilateur tournait, tout près. Le contact de l'eau fraîche et l'air pulsé par les pales semblèrent soulager le vieil homme.

— Bon, bah, puisque vous êtes là, monsieur Colmont, la promenade, vous pouvez peut-être vous en charger ? Et puis... si vous restez un moment, faites-le boire ! suggéra Mathurin avant de disparaître.

Alain commença à défaire les sangles de cuir qui entravaient les poignets et les chevilles de son père, mais celui-ci se mit à gémir, puis à trépigner. Alain renonça, comprenant que le seul visage qui parvenait à le rassurer était celui de Mathurin. Il remplit un verre d'eau et le lui proposa. Mathieu se laissa tenter, Alain déposa le verre vide sur le lavabo et quitta la chambre à reculons, sans que son père lui prête la moindre attention.

Un peu plus loin dans le couloir, il aperçut le Dr Darnel qui posait une perfusion à la saignée du coude d'un vieillard au teint déjà cendreux, reposant sur une civière. Il resta un long moment à observer la scène. Soudain Darnel se redressa, palpa le pouls à la jugulaire de son patient, haussa les épaules et rabattit le drap sur le visage. Il vint vers Alain et lui serra la main. Il semblait épuisé. De grands cernes lui creusaient les pommettes. Sa blouse, qu'il portait à même la peau, était maculée de taches de transpiration.

— C'est l'hécatombe, dit-il. Vingt-trois décès depuis deux jours rien qu'à Lyautey. C'est énorme. Si j'extrapole, il en meurt sans doute par milliers dans toute la France. L'hyperthermie maligne. On en entend parler durant les cours à la fac et on a dans la tête l'image du soldat qui prend un coup de chaleur pendant le parcours du combattant en plein désert. Mais là... ça touche le troisième âge et rien n'avait été prévu. Votre père, vous l'avez vu ?

— Il a l'air de tenir le choc.

— Oui, il est de constitution robuste et j'ai donné toutes les consignes pour que chaque patient soit convenablement hydraté. J'ai diminué sa posologie pour les neuroleptiques, c'est très dangereux avec ces températures, mais je ne peux pas les lui supprimer totalement, sinon il deviendra complètement incontrôlable !

À cet instant, une infirmière affolée vint taper sur l'épaule de Darnel, interrompant ainsi la conversation.

*

9, 10, 11, 12, 13 août. L'étuve. 40 °C et plus, une pointe à 42, sur le thermomètre qu'Alain avait accroché sous la tonnelle, à l'ombre. Terrassé par la chaleur, il avait abandonné toute velléité de répondre aux caprices de Nadège, à Destroy Prod. Cette petite peste lui avait d'ailleurs avoué au téléphone qu'elle partait pour une quinzaine à l'île Maurice. Inutile de se tuer à la tâche. Jacquot avait changé de service. La responsable du standard l'ayant affecté de nuit, ils ne se virent donc pas durant plusieurs soirées. Quand il rentrait du boulot, Jacquot grimpait dans son studio et s'effondrait sur son lit, moulu de fatigue.

Vers dix heures, alors que son copain dormait encore, Alain partait en vadrouille aux Buttes-Chaumont, la tête vide, mais parcourue d'une seule idée, d'un seul espoir : que la canicule vienne à bout de son père. Le mot s'étalait à présent en caractères gras à la une de tous les journaux. Alain effectuait sa petite revue de presse chaque matin, selon son habitude, assis avec sa pile de quotidiens à la terrasse des *Folies*, un bistrot situé à l'entrée de la rue de Belleville. *Le Figaro*, *Libé*, *Le Parisien*, *Le Monde* et, au fil de la semaine, les news magazines. D'ordinaire, il lorgnait du côté des faits divers, dans l'espoir d'y glaner l'amorce d'un scénario, voire une simple anecdote à archiver, susceptible d'être recasée dans une histoire plus large. Il cochait les brèves d'un trait de stylo avant de les découper à coups de ciseaux une fois rentré chez lui et de les enfouir au fond d'un carton à chaussures, suivant un ordre thématique approximatif. Il savait toujours où les retrouver, même dans ce fouillis.

La collecte était riche. La France entière se passionnait pour un fait divers très people : la mort de l'actrice Marie Trintignant à la suite d'une dispute avec son compagnon Bertrand Cantat, le chanteur et leader du groupe Noir Désir. Le couple s'était chamaillé dans une chambre d'hôtel de Vilnius, en Lituanie, à la fin du tournage d'un téléfilm. D'un article à l'autre, il était difficile de discerner la vérité. Il semblait bien pourtant que Cantat ait eu la main plutôt lourde. La mort de Marie Trintignant, qu'il appréciait beaucoup, l'émut. Le reste de l'actualité le concernait directement, intimement. Le dimanche 10 août, interviewé dans le *JDD*, un certain Yves Coquin, chef de service à la direction générale de la Santé, évoquait la probabilité de « plusieurs centaines de décès » prématurés de personnes âgées du fait des hautes températures. Quelques pages plus loin, Patrick Pelloux, responsable du service des urgences de l'hôpital Saint-Antoine, apostrophait sa hiérarchie : « Les autorités sanitaires, direction générale de la Santé en tête, ne prennent pas la mesure de ce qui se passe. Aucun recensement statistique, aucun mot d'ordre général, rien. Pourtant des vieux meurent de chaud. Mais qu'attendent-ils pour réagir ? Il faudrait ouvrir des lits, avec tout le personnel nécessaire pour refroidir les patients, les surveiller au mieux, de toute urgence. »

*

Chaque soir, à vingt heures précises, Alain appelait Cécile. Elle tenait sa promesse et s'était mise à potasser l'anglais, les maths, pour se présenter au bac à la session de juin 2004. Alain n'y croyait pas trop. Lors de son accident, elle venait tout juste de boucler sa classe de seconde ; il y avait beaucoup de retard à rattraper, mais dans les conditions ultra-privilégiées dont elle bénéficiait à la clinique Garnier, un miracle n'était pas à exclure. Les opérations qu'elle devrait subir durant les dix mois qui la séparaient de l'échéance constituaient cependant un handicap supplémentaire.

— Je te jure que j'y arriverai, papa, promit-elle, le soir du 13 août. Ici, c'est super, tu sais. L'eau est à vingt-huit degrés à la plage des Grands Sables, les gens du coin disent qu'ils ont jamais vu ça, j'arrête pas de me baigner, mais après, je rentre dans ma piaule et je bosse ! Tu sais, papa...

Elle s'interrompit un long moment. Alain entendait sa respiration dans le combiné.

— Tu sais, papa, reprit-elle d'un ton haché, quand je me présenterai à l'oral, pour le bac, j'espère que... j'espère que mon visage... mon visage... il sera...

Elle retint ses larmes, sans parvenir à achever sa phrase.

– Ça sera bien, tu verras, lui promit Alain, la gorge serrée.

– Bonne nuit, papa, bonne nuit, murmura-t-elle enfin, avant de raccrocher.

Ce même soir du 13 août, au journal de la nuit sur France 2, Alain écouta l'interview du professeur Lucien Abenhaim, directeur général de la Santé. En quelques phrases très sobres, le médecin annonça que la canicule serait certainement responsable non pas de centaines, mais bien de milliers de morts.

# CHAPITRE 24

À partir du 14 août, Daniel Tessandier commença à se sentir un peu mieux. Le thermomètre dégringola jusqu'à 29 °C. Un différentiel de 11 par rapport aux jours précédents, rien de moins ! Soumis à la fournaise, Daniel avait perdu trois kilos depuis le 5 août. Il le vérifia en se pesant sur la balance du centre d'accueil Saint-Martin où il se rendit le matin du 15. La place de la République était déserte. De rares touristes erraient, osant enfin s'aventurer hors de leurs cars climatisés. Il croisa également un groupe de bigots qui rejoignaient la procession rituelle à Notre-Dame et trimbalaient de lourds crucifix en braillant des cantiques en l'honneur de la Vierge Marie.

Durant les plus grandes chaleurs, il était resté étendu sur son lit de fortune, au fond du terrain vague de la rue Dénoyez. L'arbre – tilleul ou platane ? il ne savait toujours pas – qui déployait ses branches au-dessus du tas de parpaings recouvert par la bâche lui avait été d'un précieux secours. À l'ombre de ses feuilles, il s'était protégé des rayons du soleil. Le soir venu, il quittait son repaire pour aller acheter un hamburger au *Quick* du carrefour Belleville, une portion de pastèque sur le boulevard et quelques bouteilles d'eau, rien de plus.

Ces jours de repos forcé lui avaient permis d'en apprendre un peu plus, beaucoup plus même, sur son « voisin ». Colmont, Alain s'appelait Colmont. Il l'avait entendu énoncer son nom au téléphone pour appeler un plombier à la rescousse. Les canalisations de sa maison étaient en piteux état et, à la suite de la canicule, des remugles nauséabonds avaient envahi la courette.

– Ça pue, ça pue horriblement, annonça Alain, comme d'habitude ! Vous êtes déjà venu l'an passé, vous vous souvenez ? Il faut faire quelque chose... Bon, c'est 26 rue de Belleville, le code d'entrée, c'est 346 Z 74, je compte sur vous, mon numéro, c'est 01 43 49 75 96 et le portable, 06 63 40 34 78, vous avez bien noté ?

Oui, Daniel avait bien noté. Sa vieille habitude du calcul mental, son talent particulier pour mémoriser les nombres, Mme Susini, son institutrice de CM2 à l'école primaire Makarenko, cité des 3000 à Aulnay-sous-Bois, l'avait souvent félicité pour ce don qui était resté inexploité. 346 Z 74/ 01 43 49 75 96/ 06 63 40 34 78. Daniel s'était mentalement répété cette série de chiffres, à la manière d'une comptine, jusqu'à se la graver au fond de la cervelle.

Le plombier était venu dans l'après-midi du 12. Avec ses outils, et notamment un long furet qu'il introduisit dans le puisard qui s'ouvrait au milieu de la courette. Il le récura tant et plus, extrayant des déchets divers, tous plus puants les uns que les autres, qu'Alain l'aida à enfouir dans de grands sacs en plastique.

– C'est les arbres, lui expliqua le plombier. Les canalisations sont pourries, alors les racines vont se fourrer là-dedans, avec l'eau et toute la merde qui y circule, vous pensez bien que ça prospère, y a rien de mieux comme engrais. Faudrait tout foutre en l'air pour assainir !

– C'est pas la peine, d'ici à l'automne, tout sera rasé, j'aurai déménagé ! rétorqua Alain en sortant son chéquier.

Une fois le plombier parti, Alain avait caressé le tronc du platane – car c'en était un – qu'il avait vu prospérer et s'épanouir depuis son installation dans les lieux, vingt ans plus tôt. Souvenirs, souvenirs. La Tribu au grand complet s'était rassemblée dans la courette pour pendre la crémaillère au son de l'accordéon, et tracer des cœurs sur le tronc à coups de canif, avec les noms entrecroisés. Sylvain, Martine, Stéphane, Violaine, Christine, Philippe, chaque couple y était allé de son encoche. Tous avaient mis un point d'honneur à graver une promesse d'amour dans la chair tendre de l'écorce.

Au fur et à mesure de sa croissance, le platane, obstiné, s'était remis de ces menues blessures et avait à moitié défoncé le mur qui séparait la maison d'Alain de celle, voisine, disparue sous l'assaut des pelleteuses. Au fil du temps, les promesses d'amour s'étaient effacées. Malgré tout, Alain pouvait encore discerner la cicatrice du cœur qu'il avait lui-même inscrit avec l'aide de Myriam. Il l'aimait bien, cet arbre. Comme dans la chanson de Brassens, auprès de lui, il avait vécu heureux, sans lui en être reconnaissant.

Le platane avait beaucoup souffert de la chaleur des jours passés. Certaines de ses feuilles commençaient même à roussir. Alain sortit le tuyau d'arrosage, ouvrit grand le robinet et aspergea les racines, le tronc, les branches.

*

346 Z 74/ 01 43 49 75 96/ 06 63 40 34 78. Daniel ne cessait de répéter mentalement cette série de chiffres, sans trop savoir pourquoi. L'idée de s'être immiscé dans l'intimité d'un inconnu, sans même l'avoir voulu, l'emplissait d'un sentiment trouble. La vie, la vie normale, avec ses joies et ses chagrins – ses emmerdes dans le cas d'Alain Colmont –, s'était soudain rapprochée. Alors que depuis bien longtemps il vivait reclus dans sa solitude, ou pis encore dernièrement dans la compagnie détestable de Nanard et de sa clique, il sentit intuitivement que cette « rencontre » – comment la désigner autrement ? – pourrait bouleverser le cours de son existence.

En sortant du centre d'accueil Saint-Martin, il avait pris l'habitude de traverser la place de la République pour rejoindre le début du boulevard Voltaire. Il y passait de longues minutes à contempler la vitrine d'une armurerie où étaient exposées diverses armes, certaines folkloriques, sabres de samouraï, épées de pirate, et d'autres bien plus tentantes. Fusils, revolvers, pistolets. Les prix affichés restaient exorbitants pour son budget plus que maigre, mais, dans un coin de sa tête, il ne désespérait pas de faire l'acquisition d'un de ces précieux objets dans les meilleurs délais.

Quand il avait effectué sa tournée dans le métro, de wagon en wagon, Daniel revenait à son port d'attache, le quartier de Belleville. Le matin du 16 août, il aperçut Alain Colmont à la terrasse des *Folies*. Occupé à lire le journal devant une tasse de café. Il vint s'asseoir à la table voisine et commanda un blanc sec. Curieuse impression. Colmont ne lui prêta aucune attention. Pourquoi l'aurait-il fait ? Alors que ce Colmont ignorait les drames qui avaient parsemé sa propre vie, Daniel savait tout des siens. Sa fille esquintée, son père revenu lui empoisonner l'existence quarante ans après sa disparition.

Colmont plia ses journaux, se leva et commença à remonter la rue de Belleville. Daniel lui emboîta le pas. Du côté de la cheville, ça allait de mieux en mieux. Sa démarche retrouvait peu à peu sa souplesse. Daniel s'arrêta devant le numéro 26 tandis que Colmont poursuivait sa marche vers le haut de la rue. Daniel pianota le code d'entrée de l'immeuble niché entre deux épiceries asiatiques. 346 Z 74. Il poussa le portail de fer et pénétra dans la première cour. Jolies petites maisons. Il enfila l'allée qui menait à la deuxième, et ainsi de suite jusqu'à la quatrième, sans croiser âme qui vive. Il reconnut alors l'envers du décor de ce terrain vague où il avait trouvé à se réfugier en attendant des jours meilleurs. La courette, la tonnelle, les fauteuils en osier, le barbecue, rien ne manquait. Et enfin l'arbre aux ramures touffues qui se dressait, encastré au milieu des briques. C'était ça, la vie normale : une maison, certes modeste, mais un toit, un vrai. Avec une chambre, une salle de bains. Et l'autre, le dénommé Jacquot, où logeait-il ? Daniel l'avait aperçu, penché à sa fenêtre, au premier étage de la maison située en retrait de la courette. Il poussa une porte. Le rez-de-chaussée empestait l'essence de térébenthine. Les fenêtres étaient obstruées par de lourds volets de ferraille. Après avoir gravi quelques marches, Daniel aboutit à un palier où ne s'ouvrait qu'une seule porte. Un petit écriteau indiquait le nom de l'occupant des lieux : Jacques Brévart. Le fameux Jacquot. Daniel le trouvait un peu couillon sur les bords, et pas juste sur les bords, mais bon, quelle importance ?

La maison d'Alain Colmont ne bénéficiait d'aucune protection particulière. Une grande baie vitrée aux carreaux couverts de taches laissait entrevoir une salle de séjour encombrée de disques, d'une chaîne hi-fi, de piles de journaux. Les murs étaient décorés d'affiches de cinéma. Visiblement, Alain Colmont se contrefoutait d'une visite éventuelle de cambrioleurs, sans doute parce qu'il n'y avait rien de précieux à rafler chez lui. Sinon la chaîne. Et les disques. Il suffisait d'un coup de marteau pour fracasser la baie vitrée et le tour était joué. Daniel rebroussa chemin, songeur.

# CHAPITRE 25

Le soir du 16 août, Alain Colmont s'installa devant son téléviseur pour suivre le 20 heures sur France 2. Le générique s'ouvrit sur les conséquences plus que tragiques de la canicule. En région parisienne, les funérariums étaient débordés. « Les convois mortuaires arrivent les uns derrière les autres », se lamentait un responsable des pompes funèbres. « Il faut bien parler d'embouteillages ! » Une morgue provisoire de 4 000 mètres carrés, dotée de 2 000 places, avait été installée durant le week-end du 15... à Rungis ! Rue des Glacières – ça ne pouvait pas s'inventer –, un entrepôt destiné aux fruits et légumes avait brusquement été reconverti pour recevoir des cadavres sur des lits de camp alignés en rangs d'oignons. Les responsables politiques commençaient à s'étriper. Un député du Parti socialiste réclamait déjà la démission du ministre de la Santé, Jean-François Mattei.

De France 2, Alain zappa sur LCI où d'autres reportages montraient des images similaires. Il pressa le bouton de la télécommande pour éteindre le poste et sortit s'asseoir sous la tonnelle. Une heure plus tard, Jacquot le rejoignait, hagard.

– C'est la folie, la folie ! expliqua-t-il. Le coup de chaleur est terminé, mais les petits vieux, ils continuent de claquer ! La canicule, ça les a vidés de toutes leurs forces ; il y en a des tas d'autres qui vont y passer, je te jure !

Alain lui offrit une bière. Jacquot la sirota en silence.

– Tu sais quoi, reprit-il, c'est juste un bruit de chiottes que j'ai entendu à l'hosto, mais je serais pas étonné que ça soit pas bidon !

— Eh ben vas-y, accouche, l'encouragea Alain.

— Les cadavres de petits vieux, on sait vraiment plus où les foutre, alors tiens-toi bien, on a réquisitionné des camions frigorifiques pour les entreposer... des camions frigorifiques, ouais, comme pour la barbaque, il paraît qu'il y en a une trentaine dans un parking de banlieue, c'est top secret pour le moment !

— Tu déconnes ! protesta Alain. On est en France, pas au fin fond du tiers-monde ; il doit bien exister un plan d'urgence pour les catastrophes, les épidémies ! C'est pas possible ! Tu dis n'importe quoi !

— D'accord, je déconne, on verra bien ! maugréa Jacquot, vexé. Excuse-moi !

Il rejoignit son studio. Alain resta seul dans la courette. Durant toute la journée, il n'avait cessé de penser à son père. Il ne rêvait que d'une chose, une seule : un coup de fil du Dr Darnel ou d'Axel Gabor lui annonçant son décès. Mais le téléphone restait muet. Il remplit le barbecue de charbon de bois, y glissa quelques barrettes inflammables et craqua une allumette.

— Allez Jacquot, fais pas la gueule, cria-t-il, viens bouffer ! J'ai acheté des épigrammes d'agneau et je vais mettre des patates sous la cendre !

Jacquot fit sa coquette, puis céda. Ce n'était pas la première fois qu'ils s'engueulaient, et sans doute pas la dernière, comme tous les vieux couples. Ils dînèrent en silence. Jacquot semblait tourmenté.

— Ça va pas ? demanda Alain en lui servant de la salade. Tu fais toujours la gueule ?

— Mais non... il y a un truc qui me tracasse depuis que je suis revenu à l'hosto...

— Eh ben, dis, c'est quoi ? Ta Jocelyne te refait de l'œil ?

— Arrête tes conneries... moi... tu vois, si moi, admettons, j'étais à ta place...

— Admettons. Mais tu n'y es pas !

— Je sais, mais tout de même...

Jacquot ne parvenait pas à se confier. Il vida cul sec deux

verres de vin en tournant autour du barbecue, jouant avec les braises, les retournant de la pointe de sa fourchette.

— Ton vieux, tu peux pas le saquer, c'est bien ça, non ? demanda-t-il enfin.

— C'est plus compliqué. Je pouvais pas le saquer, comme tu dis, je l'avais même complètement oublié. Et puis il est revenu, ou plutôt ce sont les souvenirs qui sont revenus... Lui, ce qu'il est devenu, c'est plus rien...

— Ouais, tu m'as dit, c'est rien qu'un fantôme, il te reconnaît même pas ! Il reconnaît plus personne, n'empêche : il risque bien de foutre ta vie en l'air, hein ? Tu m'as assez bassiné avec tes calculs de fric, les soixante briques qu'on peut te réclamer, c'est ou ta fille ou lui, mais pas les deux, tu peux pas ! Quand je pense à ta gosse, j'en ai les larmes aux yeux ! Elle mérite de vivre, merde, alors que ton père...

— Où tu veux en venir, Jacquot ? demanda Alain d'une voix blanche.

— Eh bah... je sais pas comment te dire, mais... Pourquoi tu l'aiderais pas à mourir ?

— Ah ouais, et comment ?

— Alain, joue pas au gogol ! Un petit coup de médicaments et il y passe... Tiens, à Lariboisière, on a eu un cas, une mémé complètement secouée qui prenait des trucs pour sa tête...

— Des neuroleptiques.

— Voilà, c'est ça ! Ses médocs, plus la chaleur, ça l'a achevée ! Pour ton père, c'est le moment ou jamais ! Des vieux, il y en a tellement qui claquent que personne se méfierait ! Personne ferait gaffe, personne !

— Là, Jacquot, c'est pas que tu déconnes, c'est que t'as carrément pété les plombs ! s'écria Alain.

Jacques Brévart garda longtemps le silence.

— Fais pas le faux jeton, Alain. Me dis pas que tu y as pas pensé... N'importe qui dans ta situation y aurait pensé ! Regarde-moi en face et jure-moi le contraire !

Alain détourna les yeux, se saisit d'un broc d'eau et aspergea les braises qui continuaient à rougeoyer dans le barbecue. Une épaisse fumée s'éleva. Alain consulta sa montre.

— Tu veux venir au ciné avec moi ? demanda-t-il. J'avais prévu d'y aller. Il y a une séance à minuit au MK2 Beaubourg. On a le temps, on peut y être en dix minutes en métro.

— Voir quoi ? demanda Jacquot.

— *Lost in la Mancha*, c'est un film bizarre, enfin, c'est pas vraiment un film, c'est « à propos » d'un film qu'on ne verra jamais...

Jacquot se méfiait des goûts cinématographiques de son copain. Il était plutôt versé sur *Matrix* que sur Bergman. Il comprit néanmoins qu'il valait mieux ne pas refuser la proposition. Alain avait une trouille bleue de se retrouver seul. Il se laissa fléchir.

*

Ils arrivèrent juste au début de la séance. Keith Fulton et Louis Pepe, les réalisateurs, avaient été chargés de filmer le making of du *Don Quichotte* que devait réaliser Terry Gilliam, un ex des Monty Python. Jacquot avait vu *L'Armée des douze singes* avec Bruce Willis, du même Terry Gilliam, un long-métrage qui traitait du thème archirebattu du paradoxe temporel cher aux auteurs de SF. Loin dans le futur, un prisonnier était extrait de sa geôle pour être expédié dans le passé et tenter de prévenir une épidémie foudroyante dont l'humanité tout entière avait été victime. Les péripéties de l'action le conduisaient à effacer la source même de sa propre destinée. La boucle éternelle. Si je suis projeté un demi-siècle en arrière et que je tue accidentellement mon père avant ma naissance, que se passe-t-il ? Mais justement, comment puis-je tuer mon père ? Si je le tue *avant* qu'il ne dépose sa semence dans le ventre de ma mère, ne suis-je pas condamné, tout simplement, à ne pas exister ? Oui, mais si je reviens dans le passé quelques heures seulement *après* ma naissance ? Les constructions vertigineuses qu'échafaudaient les virtuoses du genre en brodant à l'infini sur ce canevas avaient émerveillé Jacquot. Il se souvenait des volumes de la collection « Présence du futur », aux éditions Denoël, prêtés par Alain. Ils avaient passé de longues soirées à évoquer ce sujet totalement inépuisable.

*

À l'issue de la projection de *Lost in la Mancha*, Jacquot s'avoua plus que déçu. Le documentaire montrait les préparatifs du film, les repérages, l'agencement des effets spéciaux, la débauche de costumes, de décors, pour une facture qui atteignait des millions de dollars. Et le jour J, moteur ! Toute l'équipe était réunie en plein désert, au fin fond de l'Espagne. Jean Rochefort, formidable en Don Quichotte, chevauchait sa Rossinante. Soudain, un avion militaire traversait le ciel dans le vrombissement de ses turbines. Personne n'avait vérifié qu'une base de l'Otan se trouvait à proximité ! Le lendemain, rebelote. L'équipe de tournage, les comédiens sont prêts. Moteur ! Des trombes d'eau se déversent dans cette contrée aride où il ne pleut quasiment jamais ! Tout le matériel – projecteurs, caméras, rails de travelling – est emporté par des torrents de boue. On ne se décourage pas. Troisième jour de tournage, l'équipe est de nouveau prête. Hélas, le chef opérateur sonne l'alarme : à la suite des pluies torrentielles de la veille, la couleur des collines alentour n'est absolument pas raccord avec les quelques centimètres de pellicule qui ont malgré tout été engrangés le jour précédent. Il faut attendre. Quatrième jour de tournage. En enfourchant Rossinante, Rochefort/Don Quichotte ne peut réprimer une grimace de douleur. Le comédien revient à Paris pour subir des examens médicaux. On pense à un problème de prostate. Des jours entiers s'écoulent dans l'attente de son retour. Moteur, de nouveau ! Cette fois-ci, il faut bien se rendre à l'évidence, Jean Rochefort souffre d'un problème autrement plus sérieux, une hernie discale. Il ne pourra chevaucher Rossinante avant de longues semaines. Tout s'arrête. Terry Gilliam ne se décourage toujours pas et emmène l'équipe dans un studio à quelques centaines de kilomètres pour préparer les scènes d'intérieur dont Rochefort est absent. Le studio s'avère totalement inapte à accueillir le tournage. Des problèmes d'acoustique rédhibitoires. La caméra de Fulton et Pepe traque impitoyablement le visage des producteurs appelés à la rescousse. Réunions interminables. Les mines s'allongent, les regards deviennent fuyants. Les assureurs débarquent, furieux : la catastrophe est là. Générique de fin.

— Formidable, non ? demanda Alain à la sortie de la salle.

— Plutôt chiant, je m'attendais pas à ça ! soupira Jacquot en bâillant.

— T'as rien pigé, c'est un film sur la malchance, la poisse ! Ça démontre qu'une fois qu'elle est là, tu peux rien faire pour lui échapper ! C'est une véritable malédiction !

— Et ils ont claqué des millions de dollars pour en arriver là ? Putain, moi, si on m'en donnait juste un de million, même pas un, tiens, la moitié d'un, le quart, comment que je lui tordrais le cou à la malchance !

— C'est une façon de voir les choses, reconnut Alain.

— Comme tu dis, mais c'est vrai qu'à propos de malchance, toi, t'en connais un rayon !

De Beaubourg, ils rentrèrent à pied jusqu'à Belleville.

# CHAPITRE 26

Daniel Tessandier était totalement d'accord avec Jacques Brévart. À la place d'Alain Colmont, il n'aurait pas hésité une seule seconde. Il se serait rendu à l'hôpital pour y trucider son père, ou son fantôme, par tout moyen approprié. Les remarques de Jacquot étaient frappées au coin du bon sens. Entre la fille et l'ancêtre, le choix était simple – surtout si soixante briques étaient en jeu. Soixante briques. Depuis qu'il avait entendu énoncer la somme, Daniel en avait le vertige. Seulement voilà, Colmont était un intello, un mou, un type qui n'aurait jamais le cran de risquer le coup. Quel con ! Il allait foutre en l'air l'avenir de sa fille par manque de courage.

Daniel réfléchissait à tout cela au comptoir de son bistrot favori de la rue du Faubourg-du-Temple, un ballon de blanc sec bien frais à portée de main. *Le Parisien* que le patron tenait à la disposition des clients titrait, comme tous les jours, sur les conséquences de la canicule. Les estimations du nombre de morts allaient en s'accroissant.

« Mathieu Colmont, chambre 29, bâtiment B, hôpital Lyautey. » Planqué derrière son arbre, Daniel avait entendu Alain téléphoner au standard pour demander des nouvelles de son père... « Allo, l'hôpital Lyautey ? Ne quittez pas mademoiselle... je sais que vous êtes débordée... » Daniel vida son ballon de muscadet et descendit la rue sans se presser jusqu'à la place de la République. À l'entrée du boulevard Voltaire, l'armurerie était ouverte. Il passa près de dix minutes à contempler les différents modèles de revolver. Simplement pour le plaisir des yeux. Chaque chose en son temps.

# CHAPITRE 27

Le 17 août au soir, un dimanche, Jacquot rentra crevé de son travail. Crevé et survolté. Il ne tenait pas en place. Il prit une douche, puis il descendit dans la courette. Alain était assis devant sa table et triait des coupures de journaux qu'il rangeait dans une des nombreuses boîtes à chaussures réservées à cet usage. Une grande quantité de moucherons et de papillons de nuit tournaient autour de la lampe installée sur le perron et venaient s'y griller les ailes.

— Si t'as faim, il y a un reste de sauté de veau à la cuisine ! proposa-t-il.

— J'ai pas faim !

Jacquot s'assit en face d'Alain et écarta Mephisto d'un coup de pied. Le matou le toisa d'un regard furieux et escalada le tronc du platane avant de disparaître.

— Écoute, dit Jacquot, y a un truc qui me tourne dans la tête depuis plusieurs jours et il faut qu'on en parle !

— Eh ben vas-y, répondit Alain sans détourner les yeux de ses journaux.

Jacquot ne put retenir un geste d'agacement et frappa du poing sur la table. Quelques coupures tombèrent par terre. Alain ôta ses lunettes. Depuis peu, il était devenu presbyte. Il ne les portait que pour travailler. Jacquot ne parvenait pas à reprendre la parole. Les mots s'entrechoquaient au bord de ses lèvres, sans qu'il puisse en prononcer un seul.

— Sers-nous un coup à boire ! demanda-t-il enfin.

Alain alla chercher une bouteille de scotch, deux verres, des glaçons. Jacquot avala une rasade. Cela lui délia la langue.

— Alain, tu déconnes, annonça-t-il gravement. Tu sais, c'est comme dans le film que tu m'as emmené voir hier soir, les emmerdes vont te tomber dessus et toi, tu restes assis sans réagir ! Sauf que ces emmerdes-là, tu les connais. Tu peux les prévoir, c'est pas comme l'avion qui déboule de je sais pas où dans le film, par surprise ! Là, le programme est annoncé, il est clair ! T'as pas mieux à foutre que de tripoter tes vieux journaux, hein ?

Alain ne réagit pas et se contenta de pousser un long soupir.

— Excuse-moi, reprit Jacquot. Ce que je voulais dire, tu vois... T'as écouté les infos ? Le bordel avec les vieux, ça continue... Y a ceux qui sont déjà morts et ceux qui vont encore mourir même s'ils ont encaissé le choc pour le moment, mais la liste va s'allonger. C'est des milliers et des milliers de morts auxquels il faut s'attendre, même le ministre a été obligé de le reconnaître ! Je suis bien placé pour le savoir, à l'hosto on arrête pas de...

— Et alors ? l'interrompit Alain.

— Et alors, ce que je t'ai dit hier soir !

Alain écarquilla les yeux.

— T'as parfaitement compris, et moi, j'ai pas pété les plombs. Je suis très, très sérieux. J'ai vraiment bien réfléchi. J'en dors plus. Je comprends que toi, tu puisses pas le faire, mais moi je peux !

— Tu peux *quoi* ?

— Aller voir ton vieux et lui faire avaler ce qu'il faut pour que ce soit fini ! Personne ne fera attention à moi, si on me pose la moindre question, je dirai que je suis un petit-neveu, ou un truc dans ce genre-là !

Abasourdi, Alain resta figé, incapable de réagir.

— Je supporte plus ma vie merdique, le standard de l'hosto, reprit Jacquot d'un ton saccadé. J'ai pas envie de vieillir là-dedans. Dans quelques années, si je me laisse aller, je ressemblerai aux vieilles peaux avec qui je bosse, tout moche, tout ratatiné ! Tu sais bien de quoi je rêve : de ma camionnette, de foutre le camp, d'aller vendre des frites et des sandwichs au soleil ou à la neige, je sais bien que c'est un tout petit rêve, mais c'est le mien !

Tant pis si je me plante, au moins j'aurai essayé ! Tu me files du fric et j'y vais !

— Du fric ? Et tu y vas ? répéta Alain, sidéré.

— Ouais. À l'hosto, à Lyautey, comme dans tous les hostos, des vieux crèvent parce qu'on s'occupe pas d'eux, et c'est tous les jours, par centaines, alors un de plus... Surtout que ton père, il t'a déjà assez emmerdé comme ça ! T'as suffisamment donné ! T'as le droit de souffler. Ta fille, ta femme, tu crois pas que ça suffit ? La canicule, c'est ta chance, il s'en présentera pas de meilleure avant longtemps ! Laisse pas passer l'occasion ! Dans trois semaines, ce sera foutu ! C'est maintenant ou jamais !

Alain ferma les yeux, se passa la main sur le visage. Son cœur battait la chamade.

— Je te file du fric et tu y vas ? Ah ouais ? Et combien de fric ?

— Je sais pas, moi... de quoi amorcer un emprunt pour le matos. Ma camionnette, ça va chercher dans les dix briques, mais j'ai fait mes calculs, d'après ce que tu m'as dit, si ton vieux vit encore un ou deux ans et même si le juge te réclame pas les arriérés, de toute façon, ça va chiffrer grave. Et s'il vit encore trois ans, l'addition, elle est vite faite !

— Tu ferais ça, toi, Jacquot ? articula péniblement Alain.

— Oui. On se sortirait tous les deux de la merde !

— Écoute, Jacquot, je crois que t'es très fatigué et que tu devrais aller dormir un peu, suggéra Alain en chaussant de nouveau ses lunettes avant de se pencher pour récupérer les coupures de journaux éparpillées sur le sol.

— C'est toi qui vois, mais je t'assure que je suis très sérieux ! rétorqua Jacquot avant de remonter chez lui.

Les mains d'Alain tremblaient si fort qu'il fut incapable de poursuivre ses travaux de classement. D'un geste rageur, il envoya valdinguer les boîtes à chaussures et tout leur contenu.

# CHAPITRE 28

Le lundi 18 août au matin, peu après onze heures, Hervé débarqua rue de Belleville. Alain l'accueillit en peignoir, les traits tirés. Il lui servit un café sous la tonnelle et lui montra le courrier de convocation à la commission du conseil général de l'Essonne qui devait statuer sur le cas de son père, le 10 septembre. L'Essonne, parce que l'hôpital Lyautey était situé dans ce département.

— Et comme si ça suffisait pas, précisa Alain, Cécile doit se faire opérer ce jour-là ! L'arcade sourcilière... Si ça marche aussi bien que pour les lèvres, il n'y aura rien à regretter. Plus vite je dépenserai mon fric, moins on pourra m'en piquer ! Formidable, non ?

Il avait téléphoné à Garnier et lui avait proposé de verser un an d'avance pour le séjour de Cécile dans sa clinique, mais Garnier lui avait expliqué que c'était impossible pour d'obscures arguties administratives. Alain était déterminé à se délester de son magot par tous les moyens, pourvu qu'il échappe au fisc, au cas où le juge des affaires familiales le condamnerait à régler une note sévère.

— Et si je virais tout ce que j'ai sur ton compte ou celui de quelqu'un d'autre, histoire de ne plus pouvoir être saisi ? demanda-t-il.

Hervé hocha la tête après avoir trempé ses lèvres dans la tasse de café brûlant.

— Non, ça ne changerait rien, au contraire. Dans le cas où ça tournerait mal, tu pourrais être accusé d'avoir organisé ton insolvabilité...

— Alors... qu'est-ce que tu as trouvé pour me tirer de là ?

— Pas grand-chose, avoua Hervé. On s'en tiendra à l'abandon, à la fuite de ton père.

— Sans autre preuve que ma parole ?

— Au moins, tu pourras établir que tu as commencé à travailler à l'âge de seize ans ? Ton dossier de Sécu en atteste.

Alain éclata d'un rire aigre.

— Autre élément : ton père a subi une agression et cette agression, les blessures qui s'en sont suivies, auraient pu aggraver son état mental. Auquel cas, on se retourne contre ce Fergol. Même s'il ne peut débourser le moindre centime, ça permet de botter en touche !

— C'est ça, ricana Alain, un coup de pied dans les couilles — c'est marqué quasi noir sur blanc dans le rapport des pompiers –, ç'aurait pu aggraver son Alzheimer ? Tiens donc, ça serait une grande première dans l'histoire de la médecine !

— Bon, t'as jamais été condamné ! T'as jamais truandé le fisc ? récapitula Hervé sans se décourager.

— Non, mais j'aurais dû ! Si c'était à refaire, tu parles si je me gênerais...

— Le joker, c'est ta fille. Il faut tout miser là-dessus, le fait que tu l'aides à guérir en te saignant aux quatre veines. Plus la mort de Myriam. Il faudrait vraiment que tu tombes sur un juge salaud pour qu'il ne tienne pas compte de ton histoire.

— Il est hors de question que Cécile soit au courant de la situation ! s'emporta Alain. Si jamais elle apprend dans quel pétrin je suis, elle est capable de tout arrêter, de quitter la clinique, et elle va replonger dans la dépression alors qu'elle commence tout juste à en sortir ! C'est clair ?

— Tout à fait clair... Le juge pourra se contenter de son dossier médical, sans la voir, admit Hervé, impressionné par la rage froide dont venait de faire preuve son ami.

— J'y crois pas à tout ça, reprit Alain. Cécile, c'est le joker, ou son contraire... Je peux tout à fait passer pour un salaud qui laisse crever son père dans un mouroir alors qu'il a casé sa fille dans une clinique haut de gamme avec d'autres enfants de bourges ! Il suffit de consulter le site Internet de Garnier pour se faire une idée ! Si le juge prend en compte les rapports des experts de la Sécu qui affirment que Cécile est guérie, je suis cuit ! C'est quitte ou double. Ça peut très bien se retourner contre moi !

Hervé se rendit dans la cuisine pour se servir une nouvelle tasse de café et gagner un peu de temps. Il cherchait désespérément un argument rassurant, sans parvenir à le trouver. Le raisonnement d'Alain se tenait.

— Tu sais, annonça-t-il en revenant sous la tonnelle, je me suis renseigné auprès des confrères. Ton cas est vraiment un cas d'école tout à fait extraordinaire, un tel faisceau d'événements familiaux, ça s'est jamais vu. La presse peut vraiment s'y intéresser, ça pourrait peser ! Démontrer que le système de l'obligation alimentaire est parfois totalement déconnant !

— Hors de question, trancha Alain. Cécile pourrait tomber sur un article. Je veux la tenir à l'écart de tout ça, absolument.

\*

Après le départ d'Hervé, Alain ne parvint pas à chasser les idées noires qui se bousculaient dans sa tête. Absolument incapable de travailler, de simplement penser à autre chose qu'au fardeau qui pesait sur ses épaules, il partit se balader aux Buttes-Chaumont. Assis sur un banc, face au lac au-dessus duquel tournoyaient des mouettes, il se mit soudain à pleurer. Impossible de retenir ses sanglots. Les passants l'observaient avec une curiosité mêlée de pitié. Une fois la crise passée, il revint chez lui, sans savoir comment il allait bien pouvoir tuer le temps.

Il s'abrutit en buvant du scotch tout en écoutant des morceaux de free-jazz particulièrement déjantés. Toutes les demi-heures, il allumait la télé pour suivre le flash d'infos sur LCI. La chaîne organisait des tables rondes réunissant divers professionnels de santé qui dissertaient sur les suites de la canicule. Le nombre de morts potentiels ne cessait d'augmenter. Les évaluations les plus hardies se situaient désormais au-delà des cinq mille victimes. La rumeur évoquée par Jacquot se trouvait confirmée : en région parisienne, les services funéraires, complètement engorgés, ne pouvaient plus répondre à la demande et les autorités avaient bien réquisitionné des camions frigorifiques pour entreposer les cadavres en attendant leur inhumation. On ne mourait pas seulement à l'hôpital, mais aussi à domicile. Des vacanciers de retour chez eux après quelques semaines d'absence tiquaient devant les odeurs pestilentielles émanant de chez un voisin, une voisine de palier...

\*

Mardi 19, mercredi 20 août. Alain resta claquemuré dans sa maison, hébété, la bouche pâteuse de tout l'alcool qu'il avait ingurgité non-stop. Jacquot rentra à l'heure habituelle, à la fin de son service du soir. La semaine suivante, il allait passer au matin, sept heures trente/treize heures trente. Il n'osa pas déranger son copain.

Alain fixait le calendrier avec angoisse. Il restait moins de trois semaines avant le passage de son dossier devant la commission du conseil général. Paradoxalement, cette épée de Damoclès l'inquiétait moins que le week-end à venir. Le samedi suivant, 23 août, comme d'habitude, Cécile attendrait sa venue à Groix. Il ne se sentait pas la force de lui rendre visite et de lui jouer la comédie de l'insouciance.

Le soir du 20, le téléphone sonna enfin. Alain laissa passer une sonnerie, puis deux, puis trois, avant de décrocher. Garnier était au bout du fil.

– Voilà, expliqua-t-il, je crois que Cécile n'ose pas vous appeler, mais... le week-end prochain, une équipe de l'école de voile des Glénans organise une petite croisière pour quelques-uns de nos pensionnaires. Un beau trois-mâts, il y a une quinzaine de places. Ils vont filer vers Belle-Île, Houat, Hoëdic, et retour après un crochet par le golfe du Morbihan jusqu'à Groix. Cécile hésite à s'inscrire pour ne pas rater votre rendez-vous habituel du samedi. Il faudrait que vous lui en parliez, si elle décidait d'y aller, ça serait plutôt positif. Ils sont toute une bande de gosses de son âge, enfin bon, pas la peine de vous faire un dessin, elle sortirait de son isolement, et le simple fait qu'elle ait envisagé de participer à l'aventure est plutôt encourageant. Qu'est-ce que vous en pensez ?

— Naturellement, naturellement, acquiesça Alain, c'est vraiment une bonne nouvelle !

Après avoir salué Garnier, il composa le numéro direct de la chambre de sa fille et fit aussitôt le point sur la situation.

— Tu m'en veux pas, papa ? lui demanda-t-elle. C'est juste quelques jours en mer, on se verra la semaine suivante ? Hein ?

— Et pourquoi je t'en voudrais ? Au lieu de t'ennuyer avec un vieux croûton comme moi, tu vas bien te marrer !

— Je m'ennuie jamais avec toi, papa, je te jure !

— Ouais... Alors profites-en, et si vous croisez un bateau corsaire, te laisse pas capturer sans avoir séduit le capitaine !

\*

Alain avait ainsi gagné un peu de répit. La journée du 21 ne fut pas moins sinistre. Le feuilleton de la canicule s'étirait, épisode après épisode. Sur LCI, le ministre de la Santé confirmait de « prévisibles décès différés ». Mephisto se prélassait au soleil. Les guêpes se laissaient prendre au piège et agonisaient dans leur minuscule océan de confiture. Après quarante-huit heures de léthargie alcoolisée, Alain tenta de se ressaisir. La maison, la courette, les objets familiers, sa collection de disques, de livres, ce nid au creux duquel il s'était recroquevillé depuis la mort de Myriam lui donnait à présent la nausée. Il s'y sentait prisonnier, comme dans une cage, sans aucun espoir d'évasion.

Assis sous la tonnelle, il eut peur, réellement peur, de basculer peu à peu dans la folie, de perdre tous ses repères un à un. Depuis des années, il était seul, face à l'écran de son ordinateur, à inventer et scénariser des histoires minables, sans autre intérêt que l'argent qu'elles allaient lui rapporter. Il flottait dans sa petite bulle, en marge de la société, simple spectateur attentif des péripéties qui l'agitaient. À quoi rimait sa vie ? À engranger des chèques destinés à alimenter son compte en banque, mais dans quel but ? Vivoter en rêvant au roman génial qu'il ne parviendrait jamais à achever ? Quel culot ! Dostoïevski, Flaubert, García Márquez, Balzac, Kafka ou Cervantès, et tant d'autres encore, avaient déjà tracé la route. Tout avait été dit, écrit, une bonne fois pour toutes. Alors, de quel droit Alain Colmont se permettrait-il d'ajouter sa pitoyable petite note à ce concert grandiose ? Ridicule ! S'il mourait dans la minute d'une crise cardiaque, son imprésario Guillaume Marquet le remplacerait illico presto par un de ces charognards aux crocs qui raclent le parquet et qui se pressent dans la salle d'attente de son agence de la rue de Ponthieu ! Quant à Nadège, de Destroy Prod, une fois revenue de ses vacances à l'île Maurice, elle oublierait jusqu'à son nom.

Il lui sembla entendre la voix de Myriam berçant le bébé qu'elle tenait serré contre son sein, allongée sur le hamac, à l'ombre de la tonnelle.

*Et je sais que bientôt, toi aussi tu auras*
*Des idées, et puis des idylles...*

Même si Alain se désintéressait de sa propre vie, pour que Cécile puisse connaître des idylles, il fallait se battre.

# CHAPITRE 29

Le soir du 21, en rentrant du travail, Jacquot grimpa dans son studio. De sa fenêtre, il aperçut Alain qui tournait en rond dans son séjour. Jacquot était épuisé. Comme prévu, les très fortes chaleurs avaient affaibli bien des vieillards, aggravant les pathologies chroniques, et le défilé continuait aux urgences. On commençait à évoquer l'existence de certains corps entreposés dans des salles funéraires que personne ne venait réclamer en raison de liens familiaux distendus depuis bien longtemps ou, plus simplement, parce que les frais d'obsèques étaient trop lourds à supporter pour les familles les plus démunies. Jacquot était inquiet. Alain allait mal, très mal. Jacquot ne savait plus comment lui parler, quoi lui dire après la proposition totalement folle qu'il lui avait faite quatre jours plus tôt et à laquelle il n'avait cessé de repenser. Jacquot n'était pas bien doué en matière de psychologie. Par faiblesse, il reporta au lendemain un nouvel entretien.

*

Le 22 août, en milieu de matinée, Alain Colmont entama les préparatifs.

Il n'avait dormi qu'une ou deux heures durant la nuit, mais n'accusait aucune fatigue. Au contraire. Il ressentait une curieuse exaltation. Il se rendit à la terrasse des *Folies*, son bar habituel, avala une grande tasse de café et parcourut la presse, comme s'il se fut agi d'une journée tout à fait ordinaire. Il tenait par-dessus tout à accomplir ce rituel profondément apaisant. Il relut à trois reprises un article de *Libération* consacré aux séquelles de la guerre en Irak. À l'hôpital Iben-Rush de Bagdad, des centaines de patients traumatisés par les bombardements, les combats en ville, et déboussolés par le chaos de l'après-guerre, se pressaient aux portes de cet unique centre de consultation spécialisé. 17 psychiatres, 17 seulement pour 25 millions d'habitants. « Aller consulter un psychiatre reste quelque chose de honteux », déclarait Hashem Zaini, le directeur du centre. « Saddam Hussein considérait que la maladie mentale était une tare réservée à l'Occident pourri », expliquait un autre membre de l'équipe. Alain trouva l'article fort intéressant et se promit de l'archiver.

La page suivante traitait de l'affaire Cantat/Trintignant. Une juge d'instruction française, assez craquante, Nathalie Turquey, s'était rendue à Vilnius pour y interroger le chanteur. Alain hocha la tête après avoir coché quelques passages de l'article. Nul doute qu'un jour ou l'autre, une Nadège de chez Destroy Prod ou un de ses clones ne s'intéresse à ce fait divers pour « l'adapter ». Tous les ingrédients étaient réunis pour cartonner en prime time. Ce succès médiatique phénoménal ne pouvait tout bonnement pas tomber dans l'oreille d'un sourd. Satisfait, Alain rentra chez lui et découpa soigneusement les deux articles qu'il rangea dans une des boîtes à chaussures dévolues à cet usage. Il fit consciencieusement le ménage aussi bien dans le séjour que dans sa chambre, balaya méticuleusement la courette et arrosa généreusement le platane qui avait tant souffert de la sécheresse.

Il se rendit ensuite dans la salle de bains et ouvrit l'armoire à pharmacie. Il en sortit un tube entier de Lexomil, l'anxiolytique auquel il avait fréquemment recours. Il dénicha également une boîte de Stilnox, une autre d'Imovane, des somnifères auxquels il faisait appel en alternance. Il y ajouta le contenu de trois plaquettes de Solian, un neuroleptique que son médecin lui avait prescrit peu après la mort de Myriam quand il était au plus mal et manifestait sa souffrance par divers troubles psychosomatiques. Plus quelques pilules de Tranxène. Muni de cette pharmacopée, il regagna la cuisine. Il versa cachets et pilules dans un bol et les broya patiemment à l'aide d'un pilon. Il obtint ainsi une poudre blanchâtre, très fine. Il la récupéra à la petite cuiller, la versa dans le tube de Lexomil, qu'il fourra dans la poche de sa veste. Il se sentait prêt. Il contempla son visage dans le miroir au-dessus de l'évier et resta ainsi une longue minute en face à face avec lui-même.

Enfin, il quitta sa maison, alla déjeuner au *Lao Siam*, le restaurant thaïlandais où il avait fréquemment invité Jacquot, et prit place au fond de la salle. À treize heures trente, il héla un taxi et se fit conduire à l'hôpital Lyautey. Il y arriva trois quarts d'heure plus tard et retrouva l'agitation habituelle. Le personnel semblait toujours aussi débordé. On transportait les patients d'un service à un autre, d'une chambre à une autre, selon une mystérieuse réorganisation qui devait bien être justifiée, mais dont il fallait renoncer à comprendre les tenants et les aboutissants. Les visiteurs vagabondaient dans les couloirs, désorientés. Alain évita l'ascenseur, plus qu'encombré. Il gravit les escaliers des trois étages du bâtiment B, le cœur battant. Sa main droite était plongée dans la poche de sa veste et y étreignait le tube de Lexomil empli du mélange médicamenteux.

Des malades encore capables de tenir debout erraient dans le couloir dans le même piteux état qu'il lui avait déjà été donné de voir. La surveillante trouva le temps de lui expliquer que Mathurin avait été appelé en renfort ailleurs et que son père s'impatientait dans l'attente de sa promenade. Alain pénétra dans la chambre 29 et referma la porte derrière lui.

Son père était assis, sanglé, prostré, comme d'habitude. Alain le fixa droit dans les yeux sans que son regard, vide de toute expression, reflète ne serait-ce qu'une vague lueur d'intérêt à la suite de l'incursion d'une personne « étrangère » dans la chambre. Alain s'assit sur le lit, face au fauteuil.

— Voilà, papa, dit-il d'une voix tremblante, je vais... je vais...

Il ne parvint pas à achever sa phrase.

— Papa ? Papa ? répéta Mathieu Colmont d'une voix sourde avant de lancer quelques mots complètement incompréhensibles dans ce qui ressemblait à du swahili, du moins à l'idée qu'Alain pouvait se faire de cette langue, de ses intonations.

Alain prit une profonde inspiration, saisit le gobelet en plastique qui traînait sur le lavabo, l'emplit à moitié d'eau et le fit lentement tournoyer dans sa main. Mathieu Colmont s'était désintéressé de l'intrus venu perturber sa routine, le distraire par sa présence de l'écoulement inexorable du temps. Il fixait les grands carrés de lino beige qui dallaient le sol de la chambre. Sans lâcher le gobelet, Alain posa la main sur l'épaule de son père. Celui-ci tressaillit et releva lentement la tête. Sans doute n'était-ce qu'une illusion, mais Alain eut l'impression que le vieillard avait deviné la teneur de son projet sitôt qu'il avait pénétré dans la chambre. Quelque part, au fin fond de sa cervelle esquintée, rabougrie – qui sait ? –, des amas de neurones depuis longtemps désunis s'étaient de nouveau réconciliés, une dernière fois, pour une ultime connexion, afin de lui permettre de comprendre ce que cet homme – dont le visage évoquait vaguement celui du petit garçon qu'il avait abandonné quarante ans auparavant – projetait de faire. Son regard éperdu n'exprimait rien d'autre qu'une totale soumission. Alain recula d'un pas. Sa main droite fouilla la poche de sa veste, en sortit le tube de Lexomil rempli du cocktail dont il espérait bien qu'il suffirait à plonger son père dans un sommeil définitif.

– Il faut que je le fasse, tu comprends, papa, c'est pas pour moi, c'est pour Cécile, murmura-t-il.

Il déposa le gobelet sur le rebord du lavabo et, avec ses ongles, commença à ôter la capsule qui obturait le tube de Lexomil. Il plongea la pointe de l'index à l'intérieur du tube, examina sa phalange enduite de poudre blanchâtre, ce sésame qui allait ouvrir toutes grandes les portes de la mort. En quelques dizaines de minutes à peine. Une fois la mixture absorbée par son père, il l'abandonnerait, toujours entravé sur son fauteuil, quitterait la chambre, puis le couloir, puis l'étage, puis l'hôpital et, avec un peu de chance, personne ne se poserait la moindre question. On dirait simplement, *ah oui, ce pauvre monsieur Colmont, vous savez, la chambre 29, il a fini par y passer, sans doute l'épuisement consécutif à la canicule, avec les neuroleptiques qui lui étaient prescrits pour le faire tenir tranquille, ça n'a rien d'étonnant. Deux heures plus tôt, figurez-vous, son fils était passé le visiter, ils auront pu se revoir une dernière fois...* C'était si simple. Il suffisait de diluer le mélange dans les décilitres d'eau que contenait le gobelet, puis...

Mathieu Colmont regardait son fils dont les mains tremblaient. Alain se souvint alors de Dolly, sa petite chienne, une cocker au doux caractère que sa mère lui avait offerte peu après la brusque désertion de son père, au mois de juin 1964, escomptant ainsi, sans doute, se faire pardonner bien des choses inavouables. Dolly se trouvait un peu à l'étroit dans le minuscule appartement de la rue Rambuteau, mais Alain l'adorait. Il la promenait en laisse dans le quartier, la cajolait, et Dolly lui rendait bien toutes ses marques d'affection en lui donnant de grands coups de langue, en lui faisant des papouilles sur le visage quand elle sautait sur son lit, tôt le matin, sonnant à sa manière le réveil afin qu'il se prépare pour l'école. Jusqu'à ce que la pauvre bestiole attrape la maladie de Carré. Annie Dréjeac n'avait pas les moyens de régler les factures à répétition du vétérinaire, aussi avait-elle décidé de mettre brutalement fin aux souffrances de Dolly en la faisant piquer. Alain, du haut de ses dix ans, s'était longtemps interrogé sur l'utilisation de ce verbe si banal. Piquer, piqûre, d'ordinaire, ça servait à soigner, à guérir, mais là, non, c'était tout le contraire. Annie Dréjeac avait enveloppé Dolly dans une vieille couverture et l'avait emportée jusqu'au cabinet du véto, rue des Archives. Alain l'accompagnait.

– Allez, dis-lui au revoir, mon bonhomme, avait bougonné le véto en lui ébouriffant la tignasse.

La seringue était déjà prête. Dolly le contemplait de ses yeux mouillés, résignée, indulgente, lui accordant son pardon, comme si elle avait compris que le petit garçon n'était pour rien dans la décision qui venait d'être prise.

Alain eut l'impression de lire la même expression de soumission dans le regard de son père. Il remit en place la capsule qui obturait le tube de médicament, rangea celui-ci au fond de sa poche et sortit de la chambre à reculons.

# CHAPITRE 30

En rentrant du travail, peu après vingt-trois heures, ce 22 août, Jacquot trouva Alain allongé dans le hamac, sous la tonnelle. La courette était plongée dans un silence quasi total. Les bruits de la ville, alentour, étaient presque imperceptibles. Jacquot s'approcha. Alain était livide et ses joues ruisselaient de larmes. Ému par tant de détresse, Jacquot approcha un fauteuil près du hamac et prit la main de son ami. Il se contenta de la caresser, de l'étreindre, sans prononcer la moindre parole.

– Tu crois qu'on pourrait virer pédés, tous les deux ? demanda-t-il soudain.

– Faut voir, pas être borné...

– Ouais, après tout, faut goûter à tout dans la vie ! risqua Jacquot. Depuis le temps que je te vois préparer la bouffe avec ton petit tablier, y a des idées qu'ont commencé à germer dans ma tête...

Ils furent pris d'un fou rire irrépressible qui dura près d'une minute. Jacquot se tenait les côtes, les larmes aux yeux. Puis le visage d'Alain s'assombrit de nouveau. De longues secondes s'égrenèrent.

– J'ai pas pu, avoua-t-il. J'y suis allé cet après-midi, j'avais tout préparé, les médicaments, tout devait bien se passer et au dernier moment, j'ai craqué... Je sais pas, c'est pas la trouille, c'est une sorte de répulsion, de honte qui m'a pris *in extremis*...

Jacquot hocha longuement la tête.

– Pourquoi tu m'en as pas parlé avant ? demanda-t-il.

Alain haussa les épaules en essuyant ses larmes. Il quitta son hamac et s'assit dans un fauteuil.

— C'est foutu. J'aurai jamais le courage d'y retourner. Mon père m'a regardé comme... comme un chien, je veux dire... comme s'il était un chien qu'on va piquer. J'ai pas pu.

Il renonça à évoquer le souvenir de Dolly, l'explication se suffisait à elle-même.

— Les... les médicaments, tu les as toujours ? lui demanda Jacquot.

Alain montra sa veste, jetée en vrac sur la table. Jacquot fouilla les poches et en sortit le tube de Lexomil qu'il ouvrit. Il l'agita un moment, tout doucement, en contemplant la poudre dont il était rempli avant de remettre le bouchon en place. Il le garda prisonnier au creux de sa main.

— Ça devrait suffire ? demanda-t-il.

— Oh oui, je crois !

— Pourquoi tu me prends pas au sérieux ?

Jacquot, comme d'habitude à la sortie de son travail, était en manque de nicotine ; il alluma sa huitième Marlboro depuis qu'il avait quitté son standard.

— Je t'ai dit que moi, je pouvais le faire, que ça nous sortirait de la merde tous les deux !

Alain se leva d'un bond et arpenta la courette en butant contre Mephisto qui lui griffa méchamment le mollet avant d'escalader le tronc du platane et de disparaître dans le feuillage.

— Jacquot, tu as vingt-cinq ans, réfléchis un peu ! Tu vas quand même pas bousiller ta vie pour des conneries pareilles ! Ça regarde que moi !

— Non, ça regarde aussi ta fille et comme t'es pas foutu de régler le problème, elle risque de se retrouver avec son visage esquinté et de replonger dans la déprime ! C'est à elle que tu dois penser, pas à ton vieux !

— Arrête ! supplia Alain.

— Et pourquoi j'arrêterais ? Plus les jours passent, et plus le piège se referme ! Sois lucide, bordel ! Tous ces vieux qui claquent, c'est ta chance ! J'ai encore entendu les estimations au standard, c'est des milliers et des milliers, ça risque de frôler les dix mille !

— Fous-moi la paix ! s'écria Alain. J'ai pas le droit de t'entraîner dans une galère pareille ! Si tu te faisais choper ? Tu te vois, en taule ? Ton boulot, c'est pas marrant, d'accord, mais de là à...

— Y a pas de risque, l'interrompit Jacquot. Tu m'as tout expliqué, comment ça se passe là-bas, il suffit de cinq minutes et c'est réglé ! Et s'il y a des risques, j'assume !

— Va-t'en, Jacquot, je t'en supplie. J'ai besoin de rester seul !

Jacquot obéit, quitta son fauteuil, reposa le tube de médicament sur la table et regagna son studio. Alain resta seul et réintégra son hamac.

*

Il s'y balança doucement durant plus d'une heure, puis il rejoignit son bureau. Il alluma son Mac, cliqua sur le disque dur pour faire apparaître l'album de photos où était archivé chaque instant de l'enfance de Cécile. Il resta longtemps, très longtemps, à contempler les clichés, les uns après les autres. À deux heures du matin, il redescendit dans la courette. Chez Jacquot, la lumière était toujours allumée et les fenêtres grandes ouvertes. Celui-ci ne tarda pas à se pencher sur la rambarde, torse nu. Alain leva les yeux vers lui, incapable de prononcer la moindre parole. Ses jambes flageolaient.

Quand il eut descendu les quelques marches qui le séparaient du rez-de-chaussée, Jacquot se retrouva face à son ami, posa ses deux mains sur ses épaules et le força à prendre place dans un des fauteuils d'osier.

— On parle ? proposa-t-il.

— Oui... S'il y a la moindre tuile, j'assume. Je dirai que c'est moi qui t'ai poussé à... à le faire ! s'écria Alain. Je te jure, il y aura pas de problème ! Et c'est pas dix briques que je te file, c'est vingt. Comme ça, ta camionnette, tu l'auras tout de suite. Au point où j'en suis, si ça peut limiter les dégâts, juste les limiter... À vingt briques de moins, je m'en sors encore, si je réussis à recommencer à travailler normalement sur mes scénars. Parce que pour le moment, je peux plus. Avec cette menace permanente, je peux plus !

Jacquot fila dans le séjour, saisit un bloc-notes et un stylo qui traînaient sur une étagère et revint s'asseoir sous la tonnelle.

— Fais-moi un plan précis : l'entrée de l'hôpital, comment on arrive dans le service, le couloir, la chambre...

Alain s'exécuta, dans un état second. Il régla au maximum la lampe de jardin, traça le croquis, répéta ses explications à quatre reprises pour être certain de ne rien oublier, de n'omettre aucun détail. Jacquot écoutait, concentré. Il posa toutes les questions qui lui passaient par la tête. Il voulait savoir à quoi ressemblait la surveillante, si elle était moche et vieille ou au contraire jeune et jolie. C'était entre les deux. Et brune, elle était brune. Alain lui montra le passeport de son père, avec la photo.

— De toute façon, j'aurais pas pu me gourer, vous vous ressemblez tellement ! constata Jacquot. Et l'Antillais, là, le Mathurin, à quelle heure il la lui fait faire, sa promenade ?

— Ça dépend, expliqua Alain. S'il est de service du matin, c'est forcément avant quinze heures trente. S'il est du soir, alors, c'est dans l'après-midi. Il n'y a aucun horaire fixe.

— Il faudrait savoir, et précisément, rétorqua Jacquot. Les visites des familles à l'hôpital, c'est toujours l'après-midi. Je suis bien placé pour le savoir.

— Je peux téléphoner à la surveillante pour demander...

— Ouais, style, tu t'inquiètes pour la promenade de ton père... Mais la première chose à faire, c'est de te mettre au vert pendant quelques jours. Je sais pas, moi... tu as des tas de copains qui ont des baraques à la campagne, alors tu y vas. Comme ça, il y aura des gens qui pourront témoigner que tu étais loin au moment où... ça se passera ! On sait jamais. D'après ce que tu m'as expliqué, que ce soit au directeur de Lyautey, au patron du service, ou encore à ton avocat, tu as avoué que tu n'avais qu'une seule envie, c'est que ton père y passe, et vite ! Bon. Mais tu es allé le voir et tu lui as même offert un ventilo pour le protéger de la chaleur, alors tu vois... aux yeux de tous ces braves gens, tu restes un bon fils !

Alain se renversa dans son fauteuil et comprit seulement à cet instant à quel point Jacquot n'avait cessé de mûrir son projet depuis la première fois où il avait évoqué l'éventualité de ne pas attendre passivement que Mathieu Colmont consente à mourir de sa belle mort.

Jacquot avait pris de l'ascendant sur Alain, irrémédiablement. Celui-ci n'avait plus la force de résister. Acculé au désespoir, il abdiqua toute volonté, abandonnant son sort entre les mains de son copain, avec la pensée consolatrice que, là où il avait lui-même échoué, à la suite d'un sursaut de pitié envers son père, Jacquot n'hésiterait pas à franchir le pas. Jacquot retourna longuement entre ses doigts le tube de Lexomil rempli du mélange mortifère.

— J'y crois pas, j'y crois pas. Si on m'avait dit ça il y a seulement trois mois... balbutia Alain.

— Il faut y croire.

— Et... pour l'argent ? Comment on fait ?

Jacquot s'accorda un moment de réflexion.

— Y a rien d'urgent, conclut-il. Le mieux, c'est que, quand tout sera réglé, on laisse passer un peu de temps et qu'on aille tous les deux à ta banque et qu'on monte une combine. Je sais pas laquelle, j'y connais que dalle, je créerai une petite société, un truc au registre du commerce, tu vois le topo, et toi, tu seras le principal actionnaire, ça roule comme ça ?

— *Quand tout sera réglé ?* Tu veux dire que tu me fais confiance à ce point-là ?

— Ben quoi ? Pour le moment, c'est plutôt toi qui me fais confiance, non ?

— Jacquot, déconne pas. Je pourrais te jeter comme un malpropre et tout serait fini...

— Écoute, Alain, on n'a pas le temps de finasser. Demain, assez tôt, tu bigophones à la surveillante pour savoir si l'Antillais est de service du matin ou du soir, tu te casses au plus vite en province chez un de tes potes et si ça colle, j'y vais l'après-midi !

— Mais tu dois aller bosser, ça peut pas s'improviser comme ça ! bredouilla Alain en ayant pleinement conscience que l'argument ne valait pas un clou.

— J'ai des jours à récupérer. Je me suis déjà mis en RTT ! annonça Jacquot.

# CHAPITRE 31

Le 23 août, ils prirent le petit déjeuner ensemble, sous la tonnelle, sans échanger une seule parole. Alain avait préparé un sac de voyage. Peu après neuf heures, il appela Lyautey et demanda à la surveillante du service comment allait son père. Elle le rassura. Il venait juste de partir pour sa promenade quotidienne en compagnie de Mathurin. Apparemment, il était assez calme...

– C'est OK, annonça-t-il à Jacquot.

– Bon, allez, file à la station de taxi. Je t'appelle ce soir.

Ils se serrèrent longuement la main.

*

Alain se fit déposer gare de Lyon, se dirigea vers les guichets automatiques et pianota pour obtenir une place dans le prochain TGV pour Marseille. L'année précédente, Stéphane et Violaine, un des couples de la Tribu, avaient hérité d'une villa à Cassis – un vieil oncle de Violaine qui avait fait fortune dans l'import-export dans des conditions plus ou moins louches... Ils y passaient toutes leurs vacances. Ils s'étaient parlé au téléphone quelques jours plus tôt et Stéphane avait insisté pour qu'Alain vienne séjourner chez eux au lieu de se morfondre à Paris. La promesse d'une visite prochaine était restée en suspens.

L'écran de l'automate annonçait qu'il restait des places en première classe dans le TGV qui partait un quart d'heure plus tard et arriverait à Marseille-Saint-Charles à quatorze heures seize.

MON VIEUX

Alain glissa sa carte bleue dans la fente et attendit l'impression du billet. Place n° 27, wagon 18, fenêtre. Ce n'était qu'une pure formalité : même si toutes les places avaient déjà été réservées, il aurait passé les trois heures du trajet dans le wagon-bar, et voilà. Il appela Stéphane pour lui annoncer son arrivée surprise.

– Bonne nouvelle ! s'écria celui-ci. Tu verras, on a fini les travaux dans la baraque, c'est vraiment super !

Durant le voyage, il parcourut la presse. Le chiffre officiel des décès dus à la canicule s'élevait à présent à dix mille. Selon *Le Monde* paru la veille, une source gouvernementale confirmait, sous le sceau de l'anonymat, cette estimation fournie par la direction des Pompes funèbres générales. Dix mille. L'équivalent d'une petite ville soudain rayée de la carte. Cette vision d'épouvante de toute une population de vieillards anéantie en quelques jours le laissa pourtant indifférent.

Assis dans son fauteuil, il ne put s'empêcher de se projeter mentalement le film de l'arrivée de Jacquot à Lyautey. Il en imagina le déroulement, séquence par séquence. Il le vit pénétrer dans le hall d'accueil, prendre l'ascenseur du bâtiment B, se diriger vers la chambre 29, saisir le gobelet en plastique, ouvrir le tube de Lexomil... Malgré la clim, il eut la sensation d'étouffer.

Il se leva, se précipita aux toilettes, s'aspergea le visage d'eau froide, inspira et expira à plusieurs reprises, à fond, sans parvenir à calmer les battements de son cœur. Dans le sas qui séparait son wagon du suivant, il composa sur son portable le numéro de Jacquot, mais tomba sur sa boîte vocale.

– J'ai changé d'avis, Jacquot ! lança-t-il d'une voix hachée. N'y va pas ! N'y va pas !

Il revint s'asseoir dans son fauteuil, mais ne tint pas en place. Toutes les dix minutes, il réitéra son appel, sans autre interlocuteur que la boîte vocale. Il comprit que Jacquot avait prévu cette possible volte-face et agi en conséquence. Les dés étaient jetés.

*

Stéphane et Violaine vinrent l'accueillir à sa descente du train, à l'horaire prévu. Ils firent mine de ne pas remarquer son teint blême, le tremblement qui agitait ses mains, l'angoisse sans fond dans son regard. Après l'accident de Cécile, puis la mort de Myriam, ils avaient passé de longues soirées à ses côtés, tant chez lui, rue de Belleville, que chez eux, rue Danrémont, pour lui soutenir le moral, le réconforter de leur présence, n'ayant rien d'autre à lui offrir que leurs paroles maladroites et leur tendresse. Et pour Violaine, un peu plus que de la tendresse...

Peu après le décès de Myriam, elle avait été une des premières « femelles » de la Tribu à témoigner son affection toute particulière à Alain. Sans jamais lui avouer si Stéphane était au courant ou non des libertés qu'elle s'octroyait ainsi. Alain n'en éprouva aucun remords. Durant les années de fac, Myriam elle-même avait vagabondé d'un lit à l'autre, et notamment dans celui de Stéphane, avant qu'Alain ne parvienne à l'arrimer solidement au sien.

En le voyant quitter le wagon, ses amis comprirent immédiatement qu'Alain traversait de nouveau une passe difficile et s'abstinrent de tout commentaire.

– Alors ? demanda Stéphane, il paraît qu'à Paris, la canicule, ça a été plutôt dur ? Ici aussi, note bien, on en a bavé, mais avec la mer à deux pas, ça change tout !

Alain bredouilla quelques mots de remerciement pour leur accueil si chaleureux, puis ils partirent en voiture jusqu'à Cassis, dans des embouteillages assez denses. Alors qu'ils longeaient la route bordant la plage et le port, Alain fixa les nombreuses camionnettes garées tout du long. Les touristes s'y pressaient pour acheter une crêpe ou une glace...

La villa, située en surplomb de la première calanque, était vraiment magnifique. Alain contempla la mer aux eaux turquoise, les pins accrochés à flanc de colline, les voiliers qui filaient sous la brise.

– Tout à l'heure, si tu veux, on peut aller faire un tour en bateau, proposa Stéphane. On a acheté un vieux Zodiac !

– Tout à l'heure, oui... mais je suis assez crevé, je préférerais faire une petite sieste.

Stéphane n'insista pas et le conduisit à la chambre d'amis dont la terrasse s'ouvrait sur la mer. Un transat y était installé. Stéphane s'effaça. Il était seize heures dix.

*

Le 23 août, Mathurin Debion acheva son service à quinze heures trente, comme d'habitude. Son départ à présent imminent pour les Antilles – une semaine à patienter et il s'envolerait pour Fort-de-France – le rendait nerveux. Depuis plusieurs jours, il multipliait si souvent ses petites escapades dans les sous-sols du bâtiment B pour aller siffler quelques rasades du rhum planqué dans son vestiaire qu'à la fin du boulot, il tanguait tant et plus dans les couloirs de Lyautey. Cette journée du 23 août 2003 revêtait une importance singulière pour un de ses collègues, martiniquais tout comme lui : Justin avait en effet achevé ses trente-sept annuités et demie de service à l'AP-HP et offrait un pot pour son départ à la retraite.

La fête se déroula dans la salle de repos du personnel qui jouxtait les vestiaires. Justin avait bien fait les choses : ti-punch à volonté, boudin créole, acras de morue et même un peu de musique, grâce à un ghetto-blaster prêté par un copain. Toute la petite communauté antillaise de Lyautey se trouva réunie pour la cérémonie d'adieux. Mathurin enviait fortement Justin et s'efforçait de ne pas penser aux longues années de servitude qui lui restaient à accomplir avant qu'à son tour il puisse rentrer au pays une bonne fois pour toutes. Les collègues s'étaient cotisés pour offrir un cadeau au veinard : une superbe canne à pêche avec laquelle il allait pouvoir ferrer bécunes, mérous et autres dorades, là-bas, chez lui, du côté de Rivière-Pilote. Ainsi qu'une fiole de « bois-bandé », juste histoire de rigoler. Mathurin y était allé de son obole, modeste, en rapport avec son budget. Peu importe, l'essentiel était d'avoir participé.

La fiesta dura plus d'une heure. En sus de sa ration habituelle, Mathurin, au cours du pot, s'était rincé le gosier de quelques verres de rhum vieux. En quittant les lieux, il accusait une fatigue certaine. La tête lui tournait. Ça ne serait vraiment pas prudent de monter sur sa mobylette pour regagner son studio à plus de quinze kilomètres ; mieux valait attendre de cuver, de récupérer, il le sentait bien. Il décida d'aller se reposer un peu dans la chambre 29, histoire de ne pas prendre de risques. Personne ne viendrait le déranger.

Numéro 29 – Mathurin ne parvenait pas à l'appeler par son nom, la force de l'habitude – végétait sur son fauteuil ; le lit était libre, il suffisait de s'y allonger. Ce ne serait pas la première fois. Tout le monde savait qu'en fin de journée, il s'accordait parfois un petit répit de la sorte. La surveillante, tourmentée par d'autres soucis, fermait les yeux.

Il appuya son épaule contre la paroi de l'ascenseur du bâtiment B, poussa sur le bouton 3 et, un rien nauséeux, encaissa la petite secousse que l'ascenseur ne manquait jamais de produire à chaque arrêt. Son estomac renâcla, émit un hoquet menaçant, mais finit par se calmer. En sortant dans le couloir, Mathurin prit une profonde inspiration pour mieux assurer sa démarche et pénétra dans la chambre 29, le havre de paix tant attendu.

*

Un type portant une blouse blanche était assis sur le lit. Dans sa main, il tenait le gobelet en plastique qui reposait en permanence sur le lavabo et le tendait vers les lèvres du vieillard. L'irruption de Mathurin le fit sursauter si fort qu'il lâcha le gobelet, qui tomba par terre, son contenu se renversant sur le lino. Mathurin écarquilla les yeux et consentit un grand effort de réflexion. Ce type-là, il ne l'avait jamais vu. Et pourtant, c'était un collègue, sa blouse blanche en attestait. Rien d'étonnant, on ne le tenait jamais au courant des mouvements de personnel d'un service ou d'un étage à l'autre, surtout depuis le grand chambardement consécutif à la canicule ! Mathurin aperçut le tube de Lexomil de teinte verdâtre qui reposait sur le drap, près de l'oreiller. Un signe qui ne trompait pas. Des tubes de ce genre, il y en avait à foison dans l'armoire des infirmières, à l'extrémité du couloir. Enfermés sous clé. Ils servaient à calmer les patients un peu angoissés, comme Numéro 29.

– T'es nouveau, toi ? articula-t-il d'une voix pâteuse.

— Ouais, c'est ça... j'suis nouveau, répondit l'autre. Depuis ce matin. On m'a changé de service !

Mathieu Colmont, toujours aussi apathique, fixait le dallage de lino sur lequel venait de se déverser le contenu du gobelet. Mathurin ne put que constater la couleur blanchâtre, la consistance un peu épaisse du liquide qui s'étalait dans une flaque d'une soixantaine de centimètres carrés. L'intrus récupéra le tube de Lexomil, le fourra dans sa poche et se dirigea droit vers la porte, le bousculant au passage.

— Attends, attends, protesta Mathurin de sa voix pâteuse, t'étais en train de lui donner un médicament... mais c'est la surveillante qui doit le faire, elle l'a bien dit, faut pas déconner avec ça !

Il lui avait agrippé la manche et, d'une brusque traction, le ramena au centre de la pièce.

— Laisse-moi passer, reprit le nouveau. Calme-toi ! Tout va bien ! La surveillante, elle est au courant, elle t'expliquera !

— Non... non, non... c'est toi qu'y faut que tu m'expliques ! Numéro 29, c'est la surveillante qui lui donne ses médicaments tous les... tous les batins... non, putain, tous les matins, les bédicaments tous les... tous les... merde, j'y arrive pas ! Alors si on me prévient même plus, y a un risque d'erreur... et c'est moi que j'vais encore avoir des emmerdes, non, non, non... ça colle pas, ça colle pas !

Mathurin titubait près du lit. Il avait ceinturé le « collègue », si bien que serrés l'un contre l'autre, ils semblèrent entamer un petit pas de danse, sous l'œil profondément indifférent de Mathieu Colmont. Le ventilateur que lui avait offert son fils tournait à plein régime sur la table de chevet.

# CHAPITRE 32

Jacquot tenta de repousser l'Antillais. Peine perdue. Celui-ci s'accrochait à lui, collé à son torse. Son haleine chargée d'alcool lui fouettait le visage.

— Arrête, arrête, supplia Jacquot en tentant de le repousser, laisse-moi sortir.

— D'où que t'es, comme service ? s'entêta Mathurin. Qu'est-ce tu fous là ? Hein ? Allez, dis !

Jacquot changea brusquement de tactique et, au lieu d'écarter l'agresseur, l'attira au contraire contre lui. Il lui agrippa la nuque de la main droite et, de la gauche, plaqua sa paume en étau sur ses mâchoires. Leurs visages se touchaient, joue contre joue.

— Tu te calmes ? chuchota Jacquot, tout contre l'oreille de Mathurin. On va s'arranger...

*S'arranger ?* Il n'avait pas la moindre idée quant à la façon d'y parvenir. Il espérait simplement gagner un peu de temps. Quelques secondes, tout au plus. Mathurin ne s'y trompa pas et essaya de le mordre, en vain. Il commençait à suffoquer. Bien qu'affaibli après tout l'alcool qu'il venait d'ingurgiter, il trouva encore la force d'expédier un violent coup de genou dans l'entrejambe de son adversaire. Jacquot encaissa le choc. Mathurin parvint à lui échapper, recula d'un pas, rebondit contre le mur en battant des bras pour tenter de retrouver son équilibre. Sa main droite heurta le ventilateur. Il en agrippa le socle, assura sa prise et le brandit pour s'en faire un bouclier. Déstabilisé, il tangua d'une jambe sur l'autre. Sa main gauche rencontra le rebord du lavabo, s'y accrocha. Jacquot, qui s'était ressaisi, lui expédia un direct du poing dans l'estomac. Il était déterminé à lui casser la gueule, à l'assommer le plus rapidement possible pour pouvoir se tirer de ce piège. Mathurin grimaça de douleur, s'effondra en se retenant au lavabo rempli d'eau et de quelques linges qui flottaient. Jacquot profita de l'avantage. Il frappa au hasard. Le ventre, la poitrine, il cogna de toutes ses forces. Mathurin était affalé contre le lavabo, son bras gauche plongé dedans, du coude jusqu'à mi-bras... Ses pieds dérapèrent sur le lino, dans une ultime tentative pour reconquérir un improbable équilibre. Le ventilateur dont les pales tournoyaient et qu'il continuait d'agiter pour parer la menace de nouveaux coups lui échappa et tomba à l'intérieur du lavabo. Jacquot vit l'Antillais tressaillir, tressaillir, et tressaillir encore. Son corps s'agitait, parcouru de longs frissons. Mathurin s'effondra sur le sol, à la renverse, au beau milieu de la tache répandue sur le lino que le tissu de sa blouse absorba... Jacquot reprit posément son souffle, quitta la chambre. Il fila dans le couloir, dédaigna l'ascenseur, dévala quatre à quatre les escaliers qui menaient au rez-de-chaussée, se défit de sa blouse, la roula en boule sous son bras, traversa le hall d'accueil de l'hôpital Lyautey et monta à bord du premier autobus qui passait.

— Sale nègre, sale nègre ? psalmodiait Mathieu Colmont.

Mathurin restait étendu sur le lino, inerte. Le vieillard commença à crier, puis hurla une bonne minute avant qu'une infirmière ne pénètre dans la chambre. Elle se pencha sur Mathurin, palpa le pouls à la jugulaire, se redressa et appela à l'aide.

# CHAPITRE 33

En fin d'après-midi, Alain eut droit à la fameuse balade en Zodiac le long des calanques de Cassis. Impossible de se défiler, Stéphane était bien trop fier de son rafiot ! Ils descendirent jusqu'au ponton, prirent place à bord et longèrent les falaises abruptes que des risque-tout escaladaient à mains nues. Stéphane avait emporté une paire de jumelles pour qu'Alain puisse mieux observer leur progression, effectivement très spectaculaire. Puis il poussa le moteur à pleine puissance, cap droit vers le large, en expliquant que, le lendemain, s'il le désirait, ils pourraient faire des tours de ski nautique.

— Et si tu veux plonger un peu, pas de problème. Il y a des clubs installés sur le port, le plus réputé, c'est celui de Cosquer, tu sais, le type qui a découvert la grotte préhistorique ! précisa Stéphane.

Alain lui adressa un sourire reconnaissant et eut un geste évasif à propos de la plongée, du ski nautique et autres divertissements. Pressé par Stéphane au moment du départ, il avait laissé son téléphone portable à la villa. Il consulta sa montre. Dix-huit heures trente-sept. Stéphane consentit enfin à cesser de jouer avec son Zodiac et se décida à rentrer au bercail. Une fois le bateau arrimé au ponton, il se lança sur le sentier qui menait à la maison, l'escaladant au petit trot. Alain eut du mal à le suivre.

— Eh, mon vieux, faudrait veiller à pas trop t'empâter. T'as pris du bide depuis la dernière fois qu'on s'est vus ! s'écria hypocritement Stéphane quand ils franchirent le portail de la villa. Son teint était cramoisi et il peinait à reprendre son souffle.

Sitôt qu'il eut regagné sa chambre, Alain se précipita sur son portable. Aucun message. Il tenta de joindre Jacquot, mais tomba de nouveau sur sa messagerie vocale. Il prit une douche, se changea, réitéra sa tentative. Nouvel échec. Il resta assis sur son lit à contempler l'appareil qui s'obstinait à demeurer silencieux.

– Alain, qu'est-ce que tu fous ? Viens prendre l'apéro !

Il lui fallut bien descendre dans le jardin. Violaine et Stéphane, croyant bien faire, avaient invité un couple d'amis à partager leur soirée. Des profs, rien de très surprenant. Alain les écouta parler, son verre de pastis à la main. La situation lui semblait irréelle. Le coucher de soleil sur la mer, le chant des cigales, ces gens tout à fait charmants qui se mettaient en quatre pour le distraire, l'aider à oublier ses soucis, du moins le pensaient-ils sincèrement. Il eut envie de demander à ses amis de se taire pour qu'il puisse leur dire toute la vérité. *Voilà, écoutez, je suis le roi des salauds*, leur aurait-il avoué, *vous n'allez jamais me croire, mais je vous jure que c'est vrai : j'ai payé un... un tueur à gages pour liquider mon père et si je suis ici, ce soir, avec vous, ce n'est pas du tout parce que je vous aime bien, c'est uniquement pour avoir un alibi au cas où ça tournerait mal. Qu'est-ce que vous en pensez ?*

Stéphane le regarda en souriant. Alain lui rendit son sourire, puis quitta son fauteuil pour s'éloigner de quelques pas. Violaine vint le rejoindre au bout du jardin. Elle posa tendrement sa main sur sa nuque, appuya sa tête contre son épaule.

– Ça va pas, hein ? On a bien vu, murmura-t-elle.

– Non, ça va pas, soupira Alain en passant un bras autour de sa taille. Cécile... mon boulot qui foire... j'en peux plus. J'aurais jamais dû venir vous emmerder. Je sais pas ce que je fous ici. Je peux plus me supporter.

\*

Stéphane avait réservé une table en terrasse dans un restaurant sur le port. Ils y descendirent à pied, une promenade d'une vingtaine de minutes, à peine. La carte était alléchante. Supions, filets de rouget, moules farcies, bouillabaisse... Commande fut prise. Stéphane s'empara de la carte des vins. Le couple d'amis venait de lire *La Tribu*, le premier roman d'Alain, que Stéphane leur avait prêté une dizaine de jours plus tôt.

— Il nous a pas loupés, tout y est, nos petites mesquineries, nos travers et en même temps, il n'y a aucune méchanceté, c'est très bien vu ! résuma Stéphane.

Le couple d'amis était d'accord. Ils avaient vécu des anecdotes similaires. Un air du temps totalement comparable, vingt ans auparavant. Alain s'était un peu ressaisi. Durant le repas, il parvint à échanger quelques banalités avec les convives, sans trop donner l'impression d'avoir envie de déguerpir au plus vite. Ce fut au moment où la serveuse apportait les cafés que la sonnerie de son portable retentit. Il se leva, s'éloigna de la table, fit quelques pas le long du quai.

— Alain ? C'est Jacquot...

— Putain, pourquoi tu m'as pas appelé plus tôt ?

— Y a eu une merde, Alain, y a eu une merde...

— Mon père ?

— Non !

— Alors ?

— Je te dis qu'il y a eu une merde. Reviens le plus vite possible ! Faut qu'on se parle !

Jacquot raccrocha. Alain appuya sur la touche qui permettait de recomposer automatiquement le numéro et tomba sur la messagerie vocale. Il se passa la main sur le visage, puis épongea la sueur qui y perlait avec un Kleenex qui traînait au fond de la poche de son jean. *Une merde ?* Qu'est-ce que ça voulait dire ? *Mon père ? Non ! Mon père ? Non !* Une chose, une seule, était sûre : si Jacquot pouvait lui téléphoner, c'est qu'il ne s'était pas fait prendre ! En quelques fractions de seconde, il imagina toutes les hypothèses, sans parvenir à trancher. Il était bien trop tard pour joindre Lyautey et demander des nouvelles de son père. Et d'ailleurs, c'était peut-être la dernière des bourdes à commettre...

— Des ennuis ? demanda Stéphane, quand il rejoignit la table de ses hôtes après plusieurs minutes passées à arpenter le quai pour tenter de se calmer.

— Il faut que je rentre dès demain matin à Paris, annonça Alain. Une réunion, pour un scénar... il y a des... des problèmes dans l'intrigue ! Ça colle plus du tout, je dois aller régler ça !

— C'est vraiment con, reste un ou deux jours de plus, protesta Stéphane. Ça peut peut-être se régler par téléphone ou par fax...

— Il faut que je rentre à Paris demain matin, répéta calmement Alain, d'une voix qui ne souffrait pas la contradiction.

# CHAPITRE 34

Le 24 août, peu après quinze heures, Alain pénétra dans le hall d'accueil de l'hôpital Lyautey. Il avait pris le premier TGV pour Paris à sept heures trente, était arrivé chez lui à onze heures et avait aussitôt rejoint Jacquot dans son studio. Ils s'y étaient enfermés pour faire le point. Jacquot était décomposé. Il ne cessait de tourner en rond dans la pièce minuscule qui lui servait de logis, sans savoir si oui ou non « l'Antillais » était mort à la suite de leur empoignade. La façon dont s'était déroulée la bagarre le laissait supposer. Une chose, une seule était certaine : Mathieu Colmont, lui, était toujours vivant...

Alain parvint à se dominer. Ce n'était pas le moment de céder à la panique. Il ordonna à Jacquot de rester enfermé chez lui, de n'en bouger sous aucun prétexte avant qu'il lui fasse signe. Durant le trajet en taxi jusqu'à Lyautey, Alain se prépara au pire. Tout avait mal tourné *à cause de la blouse blanche* ! Jacquot aurait dû pénétrer *en civil* dans la chambre 29 et, au cas, bien improbable, où quelqu'un l'aurait questionné sur les raisons de sa présence, il aurait pu prétexter un vague lien de parenté avec le patient. Qui serait allé vérifier ? Personne, strictement personne !

— Tu comprends, avait expliqué Jacquot en larmes, comme je bosse dans un hosto, j'ai l'habitude, au dernier moment je me suis dit, ça sera plus facile de circuler si on me prend pour un aide-soignant et ton père, en voyant la blouse, ça allait le rassurer, il allait plus facilement accepter d'avaler le contenu du verre !

Manque de bol, ce connard d'Antillais, c'est justement la blouse qui l'a rendu barje ! Parano le mec et à part ça, complètement bourré !

Au moins Jacquot était-il parvenu à récupérer *in extremis* le tube de Lexomil avant de quitter la chambre...

\*

Dès qu'il pénétra dans le couloir du service, Alain croisa la surveillante, qui se précipita à sa rencontre.

– Comment va mon père ? demanda-t-il en s'efforçant de sourire.

– Très bien... enfin, au mieux, vu son état. Par contre, monsieur Colmont, hier après-midi, il s'est passé quelque chose d'épouvantable. Vous vous souvenez de Mathurin ?

Alain acquiesça, la gorge sèche.

– Il... il est venu dans la chambre de votre père à la fin de son service et on n'en saura jamais plus, enfin comment ça s'est passé exactement... toujours est-il qu'en voulant sans doute régler le ventilateur pour le confort de votre père, il a dû trébucher et... le lavabo était rempli de linges pour rafraîchir votre père, alors...

La surveillante, bouleversée, s'empêtra dans ses explications. Alain dut patienter avant qu'une version à peu près claire des faits ne se dégage.

– C'est un accident de travail, un malheureux accident de travail, conclut la surveillante. Mathurin était très dévoué envers votre père, monsieur Colmont.

– Je sais, je sais... enfin, d'après ce que j'ai pu voir...

La surveillante s'excusa. Bien d'autres tâches l'attendaient. Alain entra dans la chambre de son père. Toujours aussi inerte, figé sur son fauteuil. Alain le saisit par les épaules, le secoua, sans obtenir rien d'autre qu'un regard de plus en plus vitreux.

– Tu te rends compte où j'en suis à cause de toi ? murmura-t-il, effaré.

– Sale nègre ? Sale nègre ? demanda Mathieu Colmont d'un ton suppliant.

MON VIEUX

\*

Un quart d'heure plus tard, Axel Gabor accueillit Alain dans son bureau. Il lui serra la main, l'invita à s'asseoir.

— Triste histoire, soupira Axel. La fatalité... Qu'est-ce que vous voulez qu'on y fasse ?

— Oui, enfin, si je n'avais pas acheté ce ventilateur, on n'en serait pas là...

Alain avait énoncé sa réplique avec sincérité. C'était la vérité exacte, bien que partielle. S'il n'avait acheté le ventilateur, effectivement, qui sait comment aurait tourné la bagarre entre Mathurin et Jacquot ? Alain était bien le seul à pouvoir se poser la question.

— Ne vous culpabilisez pas, monsieur Colmont, protesta Axel Gabor, si vous avez acheté ce ventilateur, c'était pour pallier les carences de l'administration qui a été incapable d'installer la climatisation dans nos locaux, faute de crédits suffisants ! Vous avez pris connaissance des dernières estimations du nombre de décès consécutifs à la canicule ? Moi, je suis bien placé, j'ai des chiffres officiers, top secrets, on risque d'être surpris !

Alain sentit sa gorge se nouer. Cinq mille, dix mille, plus encore, quelle importance ? Son père était toujours vivant. Mais surtout, la pitoyable aventure de Jacquot semblait pouvoir trouver une issue heureuse. *Heureuse ?* L'adjectif collait mal à la situation, mais Alain s'en contenta, provisoirement. Au lieu de la catastrophe annoncée, il pouvait commencer à reprendre confiance.

— Ce... ce monsieur Debion, poursuivit-il, après avoir dégluti, il avait de la famille, des enfants ? Si je peux faire quelque chose...

— Non, rien, personne, célibataire ! C'était un pauvre type, alcoolique, très très mal noté ! Pour tout vous dire, avant de rendre visite à votre père, il était à un pot de départ en retraite d'un collègue et il avait un peu forcé sur le ti-punch... et comme de toute façon il vidait plus d'un litre de rhum par jour, pas la peine de vous faire un dessin ? On a fouillé son vestiaire. Rempli de cadavres de bouteilles ! S'il est allé voir votre père en sortant du pot, c'était tout simplement pour aller piquer un petit rou-

288

pillon dans sa chambre, il en avait l'habitude avant de rentrer chez lui à mobylette ! Tout le monde le savait !

Gabor précisa qu'une lointaine cousine allait se charger des formalités d'obsèques. La réglementation en vigueur permettait de rapatrier la dépouille de Mathurin en Guadeloupe à la charge de l'AP.

# CHAPITRE 35

Alain effectua le trajet de retour jusqu'à Belleville en bus, en train, puis en métro : il n'était absolument pas pressé de retrouver Jacquot. Que lui dire ? La vérité ? Lui annoncer qu'il était, de fait, devenu un meurtrier ? La vérité, il aurait pu la lui cacher en lui annonçant que Mathurin était seulement sonné, secoué par les décharges électriques qu'il avait reçues... Cette idée lui traversa l'esprit un bref instant. Il commença à peaufiner les arguments destinés à convaincre Jacquot qu'on ne pourrait jamais retrouver sa trace. Saoul comme il était au moment des faits, Mathurin serait à jamais incapable de dresser un portrait-robot précis de l'homme avec lequel il s'était battu dans la chambre 29, le 23 août 2003 aux environs de seize heures trente. Jeune, dans les vingt-cinq, trente ans, un mètre soixante-quinze, brun, sans autre signe distinctif... rien de plus, les flics pourraient toujours courir ! Jacquot était suffisamment naïf pour gober ce baratin, mais au final, le remède s'avérerait pire que le mal : Jacquot ne cesserait de vivre dans l'angoisse d'être un jour identifié.

Sauf que...

La vérité, à bien y réfléchir, était plus rassurante. Mathurin, mort, ne pourrait jamais fournir le moindre indice aux enquêteurs et d'ailleurs, des enquêteurs, il n'y en aurait tout simplement pas puisque tout le monde croyait à un accident stupide ! Le ventilateur, le lavabo, Mathurin saoul comme un cochon et la glissade... la fatalité !

*

Jacquot allait devoir encaisser la nouvelle. Pour le moment, Alain ne pensait qu'à lui. Sa propre incapacité à régler le problème avait précipité le jeune homme dans un gouffre sans fond. S'il avait eu, lui, le cran de faire avaler à son père le cocktail contenu dans le tube de Lexomil, Jacquot n'en serait pas là aujourd'hui. Cela dit, Jacquot devait trouver la force d'assumer les conséquences du drame : après tout, c'était lui qui avait insisté pour suppléer aux défaillances d'Alain. Et tout cela dans l'espoir d'acquérir sa foutue camionnette à frites. Un pauvre type avait payé de sa vie ce modeste rêve de liberté. Et Alain avait eu la faiblesse de laisser la machine infernale se mettre en route.

Ballotté dans son wagon de métro, il dévisagea les autres voyageurs. Une jolie femme assise devant lui, à laquelle il sourit machinalement et qui lui rendit son sourire avant de se replonger dans la lecture de son livre. Un petit vieux concentré sur sa grille de mots croisés, une Africaine qui tentait de calmer son marmot en larmes... Tous ces gens menaient leur vie sans histoires. Du moins si l'on se fiait aux apparences.

Avant de regagner sa maison, Alain tua encore un peu de temps en faisant le tour du quartier. À la sortie du métro, il tourna à droite dans la rue Dénoyez, en pleine rénovation. Les palissades qui protégeaient l'entrée du terrain vague voisin de sa maison étaient couvertes de tags. Il remonta la rue Ramponeau, obliqua à gauche rue de Tourtille, puis se résigna. Inutile de tourner en rond indéfiniment.

Il retrouva Jacquot, toujours enfermé dans son studio, allongé sur son lit, et lui annonça la vérité sans détours.

*

— J'ai tué un mec... murmura Jacquot, tu te rends compte ?

— C'est de ma faute, jamais j'aurais dû te laisser y aller ! plaida Alain. Le responsable, c'est moi !

Il s'abstint de lui faire remarquer qu'en se rendant à Lyautey, il avait bien l'intention de « tuer un mec », mais pas le même...

— Ouais, mais le coupable, c'est moi ! rétorqua Jacquot.

— Écoute, reprit Alain, assis sur le bord du lit, toi et moi, il faut qu'on réussisse à garder notre calme. On n'a rien à craindre. Je veux dire, il n'y a pas d'enquête et il n'y en aura pas. Tout ça, ça va se tasser... Il va falloir vivre avec ça et essayer d'oublier.

Il restitua le profil de Mathurin que Gabor lui avait dressé. Le fait qu'il était célibataire, ne laissait pas d'enfant derrière lui, pouvait atténuer un peu leurs remords.

— Je sais pas comment j'ai pu t'entraîner dans une histoire pareille, soupira Alain, désemparé.

Jacquot s'était retourné contre le mur orné d'un poster de Johnny Hallyday et sanglotait, toujours allongé sur son lit. Alain lui caressa la nuque, les épaules. Jacquot avait vingt-cinq ans, Alain le double et, à cet instant, à cet instant seulement, il comprit que depuis leur rencontre, il l'avait traité comme une sorte de fils adoptif. Jacquot, en retour, lui avait rendu toute son affection, avec sa maladresse, sa gaucherie. L'ironie de la vie avait fait qu'Alain connaissait bien mieux Jacquot qu'il ne connaissait Cécile. Ils étaient allés beaucoup plus loin dans leurs confidences réciproques qu'Alain avec sa propre fille.

— Il faut que tu retournes au boulot, que tu fasses comme si de rien n'était, hein ? Il va y avoir quelques jours, quelques semaines assez difficiles à passer, pour toi comme pour moi. On en parle quand tu veux. Je peux compter sur toi ? On n'est que tous les deux à savoir.

Jacquot frissonna, se détendit, prit la main d'Alain qui continuait de courir sur sa nuque et l'étreignit violemment. Alain se pencha sur lui, posa son front contre son dos.

— Pardon, murmura-t-il. Pour... pour les histoires de fric, t'en fais pas, tu l'auras, ta camionnette, je te jure que je vais me démerder, je sais pas comment, mais je vais me démerder...

*

Ce ne fut que tard dans la nuit qu'Alain parvint à s'endormir. Il n'avait plus un seul cachet, une seule gélule de somnifère à portée de la main et se rabattit sur l'alcool pour arriver à s'abrutir.

Ses ennuis d'argent – la date fatidique du 10 septembre, à partir de laquelle le juge aux affaires familiales allait s'occuper de son dossier, approchait – le tourmentaient bien moins que la culpabilité qu'il éprouvait envers Jacquot. Pendant toute la soirée, le téléphone ne cessa de sonner. Stéphane avait battu le rappel de la Tribu au grand complet après son séjour express à Cassis. Tous l'appelèrent pour prendre de ses nouvelles, tenter de lui remonter le moral, l'inviter à dîner... Il aurait très bien pu ne pas décrocher et laisser le répondeur enregistrer les messages, mais il attendait un appel de Cécile. La batterie de son portable était à plat et peinait à se recharger. Enfin, elle finit par le joindre vers onze heures et demie.

– C'est super, papa ! lui dit-elle. Avant-hier, on a quitté Houat et ce soir on est arrivés dans le golfe du Morbihan, on est dans un restau, ça fait deux heures que j'essaie de t'avoir, mais ça sonnait toujours occupé... et ton portable, il est naze, comme d'hab !

Elle lui fit le récit de la croisière en lui promettant qu'elle allait se mettre sérieux à la voile et qu'un jour, elle l'emmènerait en mer et tiendrait elle-même la barre du voilier ! Durant les quelques minutes de leur conversation, Alain oublia tout le reste. À minuit, il s'allongea dans le hamac, sous la tonnelle. Mephisto lui sauta sur le ventre et se mit à ronronner en le contemplant de ses yeux jaunes.

*

Il s'éveilla le lendemain matin vers dix heures, nauséeux, avec un mal de crâne terrible. Tous les symptômes de la gueule de bois. Il s'extirpa du hamac, massa ses reins endoloris, se rendit dans la cuisine pour se préparer un café bien serré, et ce ne fut que lorsqu'il revint s'asseoir sous la tonnelle qu'il remarqua l'enveloppe posée sur la table, coincée sous un cendrier pour la protéger d'une éventuelle saute de vent. Il l'ouvrit d'une main tremblante, s'attendant au pire. C'était une lettre de Jacquot. Parsemée de fautes d'orthographe.

*Cher Alain,*

*T'en fait pas pour moi, je vais tenir le choc. Je part. J'ai bien réfléchi, je vois pas d'autre solution. Retourner à l'hosto après ce que s'ait passé, je pourrais pas. On va essayer de tout oublier, comme tu disais hier soir. Je vait beaucoup penser à toi. Je te donnerai bientôt de mes nouvelles. Je t'aime beaucoup, Alain. Même si on se revoit jamais, je t'oublierai pas. Tu m'as apprit des tas de trucs. Je te souhaite bonne chance, et aussi à Cécile, vous mérité d'être heureux tous les deux.*

*Salut, mon vieux.*

*Jacquot*

— Ah, le con... murmura Alain, effaré.

Il traversa la courette, grimpa d'un bond la volée de marches qui menait au studio de Jacquot et trouva la porte ouverte. La pièce était en grand désordre. Des vêtements reposaient en vrac sur le lit, les tiroirs de la commode étaient renversés. Tout indiquait que Jacquot avait enfourné le strict minimum dans un sac de voyage avant de prendre le large.

*

Alain composa le numéro du portable de Jacquot, en vain. Il n'obtint même pas la boîte vocale. Il se força à attendre et réitéra plusieurs fois sa tentative. Inutile — Jacquot ne répondrait pas. Il fila droit à son agence bancaire de la BRED, au carrefour de la rue des Pyrénées. Le type qui s'occupait de son compte le reçut sans tarder.

— Voilà, lui dit Alain, je voudrais effectuer un virement.

Il sortit de sa poche un relevé de la Caisse d'épargne qu'il avait raflé chez Jacquot et le tendit à l'employé.

— Les coordonnées du compte à créditer. C'est un ami, un ami très proche.

— Et de quel montant sera le virement ?

— Mettez... quinze mille euros, précisa Alain, après un moment de réflexion.

— C'est effectivement un très bon ami !

— Oui, il a un projet commercial. Je tiens à l'aider et c'est assez urgent !

L'employé pianota sur son clavier d'ordinateur. Quelques secondes plus tard, l'imprimante cracha le formulaire qu'Alain n'eut qu'à signer pour valider l'opération. Il quitta l'agence et ce ne fut qu'en passant devant la devanture d'une boulangerie flanquée d'un miroir qu'il aperçut son visage dans la glace. Hirsute, les traits tirés, sa chemise toute froissée : il avait l'air d'un fou. Il descendit la rue de Belleville et rentra chez lui, fou, oui, fou d'inquiétude pour Jacquot. Il relut à plusieurs reprises la lettre qu'il avait rangée dans la poche de son veston. À bien y regarder, il ne décela aucun indice d'une quelconque attitude suicidaire. Du moins chercha-t-il à s'en persuader.

Sa visite à la banque s'était effectuée sur un coup de tête. Jacquot allait avoir besoin d'argent pour se sentir en sécurité. Avec un petit magot devant lui, il pourrait se poser quelque part, prendre le temps de la réflexion et, Alain l'espérait, éviter de commettre une bêtise quelconque. Myriam au cimetière, Cécile à la clinique, son père – *son vieux* – au mouroir, l'huissier qui menaçait et à présent Jacquot en cavale... Alain ne croyait ni en Dieu ni au diable, ni à d'autres sornettes de ce genre, mais il commençait à se demander ce qu'il avait bien pu faire pour que le sort s'acharne à ce point contre lui.

# CHAPITRE 36

Si, quelques mois plus tard, on l'avait interrogé sur la façon dont il passa la soirée du 25 août, Alain eût été bien en peine de répondre. Ce fut un trou noir, une véritable éclipse temporelle. En revanche, il garda un souvenir précis, minute par minute, de la matinée du 26. Dès neuf heures trente, la sonnerie du téléphone retentit pour le tirer du sommeil. L'employé de l'agence de la BRED responsable de son compte était au bout du fil.

— Monsieur Colmont ? Je vous appelle à propos du virement que vous m'avez demandé d'effectuer hier...

— Oui, eh bien ?

— Le compte de la Caisse d'épargne CHN76549 a été clos hier matin, précisément une heure avant que vous ne m'ayez demandé de virer la somme de quinze mille euros...

— Jacques Brévart, 26 rue de Belleville, insista Alain. Vous êtes certain qu'il n'y a pas d'erreur ?

— Non, non, j'ai sous les yeux un fax qui m'en informe. Si bien que l'opération s'est trouvée *de facto* annulée.

Alain raccrocha. Il s'habilla à la hâte sans même prendre une douche, traversa la rue de Belleville et pénétra dans l'agence de la Caisse d'épargne, située quasiment en face de l'entrée du 26. Il connaissait vaguement la directrice, une brune un peu sèche, au profil disgracieux, pour la simple et bonne raison qu'à plusieurs reprises, il avait accompagné Jacquot jusqu'à son bureau pour lui confier un chèque destiné à éponger *in extremis* le découvert de son copain. De chèque en chèque, il existait de

MON VIEUX

nombreuses traces de va-et-vient entre le compte de Jacquot et celui d'Alain, Jacquot remboursant toujours rubis sur l'ongle...

— Eh bien, cette fois, vous l'aviez gâté ! remarqua la directrice en consultant l'écran de son ordinateur. Seulement voilà, hier matin, M. Brévart est venu dès l'ouverture de l'agence. Il a tiré en liquide les 534 euros qui lui restaient et m'a demandé de clore le compte. Au vu des nombreux incidents survenus l'année passée, il était interdit de chéquier. La carte bleue, n'en parlons pas...

— Et... qu'est-ce qu'il vous a dit ? Il a bien dû vous donner une explication ?

— Aucune, et ce n'est pas mon rôle d'en réclamer, répliqua-t-elle. Il a voulu nous quitter et par là même se priver des nombreux services que nous aurions pu lui fournir s'il s'était décidé à se montrer plus rigoureux, plus raisonnable dans la...

— D'accord ! D'accord ! l'interrompit Alain. Vous l'avez vu ? Hier matin, vous l'avez vu, personnellement ?

— Heu, oui...

— Il allait bien ? Comment vous l'avez trouvé ? Calme ? Agité ?

*

Alain n'avait pas réussi à lui tirer les vers du nez. Elle avait une réunion « urgente ». Il traversa la rue de Belleville, au comble de l'inquiétude et, avant de prendre un café à la terrasse des *Folies*, alla retirer son courrier dans sa boîte aux lettres. Quelques prospectus publicitaires, une facture d'EDF, le bulletin trimestriel de la SACD, aucun intérêt, et une enveloppe en papier kraft, sans timbre ni adresse, juste son nom tracé en majuscules. M. COLMONT. Il la décacheta et en sortit tout un lot de photographies. Des tirages très ordinaires, couleur, de ceux que l'on peut obtenir dans un laboratoire de développement rapide.

1) Lui-même et Jacquot à la terrasse des *Folies*.
2) Lui-même et Jacquot dans la courette, assis face à face dans les fauteuils en osier.

3) L'entrée de l'hôpital Lyautey, vue de l'intérieur du hall d'accueil.

4) Jacquot pénétrant à l'intérieur du hall, une pièce de tissu blanc pliée sous le bras.

5) Jacquot enfilant une blouse blanche, au beau milieu du hall.

6) Jacquot se dirigeant vers les ascenseurs du bâtiment B.

7) Jacquot dans le couloir qui menait à la chambre 29. Deux vieillards parmi ceux qu'Alain avait croisés lors de ses visites dans le service, en arrière-plan, parfaitement reconnaissables.

8) Jacquot de retour dans le hall d'accueil, courant et se défaisant de sa blouse blanche, juste devant la boutique où l'on vendait journaux, friandises et bouquets de fleurs.

Rien d'autre. Aucun mot d'explication. Et pourtant, tout était dit. 1)2)3)4)5)6)7)8). Alain fit défiler les clichés entre ses doigts, à plusieurs reprises. Paradoxalement, il se sentait tout à fait calme. Cinq minutes auparavant, il en était encore à se préoccuper du sort de Jacquot après sa disparition inopinée – et il ne pouvait strictement rien y faire –, et voilà qu'une tout autre menace surgissait. Il rentra chez lui.

Cliché n° 2. Le plus intéressant. Lui-même et Jacquot dans la courette, assis face à face dans les fauteuils en osier. L'angle de prise de vue ne laissait planer aucun doute. Si le photographe les avait pour ainsi dire capturés dans ce moment d'intimité, ce ne pouvait être que... de haut ! Les feuilles qui bordaient le cadre, à savoir celles du platane sur lequel tous les membres de la Tribu avaient gravé leur prénom à coups de canif, indiquaient clairement d'où il avait agi. Alain agrippa une branche, escalada le tronc en prenant appui sur les nœuds qui le parsemaient, opéra un rétablissement en haut du mur de briques, provoquant ainsi un éboulement. Il se retrouva sur le tas de parpaings recouvert d'une bâche. Une couverture crasseuse était roulée en boule tout près de là et des bouteilles d'eau, vides, gisaient parmi les herbes folles. Plus des boîtes de conserve, elles aussi vides. Il fit quelques pas dans le terrain vague, le domaine de Mephisto, avant de regagner la courette. Le chat se prélassait au fond du hamac.

– T'aurais pu me prévenir, salaud, murmura Alain en lui caressant la tête.

Dix minutes plus tard, le téléphone sonnait.

– Monsieur Colmont ? demanda une voix inconnue, masculine.

# CHAPITRE 37

Depuis deux jours, Daniel Tessandier s'était installé dans un hôtel de la rue des Pyrénées, le moins cher qu'il avait pu trouver. 18 euros et des poussières pour une chambre qui empestait le moisi. Il n'avait pourtant d'autre choix que celui de casser sa tirelire rachitique pour mener à bien la suite des opérations. Le temps des nuits passées dans le terrain vague de la rue Dénoyez était bel et bien révolu. L'appareil photo, il l'avait acheté à la Fnac de la rue de Belleville. 79 euros. Il existait d'autres modèles, moins onéreux, mais il avait tenu à miser sur un minimum de qualité. Plus le trajet jusqu'à Lyautey, train et bus aller-retour, pour un budget aussi modeste que le sien, ça comptait aussi. Sans oublier une carte téléphonique d'une centaine d'unités : mieux valait voir large, les négociations risquaient d'être âpres... Et enfin le développement de la pellicule. Peu importe l'investissement, le résultat était là. Daniel ne disposait plus que de quelques dizaines d'euros. Mais cela n'avait plus aucune espèce d'importance.

Le 26 août, au milieu de l'après-midi, il quitta sa chambre et descendit la rue de Belleville, jusqu'aux abords de la station de métro. La bande à Nanard s'était répandue sur le terre-plein du boulevard de la Villette, comme à son habitude. Daniel observa la scène à distance, cherchant Gégé, espérant bien le trouver. Il était là, fidèle au poste, accroupi près d'une baraque foraine. Pas de surprise. Daniel ne tenait pas trop à rencontrer Nanard qui n'aurait pas manqué de l'apostropher à propos de sa désertion impardonnable après la soirée de délices passée chez Monette. Il profita d'un moment où le caïd allait faire les courses au supermarché chinois pour foncer sur Gégé et l'entraîner à sa suite le long de la rue de Belleville, qu'ils remontèrent d'un pas vif.

Au carrefour des Pyrénées, ils pénétrèrent dans un café assez tranquille – *Le Queyras* – et s'assirent à la terrasse. Gégé fut très content de boire un coup, que Daniel lui offrit. Puis un autre. Deux ballons de rouge, pas plus.

– Écoute, lui dit-il, j'ai besoin de toi pour... pour une combine, une combine de fric, tu piges, Gégé ?

Gégé ne voyait pas très bien où Daniel voulait en venir, mais il était prêt à le suivre aveuglément, comme vingt ans auparavant, quand il le raccompagnait à la sortie du collège jusqu'à l'immeuble où ils habitaient, cité des 3000, à Aulnay. Daniel sortit une photographie de la poche de son blouson. Celle d'un type installé à la terrasse des *Folies*. Un type dans la cinquantaine, au front dégarni, avec une barbe et une moustache poivre et sel. Et d'un autre, plus jeune, assis à ses côtés. Daniel pointa son doigt sur le quinquagénaire.

– Regarde-le bien, Gégé ! Il faut que tu puisses le reconnaître. Tu l'as vu ? Regarde encore !

Gégé plissa le front dans un intense effort de concentration.

– Voilà, poursuivit Daniel, ce soir, tu vas venir ici, au *Queyras*, à huit heures et demie... d'accord ? Ce type y sera. Tu l'accostes et tu lui dis, écoute bien, « c'est à propos de Lyautey ». Répète !

Gégé s'exécuta. À trois reprises.

– Bon, t'en fais pas, je serai pas loin. Quand tu lui auras dit ça, le gars va te donner une enveloppe. Tu la mets dans ta poche et tu prends l'avenue Simon-Bolivar, tu vois ? Tu marches vers les Buttes-Chaumont. Je serai pas très loin et je te rejoindrai.

– Et pourquoi tu viens pas directement avec moi dans le troquet ? s'étonna Gégé.

– Cherche pas à comprendre, je te jure que t'auras pas à le regretter ! Gégé ? Jusqu'à ce soir, il faut pas que tu picoles. De toute façon, je vais rester avec toi.

Gégé acquiesça. Son admiration envers Daniel était telle qu'il était résolu à se plier à ses quatre volontés.

– Maintenant, Gégé, tu vas venir avec moi. On va aller à l'Armée du Salut, à la station Saint-Martin. Tu vas prendre une douche, te raser, te faire couper les tifs et, avec un peu de bol, ils te donneront des vêtements propres. T'as bien compris ? Ce soir, je te filerai du pognon. T'as pas envie d'une chambre d'hôtel au lieu d'aller à Nanterre ?

Gégé eut une mimique vaguement approbatrice. Une chambre d'hôtel, oui, c'était mieux que la rue, la cave de Monette ou les dortoirs de Nanterre, mais il avait renoncé à cette perspective depuis si longtemps qu'il ne parvenait plus à se représenter exactement ce que cela signifiait, quel en était l'intérêt au juste.

\*

Deux heures plus tard, Gégé était méconnaissable. Propre, rasé, vêtu d'un survêtement raccommodé mais présentable, chaussé d'espadrilles, il arpenta la place de la République aux côtés de Daniel. Ils évoquèrent leur passé. Gégé était intarissable d'anecdotes à propos du collège. Comment Daniel avait cassé la gueule d'untel, un grand qui n'arrêtait pas de l'emmerder dans la cour de récré, comment il l'aidait à faire ses devoirs, etc., etc. Puis il se mit à raconter les soirées avec son père, le foyer de la DDASS dans lequel il avait échoué. Daniel passa son bras autour de ses épaules, le serra contre lui, attendri.

– C'est fini, tout ça, Gégé, c'est fini... on va s'en sortir !

À cet instant, Daniel se plut à croire qu'il était sincère, qu'il allait réellement aider son copain à remonter la pente. Dans la minute qui suivit, pourtant, il dut bien s'avouer que la dernière des conneries à faire, c'était de s'encombrer d'un boulet tel que Gégé. Il allait juste lui offrir un petit moment de répit dans sa vie de misère. Ce n'était déjà pas si mal.

\*

Le plan fonctionna comme prévu. À vingt heures trente, Gégé
s'approcha de la terrasse du *Queyras*, reconnut le type de la
photo, s'avança vers lui et lança le mot de passe. « C'est à propos
de Lyautey. » Le type écarquilla les yeux, observa Gégé de la tête
aux pieds, incrédule. Gégé répéta le mot de passe. Le type sortit
une enveloppe assez rebondie de la poche de sa veste et la lui
tendit. Gégé s'en saisit et s'éloigna en direction de l'avenue
Simon-Bolivar. Daniel épiait Alain Colmont depuis le trottoir
d'en face. Il craignit un instant qu'il ne suive Gégé, mais non,
il respecta le deal passé au téléphone.

*... Monsieur Colmont, vous remettez mille euros que vous aurez
placés dans une enveloppe à un monsieur qui viendra vous voir et
vous dira « c'est à propos de Lyautey ». Surtout, restez assis à votre
place pendant au moins une demi-heure, ou tout finira mal. Je vous
téléphonerai très bientôt. Au revoir, monsieur Colmont...*

Daniel accompagna pas à pas la progression de Gégé, mais de
l'autre côté de l'avenue. Il se retourna fréquemment. Rassuré.
Colmont avait bien obéi aux consignes qu'il lui avait données.
Daniel retrouva Gégé quelques centaines de mètres plus loin et
l'entraîna dans un nouveau bistrot. Ils commandèrent deux ballons de rouge. Gégé siffla le sien avec avidité. Il n'avait pas avalé
la moindre goutte d'alcool depuis plusieurs heures si bien que
ses mains tremblaient. Daniel ouvrit l'enveloppe et sous l'œil
émerveillé de Gégé en tira vingt billets de cinquante euros. Il en
offrit deux à Gégé. Cent euros ! Tout ça juste pour être allé
récupérer une enveloppe ! Gégé était prêt à recommencer tant
que Daniel le voudrait.

— Salut, Gégé, dit celui-ci en lui tendant la main.

— On va se revoir, hein ?

— Bien sûr, mentit Daniel. Un copain comme toi ! Tu penses !
Je te ferai signe, bientôt !

Il quitta le bistrot après avoir réglé l'addition, un large sourire
aux lèvres. Non, mon vieux Gégé, non, on se reverra plus, plus
jamais, songea-t-il, c'est à chacun de se démerder. T'en as chié,
moi aussi, mais toi et moi, ça s'arrête là !

Il se sentait ragaillardi. Ce Colmont pétait de trouille. La
preuve ? À la première injonction, il avait commencé à cracher

son pognon ! Daniel était certain de pouvoir le plumer jusqu'au dernier sou. Si, dans l'urgence, il avait demandé à Gégé de l'aider, c'était uniquement pour tester Colmont. Des fois qu'un coup de colère le prenne et qu'il se mette à faire du scandale ou à cogner sur l'intermédiaire, il fallait tout prévoir. Puisque Colmont s'était montré docile, Daniel se débrouillerait seul pour la suite.

Après l'aumône concédée à Gégé, il lui restait 900 euros. De quoi voir venir, payer sa chambre d'hôtel sans problème, se restaurer convenablement, avant de décrocher le magot. Fauché comme il l'était, il avait absolument besoin de cette bouée de sauvetage pour mettre le reste de son plan à exécution.

*

Tandis que Daniel s'éloignait, Gégé commanda illico un autre ballon de rouge. Puis un autre, puis un autre... Quand il regagna le carrefour Belleville, il était totalement ivre. Et hilare. Avec deux bouteilles de picrate achetées chez Samir ! Nanard l'accueillit à bras ouverts. Gégé lui montra toute sa fortune, une somme invraisemblable la dernière semaine du mois, si loin du RMI précédent. Nanard compta les billets, incrédule. Et les confisqua aussitôt.

– Où qu't'as piqué tout ça ? demanda-t-il.

Gégé refusa de répondre, mécontent de s'être laissé délester de sa petite fortune, et s'accroupit près de la baraque foraine pour faire la gueule.

Deux heures plus tard, il était un peu dégrisé. Le bus de la RATP était passé. Philou, la Chenille, Luigi étaient partis pour Nanterre. Restait Meccano. Nanard revint à la charge.

– Alors, où qu't'as piqué tout ça ? répéta-t-il.

– J'l'ai pas piqué, le pognon, j'l'ai gagné ! bredouilla Gégé, boudeur.

– Ah ouais, 100 euros, d'un seul coup ? Et comment ?

– J'te dirai pas !

– Mais si, tu vas m'dire !

La main de Nanard parcourut le visage de Gégé et descendit le long de son cou pour y exercer une pression ferme.

— Bon, d'accord... mais moi aussi, je veux ! râla Gégé au bord de l'asphyxie.

— Tu veux quoi ?

— Ben... Madame Florence, j'y ai jamais eu droit comme les autres, alors si j'y ai droit, j'te raconte !

Nanard, flairant une affaire plus que suspecte, décida de céder au caprice de Gégé. D'un coup de pied, il réveilla Madame Florence, étalée sur le trottoir. Il l'agrippa sous les aisselles et l'aida à se tenir debout.

Meccano soutint Madame Florence dont la démarche vacillait, tandis que Gégé cheminait à côté de Nanard. Dix minutes plus tard, ils arrivèrent chez Monette. Une fois descendu dans la cave, Nanard s'assit dans le rocking-chair et, d'un claquement de doigts, invita Meccano à déshabiller Madame Florence. Ce qui prit moins d'une minute.

Gégé resta ébahi devant ce corps dénudé. Jamais, de toute sa vie, il n'avait touché une femme. Il s'en approcha, fébrile, lui pétrit les seins, les cuisses, les fesses d'une main, tandis que de l'autre, il se tripotait l'entrejambe. Sans résultat.

— Faudrait pas que vous soyez là ! Ça me gêne ! expliqua-t-il d'une voix geignarde.

— Bon d'accord, concéda Nanard, excédé.

Il entraîna Meccano à sa suite dans l'escalier en colimaçon. Ils patientèrent un bon quart d'heure, accoudés au comptoir, devant les verres de pastis que leur servit Monette. Madame Florence émergea de la cave, la chevelure ébouriffée, rajustant ses vêtements en grand désordre.

— Alors, ça y est ? demanda Nanard.

— Ben non, il a pas pu, soupira-t-elle.

Nanard, furieux, frappa du poing sur le zinc et dégringola la volée de marches. Gégé sanglotait, recroquevillé sur un coin de matelas. Nanard s'agenouilla près de lui et lui caressa le dos.

— Bon, c'est pas grave, lui chuchota-t-il à l'oreille. Maintenant, mon petit gars, moi, j'ai été réglo. À toi de l'être ! Ton fric, d'où qu'il vient ?

Et Gégé, de son ton pleurnichard, raconta toute l'histoire.

# CHAPITRE 38

Alain était revenu chez lui après avoir passé une demi-heure à la terrasse du *Queyras*, ainsi que son correspondant le lui avait ordonné. Un clodo ! Le type à qui il avait remis l'enveloppe était un clodo édenté, au visage ravagé par l'alcoolisme, une épave épuisée après de longues années passées à la rue ! Les signes d'une présence récente dans le terrain vague voisin de sa maison, plus le look désastreux de cet intermédiaire, tout indiquait que le maître chanteur devait lui aussi appartenir à cette engeance. Mille euros. Une somme dérisoire en regard de ce qu'il pouvait espérer obtenir, puisqu'il était évident que son intention était bel et bien d'affoler Alain grâce aux photographies qui prouvaient la visite de Jacquot à l'hôpital Lyautey. Alain les avait étudiées à la loupe, détaillant chaque objet, chaque visage. Rien ne permettait de situer la date exacte à laquelle avaient été pris les clichés... Jacquot aurait pu aller en vadrouille à Lyautey huit jours plus tôt ou plus tard. Restait pourtant, si les choses tournaient mal, à expliquer la raison de sa présence à Lyautey, de surcroît avec une blouse blanche ! La menace était réelle.

*

Seul dans sa chambre d'hôtel, avec une flasque de rhum qu'il sirotait à toutes petites gorgées, Daniel exultait. Sa virée à l'hôpital, les photos qu'il était parvenu à prendre sans attirer l'attention, tenant l'appareil à bout de bras et mitraillant au jugé, le premier versement récupéré par Gégé, tout fonctionnait à merveille. Sur la pellicule de trente-six poses, seuls huit clichés s'étaient révélés utilisables. Les autres étaient flous ; sur certains, des visiteurs étaient apparus dans le champ à l'improviste, mais peu importe : huit, ces huit-là avaient de quoi angoisser Brévart et Colmont.

Peu avant minuit, il quitta sa chambre, fit quelques pas dans la rue, entra dans une cabine téléphonique et composa le numéro de Colmont. À présent, il fallait manœuvrer finement.

— Monsieur Colmont ? demanda-t-il dès qu'Alain eut décroché. Je vous remercie d'avoir suivi mes consignes. Maintenant, nous allons passer aux choses sérieuses.

Il entendait le souffle de son interlocuteur et laissa passer plusieurs secondes avant de continuer.

— Ces photographies sont très gênantes pour vous, n'est-ce pas ? Vous comprenez bien que j'ai la pellicule.

— Disons qu'elles m'intéressent, effectivement.

— J'ai passé plusieurs nuits dans le terrain vague derrière chez vous ! continua Daniel d'une voix qui exprimait sa jubilation. Je vous ai entendu discuter avec Brévart ! De ce que vous prépariez pour votre père.

— Eh bien ?

— Vous êtes un beau salaud ! Vous devriez avoir honte !

— Honte de quoi ?

— Vous savez bien : d'avoir envoyé Brévart le tuer !

— Le tuer ? Vous racontez n'importe quoi. Mon père se porte assez bien !

\*

Alain entendit son correspondant bredouiller. Il avait marqué un point. Quel que soit ce type, il fallait se montrer ferme et négocier en douceur pour le convaincre, coûte que coûte, de lui remettre la pellicule.

— Si vous espérez que je vais croire à vos conneries, vous vous gourez !

— Nous pouvons aller à l'hôpital tous les deux, vous verrez

bien... proposa Alain en ayant parfaitement conscience que l'autre allait refuser.

– Non, ça, c'est un piège !

– Pas du tout, mais si vous le croyez... Téléphonez donc à l'hôpital demain matin, expliquez-leur que vous êtes un membre de la famille, demandez de ses nouvelles et vous en aurez le cœur net ! Vous voulez que je vous donne le numéro ? Vous avez de quoi noter ?

– Je vous rappellerai ! Bougez pas de chez vous de toute la matinée ! lança Daniel après avoir mémorisé la série de chiffres.

– Eh bien à demain, conclut Alain d'une voix très calme.

Il raccrocha et respira un grand coup. Il lui sembla qu'il ne s'était pas trop mal débrouillé. Il n'y avait a priori aucune raison que la surveillante évoque la mort de Mathurin. À moins d'un coup de malchance tout à fait extraordinaire... et en la matière, Alain avait appris à se méfier.

Il ne ferma pas l'œil de la nuit.

# CHAPITRE 39

Daniel ne parvint pas, lui non plus, à trouver le sommeil. Soit Colmont bluffait et, une fois la vérité établie, il allait le payer cher, soit il disait vrai et le pactole que Daniel espérait encaisser se réduirait à une peau de chagrin. Il savait que Colmont disposait de pas mal d'argent car il avait fréquemment évoqué certaines sommes lors de ses conversations avec Brévart. Bon, même si le paternel n'était pas mort, même si Brévart s'était dégonflé au dernier moment, restait à expliquer ce qu'il était allé foutre à Lyautey avec sa blouse blanche ! Quel que soit le cas de figure, la pellicule conservait une certaine valeur. Daniel retourna toutes les hypothèses dans sa tête sans lâcher des yeux la pendule qui ornait un des murs de sa chambre.

À neuf heures trente, le 27 août, il pénétra dans la cabine téléphonique d'où il avait appelé Colmont, composa le numéro de Lyautey, obtint le standard et demanda à parler à la surveillante du service où se trouvait Mathieu Colmont. Il l'obtint après une longue attente, annonça qu'il était un neveu habitant en province et demanda de ses nouvelles.

— Il a un peu souffert de la chaleur, comme tous nos pensionnaires, mais il est de constitution robuste ! Il va du mieux qu'on puisse aller à son âge et... avec sa maladie.

— Je peux lui parler, peut-être ?

— Lui parler ? Écoutez, il n'a pas le téléphone dans sa chambre et puis... monsieur Colmont, son fils, vous a sans doute expliqué qu'il ne parle plus vraiment ou tout du moins qu'on ne

309

comprend pas grand-chose à ce qu'il dit... mais vous pouvez passer lui rendre visite, l'après-midi, à partir de quatorze heures. Au troisième étage du bâtiment B, chambre 29.

La surveillante s'excusa. Elle était très prise et devait raccrocher. Daniel resta debout de longues minutes dans la cabine, anéanti. Il se rendit au *Queyras*, commanda un rhum au comptoir. Puis un autre.

Il se retint de continuer, ce n'était pas le moment de perdre ses moyens. Il espérait obtenir 75 000 euros en échange de la pellicule. Mais puisque Colmont père était toujours vivant, il devait reconsidérer ses calculs.

Il sortit du bistrot, retourna dans la cabine et appela Colmont fils.

— Alors ? demanda celui-ci. Je vous avais menti ?

— Faites pas le malin ! Vous voyez ce qui se passera si je rédige une lettre à la police avec les photos pour expliquer ce que vous alliez faire ?

— Ah oui ? Et vous pensez qu'on vous croira uniquement à cause des photos ?

— J'en ai d'autres, hein, attention !

— Eh bien, montrez-les-moi, je doute qu'on puisse y voir quelque chose de bien probant...

Daniel trépigna, à court d'arguments.

— Bon, mais la pellicule, elle vous intéresse quand même ?

— Oui, je vous l'ai déjà dit !

— Bon, alors c'est 15 000 euros !

— Non, la moitié. 7 500 !

Daniel trépigna de plus belle. Le calme dont faisait preuve Colmont le mettait hors de lui. Il était certain qu'il paniquerait, supplierait, se plierait à toutes ses exigences. Rien de tel ! Une lettre à la police ? Avec l'affaire Saïd qu'il avait déjà sur le dos, toutes les convocations au commissariat auxquelles il ne s'était pas rendu, c'était plus que risqué ! Et son passé de SDF, de RMiste, face à un Colmont ? Les flics allaient bien rigoler ! Et même si on le croyait, qu'est-ce qu'il y avait à espérer ? Une récompense pour avoir dénoncé un meurtre qui n'avait pas été commis ? C'était n'importe quoi ! La foirade totale.

— Je ne vous entends plus, reprit Colmont.

Daniel en avait les larmes aux yeux. Son rêve virait au cauchemar. Il ne parvenait plus à articuler la moindre parole. Une fois de plus, il s'était fait rouler dans la farine. Il n'était qu'un minable.

— Écoutez, je ne sais pas qui vous êtes, poursuivit Colmont, mais ce que je sais, c'est que vous avez passé plusieurs nuits dans le terrain vague derrière chez moi. C'est de cette espèce d'amas de parpaings que vous avez réussi à prendre vos photos. J'en conclus que votre situation n'est pas très brillante, n'est-ce pas ? Et si j'en juge par l'apparence de votre ami, celui à qui j'ai confié l'enveloppe, il me semble que 7 500 euros devraient tout de même vous aider à vous sortir de votre... situation ?

Colmont disait vrai. Daniel se lança dans un calcul rapide. Avec 7 500 euros, il pourrait s'assurer plusieurs mois de tranquillité, régler l'histoire de la plainte de Saïd, avoir la paix de ce côté-là et même acheter un de ces revolvers qu'il admirait à la devanture de l'armurerie du boulevard Voltaire pour reprendre ses braquages. À tout prendre, ce que lui proposait Colmont, ce n'était pas le Pérou, mais il ne fallait pas laisser passer l'occasion.

— Bon, d'accord, mais pas de salades ! s'écria-t-il. On se retrouve ce soir au *Queyras*, là où vous êtes déjà venu ! À vingt heures trente. Moi, j'apporte la pellicule et vous l'argent !

— Ce soir, ce sera impossible ! Je n'ai pas 7 500 euros en liquide chez moi. Il faut que je prévienne ma banque pour une telle somme. On va me demander un délai de vingt-quatre heures. Demain soir par contre, pas de problème.

— Bon, demain soir, vingt heures trente au *Queyras* ! Et pas de conneries, hein, pas de conneries !

\*

Alain resta assis dans son fauteuil près de trois quarts d'heure sans parvenir à bouger. Ses mains tremblaient si fort qu'il mit un temps fou à composer le numéro de son agence bancaire. Quand il put enfin y parvenir, l'employé qui s'occupait de son compte marqua un certain étonnement. Il venait d'ordonner un virement sur un compte qui avait été résilié et voilà qu'à présent il demandait une somme rondelette en liquide ? Alain disposait de son argent comme il l'entendait et l'employé n'avait aucune remarque à formuler... Il pourrait passer en milieu de matinée le lendemain pour retirer la somme.

Alain quitta sa maison afin de faire quelques courses. Le puisard recommençant à empester, il se rendit dans un magasin voisin pour y acheter un produit désinfectant que le plombier lui avait recommandé lors de son dernier passage. Son bidon sous le bras, il s'apprêtait à rentrer chez lui quand il tomba nez à nez avec Farid, un dessinateur de BD qui habitait tout près et qui, depuis bien longtemps, lui avait proposé de travailler avec lui. Alain au scénario, et Farid au pinceau. Il avait bien d'autres choses en tête que de réfléchir à ce genre de projets, mais Farid insista tant et plus qu'ils prirent place à la terrasse des *Folies*. Au fond de ses tiroirs, Farid le savait, Alain détenait plusieurs nouvelles inédites qui pouvaient servir de prétexte à la réalisation d'un album...

*

Juste en face des *Folies* se dressaient les façades de restaurants et d'épiceries asiatiques installés dans le renfoncement de plusieurs immeubles et bordés d'arcades. Les jours de pluie, les membres de la bande à Nanard venaient s'y abriter, trouvant tant bien que mal une place où s'asseoir parmi les palettes de légumes et de sacs de riz que des camionnettes déchargeaient en continu. Nanard et Gégé sortaient d'une de ces épiceries où ils étaient allés acheter quelques cannettes de bière. Gégé se mit à l'abri derrière une arcade et, avec des mines de conspirateur, appela le caïd qui marchait deux pas devant lui.

– Eh, Nanard, vise un peu. Tu vois le gars, en face, à la terrasse... celui qui a la barbe et la moustache ?

Nanard plissa les paupières.

– Eh ben quoi ?

– C'est lui qui m'a filé l'enveloppe pleine de pognon pour Daniel !

Nanard avait pris très au sérieux le récit de Gégé, qui lui avait juré que la fameuse enveloppe était bourrée de billets de cinquante euros. Les précautions que Daniel avait prises – emmenant Gégé se faire doucher, couper les cheveux et habiller au centre d'accueil Saint-Martin, lui interdisant de picoler jusqu'au rendez-vous – l'avaient intrigué au plus haut point.

– T'es sûr ? demanda-t-il. C'est ce mec-là ? C'est bien lui ?

Gégé jura ses grands dieux que oui. Meccano était assis à même le bitume, non loin de là, absorbé par son occupation favorite : compter et recompter sans fin les vis, clous et boulons qui alourdissaient les poches de son battle-dress.

– Toi, tu dégages ! ordonna-t-il à Gégé en lui abandonnant, geste inouï, les cannettes qu'ils venaient d'acheter. File distribuer ça aux copains !

Gégé obtempéra, ravi de l'aubaine. Il comptait bien s'en réserver une pour lui tout seul. Nanard s'assit près de Meccano.

– Remballe ton fourbi ! J'ai besoin de toi !

Meccano le toisa d'un air ahuri et obéit, un rien contrarié. Il venait juste de réunir trois jolis tas, vis, boulons et clous, et les contemplait, satisfait du résultat.

– Le mec, le barbu là-bas, en face, on le lâche pas ! annonça Nanard.

Ils patientèrent plus d'une heure – mais pour eux, le temps importait peu – avant que « le barbu » se lève, serre la main du type avec lequel il venait de prendre un pot, récupère un bidon de détergent qu'il avait déposé sur le trottoir et se dirige vers l'entrée du numéro 26 de la rue de Belleville. Nanard le vit pianoter le code sans hésitation et disparaître à l'intérieur de l'immeuble.

– Çui-là, décréta-t-il, on va le tenir à l'œil ! On bouge pas d'ici !

\*

La nuit fut des plus douces, avec une température d'une vingtaine de degrés. Nanard effectua de fréquentes allées et venues, des arcades jusqu'à la station de métro distante d'une centaine de mètres à peine. Le Pirate veillait sur Madame Florence.

Dès sept heures du matin, l'animation reprit dans la rue avec le départ au boulot des habitants du quartier. Nanard réitéra ses ordres. Meccano, son homme de confiance, devait continuer de surveiller l'entrée du 26. Vers onze heures, « le barbu » que Gégé avait juré avoir déjà rencontré, suite à la curieuse mission confiée par Daniel, quitta l'immeuble et commença à remonter la rue de Belleville. Nanard le fila à bonne distance. Parvenu au carrefour des Pyrénées, l'homme pénétra dans une agence de la BRED. Un quart d'heure plus tard, il en ressortait, tenant bien serrée sous son bras une grosse enveloppe en papier kraft. Puis il redescendit la rue de Belleville jusqu'au numéro 26 et claqua la porte derrière lui. Nanard n'y tenait plus. Si l'enveloppe était de la même nature que celle que Gégé avait vue entre les mains de ce pourri de Daniel, l'affaire prenait une tournure des plus intéressantes.

Plus les heures passaient, plus Meccano commençait à en avoir ras-le-bol de la tâche que lui avait confiée Nanard. Il avait été convenablement ravitaillé en sandwichs et bouteilles de rouge par le Pirate, mais pas trop : Nanard tenait à éviter qu'il ne s'endorme. De toute la journée, il n'avait pas recompté sa provision de vis, de boulons et de clous, et en ressentait une angoisse diffuse. Ils étaient assis tous les deux, avec Nanard, sur leur coin de bitume quand soudain, vers vingt heures quinze, « le barbu » quitta l'immeuble du 26 de la rue de Belleville.

– Toi, tu restes ici ! ordonna Nanard.

Meccano acquiesça, plongea précipitamment les mains dans ses poches, en sortit sa quincaillerie portative et, soulagé, se livra aussitôt à son occupation favorite.

# CHAPITRE 40

Alain attendait, assis à la terrasse du *Queyras*, son enveloppe pleine de billets, 7 500 euros, posée sur les genoux. Toute la journée, il n'avait cessé de tenter de joindre Jacquot, en vain. La terrasse était quasi déserte, seul un couple d'ados rigolait en douce à quelques tables de celle où il avait pris place.

Il aperçut un type, trente-cinq ans environ, qui faisait les cent pas sur le trottoir, non loin de là. Était-ce lui, ou l'autre, adossé contre le tronc d'un arbre, plus âgé celui-là, qui fumait nerveusement sa cigarette ? C'était le premier.

À vingt et une heures, Daniel Tessandier se décida et se dirigea droit vers Alain. Qui le dévisagea avec attention. Il lui sembla l'avoir déjà croisé près de chez lui autour du carrefour Belleville, mais il n'aurait pu le jurer. Son maître chanteur, puisqu'il fallait bien le nommer ainsi, n'en menait pas large. Il n'avait pas – ou plus ? – l'air d'un clodo. Rien à voir avec le pauvre gars à qui il avait remis la première enveloppe. En début d'après-midi, Daniel s'était rendu au Monoprix Jourdain et avait acheté un pantalon, une chemise ainsi qu'une paire de mocassins. Et avait pris soin de se raser, de se coiffer, de se couper les ongles.

– Bonsoir, monsieur Colmont ! s'écria-t-il d'une voix qu'il eût voulue plus assurée, mais qui dérapa dans les aigus.

Daniel ne pouvait s'empêcher de lorgner l'enveloppe et s'assit à côté de sa victime.

– Eh bien, dit Alain, voilà. Il me semble que nous allons pouvoir nous entendre. Vous avez les négatifs ?

Le serveur s'approcha. Alain avait déjà vidé son demi et en commanda un autre. Daniel l'imita. Il trempa ses lèvres dans le verre regorgeant de mousse.

— J'ai les négatifs, confirma-t-il. Et vous ?

Alain entrouvrit son enveloppe et, du pouce, effeuilla la liasse de billets de cinquante euros qu'elle contenait. Daniel déglutit, affolé par une telle quantité d'argent. Il n'en avait jamais vu autant. Il fouilla dans la poche de son blouson, en sortit la pochette que l'employé de la Fnac lui avait remise et qui contenait les négatifs, protégés par des films plastique. Alain s'apprêta à les saisir, mais la main de Daniel se crispa, les retenant prisonniers.

— Il faut pourtant bien que je les examine... expliqua doucement Alain. Que je vérifie.

La nuit commençait à tomber et la lumière ambiante n'était pas suffisante pour les visionner. Alain se gratta la tête, perplexe. Il percevait la tension extrême de son interlocuteur, sa trouille, intense, qui le faisait transpirer à tel point qu'il pouvait renifler l'odeur de sa sueur. Que faire ? Se lever, gagner ensemble l'intérieur du bistrot, chacun serrant sa monnaie d'échange contre lui, s'installer près d'une lampe ? Alain leva le bras pour appeler le serveur. Il lui demanda s'il aurait, par hasard, une torche électrique à leur prêter. Une minute plus tard, le loufiat lui confiait un vieux boîtier Mazda dont le bouton d'allumage laissait à désirer. Alain déposa le boîtier sur la table et, un à un, examina les négatifs. 1)2)3)4)5)6)7)8). Il reconnut les photos qui avaient été déposées dans sa boîte aux lettres. Les vingt-huit autres, sur trente-six, étaient floues ou ne présentaient aucun danger. Nulle part Jacquot n'y apparaissait. Alain éteignit le boîtier.

— L'argent est à vous, dit-il en tendant l'enveloppe.

Daniel lui abandonna les négatifs avant de déguerpir. Alain le vit s'éloigner vers l'avenue Simon-Bolivar. Il fut pris d'un fou rire nerveux, une cascade de hoquets, de spasmes, qui lui secoua la gorge, l'œsophage, l'estomac, au point de lui donner envie de vomir. Il n'y avait aucune joie, strictement aucune, dans ce déferlement, simplement la manifestation physiologique d'un état de tension devenu insupportable et qui soudain s'apaisait. Il détenait les négatifs. Il ne lui restait qu'à les détruire.

# CHAPITRE 41

7 500 euros ! Il était arrivé à soutirer 7 500 euros à Alain Colmont ! Il n'en revenait pas. C'était la fin de ses emmerdes, la promesse d'un nouveau démarrage dans la vie. Il s'éloigna du lieu du rendez-vous à toute vitesse, serrant contre son cœur la précieuse enveloppe. Il parcourut trois cents mètres, se réfugia dans l'encoignure d'une porte cochère pour reprendre son souffle, le front appuyé contre la paroi de granit. C'est alors qu'une main s'abattit sur son épaule. Il se retourna d'un bloc.

— Alors, mon petit Daniel, demanda Nanard d'une voix doucereuse. On fait des cachotteries aux copains ?

# CHAPITRE 42

29 août. Toujours aucune nouvelle de Jacquot. En rentrant chez lui, la veille au soir, Alain avait de nouveau examiné les négatifs à l'aide d'une lumière plus appropriée. À la loupe. Définitivement rassuré, il avait allumé son barbecue et fait griller le tout, tirages papier et pellicule, dans une belle flambée. Puis, allongé dans son hamac, il avait attendu que la dernière braise s'éteigne et caressé Mephisto confortablement installé sur ses genoux.

Ce matin du 29 août, attablé à la terrasse des *Folies*, il parcourut la presse. À présent, c'était quasiment certain, on s'acheminait vers les quinze mille décès consécutifs à la canicule. En feuilletant le cahier central du *Parisien*, à la rubrique des faits divers, il eut soudain un haut-le-cœur. Un cadavre avait été retrouvé près des Buttes-Chaumont. Celui d'un certain Daniel Tessandier. Assassiné de plusieurs coups de couteau. Sa photo, issue de sa carte d'identité, illustrait la brève – quelques lignes à peine – qui relatait le drame. Les enquêteurs ne disposaient d'aucune piste. La victime s'était installée depuis plusieurs jours dans un hôtel de la rue des Pyrénées et, selon le rédacteur, était « bien connue des services de police » à la suite des bagarres fréquentes auxquelles ce Tessandier, Daniel, âgé de trente-cinq ans, avait été mêlé. Dans sa chambre, on avait retrouvé un catalogue d'armes à feu.

# CHAPITRE 43

Le samedi 30 août, Alain Colmont prit le train à Montparnasse pour se rendre à Groix. Cécile était enchantée de la croisière à laquelle elle avait participé et ne tarissait pas d'anecdotes à ce propos. En l'accueillant à son arrivée à la clinique, Garnier attira Alain à l'écart et lui confia, sous le sceau du secret, que durant la fameuse croisière, Cécile n'avait pas été insensible au charme d'un des moniteurs. Mais bon, il n'en savait pas plus.

– Elle commence à nous échapper, poursuivit Garnier. Que demander de mieux ? Vous avez gagné la partie, monsieur Colmont !

Alain passa tout le dimanche à parcourir l'île à vélo avec sa fille, à se baigner à la plage des Grands Sables, à sillonner à pied les chemins creux parsemés de ronces pour y cueillir des mûres. À l'issue de la journée, ils rentrèrent moulus de fatigue à la clinique : l'heure du retour avait sonné. Sur le quai de Port-Tudy, Cécile étreignit longuement son père. *Le Korrigan* effectuait sa dernière traversée à dix-neuf heures, juste le temps d'arriver à Lorient pour attraper le dernier TGV de vingt heures trente.

– Je vais beaucoup mieux, papa, je te jure, murmura-t-elle à son oreille. Je sais pas ce qui m'arrive, mais c'est comme ça !

– Faut pas trop chercher à comprendre. Parfois les choses s'arrangent sans qu'on sache pourquoi ! répondit Alain en la serrant très fort dans ses bras.

\*

De retour à Belleville, il retrouva la courette, la tonnelle, ce petit salaud de Mephisto qui miaulait tant et plus dans l'attente de sa tasse de lait. Et toujours aucune nouvelle de Jacquot. Perplexe, il relut la brève du *Parisien* qui annonçait la mort de Daniel Tessandier. Nadège, de Destroy Prod, était rentrée de ses vacances à l'île Maurice et avait laissé un message sur le répondeur. Il fallait se remettre au travail de toute urgence.

\*

Le 6 septembre, à neuf heures, le téléphone sonna. Alain avait passé la nuit entière devant l'écran de son Mac à écrire des bêtises pour respecter les consignes de Nadège. Au petit matin, épuisé, il s'était endormi, la tête enfouie dans ses bras, sur son bureau. Il reconnut aussitôt la voix du Dr Darnel.

— Monsieur Colmont ? Je tenais moi-même à vous en avertir... Votre père est décédé cette nuit.

— Il... il est mort ? bafouilla Alain, mais comment ?

— Un arrêt du cœur, tout simplement. La fatigue, sans doute les conséquences de la canicule...

— Je ne vais pas vous mentir, pour moi, c'est un soulagement.

— Je sais, monsieur Colmont, je sais. Ma tâche à moi, c'était de le maintenir en vie le plus longtemps possible.

Alain remercia Darnel. Il contacta aussitôt Hervé pour lui annoncer la nouvelle. Les bureaucrates du conseil général pouvaient bien réunir leur foutue commission le 10 septembre, les textes étaient formels : « La saisine du juge des affaires familiales n'est possible que du vivant du créancier alimentaire. » On ne pouvait donc lui réclamer le moindre centime. Et Jacquot avait **tué** Mathurin Debion pour arriver, *in fine*, à ce résultat...

\*

Le 8 septembre, la dépouille de Mathieu Colmont fut incinérée au crématorium de Draveil. Alain assista seul à la cérémo-

MON VIEUX

nie, très rapide, réduite à sa plus simple expression. Il transporta l'urne qui contenait les cendres jusqu'au cimetière de Pantin où était enterrée sa mère, Annie Dréjeac. Il n'avait jamais visité sa tombe recouverte d'une plaque de marbre, qu'au fil des ans les mousses et les lichens avaient colonisée. C'était à peine si l'on parvenait encore à lire le nom gravé dans la pierre. Alain demanda qu'on la descelle et qu'on dépose sur le cercueil de sa mère l'urne qui contenait les cendres de son père. Il s'éloigna de quelques pas tandis que les employés du cimetière s'acquittaient de leur tâche. Un peu plus tard, le chef d'équipe vint lui annoncer que c'était chose faite. Alain quitta le cimetière sans même se retourner.

\*

Il abandonna sa maison du 26 de la rue de Belleville début octobre. Dans le terrain vague voisin, les excavatrices étaient déjà entrées en action pour creuser les fondations du chalet commandé par le couple de Hollandais. Au moment de quitter la courette, il aperçut Mephisto perché sur un tas de gravats. Le chat inclina doucement la tête, comme pour lui dire adieu.

\*

Alain emménagea dans un petit trois-pièces, un peu plus haut dans le quartier, rue Mélingue. Sans garder aucun meuble, aucun souvenir des années passées. Il n'emporta que sa chaîne hi-fi, une sélection de disques et quelques rayonnages de romans auxquels il tenait malgré tout.

Au cours des mois suivants, Cécile subit les différentes opérations planifiées par Dampierre. L'arcade sourcilière, la tempe... À la mi-mars, elle appela son père pour lui annoncer qu'elle en avait plus qu'assez de séjourner à Groix avec tous les flippés qui l'entouraient. Et que la chirurgie esthétique, ça allait bien comme ça. Terminé. Il fallait faire avec son nouveau visage, « arrêter la charcuterie ». Ce furent les termes exacts qu'elle employa.

**321**

— Tu es sûre ? s'étonna Alain. On peut encore...

— Non ! Faut plus que tu te ruines ! Dis, dans ton nouvel appart, y aurait pas un peu de place pour moi ?

Alain ne put retenir ses larmes.

\*

À la mi-avril 2004, alors que Cécile travaillait dans sa chambre pour préparer la prochaine session du bac et que son père reprenait la quatrième version des dialogues du cinquième épisode de la série policière de Destroy Prod, la sonnerie du portable retentit dans le bureau d'Alain. Il reconnut aussitôt la voix de Jacquot et se précipita pour fermer la porte de la pièce afin que Cécile ne puisse rien entendre de la conversation.

— Je vais bien, l'assura Jacquot. Enfin bien... c'est juste histoire de dire. Ce mec, Mathurin, j'y pense tous les jours... ça m'obsède.

— Moi aussi, moi aussi, confirma Alain. Tous les jours, tous les jours. Et ça nous obsédera jusqu'à la fin de notre vie !

En quelques phrases, il lui résuma ce qui s'était passé après sa fuite. La mort de Mathurin classée à la rubrique « accident du travail ».

— Tu vois, il n'y a plus aucun risque, tu pourrais revenir !

Il se garda bien d'évoquer l'épisode « Tessandier » et sa conclusion.

— Non ! Je reviendrai pas, trancha Jacquot. Je voulais juste te dire qu'il faut pas que tu te fasses du souci pour moi.

Malgré les questions pressantes d'Alain, Jacquot refusa de révéler où il se trouvait.

— Tu te souviens, ton vieux, quand il a foutu le camp de chez ta mère, ce qu'il a fait ?

— Les bateaux, la marine marchande ?

— Ben voilà... Tu te pointes sur un quai, les patrons sont pas trop regardants, tu embarques et tu te retrouves au bout du monde ! Salut Alain, embrasse bien Cécile de ma part ! On se reverra un jour, je te jure !

— Fais gaffe, Jacquot, je vieillis. Si tu tardes trop, on sait pas ce qui peut arriver !

La communication s'interrompit brusquement. Le réseau était-il saturé ou Jacquot en avait-il assez dit ? Alain ne le sut jamais.

Il quitta son bureau, alla retrouver sa fille, et lui embrassa longuement la nuque.

— Ça va, papa ? demanda-t-elle. C'était quoi, ton coup de fil ?

— Le boulot, le boulot, comme d'habitude, soupira Alain.

\*

Luigi, le Pirate, Philou, Gégé, Meccano, la Chenille zonaient toujours autour du carrefour Belleville. Madame Florence avait disparu Dieu sait où, mais une blonde charnue, une certaine Olga, originaire d'Europe de l'Est, qui maniait à grand-peine quelques mots de français, les avait rejoints la semaine précédente. Depuis la disparition de Nanard, la bande périclitait et n'en finissait plus de se castagner. Le 16 avril, en début de matinée, alors qu'ils étaient tous vautrés sur le trottoir devant le siège de la CFDT, à cuver la cuite de la veille, ils virent se profiler une silhouette bien connue. Nanard s'avançait vers eux de sa démarche chaloupée, toujours vêtu de son manteau de cuir.

— Ben où qu't'étais passé ? demanda Luigi, éberlué.

— Qu'est-ce que ça peut te foutre ? J'ai fait la bringue, y a pas de mal à ça, non ?

— Ouais, mais nous on était inquiets ! s'écria Meccano. T'aurais pu prévenir !

— Vous avez de la thune ? s'enquit Nanard.

— Non, c'est la dèche ! avoua la Chenille.

— Alors, qu'est-ce que vous glandez ? Faut aller au taf !

Ils obéirent au quart de tour, se levèrent et partirent en titubant faire la manche auprès des automobilistes arrêtés au feu rouge.

Nanard s'assit près d'Olga et lui caressa le menton.

# Du même auteur

Mémoire en cage
*Albin Michel, 1982*
*Gallimard, « Série noire », n° 2397*
*et « Folio », n° 119*

Mygale
*Gallimard, 1984*
*et « Folio », n° 52*

Le Bal des débris
*Fleuve noir, 1984*
*Méréal, « Black Process », n° 1*
*Librio, 2003*

Le Secret du rabbin
*Denoël, 1986*
*L'Atalante, 1995*
*Gallimard, « Folio », n° 199*

Comedia
*Payot, 1988*
*Actes Sud, « Babel noir », n° 376*

Le pauvre nouveau est arrivé
*Manya, 1990*
*Méréal, 1997*
*Librio, 1998*

Trente-Sept Annuités et demie
*Le Dilettante, 1990*

Les Orpailleurs
*Gallimard, « Série noire », n° 2313*
*et « Folio », n° 2*

La Vie de ma mère !
*Gallimard, « Série noire », n° 2364*
*et « Folio », n° 3585*
*Casterman (avec Jean-Christophe Chauzy), 2003*

Du passé faisons table rase !
*Albin Michel, 1982, sous le pseudonyme de Ramon Mercader*
*Dagorno, 1994*
*Actes Sud, « Babel », 1998*
*et « Babel noir », n° 321*

L'Enfant de l'absente
*Le Seuil, 1994*
*et « Points », n° P588*

La Bête et la Belle
*Gallimard, « Série noire », n° 2000*
*« Folio », n° 106*
*et « La bibliothèque Gallimard », n° 12*

Moloch
*Gallimard, « Série noire », n° 2489*
*et « Folio », n° 212*

La Vigie et autres nouvelles
*L'Atalante, 1998*
*Casterman (avec Jean-Christophe Chauzy), 2001*

Rouge, c'est la vie
*Seuil, « Fiction & Cie », 1998*
*et « Points », n° P633*

Le Manoir des immortelles
*Gallimard, « Série noire », n° 2066*
*et « Folio », n° 287*

Jours tranquilles à Belleville
*Méréal, 2000*
*Seuil, « Points », n° P1106*

Ad vitam aeternam
*Seuil, « Fiction & Cie », 2002*
*et « Points », n° P1082*

La Folle Aventure des Bleus... suivi de DRH
*Gallimard, « Folio », n° 3966*

## Dans la même collection

**Brigitte Aubert**
*Les Quatre Fils du docteur March*
*La Rose de Fer*
*La Mort des bois*
*Requiem caraïbe*
*Transfixions*
*La Mort des neiges*
*Funérarium*

**Lawrence Block**
*La Balade entre les tombes*
*Le Diable t'attend*
*Tous les hommes morts*
*Tuons et créons c'est l'heure*
*Le Blues du libraire*
*Même les scélérats*
*La Spinoza connection*
*Au cœur de la mort*
*Ils y passeront tous*
*Le Bogart de la cambriole*
*L'Amour du métier*
*Les Péchés des pères*
*La Longue Nuit du sans-sommeil*
*Les Lettres mauves*
*Trompe la mort*
*Cendrillon mon amour*

**C.J. Box**
*Détonations rapprochées*

**Jean-Denis Bruet-Ferreol**
*Les Visages de dieu*

**Jan Burke**
*En plein vol*

Leonard Chang
*Pour rien, ou presque*
*Brûlé*

Sarah Cohen-Scali
*Les Doigts blancs*

Michael Connelly
*Les Égouts de Los Angeles*
*La Glace noire*
*La Blonde en béton*
*Le Poète*
*Le Cadavre dans la rolls*
*Créance de sang*
*Le Dernier coyote*
*La Lune était noire*
*L'Envol des anges*
*L'Oiseau des ténèbres*
*Wonderland Avenue*
*Darling Lilly*
*Lumière morte*

Robert Crais
*L'ange Traqué*
*Casting pour l'enfer*
*Meurtre à la sauce cajun*

Eno Daven
*L'Énigme du pavillon aux grues*

David Laing Dawson
*La Villa des ombres*
*Minuit passé, une enquête du Dr Snow*

Ed Dee
*Des morts à la criée*
*L'Ange du Bronx*

William Olivier Desmond
*L'Encombrant*

Bradley Denton
*Blackburn*

Robert Ferrigno
*Pas un pour sauver l'autre*

Stephen W. Frey
*Offre Publique d'Assassinat*
*Opération vautour*

Sue Grafton
*K... comme killer*
*L... comme lequel ?*
*M... comme machination*
*N... comme nausée*
*O... comme oubli*
*P... comme péril*
*Q... comme querelle*

George Dawes Green
*La Saint Valentin de l'homme des cavernes*

Dan Greenburg
*Le Prochain sur la liste*

Denise Hamilton
*La Filière du jasmin*
*Par peur du scandale*

Jack Hitt
*Meurtre à cinq mains*

Anthony Hyde
*China Lake*

David Ignatius
*Nom de code : SIRO*

Faye Kellerman
*Les Os de Jupiter*
*Premières armes*

Jonathan Kellerman
*La Clinique*
*La Sourde*
*Billy Straight*
*Le Monstre*
*Dr la Mort*
*Chair et Sang*
*Le Rameau brisé*

Philip Kerr
*Une enquête philosophique*

Paul Levine
*L'Héritage empoisonné*
*Cadavres incompatibles*
*Trésors sanglants*

Elsa Lewin
*Le Parapluie jaune*

Herbert Lieberman
*Nécropolis*
*Le Tueur et son ombre*
*La Fille aux yeux de Botticelli*
*Le Concierge*
*Le Vagabond de Holmby Park*

Michael Malone
*Enquête sous la neige*
*Juges et Assassins*

Henning Mankell
*Le Guerrier solitaire*
*La Cinquième femme*
*Les Morts de la Saint-Jean*

*La Muraille invisible*
*Les Chiens de Riga*
*La Lionne blanche*

Dominique Manotti
*Sombre Sentier*

Alexandra Marinina
*Le Cauchemar*
*La Mort pour la mort*
*La Mort et un peu d'amour*
*La Liste noire*
*Je suis mort hier*

Andreu Martín
*Un homme peut en cacher un autre*

Deon Meyer
*Jusqu'au dernier*
*Les Soldats de l'aube*

Chris Mooney
*Déviances mortelles*

Walter Mosley
*Le Casseur*

Dallas Murphy
*Loverman*

Kyotaro Nishimura
*Les Dunes de Tottori*

Sara Paretsky
*Refus de mémoire*

Michael Pearce
*Enlèvements au Caire*

Michael Pye
*Destins volés*

Sam Reaves
*Le Taxi mène l'enquête*

Barbara Seranella
*Tous des rats*
*Sans penser à mal*

Edward Sklepowich
*Mort dans une cité sereine*
*L'Adieu à la chair*

Ake Smedberg
*Disparitions à la chaîne*

April Smith
*Montana avenue*

Mike Stewart
*Mon frère en Alabama*

Austin Wright
*Tony et Susan*

L. R. Wright
*Le Suspect*
*Mort en hiver*
*Pas de sang dans la clairière*

COMPOSITION : I.G.S CHARENTE-PHOTOGRAVURE À L'ISLE D'ESPAGNAC
S. N. FIRMIN-DIDOT AU MESNIL-SUR-L'ESTRÉE
DÉPÔT LÉGAL : AVRIL 2004. N° 55790 (67750)